¿PIENSAS SALIR
VESTIDA ASÍ?

Deborah Tannen

¿PIENSAS SALIR VESTIDA ASÍ?

Comprender la comunicación
entre madres e hijas

integral

¿Piensas salir vestida así?

Título original: *Are you wearing that?*

Autora: Deborah Tannen
Traducción: Elena Martí Segarra
Composición: Víctor Igual S.L.

© del texto: Deborah Tannen
© de la traducción: Elena Martí Segarra, 2006
© de la versión española: RBA Libros S.A.
Pérez Galdós, 36 – 08012 Barcelona
www.rbalibros.com / rba-libros@rba.es

Primera edición: mayo 2007

REF. OADP040   ISBN: 978-84-7901142-0
DEPÓSITO LEGAL: B-1776-2007
Impreso por Novagràfik (Barcelona)

A la memoria de mi madre:

Nacida DINA ROSIN
Minsk, Rusia
3 de mayo de 1911

Fallecida DOROTHY TANNEN
Estados Unidos de América
23 de julio de 2004

ÍNDICE

Prólogo

Las conversaciones entre una madre y una hija adulta pueden resultar una experiencia de lo más gratificante, pero también muy dolorosa. Un comentario de tu hija o de tu madre proporciona más consuelo, o causa más aflicción, que el mismo comentario hecho por cualquier otra persona. La relación entre madres e hijas es, literalmente, «la madre de todas las relaciones». Es una de las más apasionadas y viscerales en la vida de las mujeres, aquélla por la cual se puede experimentar tanto el amor más profundo como la más profunda rabia, incluso odio. La relación madre-hija nos pone cara a cara con ciertas imágenes de nosotras mismas, y nos obliga a afrontar cuestiones fundamentales acerca de quiénes somos, quiénes queremos ser, y cómo nos relacionamos con los demás, tanto dentro como fuera de nuestras familias.

La relación madre-hija tendrá una enorme influencia a lo largo de toda nuestra vida; para las hijas, seguirá siendo crucial mucho tiempo después de haber llegado a adultas, incluso tras el fallecimiento de nuestras madres; para las madres, mucho después de que sus hijas alcancen la madurez y, en algunos casos, de que también lleguen a ser madres. Las conversaciones entre madres e hijas, tanto en el momento en que tienen lugar, como cuando se evocan en la memoria, pueden tener una importancia decisiva. En mi libro *Tú no me entiendes. Por qué es tan difícil el diálogo hombre-mujer*, mostré cómo hombres y mujeres pueden sacar conclusiones totalmente distintas de la misma conversación. Lo mismo ocurre en el caso de las conversaciones que mantienen madres e hijas, a pesar de que ambas sean mujeres y de que, en muchos aspectos, hablen el mismo lenguaje: un lenguaje en el cual la intimidad y la proximidad, así como el poder y la distancia, se negocian constantemente. Mejorar la comunicación entre madres e hijas, al igual que romper las barreras en la comunicación entre hombres y mujeres, requiere, sobre todo, comprensión; entender la situación desde el punto de vista del otro. A través de este libro intento proporcionar instrumentos para lograr esa comprensión, así como sugerencias concretas para mejorar la comunicación entre madres e hijas y, por tanto, sus relaciones.

En cualquier vínculo, en cualquier conversación, el reto consiste en lograr justo el grado de intimidad que tú deseas, no más. No debes valorar esa proximidad como invasiva, o pensar que amenaza tu libertad y la sensación de que eres tú quien controla tu vida. En este sentido es igual a cualquier otro tipo de relación, sólo que aún más. El vínculo entre madres e hijas combina, por un lado, una conexión muy intensa, una intimidad de lo más reconfortante, y, por el otro, la más enconada lucha por hacerse con el control. Tanto la madre como la hija tienden a sobrevalorar el poder de la otra y a infravalorar el propio. Además, ambas desean ser vistas y aceptadas como quienes ellas realmente son; pero, en cambio, suelen ver a la otra como ellas quisieran que fuese, o como alguien que no está a la altura de quien debería ser.

Para las mujeres una conversación satisfactoria con sus madres y/o con sus hijas adultas es un auténtico bálsamo, por eso, o bien miman unas relaciones ya de por sí excelentes, o bien desean con todo su corazón mejorar esa relación y terminar con una serie de malentendidos crónicos que, en un abrir y cerrar de ojos, pueden agriar una agradable conversación, y convertirla en un intercambio doloroso o enervante de reproches. Tanto madres como hijas desean sacar el máximo provecho de la empatía y la intimidad que existe entre ellas, así como evitar a toda costa causar el daño que conlleva inevitablemente cualquier relación íntima, y que, en este caso, puede ser especialmente intenso.

La idea de escribir *¿Piensas salir vestida así?* nace de mi último libro, de la misma manera que *Tú no me entiendes* surgió del libro que lo precedió. En *¡Yo no quise decir eso! Cómo la manera de hablar facilita o dificulta nuestra relación con los demás*, la primera de mis obras destinada al público en general, introduje el concepto de estilo conversacional y puse de manifiesto su importancia en cualquier aspecto de nuestra vida cotidiana. De los diez capítulos del libro, el que recibió mayor atención, y suscitó un entusiasmo más generalizado, fue el dedicado a las conversaciones entre hombres y mujeres. A raíz de ese hecho, decidí investigar en profundidad la comunicación entre ambos sexos, y escribí *Tú no me entiendes*. Del mismo modo, de los nueve capítulos incluidos en *¡Lo digo por tu bien! Cómo la manera de comunicarnos influye en nuestras relaciones*, un libro que trata sobre las relaciones familiares entre adultos, el que mayor interés suscitó fue

«Sigo siendo tu madre», y las secciones que más cautivaron a los lectores fueron aquellas que analizaban la relación entre madres e hijas adultas, tan compleja y cargada emocionalmente. Esta buena acogida, además de mi deseo de estudiar a fondo la relación con mi propia madre, fue lo que me incentivó a concentrar mis investigaciones en la comunicación entre madres e hijas. Quería ahondar en esta relación tan particularmente intensa, una relación que continúa provocando fuertes emociones incluso mucho después de haber dejado de ser, aparentemente, el centro de nuestras vidas.

Gran parte de lo que explico acerca de los diálogos entre madres e hijas también es cierto por lo que se refiere a la comunicación entre madres e hijos, entre padres e hijas, y entre padres e hijos. El hecho de centrar mi atención en las conversaciones entre madres e hijas no es especialmente significativo. Mi intención no ha sido llevar a cabo un estudio comparativo. En tanto que profesora de lingüística especializada en sociolingüística, utilizo para mis investigaciones el método del estudio de casos concretos. A la hora de poner de relieve la vertiente «lingüística» de la sociolingüística, baso mis descubrimientos, sobre todo, en el análisis minucioso de conversaciones grabadas y posteriormente transcritas. Y, cuando se trata de ilustrar el aspecto «sociológico», también lo hago mediante el análisis de conversaciones, pero, en este caso, son conversaciones de las que he formado parte, o que he escuchado casualmente; de manera muy parecida a como trabajan algunos sociólogos, antropólogos o escritores de ficción, que se convierten en observadores y analistas de las interacciones que se producen a su alrededor. En su gran mayoría, los ejemplos que presento han sido reconstruidos a partir de diálogos en los que participé, que oí por casualidad, o que me fueron relatados. Cualquier conversación, tanto entre personas que conozco bien, como entre gente que acabo de conocer, es una fuente potencial de ejemplos, ya que muchas mujeres que se enteran del tema de mi libro a menudo se ofrecen voluntarias para contarme sus propias experiencias. No obstante, la base fundamental de mis investigaciones es el análisis detallado de la transcripción de diálogos grabados. En este libro también he analizado transcripciones, palabra por palabra, de conversaciones que fueron registradas por algunos estudiantes de mis clases como parte de trabajos que integraban sus obligaciones del curso, y que he usado siempre con su consentimiento.

Asimismo, también mantuve conversaciones más específicas, entrevistas si se quiere, con mujeres que conocía y con mujeres que sabían en lo que estaba trabajando, a fin de escuchar en mayor profundidad sus experiencias como madres o hijas. Cuando hablaba con alguien en persona, grababa la conversación en una cinta y luego la transcribía; cuando la conversación era telefónica, yo llevaba auriculares y tomaba nota a medida que hablábamos; y cuando los intercambios tenían lugar vía correo electrónico, los imprimía. Hubo veces en que hablé con una madre y posteriormente, por separado, con su hija, o viceversa. En dos ocasiones hablé con un grupo de mujeres que se habían reunido para celebrar una comida juntas en casa de mujeres a quienes yo conocía, y que muy generosamente habían invitado a otras amigas suyas. Las entrevistas que realicé (o conversaciones, más bien, puesto que yo no sometía a mis interlocutoras a ningún cuestionario predeterminado) tuvieron lugar entre mujeres de todas las edades, razas y grupos étnicos. Sin embargo, mi intención no era hacer generalizaciones sobre miembros de diversos grupos, por tanto, nunca especifico la raza o etnia de las mujeres cuyas experiencias incluyo en el libro, si bien es cierto que gran parte de los ejemplos que aduzco proceden de mujeres norteamericanas de origen asiático, africano y europeo, así como de mujeres tanto sordas como con una audición normal, y tanto lesbianas como heterosexuales.

Nunca he citado ningún ejemplo sin el permiso previo de la persona que me lo facilitó. A fin de que la gente hablara conmigo con total libertad, y simplemente por una cuestión de integridad (ya que, de lo contrario, utilizar a mis estudiantes, amigos, y miembros de mi familia como fuentes de información podría parecer, en cierto modo, oportunista), siempre les informé de cómo pretendía usar sus experiencias; de esta manera, me aseguraba de que las había entendido correctamente, y confirmaba si la persona en cuestión prefería ser identificada por su nombre o por un pseudónimo. En el caso de los pseudónimos, aparece sólo un nombre de pila; cuando la persona ha querido ser identificada por su propio nombre, uso tanto el nombre como el apellido.

Las conclusiones que extraigo de los ejemplos presentados se basan en ideas y conceptos desarrollados durante el cuarto de siglo que me he estado dedicando a la investigación académica, desde que me doctoré en lingüística en la Universidad de California, Berkeley. Todos los conceptos que introduzco aquí, así como las distintas explicaciones de mis métodos de investigación, aparecen descritos de forma más técnica y detallada en publicaciones académicas. (Aquellas personas interesadas, encontrarán un listado de publicaciones en mi página web: www.deborahtannen.com.)

Cuando me preguntan por qué decidí escribir para el público en general, en lugar de continuar publicando artículos y libros estrictamente académicos, siempre suelo responder que: «quería escribir libros que mi madre pudiera leer». Al decir esto, «mi madre» representa el lector en general, alguien que nunca se molestaría en leer un libro académico, por mucho que le interesara el tema. Pero «mi madre» también representa a mi propia madre: en cierta medida, la primera espectadora de todos mis logros, el juez último de todos mis actos. El hecho de que mi madre muriera mientras yo trabajaba en este libro, hizo que, en muchos sentidos, escribirlo fuera todavía más duro, pero también más necesario. El libro se convirtió en una manera de honrar su memoria, puesto que me forzó a analizar la enorme influencia que ha ejercido, y continúa ejerciendo, en cada aspecto de mi vida. Y ser consciente del alcance de esa influencia, a su vez, hizo que entender y mejorar la comunicación entre madres e hijas adquiriera aún mayor relevancia para mí.

1. ¿PODEMOS HABLAR?
CONVERSACIONES ENTRE MADRES E HIJAS

«Mis hijas me pueden arruinar el día en una milésima de segundo», comenta una mujer cuyas hijas rondan los treinta años.

Otra mujer me dice, «a veces estoy hablando con mi madre por teléfono, y todo va la mar de bien, hasta que, de repente, me dice algo que me pone histérica y cuelgo. Más tarde, me cuesta creer que lo he hecho. Nunca le colgaría el teléfono a ninguna otra persona».

Pero también escucho comentarios como éste: «Nadie me apoya tanto, ni me hace sentir tan bien, como mi madre. Siempre está a mi lado». O como este otro, procedente de la madre de una hija adulta: «Me siento muy afortunada y muy cercana a mi hija, y como yo no tuve una relación estrecha con mi propia madre, esta experiencia es especialmente reconfortante y balsámica para mí».

La relación que se establece entre madres e hijas es una gran fuente de consuelo, pero también puede causar un gran sufrimiento. Con nadie más hablamos con tanto cariño, o con tanto desprecio. Y estos extremos pueden coexistir en las mismas parejas de madres e hijas. Dos hermanas subían por el ascensor del hospital en que su madre estaba ingresada en fase terminal. «¿Cómo crees que te sentirás cuando ya no esté?», le preguntó una a la otra. Su hermana respondió: «Una parte de mí se dice, ¿cómo sobreviviré? Y la otra exclama, ¡aleluya, la bruja ha muerto!».

La parte que siente «¿cómo sobreviviré?» responde a la conexión pasional: querer hablar con tu madre puede ser un deseo visceral, casi físico, tanto si vive enfrente, como si vive muy lejos, en otra provincia, o en otro país, o incluso si ya no está en este mundo. Sin embargo, la parte que ve a la madre como una bruja malvada —una mujer maléfica con poderes mágicos— responde a la forma en que un rechazo, una palabra de desaprobación o la sensación de que te sigue tratando como a una niña, pueden enfurecerte y herirte. La cultura popular norteamericana, como la gente en la vida cotidiana, tiende o bien a idealizar a las madres, o bien a demonizarlas. Oscilamos entre declaraciones del tipo: «Todo lo que he conseguido se lo debo a mi madre», y acusaciones como: «Todos los problemas que tengo en la vida son culpa de mi madre». Ambas convicciones están cargadas de emociones intensas. Me sorprendió ver cuántas mujeres, en medio de mensajes de correo electrónico en que me hablaban de sus madres, me comentaron: «Mientras escribo esto estoy llorando».

Las mujeres, en tanto que madres, también deben enfrentarse a contradicciones similares. El sentimiento de adoración por sus hijas adultas, mezclado con el sentido de la responsabilidad por el bienestar de las mismas, puede resultar abrumador, sólo comparable al dolor que sienten cuando sus intentos por ayudar, o estar cerca de sus hijas, son rechazados, o incluso tildados de críticas o interferencias diabólicas. Y el hecho de que este constante tira y afloja continúe cuando sus hijas ya son adultas supone una sorpresa, y no es precisamente una sorpresa agradable. Una mujer de unos sesenta años expresó así su desengaño: «Siempre pensé que cuando mi hija ya no fuera una niña, se acabarían los problemas». «Seríamos amigas; disfrutaríamos de la compañía de la otra. En cambio, ves que te vas haciendo mayor, que la salud te empieza a fallar y que, encima, surgen todas estas complicaciones con tu hija. Es una gran decepción.»

*¿Por qué una pequeña chispa provoca
una explosión tan grande?*

Un aspecto especialmente frustrante, y desconcertante, de la relación madre-hija es que las discusiones pueden desencadenarse por motivos aparentemente insignificantes. Aquí expongo un ejemplo facilitado por una estudiante de una de mis clases, Kathryn Ann Harrison.

«¿Vas a cortar esos tomates en gajos?» Kathryn oyó la pregunta de su madre mientras preparaba la ensalada. Inmediatamente se puso tensa y se le aceleró el pulso. «Pues sí, ahora me disponía a hacerlo», respondió. A lo que su madre contestó: «Ah, bueno». Pero el tono de voz y la expresión de su cara hicieron que Kathryn le preguntara: «¿Hay algún problema?». «No, no —repuso su madre— sólo que yo, personalmente, los cortaría en rodajas.»

La respuesta de Kathryn fue lacónica: «Muy bien». Pero mientras cortaba los tomates, en rodajas, pensó: «¿Es que no puedo hacer nada sin que mi madre tenga que decirme que debería hacerlo de otra manera?».

Estoy casi segura de que la madre de Kathryn pensaba que simplemente había hecho una pregunta sobre cómo cortar unos tomates. ¿Podría haber algo más trivial que eso? Sin embargo, su hija se irritó porque para ella la pregunta venía a decir: «No sabes hacer nada. Déjame que te diga cómo tienes que hacerlo».

Cuando las hijas se molestan, o incluso se enfurecen, por el más mínimo comentario, por muy inocente que parezca, las madres tienen la sensación de que hablar con sus hijas es como entrar en terreno minado: deben medir cada palabra que dicen.

Las preguntas, comentarios o sugerencias que hace una madre, y que parecen implicar que una hija debería hacer las cosas de otro modo, pueden provocar reacciones desmesuradas porque ponen de manifiesto uno de los conflictos fundamentales en la relación madre-hija: el doble significado de la conexión y el control. Muchas madres e hijas comparten una intimidad absoluta, pero la intimidad siempre conlleva la necesidad, o más bien el deseo, de considerar la forma en que tus actos afectarán a la otra persona, y eso puede hacer que sientas que ya no eres tú quien controla tu vida. Cualquier cosa que se dice o que se hace por amor puede ser interpretada como un signo de que la otra persona está tratando de controlarte. El siguiente comentario, hecho por una mujer, ejemplifica perfectamente este doble significado: «Mi hija solía llamarme cada día», me dijo. «Yo estaba encantada. Pero, más adelante, dejó de hacerlo. Y lo entiendo. Se casó, ahora está muy ocupada, y pensó que sería mejor aflojar los lazos, distanciarnos un poco. Lo entiendo, pero sigo echando de menos esas llamadas». En la frase «aflojar los lazos» radica el doble significado de conexión y control. La palabra «lazo» transmite el sentido de conexión, como en «lazos afectivos», pero también sugiere el control, las «ataduras» del cautiverio: estar atado, privado de libertad.

Existe, además, otra razón por la cual un pequeño comentario puede causar irritación: puede ser interpretado como un voto de censura. Una crítica suele resultar enojosa, venga de quien venga, pero es especialmente dolorosa si proviene de la persona cuya opinión valoramos más, es decir, de nuestra madre. Por muy inexplicable que esto les pueda parecer a las madres, el comentario más baladí puede sacar a relucir un tema crucial que planea sobre la mayoría de conversaciones entre madres e hijas: «¿Me ves tal como soy? ¿Y te parezco bien tal como soy?». Cuando los comentarios que las madres hacen a sus hijas (o, lo que es lo mismo, los que las hijas hacen a sus madres) responden de manera afirmativa a estas preguntas, el resultado es profundamente reconfortante: ambas se sentirán en armonía con el mundo. De lo contrario, cuando dichos comentarios parecen indicar que la respuesta es «no», entonces las hijas (y más adelante, madres) sienten que no pisan suelo firme. Empiezan a dudar de si de verdad está bien la forma en que hacen las cosas; y, lo que es peor, a dudar de su propia manera de ser.

¿No *irás a salir vestida así, verdad?*

Loraine había ido a pasar una semana con su madre, que vivía en un complejo residencial para gente mayor. Una noche estaban a punto de bajar al comedor a cenar. Justo en el momento en que Loraine se disponía a abrir la puerta de la habitación, su madre se detuvo dudosa. Observando a su hija de arriba abajo, le preguntó:

—¿No irás a salir vestida así, verdad?

—¿Por qué no? —contestó Loraine, mientras empezaba a subirle la tensión—. ¿Cuál es el problema?

—Pues que aquí la gente acostumbra a arreglarse para la cena, eso es todo —explicó su madre, ofendiendo aún más a su hija al insinuar que no iba lo suficientemente arreglada.

Este tipo de preguntas negativas siempre ponían a Loraine de los nervios, puesto que, obviamente, no eran en absoluto preguntas.

—¿Por qué siempre tienes que criticar mi forma de vestir? —le preguntó.

Entonces su madre se mostró dolida, como si fuese Loraine quien estuviera actuando con crueldad.

—Yo no te critico —protestó— sólo pensé que quizá podrías ponerte otra cosa.

Para poder entender la diferencia entre lo que Loraine escuchó, y lo que su madre dijo que quería decir, hay que distinguir entre mensaje y metamensaje. Al decir «yo no te critico», la madre de Loraine se refería al mensaje, al significado literal de sus palabras. En cambio, la desaprobación que escuchó Loraine era el metamensaje, es decir, aquello que insinuaban las palabras de su madre. Todo lo que decimos posee estos dos niveles de significado. El mensaje reside en el significado de las palabras según aparecen definidas en el diccionario. Y normalmente suele ser unívoco. Sin embargo, la gente a menudo discrepa sobre cómo *interpretar* las palabras, ya que las interpretaciones dependen de los metamensajes —el significado que se deduce de cómo se dice algo, o simplemente del hecho de que se haya dicho—. Habitualmente respondemos de forma emocional a los metamensajes.

Cuando la madre de Loraine dijo «yo no te critico», estaba haciendo lo que yo llamo «reivindicar el significado literal». Es decir, refugiarse en el mensaje y hacerse responsable exclusivamente del significado literal de sus palabras. Cuando alguien reivindica el significado literal de lo que está diciendo, es muy difícil llegar a resolver una discusión, puesto que uno acaba centrándose sólo en el significado del mensaje, mientras que lo que en realidad ha causado el conflicto ha sido el metamensaje. No se trata de que algunos comentarios tengan metamensajes, o significados ocultos, y otros no. Todo aquello que decimos conlleva un metamensaje que indica cómo deben interpretarse nuestras palabras. ¿Hemos hecho una afirmación en serio, o sólo estábamos bromeando? ¿Queríamos mostrar irritación, o lo hemos dicho de buena fe? La mayoría de veces, los metamensajes se transmiten y se interpretan de forma casi automática, ya que, por lo que sabemos, tanto el emisor como el receptor están de acuerdo en su significado. Solamente nos damos cuenta de la existencia del metamensaje, y le prestamos atención, cuando lo que el emisor pretende comunicar no coincide con lo que percibe el receptor.

Al interpretar la pregunta de su madre como una señal de desaprobación, Loraine también se estaba remitiendo a conversaciones mantenidas en el pasado. Eran incontables las ocasiones en que su madre, durante esta visita, y en todas las anteriores, le había comentado: «¿Piensas salir vestida así?». Y en este hecho radica otro de los motivos por los que cualquier cosa que se dicen una madre y una hija les puede llenar el corazón de alegría, o les puede herir sobremanera: sus conversaciones tienen una larga historia que se remonta, literalmente, al día del parto. Así pues, cualquier comentario que se hace en un momento determinado adquiere su significado no sólo a partir de las palabras pronunciadas en ese preciso momento, sino de todas las conversaciones que hayan tenido lugar en el pasado. Esto genera consecuencias tanto positivas como negativas. Tenemos tendencia a esperar cierto tipo de comentarios de nuestra madre o de nuestra hija, y estamos predispuestos a interpretar lo que oímos en ese espíritu familiar.

Incluso un regalo, un gesto cuya intención es claramente reforzar el sentimiento de conexión, puede contener un metamensaje de crítica en el contexto de conversaciones anteriores. Si una hija le da a su madre, que es artista, un cheque regalo para que se compre lo que quiera en una tienda de ropa cara, la madre se lo puede tomar a mal, si resulta que su hija le ha dicho una y otra vez: «Mamá, eres demasiado vieja para continuar vistiendo como una *hippie*». Como también será una crítica el hecho de que una madre que le ha dicho a su hija abiertamente que no soporta lo desordenada que tiene la cocina, le regale un armario carísimo para que organice mejor sus utensilios. Puede que quien hace el regalo se sienta indignado porque su generosidad ha sido menospreciada, pero esta falta de gratitud no tiene tanto que ver con el mensaje del regalo como con el metamensaje que implica, el cual se refiere a conversaciones mantenidas en el pasado.

La larga historia de conversaciones que han tenido lugar entre los miembros de una familia modifica tanto la forma en que los oyentes interpretan las palabras como el modo en que los interlocutores las escogen. Una mujer con quien hablé lo expresó de la siguiente manera: «Las palabras son como el contacto físico. Nos pueden acariciar o arañar. Cuando hablo con mis hijos, a menudo acabo arañándoles. No quiero utilizar las palabras de ese modo, pero no puedo evitarlo. Conozco sus susceptibilidades, por eso sé qué es lo que les puede afectar. Y si me siento dolida por algo que ellos han dicho o hecho, les ataco con comentarios que sé que les harán daño. Diría que esto me ocurre en una zona intermedia entre el instinto y la intención». Esta observación expresa el poder del lenguaje a la hora de transmitir significados que no se encuentran en la definición literal de las palabras. Pone de relieve cómo usamos las conversaciones del pasado para dar sentido a las que tienen lugar en el presente. Y, al mismo tiempo, describe la diferencia entre mensaje y metamensaje, una diferencia que jugará un papel crucial en todas las conversaciones analizadas en este libro.

¿A quién le importa?

Mientras charla de forma animada con su marido, Joanna, distraídamente, va tirando de un padrastro hasta que se arranca la piel y le sale una gota de sangre. Sin pensar, le muestra el dedo a su marido. «Ponte una tirita», comenta él sin darle la menor importancia. La falta de reacción emocional de su marido hace que Joanna se pregunte por qué se le ocurrió mostrarle una herida tan insignificante. Sin embargo, enseguida se da cuenta de cuál ha sido el motivo: desde pequeña se había acostumbrado a enseñarle a su madre todas sus heridas, por diminutas que fuesen. Si le hubiera mostrado el minúsculo trozo de piel arrancada a su madre, seguro que ésta le habría cogido el dedo inmediatamente y se lo habría examinado con cuidado, mirándola con una expresión tranquilizadora. Inconscientemente, Joanna estaba buscando esa mirada de compasión, ese efímero recordatorio de que alguien más comparte su universo. ¿Quién, excepto su madre, consideraría esa pequeña herida digna de atención? Nadie, porque su madre, en realidad, estaría respondiendo no a la herida en sí, sino al hecho de que Joanna se la estuviera mostrando. Lo que Joanna y su madre comparten no es la preocupación por ese padrastro arrancado, sino un sutil lenguaje de conexión. La pequeña gota de sangre es una excusa para que Joanna pueda recordarle a su madre: «Estoy aquí», y para que su madre la pueda reconfortar diciéndole: «Me importas».

Muchas mujeres adquieren el hábito de contar a sus madres sus desgracias más ínfimas porque aprecian mucho el metamensaje de cariño que saben que obtendrán como respuesta. Sin embargo, como le ocurrió a Joanna, puede que no sean conscientes de ello hasta que se encuentran con una reacción distinta por parte de alguna otra persona. Algo parecido le sucedió a una estudiante de una de mis clases, Carrie, cuando estando enferma de gripe llamó a su casa. Carrie hablaba normalmente con su madre cuando telefoneaba, pero esta vez su madre estaba en el extranjero, así que fue su padre quien respondió al teléfono. Carrie reprodujo así la conversación para un trabajo de clase:

Carrie: Hola, papá. Estoy enferma, he cogido la gripe. Me siento fatal.
Padre: Bueno, pues tómate algún medicamento.
Carrie: Ya lo he hecho, pero continúo encontrándome muy mal.

Padre: ¿Y por qué no vas al médico?

Carrie: Es que resulta que todo el mundo está enfermo en la universidad, y por eso no han podido darme hora para hoy.

Padre: Vaya, lo siento. En eso no puedo ayudarte.

Al comentar esta conversación, Carrie explicó que sabe perfectamente que cuando está enferma debe ir al médico y tomar medicinas. Había llamado a casa porque quería oír un metamensaje de cariño. Según sus propias palabras: «Estoy acostumbrada a hablar con mi madre, y a que me mime, y se preocupe por el más insignificante de mis problemas». En comparación con la típica reacción de su madre, la pragmática respuesta del padre le pareció indiferente, y la dejó bastante insatisfecha, incluso ligeramente dolida.

La importancia de los detalles

Madres e hijas no necesitan estar enfermas para mantener largas conversaciones la una con la otra, bien sea en persona o por teléfono. Al contarme qué era aquello que más valoraban en la relación con sus madres, muchas mujeres mencionaron el hecho de poder conversar con frecuencia sobre los más mínimos detalles de sus vidas cotidianas: «¿A quién sino le diría que al final habían vendido aquel jersey que me había estado mirando? ¿A quién más le importaría?». Éste es uno de los aspectos más valiosos de hablar con una madre: a nadie más le interesa lo que te pusiste, lo que comiste o qué fue exactamente lo que alguien te dijo y lo que tú contestaste. Para la mayoría de mujeres, interesarse por los detalles más nimios de la vida de la otra es un signo de intimidad y de afecto.

Dicho intercambio funciona de la misma manera cuando es la madre quien se confía a la hija. En un trabajo de clase, Kate Stoddard estudió una serie de mensajes de correo electrónico que había recibido de su madre. En uno de ellos, su madre la ponía al día sobre lo que había decidido hacer con respecto a unas prendas que había comprado por catálogo con el asesoramiento de Kate:

«(Me encanta todo lo que encargué, pero devolveré los dos *tops* de color violeta... La camiseta verde (con el escote abierto) y la chaqueta a conjunto son perfectas y me gustan muchísimo, (¡gracias por haberlas encontrado!) y la rebeca azul marino también es ideal)».

Al incluir esa información entre paréntesis, la madre de Kate indicaba que la consideraba más bien de pasada, y no realmente relevante; sin embargo, explicarle esos detalles hacía que se sintiera más cerca de su hija, que estaba estudiando en otra ciudad.

Si intercambiar detalles sobre la vida cotidiana refleja y crea intimidad, no interesarse por las pequeñas cosas de la otra, o bien malinterpretarlas, puede ser una señal de que esa intimidad se ha perdido. En su libro *The Love They Lost: Living with the Legacy of Divorce*, Stephanie Staal, que vivió con su padre tras el divorcio de sus progenitores, recuerda las ocasiones en que, siendo aún adolescente, disfrutaba enormemente de la compañía de su madre en las visitas semanales. «Pero, luego, si mi madre me preguntaba sobre alguna amiga con quien yo no hablaba desde hacía años, o se equivocaba al decir el nombre de mi novio en aquel momento, yo le sonreía tímidamente y me sentía triste al notar la distancia que había entre nosotras.» El hecho de que su madre no estuviera al corriente de los detalles de su vida cotidiana era un recordatorio doloroso de aquello que Staal había perdido cuando su madre se marchó de casa.

La gran inquisidora

Alison Kelleher es otra de las estudiantes que explicó, en un análisis que escribió para una de mis clases, que hablar de pequeños detalles con su madre constituye una parte importante de sus conversaciones y de su relación. Y se centró en el papel que jugaban las preguntas de su madre.

Según Alison, ella y su madre están muy unidas, y ese sentimiento de proximidad se crea y se refuerza cuando hablan sobre «la ocurrencia más insignificante o el más pequeño detalle» de sus vidas. Alison describe así una de sus conversaciones:

> «En una conversación reciente con mi madre, yo le estaba contando lo que me había pasado aquel día, y todo lo que había hecho. Le dije que había ido a comer con Larry, mi hermano, luego al coro de la iglesia, y después al cine con mi amigo Rob. A continuación, ella me preguntó: "¿Y qué te pusiste?", "¿qué comiste?" (y tras mi respuesta: "bistec con ensalada"), "¿con qué aliño?", "¿querías contarle algo en especial a Larry o sólo fuisteis a comer?", "¿le llamaste tú o te llamó él a ti?", "¿llevaste la misma ropa para ir al coro y al cine, o te cambiaste?", "¿a qué hora llegaste a casa?", "¿cuándo te metiste en la cama?", "¿no tenías trabajo al día siguiente?", "¿te costó mucho terminarlo?", etc.».

Leyendo esta retahíla de preguntas es fácil entender por qué Alison y su hermano llaman a su madre «la Gran Inquisidora», aunque Alison lo dice con afecto, no con resentimiento. No le importa que su madre le haga todas esas preguntas, ya que a ella le gusta explicarle historias sobre lo que le ha ocurrido durante el día (lo que sí que le molesta es tener que repetir las respuestas porque, mientras Alison las está contestando, su madre continúa hablando ¡y haciéndole tres preguntas más!).

Todo lo que indica intimidad, puede parecer al mismo tiempo una intrusión si resulta que esa intimidad no es deseada. Del mismo modo, alguien que no quiere involucrarse tanto en una relación, no querrá que se preste excesiva atención a los detalles de su vida diaria. Una madre que quiere conocer hasta los más mínimos detalles de la vida de su hija puede parecer tanto su mejor amiga como una interrogadora implacable, y puede que muchas hijas no compartan la actitud de Alison respecto a ese papel.

Una hija quizá preferiría que su madre le hiciera menos preguntas cuando éstas tratan sobre un tema que la hija más bien querría olvidar. Éste fue el caso de otra estudiante, Colleen, la cual escribió:

«No hace mucho atravesé un período difícil al romper con mi novio, con quien había estado los últimos cuatro años. Aunque normalmente confío en mis amigas para hablar de estos temas, esta vez pensé que mi madre podría aportarme una perspectiva distinta a la de mis amigas. Y así fue. Estaba totalmente dispuesta a escucharme, a consolarme, y a darme su opinión. Sin embargo, enseguida me recriminaba que no le hubiese contado ese tipo de cosas en el pasado. Desde ese día, se las ha arreglado para acabar siempre desviando nuestra conversación al tema de la ruptura, preguntándome cosas como: "¿Cómo lo llevas?", "¿qué sabes de Chris, está bien?", "¿qué vas a hacer este verano?", "¿has conocido a alguien interesante?", etc. Al final tuve que decirle que, en realidad, no quería seguir hablando de eso, porque sus preguntas no me ayudaban para nada a superarlo. Mi madre se disgustó».

Saber que alguien tiene problemas representa siempre un dilema. ¿Se debe evitar el tema aun a riesgo de parecer insensible y desconsiderado, o es preferible mencionarlo para mostrar tu preocupación, aunque te arriesgues a causar más daño y a parecer entrometido? La madre de Colleen escogió la segunda opción, sin embargo, su hija hubiera preferido la primera. Es obvio que para su madre hacerle esas preguntas era una forma de expresarle su cariño, y de preservar y alimentar la intimidad que Colleen había inaugurado al confiar en ella. No obstante, por mucho que Colleen hubiese valorado el punto de vista de su madre al principio, ahora que más bien le dolía hablar de la ruptura, se sentía molesta por las insistentes preguntas de su madre sobre su ex novio, y por la frecuencia con que ésta sacaba el tema a colación. No es de extrañar que la madre de Colleen se disgustara, puesto que hacerle las cosas más difíciles a su hija era lo último que quería, y además, porque el hecho de no poderle hacer más preguntas a su hija limitaba mucho la intimidad que se había creado entre ellas.

Cuando una madre desea obtener información a fin de sentirse más cerca de su hija, la disponibilidad de ésta a la hora de ofrecer o no esa información le otorgará una posición de poder en la relación, un poder que podrá usar bien para incrementar, bien para reducir el vínculo de intimidad con su madre. Y ésta es una de las muchas formas en que se produce una redistribución del poder cuando las hijas se convierten en mujeres adultas.

¿Implicarse o inmiscuirse?

Lillian mantiene conversaciones muy distintas con cada una de sus dos hijas, ambas mujeres de treinta y tantos. Desde que era pequeña, la más joven, Andrea, fue una niña muy reservada; a Lillian le resultaba imposible sonsacarle información. Cuando los hijos son pequeños, una madre necesita saber qué pasa en sus vidas para poder protegerlos. Sin embargo, Andrea no podía evitar volverse hermética cada vez que su madre intentaba interrogarla, se cerraba literalmente como una ostra cuando se siente amenazada. Lillian no tardó en darse cuenta de que conseguiría averiguar más cosas sobre Andrea si actuaba con cierto desinterés, y si dejaba que fuera su hija quien le hablara voluntariamente cuando a ella le pareciera oportuno. Andrea era como un castillo fortificado, y Lillian debía esperar fuera hasta que el puente levadizo empezara de manera misteriosa a descender y la puerta se abriera desde el interior.

En cambio, Nadine, la hija mayor de Lillian, era totalmente diferente. Ya desde niña se pasaba horas hablando abiertamente con su madre sobre cualquier cosa que le pasara. Le confiaba todas sus preocupaciones, le pedía consejo y parecía guardarse pocos secretos. Sin embargo, irónicamente, ahora es con Nadine con quien Lillian tiene problemas. Pueden estar hablando de forma agradable por teléfono, Nadine contándole algún asunto personal y Lillian haciéndole preguntas y comentarios al respecto, como lo haría cualquier amiga. Pero, entonces, Lillian le hace una pregunta, que a ella le parece en la línea de todas las anteriores, y, de pronto, Nadine monta en cólera e incluso le cuelga el teléfono. Lillian se queda paralizada, mirando el auricular enmudecido, y se siente como si le hubieran dado una bofetada. Sabe que probablemente ha rebasado algún límite que no debía, pero se pregunta cómo podía haber sabido en qué punto estaba dibujada esa línea divisoria. Para Lillian, Nadine es como una anfitriona imprevisible que te invita a su casa, y luego te echa y te cierra la puerta en las narices. En esas ocasiones, Lillian piensa que habría preferido que no la hubiesen invitado.

A Lillian le resulta irónico, casi inexplicable, que este tipo de conflictos surjan precisamente con Nadine, la hija que siempre se había comunicado con tanta franqueza con ella, y no con Andrea, quien siempre la había mantenido a distancia. Este fenómeno, sin embargo, no es tan extraño como parece, ya que hablar de cuestiones personales íntimas propicia oportunidades de hacer comentarios que pueden herir sentimientos, y por tanto causar rabia e irritación. Esto también explica por qué las conversaciones entre madres e hijas pueden ser especialmente conflictivas y, al mismo tiempo, especialmente reconfortantes. A veces la discordia es consecuencia del tipo de conversaciones que muchas mujeres suelen tener con otras mujeres a las que se sienten unidas. Así pues, es mucho más probable que, de vez en cuando, se produzcan estallidos de rabia a causa de cualquier comentario impertinente, que ofende a la una o a la otra, cuando una madre y una hija hablan largo y tendido sobre temas personales

—justo el tipo de conversaciones que tantas mujeres aprecian como un signo de intimidad.

Uno de los riesgos de tales conversaciones es cruzar una frontera invisible: el hecho de ofrecer cierta cantidad de información personal no significa que una mujer quiera revelar todos los aspectos de su vida privada. Sabiendo esto, Lillian asume que cuando su hija Nadine se enfurece por culpa de alguna pregunta, significa que ella ha pisado un territorio en el cual su hija no quería que entrara. No obstante, a menudo lo que más irrita a una hija no es el tipo de información que persiguen las preguntas de su madre, sino la crítica que parecen implicar. Y esto puede suceder tanto durante intercambios de detalles aparentemente insignificantes, como durante conversaciones en que se involucran más los sentimientos.

¿Pretenden subirte la moral o, más bien, desmoralizarte?

Maureen está hablando por teléfono con su hija Claire, una profesora de piano con una larga lista de alumnos privados, recientemente elegida vicepresidenta de la asociación de profesores de música a la que pertenece. Ambas están charlando amigablemente, cuando Claire dice: «Estoy tan cansada. Ayer por la noche estuve despierta hasta las tantas escribiendo las evaluaciones de los estudiantes que solicitaron la beca de nuestra asociación de música, y esta noche también tendré que quedarme hasta muy tarde para redactar las actas de la última reunión». A lo que Maureen responde: «¡Trabajas demasiado, Claire! ¿Por qué no puede ayudarte cualquier otro miembro de la asociación? Además, tú no deberías perder tiempo redactando actas; no eres una secretaria, ¡eres la vicepresidenta! No soporto ver cómo dejas que se aprovechen de ti de esa manera». Tras este comentario viene la explosión. «¡Mamá! —exclama Claire—. ¡Sabes de sobras que me gusta mucho trabajar para la asociación de profesores de música! Estuve encantada de que me eligieran, y fue decisión mía continuar siendo presidenta del comité de becas. Me gusta actuar como juez porque me ayuda a preparar a mis estudiantes para los concursos. Y esta vez me ofrecí voluntaria para las actas porque la secretaria no pudo venir a la reunión. ¿Por qué siempre tienes que criticar todo lo hago? ¿Tan difícil te resulta darme un poco de apoyo?» Maureen se defiende: «Pero si no te estoy criticando. ¡Lo que intento es ayudarte!». Se siente injustamente atacada. ¿Pero de dónde ha sacado Claire la idea de que su madre la está criticando? ¿Animar a su hija para que defienda sus derechos no es darle apoyo? Y, aunque Claire no esté de acuerdo con las sugerencias de su madre, ¿por qué se enfada tanto? ¿Por qué un comentario tan inocente provoca una reacción tan fuerte?

La explicación se encuentra en los metamensajes. Lo que Claire escuchó fue que su madre piensa que no ha tomado las decisiones correctas, y que no es capaz de realizar con éxito las tareas que ha asumido. Al decir que Claire deja que se aprovechen de ella, su madre no sólo pone en entredicho el criterio de su hija a la hora de actuar, sino que transforma la imagen que Claire tiene de sí misma. La gran cantidad de tareas que le han sido confiadas por sus colegas son testimonio del respeto que éstos tienen hacia ella y hacia su profesionalidad. Cumplir con todas estas obligaciones, aunque resulte agotador, hace que Claire se sienta importante y competente. En cambio, las observaciones de su madre la hicieron sentir como si la estuvieran pisoteando, como una auténtica pringada. Su madre había convertido la confianza y el respeto de sus colegas en explotación pura y dura.

Por su lado. Maureen se pregunta: «¿Qué es lo que quiere de mí?». Lo que Claire quiere de su madre es, simplemente, una muestra de afecto: «Puedo sentir en mis huesos lo exhausta que debes de estar, pero el trabajo que estás haciendo es importante, y estoy convencida de que lo harás todo muy bien. Durante el fin de semana ya podrás dormir y recuperarte». Claire le estaba pidiendo a su madre consuelo y aliento, el equivalente adulto al gesto infantil de mostrarle a la madre la rodilla llena de arañazos, a fin de que ésta le dé un beso a la herida y la cure. ¡Qué decepcionada se sentiría la niña si, en lugar de consolarla, su madre la regañara por haberse caído! Cosa que las madres hacen de vez en cuando, dejando a sus hijos totalmente consternados. Ésta fue la doble frustración que hizo que Claire explotara: su madre no sólo no le ofreció el consuelo y el apoyo que ella necesitaba, sino que, aún peor, los consejos que le dio llevaban implícito el mensaje de que su madre no confiaba en el criterio y la capacidad profesional de Claire. Pero consideremos el punto de vista de Maureen. Ella estaba preocupada por su hija, le estaba demostrando aquello que tantas mujeres dicen valorar de sus madres: que siempre están a su lado. Por eso la reacción de Claire es tan inesperada para su madre, y el hecho de venirle tan por sorpresa hace que sea todavía más dolorosa. Maureen pensaba que estaba tan cómoda y feliz dando un paseo en coche junto a su hija, cuando, de sopetón, ésta va y la echa del coche de un empujón.

Tanto a Maureen como a Claire la respuesta de la otra a sus palabras la cogió desprevenida. Son precisamente estas interpretaciones tan distintas de las mismas conversaciones las que hacen que la frustración sea tan frecuente entre madres e hijas adultas. La secuencia se produce más o menos de la siguiente manera: una hija revela algo personal a su madre en el contexto de una relación de intimidad y proximidad. La madre, que desea proteger a su hija y hacer lo posible para que las cosas le vayan bien, le da algunos consejos; el metamensaje que pretende transmitir es que su hija le importa y que la quiere. Sin embargo la hija oye un mensaje distinto: que su madre menosprecia lo que ella está haciendo y, por tanto, también la menosprecia a ella como persona. Esta implicación hiere los sentimientos de la hija, así que ésta contraataca, hiriendo a su vez los sentimientos de la madre. Ambas están atrapadas en la maraña de nudos creada por el doble significado que conlleva dar un consejo: nosotros queremos ofrecer nuestra ayuda, pero, al mismo tiempo, también puede parecer que pensamos que la otra persona está haciendo algo mal; de lo contrario, no haría falta que le aconsejáramos nada. Los nudos son difíciles de desatar porque, la mayoría de veces, los hilos que los forman proceden no de los mensajes, cuyo significado es fácil de descifrar, sino de los metamensajes, es decir, de aquello que las palabras implican.

El modo en que se originó la discusión entre Maureen y Claire nos muestra por qué las conversaciones entre madres e hijas pueden ser tan gratificantes, y a la vez tan conflictivas: lo bueno y lo malo crece sobre la misma raíz. Para muchas mujeres, mantener conversaciones íntimas sobre asuntos personales —saber que a alguien le importan los detalles de tu vida y entiende por lo que estás pasando, alguien a quien puedes abrirle tu corazón y mostrarle lo que hay dentro— es muy reconfortante. A través de estas conversaciones, las mujeres también llegan a comprender mejor su situación, ven más alternativas a la hora de actuar y sienten que no están solas, que otras han vivido experiencias similares. Este tipo de charlas, no obstante, también conlleva sus riesgos: estás revelando a otra persona información muy íntima y que dice mucho de ti misma. Por eso, si esa persona no reacciona como tú deseas, te sientes profundamente herida —cosa que nunca podría pasar en caso de hablar, por ejemplo, sobre política o sobre temas de actualidad—. No hay nada más punzante que pensar que, mientras conversas con alguien, estás protegida, como envuelta por un cálido abrazo, compartiendo detalles personales que refuerzan un sentimiento de proximidad, y sentir repentinamente que la persona a quien has confiado toda esa información sobre ti misma y sobre tu vida, la está utilizando como un arma con la que golpearte. Es comprensible que entonces reacciones devolviendo el golpe, pero si la intención de tu interlocutora era ofrecerte su apoyo y sus consejos, sin duda percibirá tu reacción como un primer ataque.

Aquí expongo dos ejemplos de conversaciones entre una madre y una hija en que ambas acabaron dolidas y culpándose mutuamente.

«¡No puedo creer que me hayas dicho eso!»

Martha estaba encantada de que su hija Vicki le contara cómo le iban las cosas. «Estoy tan emocionada con las elecciones —dijo Vicki—, no puedo dejar de hablar del tema. Me he ofrecido voluntaria para recaudar votos en los estados indecisos. De hecho, estoy pensando en irme allí durante una semana para ayudar en la campaña.» Martha respondió lo siguiente, con la intención de elogiar a su hija: «Vicki, no sabes lo feliz que me hace ver que pones tanta pasión en algo. ¡Has estado tan deprimida estos meses! Ni siquiera recuerdo la última vez que te vi ilusionada por algo. ¡Qué contenta estoy!». De golpe y porrazo, sin que su madre supiera de dónde ni por qué, Vicki se enfureció: «¡No puedo creer que me hayas dicho eso! A quién le importa si tú estás feliz o no. ¡No se trata de ti, ¿o es que no lo entiendes?! No debí decirte nada, ¡lo sabía!».

Martha se quedó aturdida y profundamente herida. Ella creía haber dicho algo positivo y alentador. No tenía ni la más remota idea de que sus comentarios irritarían a su hija de esa manera. Precisamente por miedo a provocar ese tipo de estallidos, siempre andaba con pies de plomo cuando hablaba con ella. Sin embargo, al oír esta conversación, comprendí el motivo de que Vicki reaccionara como lo hizo; lo que Martha pensó que era un mensaje de ánimo y elogio tuvo el efecto contrario en su hija —al fin y al cabo, cuando la gente se enfada es normalmente porque se siente herida—. Al decir que estaba contenta de que su hija estuviera entusiasmada con algo ahora, Martha también había dicho, de forma implícita, que a Vicki antes le había faltado esa cualidad positiva, el entusiasmo. Detrás de la efusiva frase: «Es fantástico cómo estás ahora», se escondía de forma implícita el: «Antes estabas mal». El contraste entre un presente positivo y un pasado negativo fue lo que transformó el cumplido de Martha en una crítica. Y mientras que Martha sólo veía la parte positiva de lo que había dicho, para su hija, ésta quedaba totalmente eclipsaba por la parte negativa que contenía el comentario.

No obstante, no fue esta decepción lo que Vicki expresó al exclamar: «¡No se trata de ti!», que fue la acusación que más disgustó a Martha. Se me ocurren varias razones por las cuales Vicki acusó a su madre de ser una egoísta y de pensar solamente en ella, en lugar de recriminarle que criticara su estado de apatía en el pasado. En primer lugar, cuando te sientes herido, a menudo no sabes exactamente a lo que estás reaccionando. Únicamente sabes que te sentías bien y que ahora te sientes mal. Y en segundo lugar, está la distinción entre mensaje y metamensaje. Lo que a Vicki le dolió tanto no aparecía explícitamente en las palabras de su madre, así que Vicki se centró en el «yo» de «¡Qué contenta estoy!». Además, Vicki seguramente también intuyó que acusar a su madre de egoísta era una buena manera de devolverle ojo por ojo. (En el fondo es imposible saber si «¡Qué contenta estoy!» era simplemente una expresión idiomática —del mismo modo que decir «lo siento» es una forma de expresar compasión—, o bien si Vicki tenía razón al considerar que, en cierta medida, a su madre le interesaba más su propio bienestar emocional que el de su hija.)

Esta conversación tiene mucho en común con la que expondré a continuación. Me fue relatada por la madre que la protagonizó, quien también acabó muy disgustada. El diálogo empezó como un amigable intercambio de información sobre sentimientos y acontecimientos cotidianos. «He estado bastante baja de moral últimamente», le confesó Judy a Eva, su madre, por teléfono. «Ese suspenso del que te hablé me ha afectado muchísimo. Y no entiendo por qué no me lo puedo quitar de la cabeza, pero la verdad es que no puedo». Eva intentó ayudarla dándole un consejo. «Quizá deberías considerar la posibilidad de tomar Prozac —le dijo—. Me he dado cuenta de que tienes tendencia a deprimirte, y muchas amigas me han dicho que el Prozac les va muy bien.» De pronto, el clima cálido y distendido de la conversación se estropeó por completo. Y Judy exclamó: «¡No puedo creer lo que acabas de decirme! ¡Yo nunca he estado deprimida! ¡Sólo porque he tenido un mal día ya me estás diciendo que soy una especie de caso psiquiátrico!». A Eva la cólera de su hija la cogió totalmente desprevenida. No entendía por qué Judy había reaccionado con tanta virulencia a su bienintencionada sugerencia.

Más grande que la vida misma

Como vimos en el ejemplo anterior, Judy lo que quería era compasión por lo que sentía en esos momentos, en cambio Eva le respondió con una observación general sobre su comportamiento. Desconozco si Eva estaba o no en lo cierto sobre la tendencia de Judy a deprimirse. En todo caso, puedo entender que Eva, dado que el bienestar de su hija le inquietaba profundamente, deseara encontrar una manera de hacer que Judy se sintiera mejor, y pensara que tomar antidepresivos quizá serviría. Dicho de otro modo, posiblemente a Eva la infelicidad de Judy le parece mucho más alarmante que a cualquier otra persona justamente porque, como madre, se preocupa más por ella. Una sugerencia como la de Eva —que para Judy es exagerada— podría molestar viniendo de cualquier otra persona, pero si, además, proviene de una madre, es muy posible que se convierta en un juicio condenatorio, puesto que la opinión de la progenitora tiene una importancia crucial para la hija. Por tanto, detrás de la ira de Judy se esconde el miedo de que su madre tenga razón: «¿Y si su sentimiento de tristeza y decaimiento no es sólo un caso de melancolía pasajera, sino un síntoma evidente de inestabilidad mental?».

A causa de explosiones como éstas, hablar con una hija adulta o con una madre puede ser como caminar por un campo minado. Incluso aunque pudiera entender que Judy se molestara por su consejo, Eva pensó que su reacción había sido totalmente desproporcionada. «Muy bien, tú no estás de acuerdo con que tengas tendencia a la depresión —piensa Eva—. ¿Cuál es el problema? ¿Por qué tanto escándalo? ¡Lo que he dicho no puede ser *tan* malo!» A menudo la respuesta de una hija puede parecer desmesurada en comparación con la observación que le ha hecho su madre, pero es que, en realidad, no es una reacción a las palabras exactas que se han pronunciado; la hija responde a la opinión que su madre tiene de ella. Ser consciente de esto debería ayudar a aquellas madres que no comprenden por qué sus hijas se encolerizan tanto: para una hija, su madre es más grande que la vida misma, por eso cualquier juicio emitido por ella le puede sentar como una cadena perpetua. «De pequeña —me contó una mujer—, cuando mi madre se enfadaba conmigo, solía gritarme que yo era la peor niña del mundo. Entonces yo le gritaba que ella era la peor madre que yo había conocido. Sin embargo, por dentro, temía que mi madre tuviera razón. E incluso ahora, cuando me peleo con mi marido o cuando creo que alguien se ha enfadado conmigo, oigo la voz de mi madre, y pienso que a lo mejor sí que era la peor niña del mundo, y ahora soy la peor mujer que existe.»

Las generalizaciones hirientes también se dan por parte de las hijas. Marilyn era una artista cuyo trabajo era muy valorado. Había conseguido crearse una amplia clientela gracias a unas originales chaquetas que ella misma había diseñado a partir de la técnica del *patchwork*. En los últimos tiempos, Marilyn estaba experimentando con sus telas para hacer tapices que mezclaran colores y tejidos de una forma original y única. Se sentía muy orgullosa de su nueva línea, pero también estaba algo inquieta porque no sabía cómo responderían sus clientes. De hecho, la primera vez que expuso sus tapices en una muestra de artesanía, Marilyn quedó bastante decepcionada porque se vendieron muy pocos. Le explicó a su hija lo que le había pasado, esperando recibir su apoyo: «Tus tapices son preciosos, mamá. Ya verás como enseguida empezarás a tener clientes». Sin embargo, en lugar de hacer un comentario como éste, su hija le dijo: «Deberías limitarte a las chaquetas, mamá, porque es lo que sabes hacer y lo que quiere tu clientela». Marilyn se quedó hecha polvo. Le resultó devastador que alguien le dijera que todas esas horas invertidas en un nuevo proyecto eran tiempo perdido, y más aún viniendo de su propia hija. Se sintió como si su hija hubiera querido hacerle daño intencionadamente y, al conocerla tan bien, la hubiera golpeado en su talón de Aquiles, el aspecto de su vida en que era más vulnerable.

Grandes esperanzas

Los aspectos negativos de la relación madre-hija pueden derivar, en parte, de la magnitud de los positivos. Madres e hijas esperan, y suelen obtener, tanto las unas de las otras, que su frustración es inversamente proporcional cuando no es así. La actriz Liv Ullmann definió aquello que cualquier hija desea idealmente de su madre, y que algunas obtienen, al menos a veces. Al describir la relación con su hija, Ullmann dijo: «Le pase lo que le pase, ella sabe que puede confiar en mí, que no la voy a juzgar, y que va a recibir todo mi apoyo y ayuda». Paralelamente, las madres, al menos algunas, también esperan que sus hijas hagan lo que les piden. Como comentó una mujer: «Mi madre está constantemente recordándome cuánto hizo por su madre. Y sé que piensa que yo debería estar haciendo lo mismo por ella».

Estas expectativas en sí mismas pueden causar resentimiento. Margot recibe una llamada de su hija, Bonnie.

—Hola, mamá —empieza Bonnie—. Me acabo de enterar de que tengo una reunión en San Francisco el próximo viernes. Stan puede cogerse el día libre el viernes, así que hemos decidido pasar allí el fin de semana. Habíamos pensado que Jonah se podría quedar con vosotros, ¿qué tal os va?

A Margot se le hace un nudo en la garganta.

—Vaya, cariño, sí que lo siento —contesta dubitativa—. El sábado es mi cumpleaños, y tu padre y yo teníamos pensado hacer algo especial para celebrarlo. —Margot aguanta la respiración. Odia decepcionar a su hija, y, de hecho, prácticamente siempre que se lo pide, que es con bastante frecuencia, accede a cuidar de Jonah sin dudarlo un instante.

Bonnie se queda sorprendida.

—Pero si nunca te han importado los cumpleaños —le dice.

—Tienes razón —reconoce Margot—, pero este año

cumplo sesenta y cinco, y creo que esto merece algo especial.

Bonnie lo acepta, pero Margot se siente terriblemente mal cada vez que le dice que no a su hija. Ella también cree, como Liv Ullmann, que debería estar al lado de su hija, dándole apoyo y ayudándola siempre que ésta lo necesite. Y sin embargo, le reprocha a Bonnie que la haga sentir mal sólo porque le hace ilusión celebrar su cumpleaños.

El resentimiento de una hija también puede proceder de su incapacidad a la hora de satisfacer expectativas, las de su madre y las suyas propias. Sharon está hablando con su madre por teléfono, y ésta le pregunta si pueden ir a comer juntas. Sharon sabe lo sola que se siente su madre desde que su padre murió, y lo lamenta en el alma, pero lleva una vida ajetreada y no tiene tiempo de hacerle compañía a su madre día tras día. Sharon se ve obligada a decirle que no puede ir a comer con ella. Pero, como piensa que debería hacerlo, se siente fatal; y finalmente acaba culpando a su madre por hacerla sentir tan mal.

Estamos conectadas

En situaciones de este tipo, parte del resentimiento de madres e hijas proviene de aquello que cada una percibe como sus propias obligaciones, o las de la otra. Pero hay otra parte que tiene su origen en la conexión que existe entre ambas, una conexión que hace que cada una de ellas sienta profundamente las emociones de la otra. Sin duda, esto era lo que nos pasaba a mi madre y a mí.

Un día, cuando mi madre tenía más de noventa años y vivía con mi padre en un complejo residencial para jubilados, llegué a casa y encontré un mensaje suyo en el contestador. Había estado leyendo un artículo en el periódico y me comentó, con voz emocionada, «*¡Te han citado!*». Oír lo ilusionada que estaba llenó mi corazón de alegría. Marqué su número, ansiosa por escuchar en directo su felicidad. Pero, cuando respondió al teléfono, oí un tono de voz distinto; me saludó con un «hola» seco, lacónico y átono. De inmediato supe que no se sentía feliz.

—¿Qué te ocurre, mamá? ¿No te encuentras bien?

—Estoy bien —me contestó, pero su voz la delataba: no era cierto.

—Y bien, ¿qué has hecho hoy? —me preguntó inexpresivamente. Yo le respondí lo de siempre: «He estado trabajando en mi libro». A lo que ella repuso también lo de siempre: «Trabajas demasiado. Deberías salir a divertirte un poco». Se me encogió el corazón, como cada vez que me hacía este comentario, porque me parecía un rechazo de la vida que yo había elegido. Mi respuesta típica era decirle a la defensiva: «Me gusta trabajar en esto, mamá. Para mí el trabajo es diversión». Sin embargo, en esa ocasión, pensé que podía contarle que había hecho algo «para divertirme». Y le expliqué:

—Esta tarde hemos salido. Nos hemos encontrado a otra pareja y hemos ido al Monumento a Franklin Delano Roosevelt, y luego hemos ido a cenar.

Ella no me dijo: «¡Qué bien! Me alegro de que al final hayas decidido hacer algo para distraerte». Y tampoco me preguntó: «¿Y cómo te lo pasaste allí? ¿Cómo es el monumento?». Simplemente repuso:

—Nosotros no hacemos nada de nada. Bajamos a cenar y luego volvemos a subir, eso es todo. —¡Zas! Sentí una punzada, una opresión familiar en el pecho, que me sobrevenía siempre que mi madre se sentía infeliz. Fue como si me acusara de su desilusión, como si fuese yo quien la había decepcionado, quien había fracasado al no conseguir evitar su infelicidad.

Durante toda mi vida me sentí como si hubiese un cable eléctrico conectando el pecho de mi madre con el mío, porque tenía la impresión de que sus emociones eran transferidas directamente de su corazón al mío. Cuando la llamaba, enseguida sabía, por cómo me contestaba, qué tipo de emociones me tocaría absorber. Si al decirme: «Ah, hola, cariño, ¿cómo estás?», su entonación era ascendente, me subía el ánimo. Pero, si al saludarme, su entonación era monótona, mis ánimos decaían. Ahora sé que no soy la única mujer conectada por este cable, y que el cable puede conducir electricidad en ambas direcciones. La madre de una hija adulta lo definió con estas palabras: «Por el sonido de su voz inmediatamente sé cómo se siente. Si está triste, aunque sólo sea un poquito, yo también me entristezco. Me doy cuenta en el momento en que abre la boca. Durante su divorcio, estuvo bastante deprimida, así que yo también me deprimí bastante en esa época».

Esta madre tiene además otros dos hijos, pero esta especie de transferencia emocional sólo se da con la hija. Lo mismo me contaron muchas de las mujeres con quienes hablé. Si tienen hijas e hijos, detectan el humor de ellas con mucha más rapidez, y a menudo se sienten vulnerables a sus estados de ánimo. Y las hijas suelen afirmar lo mismo respecto a sus madres, en comparación con sus padres. Sin embargo, la intensidad de ese efecto varía en cada caso. Algunas madres me comentan que se sienten mal si sus hijas se sienten mal, pero que esa sensación no suele durar mucho una vez finalizada la conversación. Y a mis dos hermanas, que tuvieron la misma madre que yo, y también identificaban de inmediato de qué humor estaba, esto no les afectaba tan profundamente como a mí. El grado de intensidad, pues, varía enormemente según la personalidad individual de cada persona y según la naturaleza particular de su relación. No obstante, dentro de esa gran gama de intensidades, la tendencia a absorber las emociones de la otra acostumbra a ser mucho más fuerte entre madres e hijas.

Las madres que tienen hijas e hijos también me cuentan que hablan con mucha más frecuencia con ellas que con ellos, de la misma manera que muchas mujeres hablan a menudo y largos ratos con sus amigas. Hablar con frecuencia es otra de las razones por las cuales las relaciones entre hijas y madres acostumbran a ser más conflictivas que las que se establecen entre madres e hijos, padres e hijas, o padres e hijos. «¿Pero de qué habláis, chicas?», solía preguntar mi padre realmente desconcertado cuando mi madre se pasaba horas al teléfono, charlando conmigo o con alguna de mis hermanas. Este tipo de conversaciones, en que se va de un tema al otro sin que muchas veces haya nada concreto que comunicarse, y en que el tiempo no es un factor importante, constituye unos de los aspectos más gratificantes de las relaciones entre madres e hijas, ya que contribuye en gran parte a reforzar sus sentimientos de unión e intimidad, tanto si se trata de discusiones serias sobre problemas personales, como si simplemente se están contando detalles del día a día. Por otro lado, conversar de forma frecuente también proporciona más ocasiones en las que absorber emociones negativas y captarlas a partir de sutiles señales transmitidas por las palabras, el tono de voz o los silencios.

El cable invisible que transfiere las emociones de una a la otra también explica, en parte, el por qué muchas mujeres prefieren no contar a sus madres todo lo que les ocurre —especialmente cuando se trata de cosas importantes que podrían inquietarlas, como enfermedades graves o problemas en el trabajo—. Yo enseguida hablaba con mi madre de cualquier pequeña desgracia o percance sin importancia, ya que las muestras de preocupación y empatía que recibía de ella eran como un bálsamo para mí. En cambio, nunca quise contarle problemas más graves, puesto que sabía que, si lo hacía, debería escuchar al día siguiente que mi madre no había podido dormir en toda la noche de lo preocupada que estaba por mí. Mis problemas se convertían en sus problemas y, lógicamente, yo no quería quitarle el sueño a mi madre, ni pasar de buscar consuelo a tener que darlo.

Estar fuera de peligro

Es imposible saber si los ataques verbales que ocasionalmente intercambian madres e hijas son en realidad inintencionados, o si, al menos a veces, ambas son conscientes, hasta cierto punto, de estar lanzándose indirectas, aunque cada una crea que podrá exculparse reivindicando el sentido literal de sus palabras. Sin duda alguna, dos personas que han estado tan cerca durante tanto tiempo comparten una larga historia de reproches y pequeñas ofensas por las que pueden estar buscando sutiles formas de vengarse. Sin embargo, seguro que también comparten un montón de anécdotas y vivencias, un cierto sentido del humor e incluso un lenguaje propio, además de una preocupación mutua por el bienestar de la otra que hace que sus conversaciones sean probablemente más íntimas y fluidas que las que puedan mantener con cualquier otra persona. Comprender el funcionamiento de los mensajes y los metamensajes, y el modo en que se negocian los sentimientos de conexión, intimidad e intrusión, puede maximizar las ocasiones en que las palabras son como caricias, y minimizar las veces en que son como arañazos.

Dado que charlar juega un papel tan importante en la vida de las mujeres, entender por qué comunicarnos puede causarnos a veces tanta frustración, y encontrar formas de mejorar nuestras conversaciones es crucial para lograr que las relaciones entre madres e hijas sean cada vez más satisfactorias y menos frustrantes. Nuestro deseo más profundo es que nuestras madres y nuestras hijas nos comprendan y nos acepten tal como somos. Si escuchamos con atención la manera en que nos hablamos, y aprendemos a comunicarnos de una forma distinta, conseguiremos acercarnos a ese objetivo.

2. MI MADRE Y MI ASPECTO: ENTRE LA PREOCUPACIÓN Y LA CRÍTICA

Durante una visita a mis padres en Florida, yo estaba sentada frente a mi madre en la mesa del comedor cuando ella me preguntó: «¿Te gusta llevar el cabello tan largo?». Yo me reí. (Si entonces hubiera sido más joven, y mi madre más fuerte, seguramente me hubiera enfadado u ofendido por ese comentario.) Sorprendida, ella me preguntó qué era lo que me hacía tanta gracia. Yo le expliqué que me había reído porque, mientras investigaba y recopilaba información para el libro que estaba escribiendo, había encontrado muchísimos ejemplos de madres que criticaban el peinado de sus hijas. «Yo no te estaba criticando», se defendió mi madre. Era obvio que mi respuesta la había disgustado ligeramente, así que dejé el tema. Sin embargo, un poco más tarde, fui yo quien le pregunté: «Mamá, ¿qué opinas de mi pelo?». Sin vacilar un segundo, repuso: «Pues pienso que lo llevas demasiado largo».

La madre de Sheila ha ido a visitarla. Una mañana le dice alegremente: «Me encanta cuando te peinas el cabello hacia atrás. Te queda tan bien». En principio, esto podría parecer un cumplido. Y lo hubiera sido si, en ese momento, Sheila hubiera llevado el pelo hacia atrás. Pero resulta que, ese día, Sheila se había dejado caer el flequillo hacia delante. Decirle a su hija que está muy guapa cuando se peina de otra manera implica claramente: «No me gusta como llevas el pelo hoy». Entonces Sheila responde: «Bueno, ¡pues así es como me lo he peinado hoy!». Y el tono de su voz indica indudablemente que la hija se ha enfadado. «¿Pero qué mosca te ha picado? —pregunta su madre, sorprendida y un poco molesta—. ¿Por qué eres tan susceptible?»

Cuando las mujeres a quienes entrevisté me hablaban sobre sus madres, me di cuenta de que la queja que expresaban con más frecuencia era: «Siempre me está criticando». Y aquello de lo que más se quejaban las madres respecto a sus hijas adultas era: «No puedo abrir la boca. Todo se lo toma a mal». Estas dos quejas son dos caras de una misma moneda. Tanto hijas como madres coinciden en identificar cuál es el tipo de conversaciones que les traen problemas; aunque discrepen sobre quién empezó la discusión, ya que tienen diferentes puntos de vista acerca de los metamensajes implícitos en sus palabras. Allí donde la hija ve una crítica, la madre ve una muestra de afecto y preocupación por su hija: ella tan sólo pretendía hacer una sugerencia, ayudar, dar consejo u ofrecer su opinión. La mayoría de veces, ambas tienen razón.

Tanto si a Sheila le sienta mejor llevar el pelo peinado hacia atrás, como si le queda mejor hacia delante, a su madre le gusta más hacia atrás. ¿Y qué ocurre si tiene razón? ¿Es que una madre no tiene el derecho, sino la obligación, de asegurarse de que su hija saque el máximo provecho de su aspecto? Si una madre no usara su experiencia para ayudar a mejorar la vida de su hija, incluida su apariencia física, ¿no se la podría considerar ciertamente un poco negligente? Es con este fin que se transmiten los metamensajes de cariño cuando se hacen sugerencias o se ofrece ayuda. Aunque es innegable que cualquier sugerencia o consejo también implica un metamensaje de crítica. Al fin y al cabo, una madre que cree que su hija no está haciendo nada mal no tendrá necesidad de darle ningún consejo ni de ofrecerle ayuda. Y si esos consejos y sugerencias son frecuentes, es posible que una hija sienta que su madre la ve como un proyecto de reciclaje, cosa que la hará sentir como una fracasada.

Los metamensajes de afecto y de crítica se encuentran, pues, indisolublemente mezclados. El problema es que cada parte identifica sólo o bien el uno, o bien el otro; así, las hijas se sienten injustamente criticadas mientras que sus madres se sienten injustamente acusadas. Y cuando se pierden los estribos, ambas son incapaces de ver cuáles son las motivaciones de la otra. Ninguna de las dos ve venir la pelota, por así decirlo, porque se están fijando en pelotas distintas. La hija explota porque su madre la critica. Sin embargo, para la madre, esa explosión es totalmente inesperada puesto que ella cree, de todo corazón, que su intención no era criticar, y mucho menos herir los sentimientos de su hija. Por tanto, se disgusta por lo que ella interpreta como un ataque sorpresa por parte de su hija.

¿Qué estás mirando?

Las críticas implícitas al peinado no son la única razón por la que muchas mujeres se sienten consternadas por los comentarios de sus madres. Cualquier observación sobre su físico, incluidos los elogios, puede ofender porque parece implicar una falta de atención hacia lo que ellas consideran aspectos más importantes de sus vidas.

Una mujer me contó lo emocionada que estaba al imaginarse lo orgullosa que se sentiría su madre al verla aparecer en la televisión pública (C-Span, Cable – Satellite Public Affairs Network) junto al presidente de Estados Unidos durante la firma de un proyecto de ley. Es fácil comprender que el primer comentario de su madre se quedara grabado en la memoria: «Se notaba que te hacía falta un corte de pelo». Se me ocurrió que esta mujer hubiera podido tomarle prestada la siguiente frase a otra mujer que, en circunstancias similares, la usó con su madre: «Lo siento, pero el tema de mi peinado ya no me interesa en absoluto, ni me va a interesar jamás en la vida».

En mi opinión, la forma de peinarse es uno de los tres grandes temas que las madres tienen tendencia a criticar (sea positiva o negativamente) en sus hijas. Los otros dos son la ropa y el peso (para algunas existe aún un cuarto, pero de muy distinta índole: la forma en que educan a sus hijos). A continuación expongo un ejemplo del segundo tema: la manera de vestir.

Justo después de publicarse mi libro *Tú no me entiendes*, realicé una gira de promoción que incluía apariciones en televisiones locales de diferentes ciudades. Pedí a varios amigos, que vivían en esas ciudades, que grabaran en vídeo los programas a los que acudí como invitada y, cuando la gira terminó, mostré las cintas a mis padres. Mi madre estaba entusiasmada con la idea de ver a su hija en la televisión, pero al mismo tiempo también se disgustó al constatar que me puse el mismo traje en todas mis apariciones. Y no sirvió de nada que yo le dijera que nadie iba a ver todos los programas. Después de aquella experiencia, cada vez que aparecía en un programa de la televisión estatal, sabía que mi madre se quejaría si vestía el mismo traje, y que en cambio me felicitaría si me vestía de alguna otra manera. Si a mi madre le entristecía mi desinterés por la ropa, a mi me disgustaba el hecho de que ella prestara más atención a lo que llevaba puesto que a lo que decía ante la cámara.

La obsesión de mi madre por cómo me vestía a la hora de aparecer en televisión se limitaba a un contexto muy específico; sin embargo, la preocupación de algunas madres por el tercer tema de la tríada, el peso y la silueta, puede salir a relucir en infinidad de situaciones. Ésta es una de las anécdotas más exageradas que escuché.

Jenny fue una de las mujeres que me contó que hacer dieta era una preocupación constante en su familia. Cuando estaba en el hospital, dando a luz a su primer hijo, recibió la visita de su madre, que, desafortunadamente, llegó cuando Jenny estaba a punto de ingerir su primera comida sólida después de tres días. Justo en el instante en que Jenny se disponía a meterse en la boca un bollo untado de mantequilla, su madre entró por la puerta de la habitación, y le soltó: «Ahora mismo debería quitarte ese bollo de las manos». Sin duda, su madre había hecho ese comentario de forma inconsciente; seguramente se trató más bien de una respuesta automática que no de una observación premeditada. De todos modos, en aquel momento, a Jenny le pareció mucho más importante haber dado a luz que el contenido calórico de lo que se estaba comiendo.

A pesar de que muchas mujeres mencionaron la ropa y el sobrepeso como dos de los aspectos que sus madres solían criticarles, el tema que surgía de forma más reiterada, y que, en muchos sentidos, resultaba ser el más interesante de los tres, era el pelo o la forma de peinarse.

Una historia de pelos

Cuando las madres critican el peinado de sus hijas, así como cualquier otro aspecto de su apariencia física, puede que estén diciendo en voz alta aquello que otros también piensan pero no consideran oportuno expresar. Por regla general, uno no se acerca a un extraño y le dice: «Se nota que no te has lavado el pelo esta mañana. Tendrías mucho mejor aspecto si lo hubieras hecho». En cambio las madres, y más adelante las hijas adultas, se sienten legitimadas, sino obligadas, a verbalizar explícitamente observaciones de esa clase.

¿Pero por qué las críticas, al igual que los cumplidos, se centran tan a menudo en cómo nos peinamos? En los comentarios que hizo una mujer quien, como tantas otras, me habló de la tendencia de su madre a criticarle el cabello, pude vislumbrar dos posibles causas. «Mi mamá me dice que no es profesional llevar el pelo largo —me contó Meghan—. Y lo que más me molesta es que haya tanta gente que me diga lo bonita que es mi cabellera. A todo el mundo, menos a ella, le parece que mi pelo es la mar de bonito, incluido mi marido.» Y añadió: «De hecho, ¡mi mamá odia su propio pelo! Siempre se está mirando al espejo, intentando aplastárselo, o ahuecándoselo, apartándoselo de la cara o echándoselo hacia delante». Darle volumen al cabello, o bien quitárselo, dejarse flequillo o echárselo hacia atrás... Tal como indica el comentario de Meghan sobre su madre, éste es un dilema al que se enfrentan todas las mujeres: la gran cantidad de opciones que tienen a la hora de peinarse. Y es justamente esta amplia gama de posibilidades lo que hace que tanto chicas como mujeres estén siempre preguntándose cuál es el peinado que mejor les sienta. Tenemos tanto donde elegir que, seguramente, cualquier opción que escojamos no será la mejor posible. Esto también explica por qué a tantas mujeres les cuesta tanto que les hagan un corte de pelo que les guste; y por qué la sola idea de plantearse un cambio de look les provoca ansiedad y optimismo al mismo tiempo.

Estaba reflexionando sobre este tema mientras viajaba en un autobús de enlace, que transportaba pasajeros de una terminal de aeropuerto a la terminal principal. Eché un vistazo a todas las mujeres que iban en el autobús: no había ninguna de ellas cuyo peinado fuera el más favorecedor posible; en mi opinión, cada una de ellas podía mejorar su aspecto cambiando de peinado. Por supuesto, yo nunca me atrevería a decírselo, aunque quizá sus madres sí. Luego observé a todos los hombres del autobús. Sin excepción alguna, todos ellos llevaban un peinado indefinido, sin nada de particular, y podríamos decir que a todos ellos les sentaba medianamente bien. (Intente hacer este experimento en cualquier lugar público en que se concentre gente de toda clase: un autobús, un avión, un supermercado.)

Los chicos y los hombres pueden decidir llevar un peinado inusual si así lo prefieren: pueden dejarse crecer el pelo hasta los hombros, recogérselo en una cola de caballo, llevarlo largo y despeinado, o rapárselo al cero. Y si lo hacen, es muy probable que algunas personas, incluidas sus madres, piensen que estarían más guapos si se peinaran de otra manera. Sin embargo, la mayoría de hombres elige un corte de pelo discreto, que no llame la atención en especial, tal como hicieron todos los hombres a los que estuve observando aquel día en el autobús. Éste es un lujo que las chicas y las mujeres no se pueden permitir. Por eso es tan probable que, nos peinemos como nos peinemos, siempre haya alguien —incluida nuestra madre o nuestra hija, si ya es adulta— que piense que habríamos podido hacer una elección mejor.

El tono en que Meghan me explicó que su madre detestaba su propio cabello fue, más o menos, el siguiente: «No es que sea una experta en peinados, ni mucho menos, ni que sepa exactamente qué estilo le sienta mejor a cada cual». Pero la imagen que Meghan tiene de su madre, retocándose el pelo ante el espejo una y otra vez, pone de manifiesto otra razón por la cual las madres tienden a ser tan críticas con la forma en que se peinan sus hijas: las examinan con el mismo rigor con que examinan su propio aspecto. El hecho de que la madre de Meghan observe la cara de su hija del mismo modo en que ella se mira en un espejo, sugiere la idea de que ve a su hija como un reflejo de sí misma. Y esto explica por qué tantas mujeres critican el aspecto físico de sus hijas, y por qué tantas hijas desearían que sus madres no lo hicieran: sentir que nuestras madres nos ven como un reflejo de ellas mismas colisiona con nuestro deseo de ser vistas por quienes somos realmente. Al mismo tiempo, el examen al que nos someten nuestras madres parece confirmar el peor de nuestros miedos: que estamos cargadas de imperfecciones.

El ojo de una madre: la gran lupa

Durante un tiempo, mi madre estuvo obsesionada con un defecto que detectó en mi aspecto físico. Todo empezó el día que le enseñé una fotografía en primer plano de mi cara. Observó aquella fotografía con especial intensidad. «Mira —me dijo—. Este ojo es más pequeño.» Y se giró para examinar mis ojos de verdad. «Sí que lo es, no hay duda —concluyó con cara de preocupación—. Tienes el ojo izquierdo más pequeño que el derecho. Deberías ir al médico a que te lo mire. Podría ser un síntoma de alguna enfermedad de la tiroides.» Volví a mirar la fotografía; mi madre tenía razón. Era mi misma cara de siempre, pero ahora mi ojo izquierdo se había convertido en el rasgo más destacado.

Después de esto, y durante cierto tiempo, cada vez que me miraba al espejo, no veía más que mi ojo izquierdo en el centro de la cara. Y durante toda esa época, cada vez que visitaba a mi madre, ella me sujetaba la barbilla y examinaba detenidamente mi rostro: «Definitivamente, tienes un ojo mucho más pequeño que el otro. ¿Has hablado ya con algún médico?». ¿Cómo podía ser que ese defecto se me hubiera pasado por alto todos estos años? ¿O se trataba quizá de algo que había sucedido recientemente? ¿Podía ser realmente el síntoma de alguna enfermedad? Finalmente consulté a mi médico de cabecera, que se burló de mi pregunta y me aseguró que no había absolutamente ningún problema, ni con mi glándula tiroides ni con mi ojo. Afortunadamente, al cabo de un tiempo, el tema de mi ojo se archivó. Mi ojo izquierdo continúa siendo más pequeño que mi ojo derecho, pero este hecho ya ha dejado de suponer un problema grave. Fue sólo cuando mi madre se fijó en él que mi ojo se convirtió en un defecto tan notable: apareció de la nada, tomó forma y adquirió importancia porque ella centró su atención en ese detalle.

La mirada de una madre es como una gran lupa colocada entre los rayos del sol y unas ramas secas. Concentra los rayos de la imperfección en el material potencialmente inflamable que constituye el anhelo de aceptación de su hija. El resultado es un auténtico incendio. ¡Dios mío!

En el caso de mi ojo izquierdo, la inquietud de mi madre podría considerarse excesiva, cuando no obsesiva. Yo ciertamente pienso que lo fue. No obstante, aquello que yo interpreté como una crítica a mi aspecto, estoy segura de que para mi madre fue preocupación por mi salud. A fin de cuentas, cabe la posibilidad de que yo, si no en esta ocasión, en otra, sufriera alguna enfermedad cuyos síntomas fueran tan sutiles que tan sólo el minucioso análisis de mi madre los pudiera detectar. Cuando intento contemplar esta situación desde el punto de vista de mi madre, recuerdo una época en que fui yo quien la examinaba a ella con lupa.

Muchas hijas, especialmente cuando entran en la adolescencia, someten a sus madres a un duro escrutinio. «A mi hija, yo no le gusto —me comentó con tristeza la madre de una adolescente—. Piensa que soy fea, gorda, y estúpida.» Esta madre me dio verdadera lástima, sin embargo su comentario también me hizo sentir culpable, ya que me recordó la actitud que yo misma, a la edad de su hija, había adoptado respecto a mi madre. Afortunadamente para las dos, mi madre vivió lo suficiente para que se volvieran las tornas.

Durante mi adolescencia, me daba mucho asco el protuberante estómago de mi madre. Lo comparaba con el mío, tan plano, y sentía una petulante combinación de alivio y autocomplacencia, y eso que no hacía nada especial para mantener la línea. Era sencillamente una chica de constitución delgada. Y sabía que mi madre de joven también había sido delgada; a menudo oí decir que pesaba tan sólo 45 kg cuando se casó. Este hecho, sin embargo, no afectaba al modo en que yo la veía. Al cabo de los años, mi metabolismo cambió, al igual que había cambiado el suyo, y constaté horrorizada que mi estómago empezaba a sobresalir. Un día, durante una visita a mis padres, cuando ya eran muy mayores, yo estaba de pie junto a mi madre, que estaba sentada en una silla, de manera que mi cintura le quedaba a la altura de los ojos. Me tocó la barriga con el dedo índice y me dijo: «¡Mete ese estómago hacia dentro!». Me pilló totalmente desprevenida, y me dolió, pero también debí verlo venir: era su venganza por haberla criticado tanto de adolescente.

¿Por qué estabas peinándola?

Tuve otra oportunidad de descubrirme a mí misma observando a mi madre con el mismo ojo crítico con que ella me había examinado a mí años antes, y de entender cuáles podrían haber sido sus motivos. En el transcurso de la escritura de este libro, le pregunté a mi hermana si nuestra madre había criticado alguna vez su manera de peinarse. «¡Claro!» —contestó mi hermana—. Me decía constantemente que llevaba el pelo demasiado corto.» A lo que yo añadí: «A mí siempre me decía que lo llevaba demasiado largo». Las dos nos pusimos a reír. Entonces mi hermana comentó: «Y lo más gracioso es que *ella* nunca llevaba el cabello bien arreglado. ¿Te acuerdas cómo se le abultaba por un lado?». «¡Tienes razón!», repuse yo, y nos volvimos a reír. Luego recordé que, de hecho, a veces le había dicho a mi madre que el pelo no le quedaba bien. Y una de las cosas que solía hacer cuando la visitaba, durante los últimos años de su vida, era arreglarle el peinado; y mi hermana me dijo que ella también solía hacerlo a menudo. Me di cuenta entonces de cómo llegué a apreciar esos momentos. Sentía crecer el amor por mi madre a medida que le alisaba el cabello. Había algo tan íntimo en el acto de arreglarle el pelo, y era tan conmovedor ver cómo ella confiaba en mí y se dejaba peinar.

Este recuerdo me ayuda a comprender uno de los motivos por los cuales tantas madres e hijas examinan mutuamente su aspecto físico con tanta intensidad. En parte, se trata de una forma de expresar lo unidas que están. Una madre y una hija pueden tocar el cuerpo de la otra, pueden hablar de sus propios cuerpos o del cuerpo de la otra, y pueden escudriñarlos por si encuentran alguna imperfección; cosas que nunca se les ocurriría hacer con otra persona. El sentido del tacto juega un papel fundamental a la hora de crear intimidad entre una madre y su hijo/a, y acariciarse el pelo forma parte de esa intimidad. Mi abuela vivió con nosotros hasta su muerte, cuando yo tenía siete años. Entre los más tiernos recuerdos que guardo de ella están las ocasiones en que nos dejaba a mi hermana y a mí deshacerle el moño que llevaba detrás de la nuca, y peinarle el cabello, tan largo y fino.

Jugar con el pelo de las demás forma parte, con frecuencia, de la intimidad que une a las niñas en tanto que amigas. En un estudio sobre conflictos entre chicas en edad escolar, la socióloga Donna Eder reproduce una breve discusión que surgió entre dos niñas de unos once años, que se consideraban amigas íntimas. El tema de la discusión era la importancia de peinarle el pelo a otra niña:

Tami: ¿Por qué estabas peinando a Peggy ayer?

Heidi: Yo no la peiné.

Tami: ¡Sí que la peinaste!

Heidi: Te digo que no.

Tami: Se lo estabas peinando hacia atrás.

Heidi: No es verdad.

Tami: Sí que lo es.

Heidi: Que no. Ve y pregúntaselo a Peggy.

(Aparece Peggy)

Peggy, ¿Ayer yo te peiné el pelo?

(Peggy responde que no con la cabeza)

¡Lo ves! ¡Qué te había dicho!

Tami: Entonces, ¿a quién se lo estabas peinando?

Heidi: Yo no le peiné el pelo a nadie.

Tami: ¿Y quién peinó a Peggy?

Heidi: No lo sé. *(Pausa)*

Toda esta conversación sobre quién está peinando a quién parece casi cómicamente absurda, hasta que te das cuenta de que lo que está en juego es la mercancía más preciada en la vida social de estas niñas: la amistad, que a esta edad (y quizás a cualquier edad), las niñas suelen negociar continuamente. Cuando Tami acusa a Heidi de haber peinado el pelo de otra niña, la está acusando de haber traicionado la amistad íntima que existe entre ellas. Peinar a Peggy significa que Heidi habría compartido con ésta un grado de intimidad superior al que Tami toleraría: si somos amigas íntimas, yo soy la única a quien deberías peinar. Para estas niñas, peinarse mutuamente tiene una función similar a la que tiene para los primates el hecho de desparasitarse: refleja y refuerza las alianzas establecidas.

Pensé en este estudio de Eder sobre el comportamiento de las niñas en edad escolar cuando una mujer, Ivy, me relató una visita que le había hecho a su madre. Al principio, Ivy se enojó cuando su madre le dijo que su peinado necesitaba un retoque; y, acto seguido, su madre corrió a buscar un cepillo y un poco de espuma a fin de arreglárselo en ese preciso momento. Sin embargo, más tarde durante esa misma visita, fue Ivy quien le comentó a su madre lo mal que le quedaba el pelo, ofreciéndose además a arreglárselo. También ella le aplicó espuma, y a continuación enrolló el cabello fino y gris de su madre alrededor de unos rulos. Al marcharse, Ivy se sintió un poco culpable, porque el nuevo peinado de su madre, con toda aquella espuma seca, tenía un aspecto rígido y apelmazado. No obstante, la próxima vez que hablaron, su madre le dijo lo contenta que había estado de que se hubieran arreglado mutuamente el pelo. Incluso se lo había contado a su mejor amiga.

Y yo me pregunté, ¿Por qué se resistió Ivy, en un principio, a que su madre le toqueteara el pelo, y en cambio luego ella misma se ofreció a arreglárselo? ¿Y por qué se puso tan contenta su madre, teniendo en cuenta que el resultado había sido tan poco favorecedor? Creo que la explicación se encuentra en la intimidad que las unía. Cuando una hija se convierte en adulta, puede que ya no desee una intimidad física tan intensa como la que compartía con su madre de pequeña, pero que, por el contrario, su madre sí quiera recuperar esa proximidad. Espero que mi madre también sintiera que la atención que yo prestaba a su pelo reflejaba y reforzaba nuestro sentimiento de intimidad. De todas maneras, de lo que no me cabe duda es de que ése era el motivo por el cual ella prestaba atención al mío. Aunque nos criticáramos los peinados mutuamente.

El juicio más temido: ser considerada una mala madre

Existe todavía otra razón por la cual madre e hija escrutan con ojo crítico su apariencia física: ambas consideran que la otra la representa ante el mundo, y es innegable que a las mujeres se las juzga sobre todo por su aspecto. Esto es especialmente relevante en el caso de las madres porque, una vez convertidas en madres, su valor —ante los ojos del mundo, y a menudo también ante los suyos propios— residirá principalmente en cómo desempeñe ese papel. Y la apariencia exterior de sus hijos es tan sólo uno de los muchos aspectos por los cuales se la juzgará; independientemente del éxito que pueda alcanzar en cualquier otro ámbito de su vida. De hecho, si una mujer ejerce con éxito su profesión, o alguna otra actividad, la necesidad de demostrar sus aptitudes como madre aún será más acuciante, puesto que mucha gente la acusará de inmediato de eludir sus responsabilidades maternales.

Cuando una gran empresa designa a un nuevo presidente, ¿cuántas veces se suele comentar cómo puede afectar eso a la crianza de sus hijos? Casi nunca, a menos que se trate de una mujer. Andrea Jung se puso al frente de la multinacional Cosméticos Avon en 1999. En una reseña biográfica aparecida en *Newsweek* en el año 2004, Jung expresó de la siguiente manera su sorpresa ante las reacciones que suscita su trabajo: «Cuando tomé las riendas del cargo, nunca pensé que el microscopio se aplicaría a cómo cuido de mis hijos». El artículo informa, más adelante, del resultado que revela el microscopio: Jung nunca se pierde los acontecimientos más importantes de la vida de sus hijos.

Existe un gran número de ejemplos de este doble estándar. La antropóloga Mary Catherine Bateson, tras publicar el libro de memorias *With a Daughter's Eye* (*Como yo los veía*), acerca de sus padres Margaret Mead y Gregory Bateson, señaló lo a menudo que escuchó comentarios sobre cómo Margaret Mead había desatendido a su hija a fin de desarrollar su carrera profesional y convertirse en la antropóloga más reputada de su época. En cambio, nadie cuestionó si su padre había descuidado sus responsabilidades paternales, al abandonar a su familia cuando su hija todavía era una niña.

Dado este nivel de exigencia, no es de extrañar que, al tener hijos, la percepción que una mujer tiene de sí misma, en tanto que persona digna, dependa sobre todo de evitar que le atribuyan la temida etiqueta de «MALA MADRE». Y, a fin de conseguirlo, es necesario que sus hijos sean felices, vayan aseados y tengan éxito, porque, si algo va mal, ella tendrá la culpa. No hace tanto tiempo, los expertos culpaban a las madres cuando sus hijos sufrían enfermedades que ahora sabemos que tienen una causa biológica. En los años cincuenta y sesenta, por ejemplo, existía la creencia generalizada de que la causa del autismo era el comportamiento de algunas madres, que no eran lo suficientemente cariñosas y afectuosas con sus hijos, y que fueron bautizadas con el nombre de «madres nevera».

Actualmente, sabemos que el origen del autismo es biológico, y nos horroriza pensar que las madres, además de la desesperación que sin duda debieron de sentir al constatar la discapacidad de sus hijos, tuvieran que cargar con acusaciones infundadas de haber sido las causantes de ese sufrimiento. No obstante, aún está muy extendida la tendencia a responsabilizar a las madres (y no a los padres) de prácticamente cualquier deficiencia o imperfección atribuida a sus hijos, tanto de pequeños como cuando se convierten en adultos. Incluso los hijos mismos suelen tener esa opinión. Una mujer me comentó, por ejemplo, que ella todavía culpa a su madre por haberla enviado de colonias cuando tenía tan sólo cinco años. Analizando la situación retrospectivamente, comprendió que su padre también debió de intervenir en aquella decisión. Si es cierto lo que argumenta Susan Maushart en *The Mask of Motherhood,* casi todas las mujeres pasan por momentos —en la mayoría de casos, por muchos momentos— en que se sienten tan superadas por las exigencias de atender a sus hijos pequeños que, de golpe, pierden los estribos, y hacen o dicen cosas de las que luego se arrepienten. Su sentido de la culpabilidad y de la vergüenza se intensifica al creer que son sólo ellas las que cometen tales transgresiones.

Por todas estas razones, hay pocas mujeres que se sientan enteramente satisfechas del trabajo que hicieron como madres. El siguiente comentario, realizado por una mujer que escribe una columna en su periódico local, así lo corrobora. Ella me contó que, normalmente, las críticas que recibe por sus escritos le suelen resbalar bastante. Sabe que es posible que muchos lectores no estén de acuerdo con sus puntos de vista, pero si ella cree que lo ha hecho lo mejor que ha podido, su conciencia está tranquila. Sin embargo, cualquier crítica, directa o indirecta, a su papel como madre le hiere en lo más vivo. En ese terreno, nunca ha conseguido sentirse del todo segura.

«Ponte un poco de pintalabios»

Irónicamente, si el espíritu crítico de una madre está aún más agudizado por el miedo a no haber sido una madre lo suficientemente buena, ese mismo espíritu crítico puede hacer que traslade esa obsesión a su hija, cuando ésta tiene sus propios hijos. De nuevo, el tema de las críticas es el pelo.

«Estaría mucho más guapa si se cepillara el cabello», dice la madre de Jill, mientras la hija de ésta, de ocho años, corretea alegremente por la habitación. Jill se irrita, porque esta observación le trae a la memoria cómo su madre solía desaprobar su aspecto exterior cuando ella era una niña. Jill, que había sido desde muy pequeña muy alocada y poco femenina, nunca compartió con su madre las preocupaciones de ésta por la apariencia física. Su madre la perseguía constantemente con un cepillo en la mano y —cuando se hizo mayor— la presionaba para que se vistiera de forma más convencional y se maquillara. («Ponte un poco de pintalabios», era una de las cantinelas típicas de mi propia madre.) Volver a oír la misma reprimenda, ahora dirigida a su hija, revive ese resentimiento impotente que Jill experimentó de niña.

A Jill, los comentarios de su madre sobre la apariencia de su pequeña hija le recuerdan que su madre nunca aceptó su manera de ser, un tanto masculina, y que, con toda seguridad, hubiera preferido una hija más convencionalmente femenina. Jill siempre quiso que su madre se fijara en aquello que ella más valora de sí misma: su trabajo como voluntaria, su éxito profesional y, ahora, su papel como madre. Aunque no hay ninguna razón para pensar que su progenitora lo hace con esa intención, Jill interpreta la preocupación de su madre por el físico como un menosprecio a todo lo que ella ha logrado. De manera que, cuando su madre dice que la hija de Jill estaría mucho más guapa si se peinara el pelo, Jill sufre una doble decepción: en primer lugar, su madre parece estar más preocupada por el aspecto físico de la pequeña que por otros rasgos de su carácter que Jill considera mucho más importantes; y, en segundo lugar, el comentario de su madre también parece implicar que Jill no está siendo una buena madre.

La apariencia exterior no es el único motivo por el cual muchas mujeres tienen la sensación de que sus madres no aceptan a los hijos que ellas han tenido, y por extensión, desaprueban la forma en que sus hijas los han criado. Hannah, por ejemplo, decidió educar a sus hijos en la fe cristiana, religión a la que pertenecía su marido, en lugar de en la suya propia, el judaísmo. A pesar de que Hannah se está acercando a su veinticinco aniversario de boda, su madre todavía parece estar cuestionando esa decisión, ya que continuamente le recuerda a su hija que, según la ley judía, sus hijos son judíos porque lo es su madre. Y, a pesar de que Hannah conoce esta ley perfectamente bien, cada vez que su madre saca el tema a colación, Hannah le repite que sus hijos son cristianos, tal como se les educó.

Estoy casi segura de que la madre de Hannah actúa motivada por el deseo de sentirse vinculada a sus nietos:

su herencia judía conforma una parte tan fundamental de su identidad que no puede imaginarse tener nietos que pertenecen a un colectivo diferente, ajeno al suyo. (Este sentimiento de pérdida explica, probablemente, por qué tantos norteamericanos nacidos fuera de Estados Unidos desean que sus hijos, nacidos estadounidenses, se casen dentro del grupo étnico al que pertenecen sus padres; si se casan fuera de él, los nietos tendrán, seguramente, poco contacto con las tradiciones en que han basado su vida los abuelos.) De forma irónica, sin embargo, el hecho de que la madre de Hannah le haya comunicado con tanta frecuencia esta preocupación, ha tenido el efecto contrario. Hannah no la invita nunca —y ni siquiera la informa de cuándo tienen lugar— a ninguna de las actividades relacionadas con la iglesia en que sus hijos participan, como, por ejemplo, cantar en el coro o protagonizar el desfile de Navidad.

Es fácil darse cuenta de por qué una divergencia tan fundamental podía convertirse en un motivo de conflicto persistente entre Hannah y su madre. Pero existen muchas madres e hijas, entre las cuales no hay ninguna causa importante de desavenencia, que se distancian por culpa de que la madre insiste constantemente en sus preocupaciones. Grace ahora no limita el tiempo que pasa hablando con su madre, pero sí los temas de conversación. La hija de Grace trabaja como camarera mientras decide qué hacer con su vida. A Grace (y tampoco a su hija) le sirve de nada que la madre de Grace pregunte, cada vez que ve a su hija: «¿Cuándo va a sentar la cabeza esa chica? ¿O es que piensa seguir malgastando así su vida?». Es muy posible que la madre de Grace crea que Grace es su aliada y que ambas comparten una misma actitud respecto a la nieta/hija. Y es obvio que a Grace también le gustaría que su hija encontrara finalmente su lugar en el mundo. Pero Grace también se identifica con su hija, así que cualquier signo de desaprobación hacia ella es un signo implícito de desaprobación hacia su papel como madre. Escuchar cómo su madre habla despectivamente de su propia hija es doloroso para Grace; y, a fin de evitar ese dolor, se asegura de no mencionar nunca a su hija cuando habla con su madre. La consecuencia inmediata de rehuir un tema tan importante es que se ha alzado un muro entre las dos.

Esperando recibir la aprobación

«No creo que les gustara», le dijo Ry Russo-Young a un periodista cuando éste le preguntó por la reacción de sus madres (tiene dos) al ver una película que ella había realizado. Acto seguido, Russo-Young, una cineasta de veintidós años, suspiró y añadió: «Me pregunto si algún día dejará de importarme lo que piensan». Al leer esto, me sonreí a mí misma. Si a los veintidós años aún se sorprende de que la aprobación de sus dos madres le importe, ¿qué pensará cuando se dé cuenta de que todavía le sigue importando a los cuarenta y dos, y también a los sesenta y dos, si tiene la suerte de que aún estén vivas cuando ella alcance esas edades? Y es muy probable que, incluso después de que hayan fallecido, se pregunte automáticamente, al trabajar en una nueva película: «¿Qué les parecería a mis madres?».

Una hija desea sentir que su madre está orgullosa de ella, que piensa que hace bien las cosas. Por eso, cualquier evidencia de que la aprobación de su madre no es total puede ser dolorosa, y ese dolor se puede transformar rápidamente en rabia. Pero, ¿cómo puede una madre (o cualquier otra persona) pensar que su hija (o cualquier persona que conoce bien) es perfecta, y lo hace todo correctamente en cada momento? Todos los seres humanos podríamos mejorar en algunos aspectos, y en algunas circunstancias, y la gente que tenemos más cerca es quien más fácilmente se da cuenta de esos posibles aspectos de nuestras vidas, o de nuestro carácter, que podríamos perfeccionar. Esto significa que, cuanto más cerca está una madre de su hija, más ocasiones tendrá de ver aquello que su hija podría corregir —sobre todo porque querrá que las cosas le vayan lo mejor posible—. No obstante, cualquier comentario que una madre haga para ayudar a su hija, pondrá de manifiesto aquellos fallos o puntos débiles que ha observado, lo cual es lo contrario de la aprobación.

Si la más mínima insinuación de desaprobación puede disgustar a una hija, entonces, ¡cuán desesperante debe de ser para una madre ver claramente lo que debería hacer su hija, y no conseguir que ésta lo haga! Una madre me dijo que ella había aprendido a abstenerse de darle consejos a su hija adulta, pero que era algo que le costaba mucho esfuerzo, ya que, como ella misma expresó: «Mi criterio es mejor que el de muchas otras personas a quienes ella escucha». Tanto si el criterio de una madre es siempre el más acertado como si no, ella, sin duda, creerá que así es, y esto se convertirá en una causa importante de frustración en la relación con su hija.

En esta lucha constante entre madres e hijas, cada una ve el poder de la otra, pero pasa por alto el suyo propio. La hija reacciona con fuerza a cualquier comentario indirecto de desaprobación —o, de aprobación— porque la influencia de su madre es omnipresente. El hecho de que la hija considere tan importante la opinión de su madre, le confiere un poder enorme. A pesar de eso, la madre a menudo persiste en sus esfuerzos por influenciar a su hija, precisamente porque ya ha perdido la autoridad que ostentaba cuando sus hijos eran pequeños y podía alejar rápidamente cualquier peligro que amenazara su bienestar. Una vez sus hijos han alcanzado la edad adulta, ella ya no puede eliminar esos riesgos por su cuenta; debe conseguir que lo hagan ellos mismos. Si es tan insistente a la hora de expresar sus preocupaciones, es porque sabe que no le queda otra manera de proteger a sus hijos. Por tanto, allí donde la hija ve poder, la madre siente impotencia.

«¿Cómo puedo decirle a mi hija de treinta y cinco años que debería adelgazar seis o siete kilos?», me preguntó una oyente que llamó a un programa de entrevistas en el cual participé. Mi respuesta fue: «No puede». Sin embargo, tener que morderse la lengua debería ser menos devastador de lo que, en un principio, pudo temer aquella oyente. Luego añadí: «De hecho, no hace ninguna falta que lo haga. Si usted considera que su hija debería perder siete kilos, ella seguramente piensa que debería perder diez. Nada de lo que usted le diga hará que se esfuerce más por adelgazar; y, probablemente, lo único que conseguiría sería que aún se sintiera peor por los kilos que quiere perder». No dudo que debió de ser duro para aquella madre no decirle nada a su hija acerca de esos kilos de más, sobre todo ahora que se habla tanto de los peligros que entraña incluso el más leve sobrepeso. Cuando una madre (o más tarde, una hija) percibe un riesgo para la salud o la seguridad de su hija, la necesidad de ayudarla y protegerla se hace mucho más apremiante.

Cuidado con el escalón

Sally sintió que su madre estaba criticando a su marido al recordarle, cada vez que les visitaba, que él debería cortar el olmo medio muerto que tenían en el patio, no fuera a ser que acabara de caerse y lastimara a alguien (al final se cayó, pero nadie se hizo daño), y sustituir un escalón de madera podrido por si alguien tropezaba con él (cosa que nunca ocurrió). Cualquier persona encontraría irritante que le recordaran ese tipo de cosas constantemente. Pero, por otro lado, también es fácil imaginar cómo se debía de sentir la madre de Sally cada vez que veía estas amenazas para la seguridad de sus seres queridos; y su frustración al constatar que ellos no se molestaban en llevar a cabo las sencillas reparaciones que hacían falta para eliminar el peligro.

Las hijas que no comprenden, o no son conscientes, de cuánto les preocupa a sus madres su salud y su bienestar, quizá lo entenderán mejor cuando sus madres envejezcan y se nieguen a aceptar los consejos de sus hijas; es decir, cuando se inviertan los roles conversacionales. Lauren estaba fuera de sí cuando su madre, de ochenta y cuatro años, insistió en tomar un avión sola, para pasar las Navidades con otra de sus hijas en Carolina del Norte, tan sólo unos meses después de haber sido intervenida quirúrgicamente a corazón abierto. Al ver que no podía disuadir a su madre, Lauren le dijo, tal como me contó en un mensaje de correo electrónico: «Ahora lo único que te pido es que, por favor, te compres un teléfono móvil». Pero la madre se negó. Y el mensaje de Lauren continuaba: «De hecho, finalmente, me oí gritar a mí misma: "¡No quiero discutir más sobre este tema!"». A lo que su madre respondió: «No puedes obligarme a comprarlo». En el final feliz de la historia hay una lección para ambas: la madre de Lauren emprendió el viaje sin que ocurriera nada, pero ahora no sabría vivir sin el teléfono móvil que su hija le regaló en Navidad.

Un final no tan feliz concluye la experiencia de Trudy, que animó a su madre a tomar calcio y otros medicamentos para reforzar los huesos, y a que fuera con mucho cuidado al andar para no fracturarse la cadera, como les ocurre a tantas mujeres de edad avanzada. Sin embargo, la madre de Trudy ignoró las recomendaciones de su hija, convencida de que sus huesos estaban fuertes. ¡Cómo debió consternarse Trudy al enterarse de que su madre se había caído y se había roto la cadera! Y todo por bajar las escaleras cargada con una mesita auxiliar. Muchas personas mayores, así como muchos jóvenes, simplemente no se sienten tan vulnerables como son en realidad, y nada de lo que sus hijas les digan podrá cambiarlo, de la misma manera que tampoco las amonestaciones de sus madres pudieron hacer nada para modificar sus propias percepciones cuando eran jóvenes.

No todas las preocupaciones son tan claramente apremiantes como las relacionadas con la seguridad y la salud. Con frecuencia, las mejoras que una madre, una hija o, catastróficamente, una suegra creen que es necesario realizar se circunscriben al ámbito doméstico. Roberta se estremecía cada vez que su madre daba un vistazo a los fogones de su cocina, levantando la tapa protectora para comprobar si los habían limpiado debidamente, cosa que, por supuesto, Roberta no siempre hacía.

En el caso de Paula, el motivo de disputa era la decoración del hogar. Paula me describió de este modo la visita de su madre: «Entró en el comedor de mi casa y, aunque no había nadie, ella lo escrutó todo con ojos de lince. A continuación, me dijo: "¿Quieres que te ayude con la decoración y los muebles?"». Paula consideró esta pregunta como un progreso. «Antes —me explicó—, mi madre solía llegar a casa y empezaba a arreglarlo todo a su manera, a cambiarme las cosas de sitio, o a decirme cómo debía colocar los muebles. Hace algunos años, tuvimos una bronca tremenda. Le espeté una larga lista de ocasiones en que había hecho esto o aquello, y entonces se enfadó y me soltó: "Muy bien, pues, ¡no volveré a decirte nada más!". A pesar de eso, todavía lo examina todo con esa mirada.» Paula sintió que ella y su madre habían avanzado mucho desde aquella pelea. Ahora, cuando su madre le preguntaba si necesitaba ayuda «con los muebles», le dolía, pero menos que si su madre se los cambiaba de sitio por su cuenta. Paula estaba orgullosa de haber puesto un rápido y sereno punto y final a la sugerencia de su madre con un sencillo: «No, gracias».

Dado que las modas y los estilos de decoración varían constantemente, como las modas en el peinado y la ropa, está casi garantizado que las madres y las hijas tienen gustos diferentes en este sentido. Si una mujer se adhiere a las normas de su grupo generacional, seguirá unas tendencias en cuanto a la moda que diferirán de las que prefiere su madre y, más adelante, de las de su hija. Como consecuencia, muchas mujeres de mediana edad se sienten víctimas de un doble hostigamiento: son criticadas tanto por sus hijas adolescentes, o adultas, como por sus propias madres. Por ejemplo, Mara es una artista con una actitud poco convencional ante la vida. Cuando estudiaba historia del arte, ella y sus amigas decidieron no depilarse jamás ni las piernas ni las axilas para demostrar su independencia frente a las exigencias de la sociedad. Mucho después de dejar de pensar sobre el tema en esos términos, Mara simplemente mantuvo el hábito de no depilarse. Sin embargo, su madre nunca lo aprobó. Para ella, las mujeres que no se depilaban allí donde se suponía que debían hacerlo, no eran atractivas, así de sencillo. Según ella, no depilarse rayaba incluso lo antiestético. Por eso, la madre de Mara siempre se negó a dejar que su hija se bañara en la piscina de su chalé, puesto que, de lo contrario, se exponía a pasar vergüenza ajena por culpa de las piernas y las axilas sin depilar de su hija. Pero eso no es todo. Mara, además, tuvo que lidiar con su hija adolescente, la cual no quería ser vista en público con su madre, no sólo cuando Mara iba en bañador, sino también cuando llevaba pantalones cortos o camisetas de tirantes.

Un cambio rápido

Vista la capacidad hiperactiva de las glándulas de la mejora de las madres y la hipersensibilidad de los sensores de la desaprobación de las hijas, está claro que entre madres e hijas se establece una relación de alto riesgo. Las hijas ciertamente reaccionan de forma exagerada a los sutiles —incluso imaginarios— comentarios de censura de sus madres, y las madres ciertamente acostumbran a pasarse de la raya en sus empeños por influir en sus hijas, y ayudarlas a mejorar sus vidas. Esto explica por qué las discusiones pueden surgir aparentemente de la nada. A continuación aduzco un ejemplo de cómo puede producirse una disputa de este tipo.

Desde que se marchó de casa para ir a estudiar a la universidad, Brenda ha mantenido una buena relación con su madre. Se han convertido en amigas. Pero Brenda todavía reacciona rápido y con vehemencia cada vez que le parece captar una indirecta de su madre. Y esto puede transformar una conversación amigable e informal en un intercambio mordaz, como una rosa que de repente muestra sus espinas. Un día, madre e hija sostenían una de esas conversaciones fugaces que contribuyen a consolidar la amistad entre mujeres; hablaban de sus vidas y de sus amigas. En un momento dado, Brenda se quejó de su amiga Mary, y su madre estuvo de acuerdo con ella, dándole su apoyo. Luego Brenda señaló: «A Mary le caes muy bien. Pero yo todavía no conozco a sus padres». La respuesta de su madre fue de lo más inocente: «Sí, es curioso. No parece estar muy interesada en que nos conozcamos. Quizá podría invitar a Mary y a sus padres a comer a casa. Podríamos hacer una barbacoa». De pronto, el tono de la conversación cambia, Brenda se ha enojado. «La verdad, mamá —dice con retintín—, creo que no sería lo más adecuado. Mary se sentiría insultada por una invitación así. Tiene veintidós años.»

¿Qué ha ocurrido aquí? ¿Por qué Brenda cambió el tono de la conversación? ¿Qué es lo dijo la madre para merecer la acusación de haber insultado a la amiga de su hija? Brenda se había estado quejando de algo que le había hecho Mary, sí, pero al comentar que aún no conocía a los padres de su amiga, Brenda había dado por terminado el tema «quejas sobre Mary», y había pasado a otra cosa. Su madre, sin embargo, todavía no había cambiado el chip, y por eso interpretó la observación de Brenda como una queja más. El siguiente comentario de su madre pretendía reforzar ese motivo de queja: «A ver, ¿qué le pasa a Mary? ¿Por qué aún no te ha presentado a sus padres? ¿Qué te está ocultando?». Y en este punto las antenas de Brenda empezaron a vibrar. Su madre estaba lanzando una nueva crítica contra su amiga Mary (cuando Brenda no le había dado pie), y además, este comentario fue interpretado como una crítica indirecta hacia su persona: si Brenda tiene una amiga que le está ocultando cosas, entonces será que algo pasa con Brenda. De ahí el contraataque de que algo está mal con su madre por querer organizar un encuentro entre Brenda, Mary y los padres de Mary. Suena a juego de niños. Pobre mamá. Ella sólo quería apoyar a su hija y, en cambio, se encuentra con que ésta se enfada precisamente porque interpretó como una crítica aquello que la madre había dicho con tal de ayudar.

No hace falta hablar tanto

Puede que las antenas de Brenda fueran exageradamente hipersensibles a los comentarios de su madre porque acaba de convertirse en una persona independiente, y la amistad que se ha forjado entre ellas aún es muy reciente, a diferencia de la relación madre-hija que han mantenido durante tantos años. No obstante, la actitud de Brenda no es necesariamente paranoica por captar signos de desaprobación implícitos en las palabras de su madre. Muchas mujeres, al exponerme aquello que más frustrante les resultaba en la relación con sus madres, mencionaron la costumbre que éstas tenían de hablar con indirectas: «Mi madre nunca dice directamente lo que quiere». Sin embargo, cuando les pido que me pongan ejemplos concretos, casi siempre se refieren a ocasiones en las que percibieron que sus madres las criticaban de forma indirecta, con insinuaciones. Tengo la impresión de que lo que más duele es la crítica en sí, más que el carácter velado o indirecto del comentario: la estudiada informalidad de una observación parece no dejar traslucir (aunque sin éxito) la intención crítica que pretende esconder. El lobo de la reprobación a menudo aparece disfrazado con la piel de cordero de las indirectas.

La intensidad con que una hija anhela recibir la aprobación de su madre, combinada con la experiencia de toda una vida conversando la una con la otra, podrían hacer pensar a muchos extraños que se comunican en clave. Imagínense, por ejemplo, a una madre que visita a su hija y, al entrar a su apartamento, comenta: «Parece que aquí no vive nadie». ¿Se trata de una crítica? Desde la perspectiva de un extraño, podría serlo sin duda. De lo contrario, para la mujer que me relató esta escena, fue un cumplido por lo limpia y ordenada que tenía la casa; en aquel momento, ella se sintió orgullosa de haber merecido la aprobación de su madre.

Del mismo modo, incluso el comentario aparentemente más inocente puede ser interpretado como una crítica. «No sé cómo puedes con todo», le dijo Evelyn a su hija Louise, que trabaja como escritora *free lance* y tiene dos hijos. Está afirmación, bien parece un elogio, ¿no es así? Pues, para su hija, no lo fue. Según Louise, el comentario de su madre lleva implícito el siguiente mensaje: «No deberías trabajar tanto, abarcas demasiado; deberías limitarte a ser una buena madre para tus hijos». Puede que Evelyn estuviera, o no, pensando en esto cuando le hizo el comentario a Louise. Nuestro radar está tan bien sintonizado para captar cualquier señal de aprobación o desaprobación, que es capaz de detectar hasta las más sutiles insinuaciones.

Los comentarios indirectos suelen ser el vehículo a través del cual se comunican las críticas —percibidas o reales— relacionadas con la gran tríada de la apariencia física: el cabello, la ropa y el peso corporal. Una madre le dice a su hija: «Supongo que no hace falta que vayas demasiado arreglada a la oficina». Su hija hace una mueca de dolor, porque sabe que a su madre no le gusta su estilo a la hora de vestir. «¿Realmente te hace falta tomar ese postre?», pregunta otra madre, y su hija comprende inmediatamente que su madre considera que debe perder peso. Y luego está el tema del peinado, el eterno problema.

La madre de Kim está convencida de que el pelo rizado y grueso de su hija, como mejor está es acabado de lavar y más bien ahuecado. Si no se lo lava, le queda todo aplastado y pegado a ambos lados de la cara. (Aunque, en este caso, el significado de «aplastado» es relativo. Comparado con el cabello naturalmente liso, el pelo rizado de Kim nunca queda muy «chafado».) A Kim, el comentario de su madre no le sienta bien, pero lo que la enfurece de verdad es que su madre no le diga simple y llanamente: «El pelo te queda demasiado aplastado. Ahuécatelo un poco». En lugar de esto, lo que suele decir es: «¿Qué vamos a hacer con este cabello?». Y Kim piensa (aunque no lo dice): «No *vamos* a hacer nada con este cabello. Es *mi* pelo, y cualquier cosa que decida hacer con él, es cosa mía». A pesar de que su rabia se centra en las palabras de su madre, es decir, en el significado literal del pronombre «nosotras», Kim se siente herida porque su madre cree que no le queda bien el pelo.

La madre de Rhonda es muy madrugadora y no aprueba (Rhonda lo sabe de sobras) que alguien esté en la cama después de las ocho de la mañana. Un sábado su madre la llamó a las nueve y cuarto, y Rhonda respondió con voz de dormida. «Hola, Ronnie, ¿no te habré despertado?», le dice su madre en un agudo tono de voz. De hecho, su madre no la ha despertado; Rhonda estaba despierta, pero aún no se había levantado de la cama. Sin embargo, a fin de exagerar la ofensa de su madre, y devolverle ojo por ojo, Rhonda le contesta: «Pues, sí», intentando sonar tan soñolienta como puede. «¡Vaya, cómo lo siento...!», responde su madre; aunque su disculpa se transforma rápidamente en una acusación, ya que luego añade: «¡Anda, qué dormilona...! Pensé que todo el mundo estaba levantado a las nueve de la mañana». Y termina la conversación con un comentario sobre pasarse todo el día en la cama —una observación cuyo tono jocoso no consigue enmascarar la crítica que implica.

A veces, una madre sabe que se está adentrando en terreno peligroso, por eso aborda algún tema delicado de forma indirecta, creyendo que así sólo camina de puntillas, casi sin hacer ruido. No obstante, ese suelo está bien trillado, y la hija oye perfectamente los pasos de su madre acercándose. Y ese sigilo es lo que más la exaspera. Una estudiante, que siguió uno de mis cursos, describió en un trabajo de clase su reacción ante la manera indirecta que tiene su madre de mostrar su desaprobación. Al igual que en el ejemplo de Rhonda, la causa de la disputa era quedarse durmiendo hasta tarde, y la hora mágica, las nueve de la mañana. Kathy describe una mañana típica. Es verano; ella está en casa, pasando las vacaciones después del curso universitario; y, por supuesto, la noche anterior se ha acostado a las tantas.

«No tengo ni idea de que ya se ha hecho de día porque estoy dormida. Entonces la oigo, "KAAAATHEEEE". Es mi madre, despertándome antes de las nueve. Que chille de esa forma desde la planta de abajo no me importa, lo que hace que empiece el día de mala uva son sus motivos para hacerlo.»

Kathy señala que no es el mensaje, es decir, que su madre quiera que se levante, lo que la agobia. Lo que le fastidia sobremanera es el metamensaje. «No me hace falta ver la cara de mi madre para saber que "KAAAATHEEEE" significa: "Ya ha pasado la mitad del día, alguien tiene que sacar a los perros a pasear, ¡y tú aún estás en la cama!"». Por eso es preferible el despertador: «Un despertador no me envía ningún metamensaje, pero ese metamensaje lo capto con una sola palabra de mi madre». (Y, en realidad, ni siquiera es una palabra, sino una pronunciación exageradamente prolongada del nombre de su hija.)

Al ver que Kathy no se levanta, su madre utiliza una estrategia más creativa. Envía los perros que tienen en casa a la habitación de Kathy. «Puedo oír cómo mis pequeños caniches suben las escaleras, entran en mi habitación —escribe Kathy—, y empiezan a dar saltos y corretear, esperando que me levante, cosa que, obviamente, enseguida hago.» Kathy añade que se despierta de mejor humor cuando los caniches actúan como emisarios de su madre; sin embargo, «los perros en sí transmiten prácticamente el mismo metamensaje que la voz de mi madre», puesto que ella sabe que es su madre quien los envía.

Cuando una madre realmente parece ser crítica con su hija, su aparente desaprobación puede provenir de lo que ella cree que significa una educación apropiada para sus hijos. En muchas culturas, se tiene la creencia de que recibir demasiadas muestras de aprobación, o demasiados halagos, hará del niño un engreído. Y hay culturas en las cuales, según las creencias tradicionales, si prestas demasiada atención a la buena fortuna, te arriesgas a perderla porque te caerá un mal de ojo. Así que, para no correr ese riesgo, se evita en todo momento mimar a los niños. La cultura tradicional griega sigue esta norma, al igual que la cultura judía tradicional de la Europa del este.

En lengua *yiddish* se suele utilizar una frase, una especie de fórmula, como protección contra la mala suerte que pueden acarrear los agasajos, especialmente a las criaturas. Yo oí esta frase con frecuencia mientras crecía en el barrio de Brooklyn; a mí me sonaba algo así como *kunajurra*, pero el lingüista James Matisoff me explicó que la frase exacta es *Keyn ayn-hore*, «ningún mal de ojo». Según Matisoff, si una mujer en una comunidad tradicional de habla *yiddish* quería hacerle un cumplido a algún bebé, decía justo lo opuesto a lo que estaba pensando: «Uf, ¡qué cosa más fea!». ¿No podría ser que muchos de los que actualmente se ríen de la superstición del mal de ojo hayan interiorizado, sin embargo, el hábito de abstenerse de hacer halagos a sus hijos? Quizás este hábito podría explicar por qué tantas hijas, a quienes de pequeñas sus madres nunca halagaron, se sorprenden, años más tarde, al oír decir a las amigas de sus madres: «Tu madre está tan orgullosa de ti. Habla de ti constantemente». (Esto también les ocurre a algunas madres con respecto a sus hijas.)

La lógica que se esconde detrás de decirle: «Uf, ¡qué cosa más fea!» a un bebé especialmente guapo me hizo pensar, además, en comentarios realmente insultantes que algunas mujeres, según me relataron, recibieron de sus madres. Por ejemplo, «April tiene unos rizos tan bonitos. Qué lastima que tú no tengas un pelo tan bonito como el suyo». (Y no importa que April estuviera siempre intentando alisarse el cabello.) O lo que otra madre le soltó a su hija, cuyo novio, un estudiante de medicina, acababa de romper con ella: «¿Y qué querría de ti un médico?». (Lo que quería, como se supo más tarde, era una esposa; afortunadamente, la pareja no tardó en reconciliarse y, poco después, se casaron.) Por muy duros, e incluso crueles, que sean esta clase de comentarios, y escuché muchos otros similares, parece al menos posible que algunas de las madres que hablaron así a sus hijas estuvieran imitando a sus madres, perpetuando una práctica desarrollada a lo largo de los años, a partir de la idea de que halagar a los niños puede traer mala suerte, y de que la falta de mimos forja el carácter.

En relación con la convicción de que no se debe elogiar a los niños, está la tendencia a censurar la presunción, o cualquier actitud que pudiera interpretarse como autocomplaciente. La escritora puertorriqueña Esmeralda Santiago recuerda un dicho que su abuela solía repetir cada vez que sus nietos parecían vanagloriarse de sí mismos: «Alábate pollo, que mañana te guisan».

Dedicar elogios a los hijos está totalmente estigmatizado en la cultura sueca, así como cualquier gesto que pueda alentar la vanidad en los niños. Entre los padres suecos es frecuente neutralizar la más mínima muestra de engreimiento de sus hijos mediante la pregunta retórica: «¿Y tú quién te crees que eres?». Esta convención cultural nos puede ayudar a comprender comentarios que, de otra manera, nos parecerían desconcertantes e hirientes. Karin, una mujer sueca que actualmente vive en Estados Unidos, se matriculó de nuevo en la universidad para realizar un *master* en orientación psicopedagógica, cuando el último de sus hijos se marchó de casa para ir también a la universidad. Un día llamó a su madre para saludarla y le comentó, en el transcurso de la conversación, que estaba estudiando de firme para aprobar sus exámenes finales. «Yo diría que no hay para tanto», le comentó su madre. Karin sintió una punzada, pero trató de mantenerse alegre y, sobre todo, de quitarse importancia. «Bueno, ya sabes —dijo—, cuando una mujer madura vuelve a la universidad, tiene que esforzarse más.» A lo que su madre contestó: «¿Cuántos años más crees que te puedes seguir considerando madura?». Esta pregunta retórica no sólo le dolió, sino que la hirió profundamente. Ahora su madre le estaba diciendo claramente que ya era vieja.

¿Por qué querría la madre de Karin desmoralizarla de ese modo? Quizás intentó hacer una broma pero no acertó en el tono. O también es posible que interpretara los comentarios de Karin —primero sobre lo mucho que tenía que estudiar, y luego acerca del sobreesfuerzo que le tocaba hacer— como signos de vanagloria, dada la actitud sueca de minimizar los propios méritos, y la creencia de que los padres deben inculcar ese hábito en sus hijos. Karin no pretendía darse importancia en ningún momento, más bien al contrario, pensó que su comentario era más bien de humildad. Esta divergencia en la interpretación del mismo comentario nos puede ayudar a entender que, a lo mejor, la madre de Karin estaba aplicando un código de conducta que había heredado de sus propios padres, y cumpliendo con sus responsabilidades a la hora de enseñar a su hija el comportamiento apropiado. En este sentido, una madre que no deja que su hija pequeña se envanezca simplemente está procurando que ésta desarrolle un carácter adecuado. Y continuar realizando ese trabajo una vez la niña ha llegado a la madurez, significa ir haciendo revisiones periódicas.

Ella sólo quiere tu aprobación

Todos estos ejemplos ponen de manifiesto que al escuchar o pronunciar unas mismas palabras, habrá mujeres que las recibirán como muestras de afecto, y habrá otras para quienes sean críticas encubiertas. ¿Existe alguna salida a este laberinto? Comprender las motivaciones que se ocultan tras las críticas aparentes puede ser de gran ayuda. No obstante, ¿qué otras cosas pueden hacer una madre o una hija para romper un círculo vicioso que no hace más que herirlas, y alejarlas la una de la otra? Una solución evidente al dilema aprobación/mejora sería que las madres resistieran sus impulsos de dar consejo, ofrecer ayuda y hacer sugerencias a sus hijas, una vez éstas se han convertido en adultas. Los siguientes comentarios provienen de mujeres que afirmaron tener una buena relación con sus hijas. Una señaló que su hija le había enseñado esta lección: «No me des consejos a menos que yo te los pida —le había dicho la hija— y tampoco intentes dármelos a través de indirectas.» (Esto último, la madre no pudo prometerlo, pero dijo que se esforzaría en no hacerlo.) Otra comentó: «Me muerdo la lengua tan a menudo, que me sorprende que no me sangre». Y hubo otra que declaró: «Una hija no quiere tus consejos. Quiere tu aprobación».

¿Qué ocurre, sin embargo, si a una madre le resulta del todo imposible dar su aprobación? Existen ocasiones en las que realmente sería una irresponsabilidad hacerlo. Por cada una de las madres que se arrepienten de haber abierto la boca, hay otra que se arrepiente de haberse mantenido en silencio, y de haber fracasado a la hora de advertir a su hija sobre algún peligro que ella había anticipado. (Sucede lo mismo cuando se trata de hijas al cuidado de sus madres ya mayores.) ¿Cómo pueden saber las madres cuándo es mejor callar, a fin de evitar cualquier indicio de crítica, y cuándo es absolutamente necesario hablar, para prevenir que sus hijas sufran algún daño? Cuando los hijos son pequeños, la respuesta acostumbra a ser fácil: se debe hacer todo lo que haga falta para protegerlos. Cuando llegan a la adolescencia, suele ser mucho más complicado: cualquier esfuerzo por protegerlos hará que monten en cólera, puesto que lo que más desean en el mundo es demostrar que ya no necesitan protección. Pero, ¿cuál es la respuesta cuando tu hija es una persona adulta y, oficialmente, tus responsabilidades hacia ella han terminado, aunque tú sientas que, en realidad, no terminan nunca? Entonces, la decisión de aconsejarla, o de no interferir, ya no es tan obvia.

Doris, por ejemplo, recibió una llamada de su hija Zoe, quien le explicó que había visitado a un cirujano ortopédico acerca de sus dolores de espalda. Aquel cirujano le había recomendado una intervención quirúrgica y Zoe la había programado para el mes siguiente. Doris estaba alarmada. En su opinión, Zoe debería ser más precavida a la hora de tomar una decisión tan drástica. Según ella, sería conveniente que su hija consultara antes a algún otro experto, a fin de obtener una segunda opinión, además de pedir referencias y verificar las credenciales de su cirujano actual. Sin embargo, Doris se abstuvo de expresarle estas inquietudes a su hija. En lugar de esto, se limitó a preguntar: «¿Estás segura de que quieres hacerlo? ¿No te parece un poco precipitado?». Por descontado, Zoe captó las indirectas —no la preocupación de su madre, sino su desaprobación—. «Mamá —protestó—, tengo cuarenta años. Creo que puedo decidir estas cosas por mí misma.»

Doris reculó y dejó que Zoe actuara según su criterio, a pesar de que continuaba preocupada. No obstante, a veces la angustia por la salud de una hija es tan apremiante que puede llevar a su madre a decidir que, no importa cuánto se enfade y se oponga su hija, nada va a disuadirla de abandonar la lucha. Otra madre, Shirley, se alegra de haberlo hecho. Estaba convencida de que a su hija, Becky, le ocurría algo y de que debía controlar unos síntomas que ella había detectado últimamente. Y, de hecho, insistió tanto que Becky dejó de hablarle durante un par de semanas. Con todo, Shirley no se dio por vencida. Llamó al marido de su hija al trabajo y lo persuadió para que obligara a Becky a ir al médico. Al final resultó que Becky tenía, efectivamente, una enfermedad grave, y que la insistencia de Shirley le había salvado la vida.

El gran trasvase de poder

Cuando Becky era pequeña, a su madre no le hacía falta convencerla de que fuera al médico cada vez que ella lo consideraba necesario. Shirley simplemente pedía hora y la llevaba a la consulta. Al crecer las hijas, sus madres ya no pueden seguir actuando de esa manera, y ésta es una de las razones por las cuales las madres sienten que han perdido gran parte de su poder e influencia. Cuando una hija se traslada a vivir a su propia casa, será ella quien decidirá con qué frecuencia —o incluso si quiere o no— ir a ver a su madre y hablar con ella por teléfono. Además, al cambiar el tipo de relación, es posible que ahora sea la madre quien ansíe la aprobación de su hija; especialmente en el seno de nuestra sociedad actual, que da más valor a la frescura de la juventud que a la sabiduría de la edad. Una madre puede disgustarse porque a su hija le desagradan sus gustos en el vestir, o el estilo de sus joyas, o el lugar que ha elegido para vivir, o, si resulta que es viuda, el hombre con quien ha decidido volver a casarse, o incluso el hecho de que haya decidido casarse. Y solamente su hija podrá estampar el último sello de aprobación, que será la confirmación de que hizo un buen trabajo como madre. En todos estos sentidos, una madre se encuentra totalmente a merced de su hija adulta, del mismo modo que su hija lo estuvo cuando era pequeña.

Si una hija tiene descendencia propia, existe aún otro aspecto en el cual su madre también está a su merced. Una de las alegrías más grandes en la vida de muchas mujeres es la bendición de los nietos. Pocas experiencias son comparables al placer de prodigar amor y atenciones a estas pequeñas y confiadas criaturas, y al de recibir su amor, ya sin la carga de las responsabilidades que implica ser padres. Sin embargo, el acceso a este bien tan preciado está controlado por los padres de los niños, sobre todo por sus madres. Circunstancia que hace que las hijas adultas, o las nueras, estén en disposición de ejercer un gran poder sobre sus madres o suegras. En parte, muchas mujeres procuran evitar ofender a sus hijas, o a sus nueras, por miedo a que éstas les restrinjan, o incluso les denieguen, el acceso a sus adorados nietos.

Para las madres, supone un auténtico desafío adaptarse a este nuevo estado de cosas, en que la enorme influencia de la cual habían disfrutado en épocas anteriores ha disminuido considerablemente. Quizá sería de ayuda tener en cuenta que si las hijas reaccionan con tanta visceralidad a las palabras de sus madres, es porque la opinión de éstas aún les importa, y mucho. Además, las progenitoras también pueden encontrar nuevas maneras de influir en sus hijas. Una madre que mantiene una relación excelente con su hija comentó: «Siempre me preocupo de decirle lo guapa que está y lo fantásticos que son sus hijos». Éstos son justamente los puntos en que muchas madres hacen sugerencias de mejora. Imaginemos que la madre de Paula le dijera, al visitarla, «¡Qué bonita tienes la casa! La has decorado con un gusto exquisito». (Y quién sabe, quizá si hiciera este tipo de elogios con asiduidad, Paula se mostraría más receptiva a sus propuestas de «ayuda con los muebles».) Al igual que sucede con las críticas, los cumplidos que vienen de una madre tienen un gran efecto sobre las hijas. Tener presente lo importantes que son tus elogios para tu hija te confirma que aún ocupas un lugar destacado en su vida.

Una madre que se siente herida porque su hija la acusa de criticarla, también puede encontrar consuelo al pensar que lo que ocurre, en realidad, es que su hija la admira exageradamente. Una mujer me explicó cómo funcionaba esta lógica para ella cuando era una chica adolescente:

«Pensar que tu madre te está criticando no significa necesariamente que ella lo haga. Yo no creo, con sinceridad, que mi madre se pasara el día criticándome, pero yo a menudo tenía la impresión de que así era, porque me sentía inferior a ella. Yo no era tan genial como ella, no sé, pensaba que yo no tenía tantas cualidades ni tantas habilidades. Y, bueno, es lógico que no supiera hacer tantas cosas, al fin y al cabo, ¡yo sólo tenía catorce años!». Sin embargo, deseaba con tanta fuerza estar a la altura de su madre «que realmente se trataba de una especie de autocrítica, pero como es muy duro admitir tus propios defectos, proyectas esa insatisfacción hacia ella».

Por otro lado, darse cuenta de que una hija ya no se toma tan en serio sus consejos, también puede resultar liberador para una madre. Lo ejemplarizaré mediante un comentario que hizo mi padre una vez. Tras haberme dado un consejo que yo recibí sin mucho entusiasmo —diciéndole, «Sí, es una idea»—, mi padre respondió: «Ya veo que no vas a seguir mi consejo». «Tienes razón —confesé—, no lo haré.» «Pues, menos mal —repuso él, en tono de broma—. Si me hicieras caso, tendría que tener más cuidado con lo que te aconsejo.» Con este ánimo, es decir, sabiendo que sus consejos no van a ser seguidos a pie juntillas —y que tampoco van a ser solicitados— las madres, al igual que las hijas, podrán quitarse un buen peso de encima.

Las madres también deberían tener en cuenta que, si sus hijas se dejan guiar ciegamente por sus consejos y su experiencia, puede llegar un día, tarde o temprano, en que lamenten haber adoptado ese patrón de conducta y, como reacción, se vayan al otro extremo. «Permití a mi madre que se convirtiera en una especie de árbitro de lo que estaba bien y lo que no —explicó una mujer—. De alguna manera, programó mis pensamientos y mis acciones.» Esta hija sintió, más adelante en su vida, que someter su propio criterio al de su madre reflejaba una falta total de confianza en sí misma. Y, entonces, empezó a dejar de pedirle consejo a su madre, a fin de no sentirse tan influenciada por ella. Incluso tuvo un sueño en el cual se topaba con una estatua de su madre y le arrancaba la cabeza de cuajo. Se despertó de aquel sueño con una sensación de alivio. Una hija a quien nunca le haya importado demasiado la opinión de su madre, no sentirá la necesidad de decapitarla simbólicamente para poder liberarse de su influencia.

Quizá muchas madres podrían extraer una lección de la historia titulada «La marca de nacimiento», de Nathaniel Hawthorne. Este breve relato narra la historia de un hombre que se casa con una mujer extraordinariamente bella, cuya perfección sólo queda mancillada por una pequeña marca de nacimiento en la mejilla. Obsesionado por la existencia de esa imperfección, el hombre persuade a su reticente esposa para que se someta a una operación a fin de eliminarla. El triste final de la historia es que la cirugía no la hace perfecta, sino que la mata.

Si una madre no puede resistir sus impulsos de corregir, aconsejar o sugerir, ¿qué puede hacer su hija? Puede, por ejemplo, recordarse a sí misma que el empeño de una madre por mejorar el aspecto o la vida de su hija es una prueba evidente de lo mucho que ésta le importa, y de lo debilitado que ha quedado su poder de antaño.

En el caso de que todo lo demás fracase, una hija puede consolarse con la idea de que el escrutinio incesante de su madre es el precio que debe pagar por tenerla aún a su lado. Es posible que una hija, al fallecer su madre, se dé cuenta de lo mucho que echa de menos su propensión a criticarla, además del resto de aspectos de su carácter. Nicole pudo experimentar esta sensación cuando su madre tuvo que ser intervenida de urgencia. Nada más enterarse de la noticia, viajó en avión de California hasta Florida. Muerta de angustia, llegó al hospital donde se encontraba ingresada su madre y entró en su habitación. La primera cosa que le dijo su madre al verla cruzar la puerta fue: «¡Pero qué pelos llevas! ¿Cuándo fue la última vez que te teñiste esas raíces?». En cualquier otra ocasión, este comentario habría molestado a Nicole; seguramente habría pensado: «Si sólo se me ven un poco las canas, ¿por qué siempre tiene que fijarse en eso?». Sin embargo, esta vez, Nicole sintió que la observación de su madre era profundamente reconfortante. Significaba que su madre había salido intacta de la operación; ni su cuerpo ni su mente habían sufrido daño alguno. Su madre continuaba siendo ella misma.

3. No me excluyas: Dinámicas del género femenino

En el transcurso de una entrevista acerca de las conversaciones entre madres e hijas, de cómo suelen agriarse de golpe, y del dolor que pueden llegar a causar, una periodista me preguntó: «Pero, ¿qué pasa entre madres e hijas? ¿Por qué nuestras relaciones son tan delicadas y nuestras conversaciones tan complicadas? ¿Por qué no ocurre lo mismo entre padres e hijos, padres e hijas o madres e hijos?». Tuve que reflexionar un instante antes de formular una respuesta obvia: las relaciones entre madres e hijas son complejas porque ambas son mujeres. Y porque, al tratarse de dos mujeres que son tan sumamente importantes la una para la otra, todas las compensaciones y todos los riesgos que caracterizan las conversaciones entre mujeres, o entre chicas adolescentes, se multiplican. Normalmente, el hecho de hablar juega un papel mucho más importante en las relaciones entre mujeres, sean jóvenes o maduras, que en las relaciones que se establecen entre chicos y hombres adultos. Madres e hijas, más que padres e hijos, tienen tendencia a escenificar y negociar su relación a través del diálogo, y, en la mayoría de casos, mediante largas y extensas charlas. Cuanto más se habla, más oportunidades surgen tanto de reforzar una vinculación afectiva de lo más reconfortante, como de malentenderse y herir sentimientos mutuos. Para casi todas las chicas y mujeres, hablar las unas con las otras es el pegamento que mantiene unida una relación, así como la dinamita que puede hacerla explotar.

Resulta fascinante que el comportamiento de los animales coincida, a veces, con el nuestro, incluso aunque no queramos establecer paralelismos directos. Según la opinión de Joyce Poole, la directora científica de un proyecto de investigación sobre el Elefante del Parque Nacional de Amboseli, en Kenia, los elefantes hembra en su hábitat natural «hablan» con más frecuencia que los ejemplares masculinos, y lo hacen, también, a fin de negociar sus relaciones. En un mensaje de correo electrónico, la doctora Poole me explicó:

«Los elefantes hembra (aunque no los machos) son bastante "habladores", y en ciertas ocasiones utilizan sonidos que se solapan o que se producen a coro (disponen de un gran repertorio de sonidos), y que parecen cimentar relaciones importantes. Estas situaciones incluyen reconciliaciones entre amigas, muestras de solidaridad con la propuesta o el plan de acción de otra, cuidado de las crías ajenas (secuestros, saludos de bienvenida a nuevas crías, nacimientos, rescate de crías, respuesta al dolor de las crías), toma colectiva de decisiones y acciones conjuntas frente a una amenaza externa (coaliciones contra otros grupos y ataques/huidas de los depredadores) y refuerzo/estrechamiento de vínculos con aliados durante un evento social emocionante (saludos, apareamientos, etc.)».

No pretendo sugerir que el comportamiento animal sea equivalente al de los humanos, pero la verdad es que quedé fascinada por las observaciones de Joyce Poole, no sólo por el hecho de que los elefantes hembra vocalizaran más que los machos, sino también de que lo hicieran a fin de «cimentar» sus relaciones. Exactamente igual que conversar para las mujeres es, como digo a menudo (y como he comentado en el párrafo anterior), la «cola» que las mantiene unidas.

Asumir y comprender que las mujeres hablan para crear y consolidar vínculos sociales explica por qué por cada hija que se queja de que su madre «la critica», hay una madre que se queja de que su hija «la excluye». Con el objetivo de analizar por qué, en las relaciones entre mujeres, el hecho de conversar provoca esta queja tan generalizada, empezaremos observando cómo juegan las niñas pequeñas, y cómo su uso del lenguaje acostumbra a diferir del de los niños.

Habla conmigo

Una mujer con dos hijos, un niño de diez años y una niña de seis, observó una diferencia entre ellos a la hora de hacer todos los preparativos para un día de *camping*. «A Jason —me cuenta—, no le hace falta equipaje. Le digo qué zapatos debe ponerse y sale pitando a la calle. Con Lucy, siempre es una larga historia. Primero empieza: "Hoy, en la piscina, no sé si juntarme con Jodie o con Lisa". Y luego, sigue un buen rato con el mismo tema: ¿les prometió algo el día anterior? ¿Qué pensará Jodie si elige a Lisa? ¿Cómo se sentirá Lisa si al final prefiere a Jodie?». Intrigada por el contraste en el comportamiento de sus dos hijos, la madre le preguntó a Jason: «Jason, ¿quiénes son los otros chicos de tu equipo de baloncesto?». A lo que él contestó: «No los conozco. Pero me encanta jugar con ellos porque ¡ganamos un montón de partidos!». Más adelante, yo le pregunté a esta madre: «Y si Jason va a la piscina y necesita buscarse algún amigo, ¿qué hace?». «Enseguida encuentra a alguien —me respondió—. No le da la más mínima importancia. Ni siquiera me lo comenta. En cambio, Lucy siempre me habla de este tipo de cosas, independientemente de lo que vaya a hacer ese día.»

Lucy y Jason no son ninguna excepción. Los investigadores que estudian a los niños mientras juegan han documentado que las amistades que se establecen entre niñas y las que se establecen entre niños suelen divergir en varios aspectos. La vida social de las niñas y de las chicas se centra habitualmente en la existencia de una amiga íntima, y las niñas forjan y calibran esa amistad especial a través de la conversación. De este modo, aprenden a usar el lenguaje para negociar qué grado de amistad quieren compartir con otras niñas. Por eso, para Lucy es tan importante, y complicado, decidir quién es su mejor amiga. Por el contrario, los chicos tienen tendencia a jugar en grupos más numerosos, y para ellos lo fundamental es la actividad que desean realizar. Además, los grupos masculinos son manifiestamente jerárquicos: obtienen y mantienen un estatus elevado dentro del grupo al adoptar una posición de liderazgo y de mando respecto al resto; por tanto, aprenden a usar el lenguaje para negociar ese estatus. Michael Gurian, un autor que pronuncia conferencias frecuentemente sobre las diferencias de género, señala que si le das a una niña pequeña una muñeca, lo más probable es que hable con ella. Pero si se la das a un niño, es muy probable que la trate como si fuera un camión o un avión, o si no, que le intente arrancar la cabeza para ver qué hay dentro. Según Gurian, para el niño, la muñeca es un objeto con el que hacer algo, mientras que, para la niña, representa a una persona con la cual relacionarse.

Los expertos también han observado que los niños suelen combinar la conversación con la acción física —o incluso utilizan sólo la acción física— en situaciones en las cuales las chicas se sirven exclusivamente del lenguaje; por ejemplo, cuando quieren empezar a jugar con algún otro niño o niña. Un niño le dará un empujón a otro niño, el cual inmediatamente le devolverá el empujón, y al poco tiempo ya estarán jugando juntos. Sin embargo, este patrón no funciona con las niñas. Si un niño intentara invitar a una niña a jugar dándole un empujón, probablemente lo único que conseguiría sería que ella se alejara de él. Una tira cómica del *New Yorker* reprodujo gráficamente este contraste: mostraba a un niño y a una niña mirándose. «Me pregunto si debería preguntarle si quiere jugar conmigo», piensa ella. En cambio, él está pensando: «Me pregunto si debería darle una patada».

Cuando les pido a mis alumnos, como tarea de clase, que observen cómo interactúan niños y niñas al jugar, siempre señalan que ellas usan el lenguaje para conseguir sus objetivos, mientras que ellos recurren a la acción. Por ejemplo, Igor Orlovsky trabajó una temporada en Discovery Zone, un lugar donde se puede llevar a los pequeños a jugar. Y describió lo que sucedía cuando más de un niño quería el mismo juguete. Por ejemplo, un niño mayor quería una maraca con la que estaba jugando otro niño más pequeño; lo que hacía el mayor era quitársela a la fuerza. Pero si se trataba de una niña, ésta intentaba convencer a la pequeña que tenía la maraca de que se la cambiara por otra cosa, explicándole, por ejemplo, que el otro juguete era en realidad mucho mejor. Esta estrategia es semejante a la que utilizó Rebeca, una niña de cuatro años a quien otra de mis estudiantes, María Kalogredis, estaba haciendo de canguro. Rebeca disfrutaba jugando a papás y a mamás cuando a ella le tocaba hacer de mamá y a su canguro de bebé. Sin embargo, ese día María probó algo diferente: le dijo a Rebeca que ella quería hacer de mamá. Disgustada por este cambio, Rebeca intentó disuadir a María de su idea. «¿Estás segura de que quieres ser la mamá? —le preguntó—. Porque es mucho más divertido ser el bebé.»

Estos patrones, determinados desde la infancia, establecerán las bases de unos hábitos de conducta que distinguirán las vidas sociales de hombres y mujeres adultos. Dado que la conversación es el material de que está hecha la amistad entre mujeres, la mayoría habla a menudo con sus amigas semanalmente o, incluso, a diario. En cambio, no es nada extraño que un hombre considere su mejor amigo a alguien con quien no ha hablado desde hace meses, sino años. No obstante, él sabe que si le necesita, podrá contar con él. Un hombre puede jugar cada semana a los bolos, al tenis o al golf con otro hombre y saber muy poco de su vida personal. Si el amigo le comunica que piensa divorciarse, es muy posible que la noticia le sorprenda enormemente. Una mujer que se entera de que su amiga va a divorciarse, cuando ésta ni siquiera le había mencionado nunca que su matrimonio iba mal, seguramente se cuestionará si en realidad eran buenas amigas o no, puesto que ser amigas significa contarse mutuamente lo que ocurre en la vida de cada una.

Vista la importancia de comunicarse en las relaciones

que se establecen entre mujeres, es lógico que, tal como han demostrado numerosos estudios, las madres tiendan a hablar más con sus hijos que los padres, y que éstas hablen más con sus hijas que con sus hijos. Este patrón se mantiene vigente aunque los hijos se hayan convertido en adultos y, entonces, también la mayoría de las hijas hablan más con sus madres que con sus padres. Si no conversas con alguien extensamente, tendrás menos oportunidades de sentirte cerca de esa persona; aunque también surgirán menos ocasiones de ofenderla.

Junto a los riesgos que entraña el hecho de charlar con frecuencia, existe una característica específica de las relaciones entre mujeres que explica parte de la complejidad inherente a la relación madre-hija: el tipo de conversaciones que sostienen lleva consigo la preocupación por ser incluida y el miedo a ser excluida. Patrón que, como hemos visto, ya se da en la infancia, cuando se trata de niñas jugando con otras niñas.

La mayor parte de las charlas que las niñas mantienen con sus amigas consiste en contarse secretos. Conocer los secretos de la otra es precisamente lo que las convierte en amigas íntimas. El contenido concreto del secreto es menos significativo que el hecho de compartirlo. Intercambiar secretos es una forma de negociar alianzas. Una chiquilla no puede explicar sus secretos delante de otras niñas que no son sus amigas, ya que sólo ellas tienen derecho a escuchar sus secretos. Así pues, cuando a un grupo de pequeñas no les gusta alguna otra niña, dejarán de hablar con ella, la excluirán del grupo. Por este motivo, cuando una niña se pelea con otra, a menudo le espeta: «No te voy a invitar a mi fiesta de cumpleaños». Ésta es una amenaza terrible, porque la niña rechazada será totalmente marginada. Por el contrario, los niños acostumbran a permitir que otros niños que no les gustan, o que tienen un estatus bajo, jueguen con ellos, aunque luego los traten mal. Por eso, los niños y los hombres no suelen compartir (ni entender) el pánico de las niñas y de las mujeres a ser excluidas. (Ellos tienden a desarrollar otro tipo de pánico: el de ser humillados o mangoneados.)

Dicho en otras palabras, la moneda de cambio en el reino de las amistades entre las niñas es la inclusión y la exclusión; la primera, un precioso (aunque efímero) regalo, la segunda, un cruel castigo. Esto explica por qué la mayor parte de las satisfacciones que produce una conversación entre madre e hija deriva del sentimiento de inclusión, y por qué prácticamente toda la aflicción que estas conversaciones pueden llegar a causar proviene del hecho de sentirse excluida.

¿Por qué no me invitaste?

Muriel le hizo una visita a su hija Denise poco después de que naciera su primer hijo. Había decidido ir a echarle una mano y se sentía feliz de poder hacerlo. Al poco de llegar, Muriel vio un montón de cajas en un rincón; eran objetos y accesorios para el bebé aún por estrenar. Al principio, se preguntó qué hacían todas esas cosas en el comedor. Luego cayó repentinamente en la cuenta: debían de ser los regalos que se hacen en una fiesta de presentación. «¿Hiciste una fiesta para presentar al niño?», le preguntó a su hija tratando de parecer espontánea.

«Sí —repuso Denise, en un tono realmente informal—. La organizó mi amiga Ida, ¿qué detalle, verdad?»

«¡Por supuesto! Qué considerado de su parte.» Sin embargo, lo que sentía Muriel en ese momento era una gran punzada de dolor. Se preguntaba por qué Denise no le había dicho nada de la fiesta, y por qué —y eso era lo que más le dolía— no la había invitado. Entonces, Muriel se sintió un poco como una niña pequeña que se acaba de enterar de que el día anterior todas sus amigas han ido a una fiesta de cumpleaños a la cual ella no ha sido invitada. Y de la misma manera que las niñas a menudo no entienden qué pudieron haber hecho para que sus amigas las excluyeran de repente, Muriel no comprendía por qué no había sido invitada a la fiesta de su nieto. Si estaba lo suficientemente unida a su hija para ir a su casa a ayudarla con el recién nacido, ¿por qué no lo suficiente para ser antes incluida en una celebración tan importante?

Denise no pretendía ofender a su madre al no escribir su nombre en la lista de invitados potenciales que le dio a Ida. Ni siquiera se le pasó por la cabeza hacer algo así; simplemente, al elaborar la lista, pensó tan sólo en sus amigos. Si alguien le hubiese dicho que su madre se sentiría mal al quedar excluida de la fiesta, a Denise no le hubiese importado en absoluto invitarla. O quizá temió que una mujer mayor, y una madre además, no encajara en ese tipo de celebración, o incluso que podría suponer un *anticlímax* para el ambiente en general. Es inevitable que, ocasionalmente, se produzcan este tipo de rechazos cuando las hijas se hacen adultas, y sus redes sociales se amplían más allá de las de sus madres. La inevitabilidad de la exclusión, sumada a la importancia de la inclusión para las mujeres, complica necesariamente las relaciones entre madres e hijas.

Sentirse excluida puede ser la causa que se esconde detrás de la discordia, aunque el tema ni siquiera se mencione. Al explicarme por qué se sentía frustrada respecto a la relación con su madre, una mujer, Julia, me dijo: «Mi madre siempre parece reclamar más atención de la que yo puedo prestarle. Y, sin embargo, luego me dice que debería hacerle menos caso. Me vuelve loca». Le pido que me dé más detalles, y entonces se hace evidente que la clase de atención que la madre de Julia desea es diferente de la que rechaza, aunque ambas se definan por el mismo nombre. Por ejemplo, la madre de Julia la visitó y estuvo con ella durante una semana en la que Julia se percató de que su madre no se sentía feliz. Parecía ponerse de especial mal humor cada vez que Julia centraba su atención en su hija de diez años. Cuando Julia le preguntó si algo iba mal, su madre respondió, con aire de mosquita muerta: «No, no pasa nada». Pero la hija hizo acopio de pruebas: las expresiones faciales y el lenguaje corporal de su madre delataban claramente que estaba contrariada. Entonces fue cuando su madre le dijo: «Deja de prestarme tanta atención».

Y esto a Julia le resultaba totalmente exasperante, porque ella sabía que su madre quería que le hicieran caso. No obstante, la palabra «atención» posee significados muy distintos en estos dos contextos. Cuando Julia atiende a su hija pequeña, es probable que su madre esté pensando algo como: «He hecho un largo viaje para visitar a mi hija, y voy a estar aquí muy poco tiempo; y, a pesar de eso, ella parece que ni se da cuenta de que estoy aquí. Si lo llego a saber, me quedo en mi casa». En este contexto, la palabra «atención» significa hablar con ella, hacer cosas juntas, hacerla sentir importante. Por el contrario, cuando la madre de Julia dice: «Deja de prestarme tanta atención», se está defendiendo contra lo que ella percibe como una crítica de su hija —un tipo de atención negativa—. Seguramente, con eso quiere decir: «Si yo no te he dicho que me siento abandonada, no puedes culparme por haberme sentido así. No es justo que me acuses basándote en algo tan intangible como el lenguaje corporal y las expresiones faciales». En este contexto, «deja de prestarme tanta atención» significa, en realidad, «deja de examinarme».

Sospecho que la madre de Julia se sintió relegada a un segundo plano cuando Julia se ocupaba de su propia hija. Quizá parezca absurdo que una mujer adulta tenga celos de una niña pequeña, pero el dolor que se experimenta al ser dejado de lado no es reflexivo, ni lógicamente justificable; por eso, el tema nunca sale a relucir cuando Julia habla con su madre. Es posible que la madre de Julia no se sintiera del todo feliz a menos que fuera el centro de atención constante de su hija. Aunque también es posible que si Julia le hubiese prestado más atención durante un período de tiempo considerable, a su madre no le hubiese importado retroceder a un segundo plano en otras ocasiones. Con frecuencia, cuando una madre visita a su hija, ésta, si ya tiene su propia familia, se siente superada, demasiado cargada de responsabilidades para entretener a su madre. Con todo, vale la pena intentar dedicarle exclusivamente uno o dos días de su estancia.

La niña de papá

La familia es el primer grupo de personas con que nos encontramos en la vida y, en muchos aspectos, se convertirá en la base de todas nuestras relaciones. Si las cosas van bien, una familia es como una fortaleza contra el mundo hostil, un lugar donde refugiarse y recibir consuelo. En cambio, si es justamente tu familia lo que te hace infeliz, puede que te sientas como si no tuvieras ningún sitio donde esconderte, o como si te estuvieras precipitando al abismo sin nada a lo que aferrarte. Para una madre, esto puede traducirse en un control exhaustivo de las alianzas cambiantes entre los miembros de la familia, y en sentimientos de enojo cuando se encuentra fuera de esas alianzas. En algunas familias, la madre y la hija forman una alianza de la que están excluidos el padre y los hermanos. En otras, o en otras circunstancias, la madre percibe que su hija prefiere aliarse con el padre, dejándola a ella al margen. Cuando esta exclusión se convierte en una constante en las interacciones de la familia, el resentimiento de la madre puede endurecerse, como cuando se forma una cicatriz donde antes había habido una herida.

Yo fui una de esas niñas que adoran a su padre, y solía enfadarme con mi madre cada dos por tres. Mi madre veía claramente que yo prefería a mi padre, y siempre le sentó mal. Incluso hacia el final de sus largas vidas, cuando yo ya nunca me enfadaba con ella, sino que más bien le prodigaba la mayor parte de mis atenciones, le hacía regalos con frecuencia y le expresaba mi amor de múltiples formas, este hecho —que yo siempre me hubiera aliado con mi padre, y a ella le hiciera daño— nunca estaba lejos de la superficie. Lo tenía presente y podía aparecer a la menor ocasión. Por ejemplo, un día llamé a casa de mis padres y ambos respondieron al teléfono, cada uno desde un aparato diferente. Tan pronto como mi padre oyó la voz de mi madre, se apresuró a decir: «Chicas, ahora mismo cuelgo para que podáis hablar tranquilas». Pero mi madre luego señaló, no sin algo de resquemor: «Ya sé que preferirías hablar con tu padre». Tenía razón, y aún le dolía percibir esa preferencia mía por mi padre. En contraposición, mi padre se había retirado voluntariamente de la conversación sin muestra alguna de que le importara que me pasara la próxima media hora, o más, hablando con mi madre y no con él.

Cuando ella tenía noventa y dos años y mi padre noventa y cinco, mi madre y yo estábamos en medio de una de esas largas conversaciones telefónicas. Intercambiábamos historias sobre encuentros casuales, nos poníamos al día sobre nuestras propias vidas y sobre las vidas de familiares y amigos, y nos explicábamos las pequeñas frustraciones que habíamos sufrido desde nuestra última charla. En el transcurso de la conversación, mi madre me comentó: «Le pedí a tu padre que me trajera algo de beber. Una hora más tarde, me lo encuentro sentado en su despacho. Y entonces le pregunto, "¿Qué ha pasado con mi bebida?". ¡Y él va, y me dice que se le olvidó! Yo misma me fui a buscar un vaso de agua». Se trataba de una queja suave, sin amargura. Se suponía que yo debía darle la razón, diciendo algo como: «Ay, ese hombre no tiene remedio, ¡qué despistado es!». No obstante, yo no fui su cómplice, más bien al contrario. «¡Mamá! —la regañé—. Ya sabes que papá no puede dar un paso sin su bastón, e incluso apoyándose en él, le cuesta mantener el equilibrio. Además, le duelen mucho las articulaciones al caminar. ¡No deberías pedirle que te trajera nada!» En aquel momento, el enfado de mi madre se dirigió hacia mí, en lugar de hacia mi padre. «¡Me lo tendría que haber imaginado! No sé cómo se me ha ocurrido decirte nada, precisamente a ti —me espetó—. Siempre estás de su lado. Según tú, nunca hace nada mal.» Tuve que admitir que no le faltaba razón.

Mi padre y yo compartimos una gran afición por escribir. A medida que se fue haciendo mayor, y que sus actividades físicas se fueron reduciendo paulatinamente, dedicó cada vez más tiempo a escribir cartas larguísimas a la gente, incluyéndome a mí. Yo disfrutaba enormemente con aquellas cartas, y también le respondía con cartas igual de largas. Un día, concluí una de mis cartas diciéndole lo mucho que le quería y por qué. Usé el verbo «adorar». En la siguiente carta que recibí de mi padre, él me suplicó que nunca más volviera a escribirle una carta semejante. Mi madre se había enfurecido tanto que, como venganza, le había hecho la vida imposible durante los últimos días. Pensé que esta dinámica era única en mi familia, sin embargo, la historia que me contó una de mis estudiantes en clase me lo desmintió. «Mi madre se enfada conmigo cada vez que nos peleamos y mi padre se pone de mi lado —me explicó—. Le he dicho que no me defienda porque entonces ella aún se enfurece más.»

Muchas mujeres con las que hablé describieron patrones similares en las conversaciones de sus respectivas familias, tal como hicieron también muchos de los estudiantes que participaron en mis seminarios. Una estudiante relató una experiencia parecida cuando, en relación con una tarea de clase, analizó una conversación que había sostenido con su madre. Los comentarios de su madre pueden resultar sorprendentes al principio, pero son fácilmente explicables por los patrones de conducta que acabo de describir.

Cara había vuelto a casa de la universidad para celebrar el día de Acción de Gracias con su familia. Ella y su madre tienen por costumbre ir de compras el viernes siguiente al día de Acción de Gracias. Mientras Cara y su madre hablaban de otras cosas, Cara mencionó que su padre le había dicho que no iba a ir a trabajar el viernes.

—¿Por qué no? —preguntó su madre—. ¿Y qué piensa hacer?

—No tengo ni idea —repuso Cara—. Quedarse en casa, supongo.

—¿Pero para qué? —insistió su madre—, ¿para ponernos de los nervios?

—No sé qué quieres decir con «ponernos de los nervios» —dijo Cara—. Estar con papá es la mar de divertido.

—¿De veras? —preguntó su madre.

—Claro —le aseguró Cara—. Yo me lo paso muy bien con él.

—¿Ah, sí? —le contestó su madre, con un tono de voz que parecía implicar que la afirmación de su hija era sospechosa.

Más tarde, cuando Cara le preguntó a su madre por qué había respondido tan negativamente a la noticia de que su padre se quedaría en casa el viernes, su madre le explicó que, como su marido odia ir de compras, él seguramente deseaba que su hija también se quedara en casa para hacer algo juntos. Y como ella sabía que Cara podía elegir la compañía de su padre antes que la suya, el hecho de que él estuviera disponible reducía el valioso tiempo de que ella disponía para estar con su hija. Cuando una madre está convencida de que su hija prefiere al padre, cualquier elogio dirigido a él será recibido con hostilidad, ya sea fuerte o sutil, puesto que refuerza la sensación de que su hija y su marido están aliados y de que a ella la dejan de lado.

A fin de explicar por qué le gustaba estar con su padre, Cara señaló: «Es muy divertido estar con él». Me sorprendió constatar lo a menudo que había oído comentarios similares por parte de otras mujeres. Por ejemplo, una mujer definió así a su padre: «Es tan divertido, me muero de la risa con él». Y a continuación añadió: «Simplemente me encanta estar con él. Siempre está de buen humor y haciendo bromas». Cuanto más «divertido» es estar con un padre, tanto más probable es que el vínculo creado entre él y sus hijos provoque la sensación en la madre de que se queda fuera, o de que, efectivamente, así sea. Numerosas investigaciones han documentado que la mayor parte del tiempo que los padres dedican a sus hijos lo emplean jugando con ellos, y no en las tediosas tareas de los cuidados diarios. (Existen, por supuesto, muchas excepciones a esta regla.) Un ejemplo particularmente conmovedor de cómo este esquema de comportamiento afecta a la madre me fue relatado por un hombre que tuvo que asumir el papel de padre de forma bastante súbita e inesperada.

Bob Shacochis y su esposa adoptaron a su sobrina de diez años, la hija de la hermana de su mujer, cuando su madre murió de cáncer. Al describir en un artículo los efectos que tuvo este nuevo orden de cosas en su vida, en su mujer (a quien él llama C) y en la relación entre ambos, Shacochis ilustra de qué manera su tendencia a asumir el rol de compañero de juegos hizo que, inadvertidamente, su esposa se sintiera totalmente excluida.

> «Aquel primer otoño, nuestros papeles e identidades parentales aparentemente se estereotiparon. Yo me convertí

en el bueno del tío Bob, el hombre frívolo, alguien a quien utilizar como testigo de la defensa; en cambio, C era quien imponía la disciplina, la mujer saturada de obligaciones, atrapada por el solemne deber de la sangre y traicionada, tanto de forma sutil como manifiesta, por su pareja. Rápidamente, C llegó a creer que se la estaba excluyendo deliberadamente, incluso hasta el extremo de sentirse necesitada físicamente cuando yo le hacía cosquillas a la niña. "Ahora ella se lleva todas tus ganas de jugar, y ya no compartes tu alegría conmigo", se lamentó C un día. Me chocó tener que admitir que tenía razón.»

Está claro que al procurar ser un buen padre para su sobrina, Shacochis no pretendía excluir a su esposa de sus juegos, ni mucho menos privarla deliberadamente del buen humor, de las atenciones y de las ganas de jugar que antes le habían pertenecido a ella en exclusiva. Sin embargo, es lo que sucedió. Se pueden entrever capas de ironía y de injusticia en este hecho. Precisamente el desequilibrio en los roles que asumieron su marido y ella —él adquiriendo el agradecido y divertido papel del «bueno» de la familia, y ella «sobresaturándose» a causa de tener que llevar a cabo una desproporcionada cantidad de tareas relacionadas con el cuidado de la niña— le valió a la esposa el castigo de ser excluida del juego.

Preferencia por el hijo varón

Si bien muchas madres sienten que se las excluye porque sus hijas prefieren a sus padres, muchas hijas se sienten rechazadas porque sus madres prefieren a sus hermanos. Una mujer, por ejemplo, me contaba lo triste que era que, hacia el final de su vida, su madre no la reconociera. Y luego añadió: «Sin embargo, a mi hermano siempre le reconoció». Otra mujer tuvo una experiencia asombrosamente parecida cuando su madre estaba en su lecho de muerte. «Fui la única a quien no reconoció —afirmó la mujer—. Sabía perfectamente quiénes eran mis hermanos, pero, de alguna manera, estaba convencida de que yo no era su hija, sino un clon de su hija, y también de que, además, quería hacerle daño.»

El disgusto, tan común entre las mujeres, que causan las repetidas críticas de las madres, adquiere un carácter especialmente demoledor cuando las hijas perciben que sus madres adoptan una actitud mucho menos crítica respecto a sus hermanos. Una mujer tuvo ocasión de ver plenamente confirmada esta impresión. Ella y su hermano estaban juntos en una reunión familiar, su madre se acercó y la saludó como de costumbre: «¿Qué tienes en la piel? ¿Qué le pasa a tu pelo? Veo que has engordado». La hija no notó nada fuera de lo normal, pero su hermano sí. «¿Siempre te hace eso?», le preguntó a su hermana con incredulidad. Al ver lo sorprendido que estaba su hermano, esta mujer se dio cuenta de que su madre reservaba ese «examen físico» exclusivamente para ella, y no para él.

Una mujer de sesenta y siete años me escribió en un correo electrónico: «Aún tengo un problema en la relación con mi madre». Y el problema era la preferencia de la madre por su hermano. «Mi hermano fue siempre la niña de sus ojos —me contó—. Yo nunca estuve a la altura de las expectativas de mi madre. Me amonestaba constantemente "No deberías hacer eso", "No hagas lo otro", "¿Por qué no puedes ser como...?" Ser yo misma significaba un *no-no*». Esta clara preferencia de la madre se extendía incluso a los nietos: «Los regalos que hacía a los hijos de mi hermano eran mejores y más caros que los que les daba a mis hijos. Pagó los estudios de todos mis sobrinos, pero no los de mis hijos. Incluso regaló a mi hermano y a su esposa diez mil dólares cada año, cosa que nunca nos dio ni a mí ni a mi marido». A medida que leía todo esto, asumí que la madre de la persona que me escribió debía de ser muy longeva, puesto que la hija ya había cumplido los sesenta y siete. No fue hasta el final del mensaje que leí: «Por supuesto, ya no está con nosotros». Los efectos, sin embargo, todavía persisten: «Nunca conseguiré librarme de esta tristeza, y supongo que me iré a la tumba con esta espina clavada en el corazón». (No obstante, la mujer afirmó haber aprendido una buena lección del trato que recibió de su madre. Y esa lección fue que, a la hora de criar a sus propios hijos, se aseguró de tratarlos equitativamente —aunque dándole a su hija un ligero margen de ventaja.)

Incluso cuando el favoritismo de una madre no es tan obvio, o tan extremo, para muchas mujeres que tienen hermanos, el dolor por ese amor imperfecto de sus madres se agudiza a causa del contraste en el trato que reciben sus hermanos. Para estas mujeres, es como si sus hermanos adquirieran una posición central en la familia, mientras que ellas son relegadas a un segundo plano, cuando no dejadas totalmente al margen.

El trabajo invisible de las mujeres

Existe aún otro aspecto por el cual muchas hijas se sienten marginadas respecto a sus hermanos; un aspecto que, además, refleja una actitud hacia la mujer muy extendida en nuestra sociedad. Esto es, la tendencia a exigir y a esperar más de las mujeres, al tiempo que se valoran mucho menos sus esfuerzos.

Beth es una terapeuta de familia con consulta privada. Un día recibió una llamada de su madre. «Ya he reservado los billetes de avión para ir a visitarte —le comunicó su madre—. Llegaré a las dos del mediodía; ¿qué hago? ¿Te espero en la sala de recogida de equipajes, o ya en la salida?»

«Va a ser complicado, mamá —repuso Beth—. Tengo pacientes toda la tarde.» Y luego añadió, refiriéndose a su hermano: «¿Por qué no se lo preguntas a Ronnie?». A lo que su madre respondió: «Él trabaja».

Sin duda, parte de la diferencia de actitud de la madre respecto al trabajo de Beth y al de su hermano deriva de los distintos escenarios en que ambos desarrollan sus actividades laborales: el hermano trabaja en una oficina, en un edificio del centro de la ciudad, mientras que Beth visita a sus pacientes en una sala habilitada de su casa. Sin embargo, otro de los motivos que explica esta diferencia es sencillamente la idea preconcebida de la madre de Beth acerca del papel del trabajo en la vida del hombre y de la mujer. Según su madre, el trabajo de Beth es una especie de pasatiempo: las aportaciones económicas que ella realiza no son necesarias para sustentar a la familia, simplemente es algo que ella ha elegido hacer en su tiempo libre, sobre todo porque lo que hace, básicamente, es sentarse a escuchar y a hablar con la gente.

La experiencia de Beth coincide con la de muchas otras mujeres que sienten que sus madres no aprecian ni reconocen sus logros profesionales. Y aún hay algo más. Con demasiada frecuencia, el trabajo que llevan a cabo las mujeres se vuelve invisible, se da por supuesto. Y esta afirmación es válida tanto por lo que se refiere al seno de la familia, como fuera de él. Alguien prepara la comida cada día, alguien limpia la casa, compra la ropa de los niños, la lava, la plancha, etc. Diariamente se ejecuta una rutina que nunca termina. Y, para colmo, los demás miembros de la familia raras veces reconocen y valoran todo este esfuerzo, tan sólo se fijan en él cuando algo no se ha podido hacer. Afortunadamente, hoy en día también hay muchos padres que realizan estas tareas. La diferencia está en que, cuando ellos las llevan a cabo, la gente, tanto dentro como fuera de la familia, suele darse cuenta enseguida, y además los aplauden por ello. En cambio, cuando son las madres quienes se encargan de todo el trabajo doméstico, la cosa sencillamente se da por supuesta.

Tanto madres como hijas a menudo esperan una generosidad desinteresada de la otra, y por eso suelen reaccionar con rabia o decepción cuando no se cumplen sus expectativas, o cuando no reciben los beneficios de esa generosidad. Una mujer, al explicarme por qué su madre era tan importante para ella, me comentó: «Cuando la necesito, lo deja todo y viene corriendo». El problema es que los miembros de la familia, incluidas las hijas, protestan si las madres no lo dejan todo y acuden de inmediato a ayudarles; por ejemplo, estando siempre disponibles cuando ellos llegan a casa de visita, o yendo al aeropuerto a buscarles, o cuidando a los nietos cuando sus padres no pueden. Del mismo modo, muchas madres esperan que sus hijas estén disponibles para ellas de una forma que nunca se atreverían a exigirle a nadie más, incluidos sus hijos varones.

Leah, una entre tres hermanos, estaba ultimando los preparativos para el viaje de Florida a Milwaukee que su madre, de ochenta y siete años, iba a realizar para asistir a una celebración familiar. Empezó enviando mensajes de correo electrónico a su hermana, a su hermano y a su hija pidiéndoles si podrían acompañar a la abuela, bien a la ida o a la vuelta; ella se comprometía a hacer el otro viaje. Los tres dijeron que no y todos tenían razones de peso. Su hija Erin tenía dos buenas excusas: primero, no podía permitirse faltar al trabajo, y segundo, una de sus mejores amigas salía de cuentas más o menos por esas fechas y Erin, que es enfermera, había prometido estar presente en el parto. Un poco reticente a encargarse ella misma de los dos viajes, Leah volvió a preguntar, esta vez solamente a su hija y aportando más información. Le dijo a Erin que su tío se había ofrecido a pagarle los días de sueldo que perdería si se tomaba esos días libres. En esas condiciones, ¿sería factible para ella acompañar a la abuela? De nuevo, Erin le contestó que no podía. Aparte de la pérdida de ingresos, estaba el compromiso que había adquirido con su amiga embarazada. Transcurrió una semana, más o menos, y Leah —que a sus sesenta y seis años ya notaba los achaques de la edad— se sentía cada vez más desesperada; quería evitar como fuese tener que volar entre Florida y Wisconsin cuatro veces en tres días. Así que recurrió a Erin por tercera vez, asegurándose de encabezar su petición con la máxima delicadeza: «Siento pedírtelo otra vez. No quiero hacerte sentir culpable; sólo te lo pregunto por si existe alguna posibilidad».

Erin volvió a excusarse y adujo nuevamente los motivos que le impedían satisfacer los deseos de su madre. Sin embargo, esta vez también expresó cierta indignación: «Me dices que no me sienta culpable, pero ¿cómo quieres que no me sienta terriblemente mal si no paras de pedirme ese favor?». Leah se dio cuenta de que su hija tenía razón. A sus dos hermanos no les había vuelto a preguntar ni una sola vez más; había aceptado sus negativas y no las había considerado negociables. En cambio, a su hija le insistió una y otra vez, como si pensara que sus excusas sí eran negociables, o como si las hubiera olvidado. Leah se percató de que esperaba que su hija la ayudara incondicionalmente, exigiéndole mucho más de lo que nunca exigiría a otros. Y había minimizado el metamensaje que transmitía la repetición de la pregunta. Aunque sus palabras dijeran: «No te sientas culpable», el hecho de insistir significaba: «Espero (de ti) que me hagas este favor».

¿Por qué tantas hijas y tantas madres esperan más las unas de las otras de lo que esperan de sus padres y hermanos? Al reflexionar sobre ello, recurrí a los resultados de mis investigaciones para el libro *La comunicación entre hombres y mujeres a la hora del trabajo*, acerca de cómo se les habla y de cómo hablan los hombres y las mujeres en sus respectivos lugares de trabajo. Entonces observé el siguiente patrón de conducta: independientemente de lo alta que sea la posición de una mujer en la jerarquía laboral, siempre se la respetaba menos que a un hombre en el mismo puesto. Al parecer, la gente solía considerar que, ostentando el mismo rango, las mujeres eran más accesibles, e intimidaban menos que los hombres. Yo misma lo he experimentado en numerosas ocasiones. Por ejemplo, un domingo me llamó una estudiante del programa de doctorado que imparte el departamento de lingüística en el que trabajo. Tenía algunas dudas sobre la tesis que estaba escribiendo. Respondí ampliamente a sus preguntas, pero, al cabo de un rato, le señalé que, a pesar de haberla aconsejado según mis mejores criterios, en realidad debía dirigirse a su director de tesis, y no a mí. Y ella, entonces, me contestó: «Es que no quiero molestar llamando a su casa en domingo».

Tal como ocurre con las mujeres en el ámbito profesional, a las madres también se las suele considerar una especie de secretarias: siempre se las puede interrumpir y siempre deben estar disponibles. Muchas madres, no obstante, asumen voluntariamente ese papel. Una mujer, madre de dos hijas mayores, me comentaba que ella siempre lleva su móvil conectado por si una de sus hijas la necesita. Sin embargo, estar dispuesta, incluso deseosa, a ayudar siempre que sea posible, no evita que una se sienta dolida cuando los distintos miembros de la familia parecen considerar esa ayuda como algo a lo que tienen pleno derecho. Entre las quejas más destacadas que escuché de varias mujeres respecto a sus hijas adultas, estaba la impresión de que éstas no las valoraban como ellas se merecían, y que las trataban con menos consideración que a otras personas. Este trato puede implicar que las hijas ni siquiera se molesten en hacer planes por adelantado, asumiendo que sus madres estarán siempre a su disposición, o que anulen una cita en el último momento sin dar explicaciones, o sencillamente que se dirijan a ellas en tono despectivo («¡Ay, mamá, siempre estás con lo mismo!»). Por ejemplo, una mujer me contó que su hija la había invitado a una cena que iba a celebrar en su casa porque uno de sus invitados no podía asistir, y ella no quería que el número de comensales de su mesa fuera impar. Sin embargo, los planes de aquel invitado cambiaron a última hora, y la hija, sin pensárselo dos veces, le retiró la invitación a su madre. Para aquella hija, una madre es alguien de quien de puede disponer o prescindir según las necesidades del momento.

Dilo sin tapujos

Muchas hijas, como vimos en el capítulo anterior, reprochan a sus madres, sobre todo, que las critiquen mediante indirectas. Y también les irrita especialmente que sus madres traten de comunicarles sus planes, deseos o intenciones de todas las maneras posibles (con insinuaciones, comentarios indirectos, etc.), menos expresándolos directamente y sin tapujos. No obstante, indicar a alguien lo que quieres que haga de forma indirecta es un hábito muy común entre las mujeres norteamericanas (y en muchas culturas, es frecuente entre hombres y mujeres), y funciona sin problemas cuando tanto el hablante como el oyente están de acuerdo en su uso. Las hijas que no soportan este comportamiento de sus madres, están aplicando a las mujeres las normas conversacionales que imperan normalmente entre los hombres. También en este sentido, una familia puede representar un microcosmos de una sociedad más amplia.

La madre de Sylvia tenía una auténtica obsesión con las patatas al horno. Le gustaban, pero sólo si estaban muy tiernas por dentro, y raras veces quedaban lo suficientemente tiernas para su gusto. Cada vez que pedía patatas al horno en un restaurante, recalcaba al camarero que las quería «bien cocidas». Y, cuando se las traían, nueve de cada diez veces, cortaba una e inmediatamente se quejaba a sus compañeros de mesa: «Está dura. Y dije que las quería muy tiernas». Sin embargo, nunca devolvía el plato y pedía que le hornearan más las patatas, sino que prefería quedárselo, y continuar quejándose. Cuando Sylvia iba a comer o a cenar con su madre, ella misma se encargaba de llamar al camarero y de pedir unas patatas más tiernas. Estaba convencida de que eso era lo que esperaba su madre y lo que quería que hiciese. Pero un día decidió que ya no volvería a hacerlo, porque estaba cansada de que su madre esperara siempre que ella adivinara lo que quería. Sylvia llegó a la conclusión de que su madre merecía comerse las patatas duras como castigo por no expresar directamente sus deseos.

Otra mujer, Nancy, me explicó también lo frustrada que se siente cuando su madre no le dice directamente lo que quiere, o lo que piensa. Por ejemplo, Nancy fue a casa de su madre para ayudarla, ya que ésta se había roto la muñeca en una caída. Sin embargo, cuando Nancy se ofreció a preparar la cena, su madre le dijo que no, explicándole que no quería que se le ensuciara el horno porque luego, con la muñeca fracturada, no podría limpiarlo. Nancy le aseguró que limpiaría ella misma el horno si se ensuciaba. A lo que su madre repuso que a ella no le importaba en absoluto limpiarlo. Nancy captó el mensaje: su madre no quería de ninguna manera que ella entrara en su cocina. Al parecer, la madre interpretó el gesto de Nancy como un intento de arrebatarle el poder, y probablemente pensó que sería más amable rechazar el ofrecimiento con una excusa que escapara al control de su hija: la muñeca rota.

A pesar de que tanto Sylvia como Nancy entendieron lo que sus madres querían decirles, ambas se sintieron frustradas por la forma en que sus madres se comunicaron con ellas. Nancy pensó que su madre se veía obligada a hablar dando rodeos e, incluso, a contradecirse. Y Sylvia se sentía frustrada porque, en su opinión, no es correcto decir lo contrario de lo que se piensa, y esperar que los demás respondan a lo que no se ha dicho de forma explícita; a ella le parece evidente que decir abiertamente lo que uno quiere no sólo es preferible, sino que es lo más honesto. Quizá Nancy se hubiese sentido menos frustrada por el razonamiento en círculos de su madre, y Sylvia se hubiese sentido mejor al sacar a su madre del apuro en el restaurante, si ambas hubieran considerado que hablar indirectamente es una forma de comunicarse igual de válida que hacerlo de manera directa. De hecho, expresarse de forma indirecta es una convención social en muchas culturas.

Haru Yamada, una lingüista japonesa, explica en su libro *Different Games, Different Rules* que la habilidad para comunicarse sin dar significado a las palabras es altamente valorada por la sociedad japonesa, que incluso utiliza una palabra específica para definirla: *haragei*, literalmente «arte del estómago». Según Yamada, este término refleja la creencia japonesa de que las palabras son sospechosas y de que «sólo el estómago dice la verdad». La comunicación silenciosa, que se considera ideal, es una técnica activa que debe ser cultivada y practicada, como un arte. En este mismo sentido, los japoneses aprecian sobremanera el *sasshi*, que Yamada define como «conjeturar anticipadamente»; precisamente el tipo de deducción de significado no expresado que Sylvia cree que su madre no debería esperar.

Así pues, ¿es posible que las formas de comunicación de culturas enteras sean absolutamente erróneas? En mi opinión, es más razonable tratar de comprender la lógica que hay detrás de la comunicación indirecta. Insistir en que es mejor expresar directamente lo que se quiere decir significa centrar la comunicación en el mensaje, como si éste fuera el único nivel de significado que existe. Por el contrario, reconocer que cualquier enunciado posee dos niveles, mensaje y metamensaje, presupone admitir que la comunicación indirecta también tiene sentido.

Sentimientos de conexión entre madres e hijas

En el proceso de identificar la existencia de los metamensajes en la comunicación, me asombré al descubrir el contraste entre lo que una mujer, Audrey, me contó sobre su madre y sobre su hija. Sus comentarios fueron pronunciados en momentos distintos pero, juntos, revelan la lógica existente tras la manera de hablar, aparentemente ilógica, de una madre. Audrey me escribió en un mensaje de correo electrónico que su hija de diez años es como su «alma gemela»: «Reacciona de inmediato a todos mis estados de ánimo, y es capaz de reconocerlos claramente, incluso cuando me esfuerzo por disimularlos (y consigo engañar a todo el mundo menos a ella)». Éste es uno de los más sorprendentes e inesperados regalos de la maternidad: «tener a alguien tan cerca y sentir que la conexión es tan fuerte que parece ir directamente de tu corazón al suyo».

En un contexto diferente, Audrey me comentó que, a pesar de que quiere muchísimo a su madre y de que procura hacer todo lo posible para ayudarla, no puede evitar enfurecerse cada vez que se da cuenta de que su madre espera que ella intuya lo que quiere, y se lo ofrezca, sin que ésta se lo pida explícitamente. Por ejemplo, después de una visita, mientras Audrey se estaba preparando para llevarla en coche de vuelta a su casa, en otro estado, su madre le dijo enfurruñada: «He tenido que cargar mi propio equipaje yo sola hasta el coche». Audrey sabía que su madre le estaba llamando la atención por haberle fallado. Entonces le preguntó: «¿Pero por qué no me dijiste que tus maletas ya estaban preparadas? Te las hubiera bajado enseguida». La contestación de su madre fue: «Tú ya sabías que estaba acabando de arreglarlo todo y seguro que me has oído bajar las escaleras». La temperatura emocional de Audrey empezó a subir rápidamente. «Mamá, yo estaba en la ducha —se defendió Audrey—. ¿Cómo querías que te oyera?» Y a continuación, su madre cambió el motivo de su queja: «Ya no eres la misma de antes». Ahora la acusación de su madre ya no se limitaba a un asunto en concreto, sino que era general: ahora Audrey no era «la misma persona», lo cual significaba, sin lugar a dudas, que su carácter era peor que antes. Impotente ante este juicio condenatorio, Audrey simplemente le pagó con la misma moneda: «Y tú tampoco».

Al escuchar esta pequeña discusión, se podría concluir, como hizo Audrey, que su madre se comportó de manera irracional: primero, se enfada con su hija porque ésta no le ha hecho un favor que ella no ha pedido, y que su hija no podía adivinar. Y luego, en vez de reconocer que la causa de su enojo carece de lógica, la reformula transformándola en una vaga, pero devastadora, acusación de que su hija se ha convertido en una mala persona. ¿Cómo se puede comprender una actitud tan exasperante? Los comentarios de Audrey acerca de su propia hija nos pueden ayudar a entender el razonamiento aparentemente ilógico de su madre. Audrey se regocija en el íntimo vínculo afectivo que existe entre ella y su hija; un vínculo que se hace evidente cada vez que su hija percibe las emociones de Audrey sin que ella las exprese manifiestamente, o incluso cuando intenta esconderlas. A fin de cuentas, todo el mundo puede saber cómo te sientes, y cuáles son tus necesidades si las manifiestas abiertamente. Tan sólo alguien con quien compartes una intimidad especial es capaz de reconocer aquellos estados de ánimo que no expresas verbalmente. Éste es el precioso metamensaje que se transmite mediante la comunicación indirecta, una estrecha conexión enormemente valorada por las mujeres en sus relaciones afectivas.

Si la importancia de que a uno le entiendan sin que le haga falta decir lo que quiere parece difícil de comprender, piense ahora en la rutina de los regalos de cumpleaños. Cualquier persona podría regalarnos exactamente aquello que queremos si se lo dijéramos. Sin embargo, raramente explicitamos este tipo de peticiones. (Naturalmente, existen excepciones: una mujer me contó, que después de varios cumpleaños en que su marido le había regalado joyas muy caras que a ella no le gustaban, ella instituyó un nuevo régimen que satisfizo a ambos. Al aproximarse la fecha de su aniversario, ella se compraba una joya y le mostraba a su marido el regalo ideal que él acababa de hacerle.) La mayoría de nosotros se conforma con insinuar lo que nos gustaría que nos regalaran, puesto que no nos interesa tanto el regalo, como el hecho de que la persona que nos lo hace nos demuestre que nos conoce lo suficientemente bien como para escoger algo que sea de nuestro agrado, y de que se preocupe de tomarse el tiempo necesario para conseguirlo. Dicho de otra manera, el objeto regalado es el mensaje, que agradecemos mucho, pero lo que valoramos en realidad es el metamensaje de empatía que conlleva el hecho de que alguien nos sorprenda precisamente con el regalo perfecto.

Así pues, ésta es la lógica que sustenta las diferentes

formas de comunicación indirecta. Y la lógica que puede explicar la irracional queja de la madre de Audrey. Si su madre le hubiera pedido directamente que le llevara las maletas al coche, Audrey lo habría hecho, pero su madre no habría obtenido justo lo que quería: una muestra de que su hija estaba pendiente de sus necesidades, y de que el nexo que las unía era tan fuerte que ella ni siquiera necesitaría expresarlas en palabras para que su hija las satisficiera. Quizás Audrey carece de la sensibilidad necesaria para poder «leer» las emociones de su madre, cualidad que, por otro lado, tanto valora en su hija. Y también es posible que Audrey se resista deliberadamente a cultivar esa interconexión directa entre el corazón de su madre y el suyo propio. A muchas mujeres les incomoda tener una conexión tan intensa con sus madres cuando llegan a la edad adulta, puesto que no se sienten capaces de compensar o aliviar la posible infelicidad de sus madres, ya sea ofreciéndoles su compañía, o adaptando sus propias vidas a aquello que sus madres esperan y desean de ellas.

Aunque la discusión entre Audrey y su madre también puede indicar, sencillamente, que ambas utilizan estilos conversacionales distintos. No obstante, es probable que esta diferencia no sea tan sólo una desafortunada coincidencia. Audrey cree que ha optado por un estilo directo justamente porque encontraba del todo frustrante ese uso indirecto del lenguaje que hacía su madre.

Hablar de tus problemas te puede traer problemas

El convencimiento de que expresar los propios deseos de manera indirecta es ligeramente deshonesto, cuando no una estrategia claramente manipuladora, y que decir lo que uno quiere directamente es preferible, e incluso más honesto, está muy extendido entre la clase media norteamericana; sin embargo, la comunicación directa constituye una forma de hablar más característica de los hombres que de las mujeres. (Lo cual no quiere decir que los hombres no utilicen nunca el estilo indirecto; suelen recurrir a él en otros contextos, por ejemplo, a la hora de admitir sus errores o su ignorancia.) En general, tenemos tendencia a malinterpretar y menospreciar aquellas formas de hablar que no compartimos, aunque es innegable que los comportamientos más valorados por la sociedad reflejan más el tipo de comunicación que emplean los hombres que el que utilizan las mujeres. Por eso, el hecho de que los miembros de una familia desvaloricen con frecuencia la tendencia de la madre o de la hija a manifestar sus deseos de manera indirecta, es otra de las causas que contribuyen a incrementar el sentimiento de exclusión de las mujeres en sus propios hogares. Y lo mismo puede ocurrir respecto a muchas otras formas de comunicarse típicamente femeninas, incluido el uso fundamental del lenguaje a fin de crear alianzas: explicarse mutuamente los detalles de lo ocurrido durante el día.

Los investigadores que estudian las conversaciones que tienen lugar durante la cena entre familias norteamericanas de clase media identifican de inmediato un ritual que algunos han denominado «contarse cómo ha ido el día». Según la opinión de la lingüista Shoshana Blum-Kulka, ésta es una manera típica de iniciar la conversación a la hora de cenar entre familias norteamericanas de clase media (sin embargo, no era así en el caso de las familias israelitas que observó para su investigación). Elinor Ochs y Carolyn Taylor, dos antropólogas que también grabaron en vídeo y después analizaron el comportamiento de varias familias norteamericanas a la hora de cenar, comprobaron que normalmente es la madre quien anima a los hijos a que le «cuenten a papá» lo que les ha pasado durante el día, y que es ella quien explica al resto de la familia cómo le ha ido el día. Ochs y Taylor observaron que los relatos que hacían las madres de lo que les había sucedido aquel día, al igual que ocurre en el caso de las conversaciones que entablan muchas mujeres con sus amigas, a menudo incluían los problemas que les habían surgido. Una vez expuestos, éstos podían ser discutidos, compartidos y analizados por los demás miembros de la familia. La socióloga Gail Jefferson ha bautizado este tipo de conversaciones como «hablar sobre los propios problemas».[1]

El hábito de hablar sobre los propios problemas es más frecuente entre las mujeres que entre los hombres. Para las mujeres, hablar de las experiencias que han tenido durante el día significa mantener lo que yo llamo «conversaciones empáticas» —es decir, usar el lenguaje para establecer conexiones—. Conversar sobre sus conflictos es un tipo de conversación empática, puesto que invita al interlocutor a expresar su empatía, a mostrar su comprensión y a relatar experiencias semejantes. Sin embargo, muchos hombres tienen la sensación de que hablar sobre sus problemas les puede hacer parecer débiles o vulnerables. Y lo que es más importante todavía, es posible que muchos hombres prefieran no hablar en casa acerca de los inconvenientes que les surgieron en el trabajo porque revivirían los sentimientos y las preocupaciones que les produjeron entonces. En efecto, sería como llevarse a casa la suciedad del día, y no

1. En inglés: «*troubles talk*». *(N. de la T.)*

ser capaz de limpiarse los zapatos en el felpudo antes de cruzar el umbral de la puerta. Generalmente, los hombres disfrutan de la comodidad de su hogar porque lo consideran una zona libre de peligro, donde ya no tienen que pensar en los conflictos del trabajo.

Esta divergencia de hábitos por lo que se refiere a hablar de los propios problemas da lugar a un desequilibrio importante en muchas familias. Si la madre siempre habla de las cosas desagradables que ha tenido que afrontar durante la jornada, y el padre no, la consecuencia que se deriva es que las madres son, aparentemente, más problemáticas e inseguras que los padres. Y muchos hombres, dado que ellos no acostumbran a explicar sus problemas, asumen, comprensiblemente, que cuando una mujer expone sus inseguridades, es que necesita ayuda para resolverlas; ¿por qué, si no, hablaría de ellos? Por eso, la mayoría de hombres ofrecen tan generosamente posibles soluciones a los problemas que las mujeres les explican. Así pues, la táctica de las mujeres a la hora de iniciar una conversación entre los miembros de la familia, acaba siendo transformada por el punto de vista del hombre. Este malentendido de la conversación empática de la mujer a menudo provoca que las madres aparezcan ante sus familias como personas menos seguras de sí mismas, incluso menos competentes, que sus maridos. Este panorama, justamente, fue descrito por una de mis estudiantes en un trabajo de clase.

Los padres de Celia trabajan en ámbitos similares: su padre es médico y su madre enfermera. Ambos trabajan en un hospital, y ambos se enfrentan diariamente a numerosas situaciones que suponen un reto para sus profesiones. La madre de Celia a menudo comenta con su familia los distintos casos que ha tratado durante el día, y los temas que han ido surgiendo entre sus colegas en el hospital. Por el contrario, el padre, quien presumiblemente se enfrenta a casos igualmente interesantes y desafiantes, en casa nunca habla de lo que le ocurre en el trabajo. Celia y su hermano interpretan el hecho de que su madre hable del trabajo como un signo de inseguridad, como una prueba de que necesita ayuda a la hora de afrontar los desafíos diarios en el hospital, o de que necesita que le aseguren repetidamente que los resolvió de forma correcta. Esta escena es una versión casera de una situación que las mujeres experimentan con frecuencia en sus lugares de trabajo. Al estudiar las relaciones laborales entre hombres y mujeres, descubrí que la competencia de las mujeres se suele infravalorar porque se juzga erróneamente su forma de comunicarse. Orientar la comunicación a crear lazos de conexión con los demás se interpreta como una consecuencia del estado interior de la mujer: inseguridad o falta de confianza en sí misma. De esta manera, muchas familias —al igual que la de Celia— reproducen miméticamente los procesos y las injusticias de las grandes instituciones que conforman nuestra sociedad y que, a menudo, hacen que las mujeres se sientan, y estén, marginadas. Este fenómeno, además, es particularmente doloroso para las mujeres, puesto que son muy susceptibles a cualquier signo de exclusión como parte del legado que la mayoría de ellas aún conserva de una infancia dominada por los juegos y las relaciones en grupo.

Éstas, pues, son algunas de las formas en que el hecho de ser ambas mujeres influye y determina las relaciones entre madres e hijas. Hecho que también explica por qué, si pudieran hacer una única petición, muchas madres les pedirían a sus hijas adultas: «No me excluyas».

4. «MI HIJA ES IGUALITA QUE YO», «MI HIJA Y YO NO NOS PARECEMOS EN NADA»: «MAMÁ, ¿DÓNDE ACABAS TÚ Y DÓNDE EMPIEZO YO?»

«Mi madre y yo estamos muy unidas.» «Quisiera estar más cerca de mi hija.» «Empezar la dieta Weight Watchers con mi madre, hizo que me sintiera muy unida a ella.»

Al hablar con varias mujeres acerca de sus madres o de sus hijas adultas, me di cuenta de que las palabras «cerca» y «unidas» aparecían casi siempre en la conversación. Bien porque se sintieran cerca unas de otras, o porque prefirieran estar más o menos unidas, la cercanía emocional era, por regla general, el criterio mediante el cual las mujeres valoraban su relación. Me comentaron lo mucho que apreciaban los sentimientos de proximidad, o lo mucho que los echaban de menos; o que demasiada intimidad las hacía sentir incómodas.

También hubo muchas mujeres a quienes la distancia les daba cierto miedo, y otras que buscaban precisamente eso.

«Me vi obligada a poner más distancia entre nosotras», me explicó una hija. Escuché otro comentario de una madre que, aunque no era el caso, habría podido provenir de la madre de esta hija: «La distancia duele, porque hay cosas en la vida de mi hija que ella me no cuenta y que, por tanto, yo no puedo disfrutar».

Cuando las hijas son pequeñas, la proximidad física con sus madres se da por supuesta, y es incluso más evidente que entre madres e hijos varones. Los psicólogos han descubierto que las madres tienden a mantener un contacto físico más directo con sus hijas que con sus hijos. Cuando los hijos se hacen mayores, muchas madres que han tenido tanto hijos varones como hijas, notan que sus hijas suelen estar más cerca de ellas que sus hijos. Por ejemplo, una mujer que es madre de dos hijos y dos hijas me contó en un mensaje de correo electrónico: «Las chicas siempre quieren estar muy cerca de mí, incluso físicamente. Ayer salí de compras con mi hija más pequeña (tiene casi siete años) y estuve continuamente pisándola o dándole codazos en la cara sin querer, porque no se conformaba sólo con que la cogiera de la mano, ella quería literalmente que no hubiera ni un milímetro de distancia entre nuestros cuerpos. Mientras que Jimmy, uno de mis hijos varones, me sugirió que utilizáramos nuestros *walkie-talkies* para caminar cada uno por su lado sin perdernos».

A medida que madres e hijas se hacen mayores y sus vidas evolucionan, ambas van ajustando y reajustando el grado de intimidad o de distancia existente entre ellas. Y esto ocurre tanto a nivel físico, como reflejan, por ejemplo, el contacto corporal que hay entre ellas o la distancia a la que viven una de la otra, como a nivel metafórico, es decir, la frecuencia con que se comunican, la cantidad de cosas que se cuentan y la conexión emocional que sienten. La mayoría de mujeres con quienes me entrevisté, al hablarme de sus más grandes alegrías y de sus decepciones más amargas con respecto a la relación con sus madres/hijas, lo hicieron en términos de proximidad y distancia.

Otro de los adjetivos que siempre surgía cuando las

mujeres hablaban de sus madres e hijas era «igual», junto con su opuesto «diferente». Prácticamente todas las mujeres han vivido la experiencia de estar a punto de decir algo y escuchar que era la voz de sus madres lo que salía de sus bocas; o de hacer algo, y después darse cuenta de que lo hicieron exactamente igual que sus madres. (También ha habido madres que me han contado experiencias semejantes en referencia a sus hijas adultas.) A veces, este tipo de vivencias resulta agradable. Tras la muerte de su madre, una mujer se percató de que cogía los cuchillos, cortaba las cebollas y limpiaba el fregadero exactamente como solía hacerlo su madre. Para ella fue reconfortante, porque hizo que sintiera que su madre aún estaba a su lado. No obstante, también hay ocasiones en que las mujeres se sorprenden a sí mismas haciendo o diciendo algo que les recuerda a sus madres, y se echan atrás porque es algo que les disgustaba. Cuando una mujer dice: «Ahora parezco mi madre», acostumbra a hacerlo con desagrado.

Muy ligado al criterio de proximidad-distancia, está el que mide la semejanza y la diferencia. La pregunta que parece planear en todo momento sobre sus cabezas es: ¿Somos mi madre y yo, mi hija y yo, iguales o distintas? ¿Y qué significa para mí que seamos iguales o que no nos parezcamos en nada? ¿Qué importancia tiene en mi vida esa semejanza o esa diferencia?

Repite conmigo

Janet va de visita a casa de su madre, que se está recuperando de una intervención quirúrgica, y se lleva con ella a su hija de tres años. Cuando la abuela vuelve a aparecer, tras haberse retirado a su habitación para echar una cabezadita, Janet le pregunta con voz solícita: «¿Has podido descansar, mamá?». Y tanto Janet como su madre sueltan una carcajada cuando la pequeña Natalie pregunta, en el mismo tono tranquilizador: «Abuela, ¿has podido descansar?».

Otra madre me explicó que oyó a su hija hablando a través de su teléfono de juguete: «Hola —decía con su voz melosa de cuatro años—. Muchísimas gracias por llamar». La madre se reía mientras me contaba cómo su pequeña hija la había imitado perfectamente al teléfono: eso era lo que ella siempre respondía cuando no le apetecía nada hablar con la persona que acababa de llamar.

Cuando una niña de tan corta edad imita la voz de su madre, a todo el mundo le hace gracia. Cuando es una mujer adulta la que reproduce exactamente la voz de su madre, la experiencia también puede ser divertida, y una fuente de satisfacción para quien habla. Una estudiante que participó en uno de mis seminarios de doctorado, Jennifer McFadden, registró un ejemplo de este hecho en una cinta. Como parte de un proyecto de investigación, grabó conversaciones telefónicas que había sostenido con su madre, y se dio cuenta de que la manera en que se saludaban sonaba igual que un dueto musical en el cual dos instrumentos distintos tocan los mismos compases de una melodía. Por ejemplo, una conversación comenzaba cuando Jennifer le hacía una llamada a su madre, su madre respondía, y Jennifer decía: «Holaaa, Mamiii», en un tono muy agudo y alargando las últimas sílabas con una cadencia característica. Entonces su madre le devolvía el saludo: «Holaaa, Jenniii», exactamente en ese mismo tono, ritmo, y entonación. «¿Cómo *estás*?», preguntaba

Jennifer a continuación, otra vez utilizando un tono agudo al final de su pregunta. Y, de nuevo, la respuesta de su madre: «Estoy bien, ¿y *tú*?», era una réplica idéntica del fraseo de su hija. Finalmente, la contestación de Jennifer, «Estoy bieeen», pronunciada con una peculiar entonación ondulante, recibía como respuesta una imitación perfecta, en cuanto a ritmo y entonación, por parte de su madre: «Bieeen». Después de este ritual, empezaban propiamente a conversar. Hay algo indudablemente reconfortante cada vez que un intercambio de saludos se produce sin ningún roce, pero cuando ese ritual compartido es único y conlleva una repetición exacta, como en el caso de esta madre e hija, entonces es especialmente delicioso.

El ejemplo de Jennifer McFadden sorprende porque su voz y la de su madre son dos copias auditivas idénticas. Por inusual que parezca, son muchas las ocasiones en que las voces de una madre y una hija suenan exactamente igual. Y, de hecho, no debería extrañarnos porque las madres actúan como modelos para sus hijas en cuanto a la forma de hablar, de usar el lenguaje para gestionar sus relaciones e interpretar el mundo. Como consecuencia, las hijas se convierten en espejos para sus madres, reflejan su misma manera de comunicarse y de presentarse ante los demás —una faceta más de la forma en que cada una siente que la otra la representa ante el mundo—. A veces, les gusta lo que oyen y lo que ven; a veces, no. En cualquier caso, ver a tu madre o a tu hija reflejada en ti, o a ti en ella, hace que te pares a pensar sobre quién eres tú con relación a quién es ella.

En su libro de memorias *Fierce Attachments*, Vivian Gornick describe en qué aspectos ella es igual, o diferente, a la mujer que la crió. Gornick explica que, una vez, una vecina la oyó exclamar: «¡Eso es ridículo!», y de inmediato le comentó: «Hablas exactamente igual que tu madre». Gornick recuerda que, de jovencita, se empapó de las palabras y las expresiones típicas de su madre. Además de la expresión: «¡Eso es ridículo!», Gornick también adquirió el hábito de descalificar a los demás llamándoles «subdesarrollados», y de mostrar el tipo de actitudes y prejuicios que implican ambas expresiones.

> «Mi padre sonreía cada vez que ella decía "subdesarrollado", aunque nunca supe si se trataba de una sonrisa de indulgencia o de orgullo. Mi hermano, que estuvo siempre en guardia desde los diez años, se quedaba mirándola inexpresivamente. Pero yo, sin embargo, absorbí el sentido de sus palabras, me impregné de todos sus gestos y de todas sus expresiones faciales, así como de las más recónditas intenciones e impulsos que acompañaban a ese adjetivo. Mamá pensaba que todo el mundo a su alrededor era subdesarrollado, y que casi todo lo que decían era absolutamente ridículo; esa idea se quedó impresa en mi mente, como un tinte aplicado sobre el más impregnable de los materiales.»

Gornick era mucho más receptiva a las impresiones causadas por las palabras de la madre que su hermano. Y no le agradó descubrir en ella ese rasgo del carácter de su madre. (Queda claro por el contexto que la vecina hizo su comentario con desaprobación.)

Muchas mujeres saben o intuyen que a sus hijas no les hace ninguna gracia descubrir aspectos del carácter de sus madres en ellas mismas, y quizás esto explique, en parte, por qué a una madre no le sienta demasiado bien darse cuenta de que su hija hace las cosas de manera diferente a como las hacía ella. El hecho de actuar de diferente modo podría interpretarse como un metamensaje de rechazo: «En mi opinión, no haces las cosas correctamente». Esta reacción no es del todo irracional. A menudo he oído decir a muchas mujeres que tomaron decisiones en la vida precisamente para ser diferentes de sus madres (aunque algunas añadieron que, pasados los años, llegaron a respetar el camino que habían elegido sus madres). Por ejemplo, escuché comentarios del estilo: «Cuando veía cómo mi madre se supeditaba en todo a mi padre, me prometí a mí misma que yo jamás lo haría» o «todas las amigas de mi madre trabajaban, pero mi madre estaba en casa; a mí aquello no me parecía bien, y decidí que de mayor tendría una profesión». Una mujer resumió así la impresión que tenía de que su madre se enorgullecía de ser diferente de su propia madre: «Mi madre se considera la antimamá».

Soy igual que ella

Una vez, hablando con un grupo de mujeres sobre sus madres e hijas, una de ellas comentó lo que sigue respecto a su hija adolescente: «Nos llevamos francamente bien en muchos sentidos. La tensión aparece porque somos muy distintas en algunos aspectos de nuestra personalidad. Ella es muy creativa, pero también muy desorganizada y caótica, mientras que yo soy exageradamente ordenada en todo».

Otra, en cambio, explicó: «A mí me ocurre justamente lo contrario. Mi hija es muy parecida a mí... Lo que ella hace es lo que yo hacía a su edad. Me vuelve loca. Nos sucede como a los polos iguales de un imán. Se repelen».

«Mi madre es una perfeccionista —dijo una tercera—, y yo soy una perfeccionista en recuperación.»

Las mujeres con las que hablé se refirieron al parecido, o a la disparidad existente entre ellas y sus madres, o hijas, para explicar si sus relaciones eran armónicas o discordantes. Una mujer, al contarme por qué ella y su hija se llevaban bien, me dijo: «Puede que sea porque es igual que yo. La gente nos dice que tenemos la misma forma de andar y que confunden nuestras voces cuando respondemos al teléfono. Incluso utilizamos la misma talla de ropa». Sin embargo, otra comentó, al explicarme por qué no se entendía con su hija: «Mi hija y yo discutimos con frecuencia porque ella es igual que yo: muy complicada». Y otra me contó que le preocupan algunos de los aspectos en que su hija se le parece: «Veo que Isabel educa a sus hijos de la misma manera en que yo la crié a ella. Es tremendamente estricta; por ejemplo, insiste mucho en que se terminen todo lo que les ha puesto en el plato. Y, a pesar de que yo hacía lo mismo, ahora no soporto ver cómo lo hace ella».

De un modo u otro, todos nos comparamos con otros miembros de nuestras familias; no sólo con nuestros padres, sino también con nuestros hermanos o con nuestros primos. No obstante, el hecho de cuestionarse: «¿Somos iguales?» es mucho más importante en la vida social de cualquier chica joven o de cualquier mujer, que en la vida social de los hombres. Gran parte de la energía emocional de las chicas se destina a controlar y a negociar alianzas (¿quién está dentro y quién queda fuera?), mientras que la de los chicos normalmente se centra en gestionar su estatus dentro del grupo (¿quién está arriba y quién está abajo?). Este contraste se muestra de forma evidente al comparar cómo juegan los niños y cómo lo hacen las niñas en un vídeo que grabé para un curso de formación en una empresa.

El equipo de filmación de la empresa ChartHouse Internacional, que realizó el vídeo, grabó a un grupo de niños y niñas de párvulos mientras jugaban. Dos breves filmaciones captan el patrón de conducta que diferenciaba cómo se comunicaban niños y niñas al jugar. En una de las filmaciones, puede verse a tres niños discutiendo sobre cuál de ellos es capaz de lanzar la pelota más arriba; se ve claramente cómo disfrutan de su competición verbal, y se ríen abiertamente cada vez que uno supera a otro. En otra filmación, aparecen dos niñas sentadas en una pequeña mesa, dibujando. De repente, una de ellas levanta la cabeza y dice: «¿Sabías que mi canguro, que se llama Amber, ya tiene contactos?». (Al parecer, la palabra «contactos» hace referencia a lentes de contacto.) La segunda niña duda unos instantes, y luego responde: «Mi madre ya tiene contactos, y mi padre también». Ambas continúan con sus dibujos. Un segundo después, la primera niña levanta de nuevo la cabeza y exclama con cara de entusiasmo: «¡Hala! ¿Las mismas?». Al parecer, está tan contenta de haber descubierto esta coincidencia como los niños por chutar más alto unos que otros. La segunda niña incluso repite la extraña estructura sintáctica usada por la primera: «ya tiene contactos», otra forma de mostrar que ella y su amiguita son iguales. (Repetir las palabras de otra persona pero cambiando la sintaxis o la pronunciación, puede interpretarse como una corrección.)

Muchos padres me han relatado incontables historias de cómo sus hijas pequeñas quieren ser iguales a sus amigas, y además también quieren que toda la familia sea igual, especialmente ellas y sus madres. Una madre, por ejemplo, comentó en el transcurso de una conversación con su hija de ocho años: «Somos personas diferentes». A lo cual su hija objetó enérgicamente: «No, no es verdad, somos iguales». Su madre insistió en que eran distintas y entonces la pequeña la desafió: «A ver, ¿en qué somos diferentes?». «Yo soy más alta», respondió su madre. La niña descartó ese argumento rápidamente: «Eso es temporal». Luego la madre dijo: «Tú eres más mandona». Su hija replicó de inmediato: «Tú también lo eras de pequeña». Y la contestación de la madre fue: «Pero dejé de serlo al hacerme mayor». «Pues yo tampoco seré una mandona cuando sea mayor», respondió la niña. No se rindió en ningún momento: estaba convencida de que su madre y ella eran dos gotas de agua.

Al convertirse en adultas, la forma en que se comunican las mujeres acostumbra a reflejar este aprecio por la igualdad, aunque muchas veces ni siquiera sean conscientes de ello. Uno de mis estudiantes, Mike Lal, tuvo ocasión de observar un ejemplo claro de este hecho, y no le pasó desapercibido precisamente porque lo encontró curioso. Mike entró en el campus de una universidad junto con otra estudiante. Pasaron por un vestíbulo lleno de ordenadores a ambos lados que los estudiantes podían utilizar para mirar sus mensajes de correo electrónico. Cuando Mike y su amiga dejaron atrás un grupo de jóvenes que hacía cola para usar un ordenador, una chica que conocía a la amiga de Mike la saludó, y le dijo: «Tengo que echar un vistazo a mi correo». Y la amiga le respondió: «Sí, yo también tengo que ver mis mensajes», y luego siguió andando. Mike, sorprendido, le preguntó que, si tenía que consultar su correo, por qué no se había puesto a la cola con su amiga. Ella le contestó que, en realidad, no le hacía falta mirar el correo en aquel momento. «¿Pero, entonces, por qué le dijiste que tenías que hacerlo?» A lo que ella repuso: «Pues, no lo sé». La razón por la cual no lo sabía, diría yo, es que había respondido al saludo de su amiga de forma casi automática, sin pensar conscientemente en sus palabras; y, efectivamente, en realidad no quería decir lo que dijo. El comentario surgió espontáneamente, como una buena manera de mostrar su simpatía a la amiga: «Somos iguales». Para la mayoría de chicas y mujeres, poner de relieve su parecido es un modo de estrechar sus vínculos.

Gran parte de las conversaciones que tienen lugar entre mujeres parecen destinadas a reafirmar la similitud que existe entre ellas. Si una mujer, por ejemplo, comenta: «Nunca sé dónde dejo las cosas», es probable que su interlocutora responda: «Yo tampoco», e incluso es posible que añada: «Justamente esta mañana me he pasado diez minutos buscando las llaves». Saber que alguien que te gusta se parece a ti puede ser una fuente de satisfacción. Los recordatorios de hábitos y percepciones compartidas transmiten el metamensaje de que eres una persona que vale la pena y de que todo está en armonía con el mundo. Por ese motivo, hay tantas mujeres que se sienten desconcertadas cuando alguien evita decir: «Yo también soy así». Supongamos que una mujer dice: «Nunca sé dónde dejo las cosas», y su interlocutora le responde: «¿Y por qué no prestas más atención cada vez que dejas algo en algún sitio?». La primera mujer podría replicar: «No hace falta que me des consejos». Sin embargo, seguramente la respuesta de su amiga le sentó mal porque no le ofreció una confirmación de igualdad.

A continuación expongo un ejemplo en el que una mujer se molestó porque su amiga no le dijo: «Yo también soy como tú». Además también ilustra cómo una hija adopta, de manera inconsciente, el modo de hablar de su madre. Norma le estaba contando a su amiga Susan cómo había ido la visita de su madre. «Mi madre estuvo todo el rato quejándose —dijo Norma—. Bajó del avión diciendo lo cansada que estaba del viaje, y lo lleno que iba el avión, y eso durante los primeros cinco minutos.» Norma siguió explicándole a Susan otras ocasiones en que su madre la había puesto de los nervios. Ella esperaba que su amiga dijera algo como: «Te entiendo; las madres son así» o, incluso, «mi madre también hizo lo mismo cuando vino a visitarme». Por eso a Norma la cogió totalmente desprevenida que Susan le contestara: «Vaya, pues mi madre nunca se queja de nada. Si se pone a llover, ella va y dice: "mañana seguro que sale el sol". Y, si alguna vez comenta algo que no me gusta, no se lo puedo reprochar porque sé que lo dice con buena intención». El comentario de Susan hizo que Norma sintiera enseguida la necesidad de defender a su madre, y que se preguntara por qué la había criticado en primer lugar.

Al reflexionar sobre este caso, me di cuenta de que Norma y Susan se estaban comportando de la misma forma que atribuían a sus madres. Norma trataba de conectar con su amiga quejándose, probablemente igual que hizo su madre al quejarse ante su hija. En cambio, Susan procuraba buscar el lado positivo a todo lo que decía su madre, incluso cuando su comportamiento la irritaba un poco; es decir, Susan mostraba el mismo tipo de actitud que atribuía a su madre.

A pesar de que muchas mujeres esperan y valoran la respuesta: «Yo también soy como tú», en otras ocasiones una afirmación de este estilo puede ser lo menos tranquilizadora del mundo, especialmente cuando proviene de una madre. Una madre creyó estar siendo una buena interlocutora y consejera para su hija cuando le aseguraba repetidamente: «Entiendo lo que quieres decir», y luego proseguía comparando sus propias experiencias con aquello que le contaba su hija. Sin embargo, un día, la hija la interrumpió airada: «Haz el favor de dejar de decirme que sabes lo que quiero decir porque tú ya lo has vivido. Tú no lo sabes. Se trata de *mi* vida y de *mis* experiencias. Ahora el mundo es diferente de cuando tú eras joven». La madre tuvo que admitir enseguida que su hija tenía razón. Antes, cuando el mundo no cambiaba con tanta rapidez, las experiencias de los padres eran mucho más relevantes para sus hijos que hoy en día. No obstante, otro aspecto de los comentarios de esta madre que sin duda enojó a la hija, fue el sentimiento de que su madre estaba cercenando su personalidad, negándole la singularidad de sus experiencias; dicho de otra manera, su madre reivindicaba demasiada semejanza entre ellas.

Existe otro tipo de circunstancia en que una hija puede sentir el deseo de protestar cuando su madre le contesta con la típica respuesta femenina: «Yo también soy como tú». Si una mujer hace algún comentario negativo sobre sí misma, es posible que espere que la persona que la está escuchando no corrobore esa afirmación, sino que la desmienta. En estos casos, la persona que recibe la respuesta «Yo también soy como tú» puede que la interprete como un insulto. Cuando este tipo de consuelo procede de una madre, puede resultar más hiriente todavía. Bárbara recuerda haberle comentado una vez a su madre: «Creo que soy más o menos buena en todo, pero que no destaco especialmente en nada. Me gustaría saber hacer algo realmente bien». La contestación de su madre pareció sellar su destino: «Sé perfectamente cómo te sientes. Te pasa lo mismo que a mí. Yo también quise siempre sobresalir en algo, pero nunca lo conseguí». Para Bárbara, esta respuesta fue una confirmación de su mediocridad, y la condenó a una vida absolutamente anodina.

¿Es que quizá la madre de Bárbara pensaba, de verdad, que estaba ayudando a su hija al asegurarle que ella tampoco había sido especialmente buena en nada, alimentando de ese modo la percepción negativa que Bárbara tenía de sí misma? Bárbara, que con los años llegó a desarrollar una carrera llena de éxitos, sintió que su madre, en realidad, hubiera deseado que ambas siguieran el mismo camino. La madre de Bárbara era un ama de casa, sin estudios de ninguna clase que la hicieran destacar de forma especial en nada. A medida que la vida de Bárbara empezó a diferenciarse de la de su madre (fue a la universidad, se doctoró y se convirtió en una eminencia en su especialidad), Bárbara tuvo la sensación de que, para su madre, las decisiones que tomaba en su vida eran una traición. Esta hija sintió, incluso, que estaba renegando de su progenitora al no seguir su ejemplo en la vida, tal como había hecho su hermana. La hermana de Bárbara llevaba una vida muy parecida a la de su madre, y ésta le demostró claramente a Bárbara que prefería hablar con su hermana antes que con ella. Una vez, incluso le soltó: «Tu hermana y yo somos iguales, tú ya no eres como nosotras». Es interesante que Bárbara se refiera a las preferencias de su madre a la hora de hablar con sus hijas para ilustrar su aceptación o su rechazo. Para Bárbara, al igual que para muchas chicas y mujeres, la comunicación es el abrazo de la complicidad.

Muchas mujeres se resisten a cumplir las expectativas de sus madres cuando éstas quieren que sus hijas las imiten en todo. A fin de realizar un trabajo para un seminario de posgrado que impartí, Laura Wright entrevistó a varias mujeres cuyos padres se habían divorciado. Ella cita el siguiente comentario de una mujer a la que ella llama Lyn, que habló así de la relación que mantenía con su madre: «Simplemente somos personas muy distintas; sin embargo, ella ha creído durante muchos años que éramos iguales, y ahora a mí me está costando mucho expresar nuestras diferencias, y a ella aceptarlas. Tengo la impresión de que ha estado intentando crear una pequeña réplica de sí misma». Según Lyn, el hecho de que su madre asumiera que ambas eran iguales, hizo que a ella le resultara muy difícil hacer ver a su madre quién era ella realmente, puesto que su verdadero carácter difería del de su madre, y eso las distanciaba de manera inevitable. Otra mujer me contó cómo le expresó sucintamente a su madre una preocupación similar. Sencillamente le dijo: «Con todos mis respetos, mamá, yo no soy tú».

Haz lo que yo no hice

La tendencia de algunas madres a considerar la vida de sus hijas como un referéndum sobre las suyas propias, no tiene por qué implicar necesariamente el mensaje: «Haz lo mismo que hice yo». Puede que, por el contrario, signifique: «Haz lo que yo no hice». Muchas mujeres profesionales me explicaron que sus madres las animaron a trabajar en algo que les gustara y se les diera bien, a estudiar una carrera y a asegurarse de poder vivir de sus propios ingresos, sin depender de nadie. Todas estas mujeres coincidieron al decir que sus madres, de jóvenes, habían sido creativas, competentes y con mucho talento, pero que, al casarse, renunciaron a un trabajo o a una actividad artística que les encantaba, y eso les acarreó una gran frustración el resto de sus vidas. Como casi todos los patrones de interacción, éste puede interpretarse negativa o positivamente. Erica Jong expresa de la siguiente manera el aspecto positivo de que algunas madres se proyecten en sus hijas: «Mi madre quería que yo me convirtiera en sus alas, que volara como ella nunca tuvo el coraje de hacer. La quiero mucho por ello. Adoro el hecho de que quisiera dar vida a sus propias alas». Por otro lado, también hablé con mujeres que tenían un profundo sentimiento de culpa porque sus madres habían sacrificado demasiado a fin de poder criarlas. Algunas de ellas incluso sentían que sus madres esperaban una compensación por esos sacrificios. En palabras de otra mujer: «Tenía la sensación de que ella vivía a través de mí».

Si las hijas deben enfrentarse a lo que significa para ellas que sus madres deseen, o no, que sean iguales a ellas, también deben decidir si ellas mismas quieren, o no, ser como sus madres. La madre de dos hijos ya adultos me dijo que ella quería ser tan diferente de su madre que incluso llegó a desear no ser madre. «Durante mucho tiempo no quise tener hijos, y más adelante me di cuenta de que lo que provocaba ese sentimiento era el miedo que tenía a ser como mi madre, que nunca se comunicó conmigo. Con los años, comprendí que no tenía por qué ser idéntica a ella, y no lo he sido». (Irónicamente, el hecho de que ella al final tuviera hijos salvó ese vacío en la comunicación entre ambas. La hija me comentó que desarrollaron una relación más «estrecha» cuando su madre la ayudó al nacer su primer hijo.)

Al decidir qué tipo de madres quieren ser, muchas mujeres se comparan con sus propias madres y procuran ser distintas. A veces se produce un movimiento pendular según el cual cada generación reacciona contra la generación anterior. Si esta mujer sentía que ella y su madre no se comunicaban lo suficiente, otra me comentó que su hija se comunicaba demasiado con ella. Explicaba que hay ocasiones en las que siente que su hija le confía demasiados detalles íntimos. «Hay cosas que una madre no necesita saber acerca de la vida sexual de su hija», dijo. Yo, entonces, le mencioné que muchas hijas me habían dicho que sus madres querían saber demasiadas cosas sobres sus vidas sexuales. Y ella me respondió: «¡Así es! Mi madre también era muy entrometida. Leía a escondidas mi diario, quería saberlo todo. Fue por eso que yo levanté un muro entre las dos y me convertí en una persona muy reservada».

He aquí otro ejemplo de una generación saltando por encima de la siguiente, cuando las hijas se esfuerzan por no ser como sus madres. La madre de Abby, cuando ella era adolescente, no quería que usara tampones. Pero Abby no podía soportar el engorro que le suponían las voluminosas compresas que su madre quería que llevara. Cuando su madre se negó a ayudarla, ella se encerró en el baño, y averiguó por sí misma cómo ponerse un tampón, tras muchas pruebas y equivocaciones, y después de gastar cajas enteras de tampones. Cuando su propia hija alcanzó la pubertad, Abby, lógicamente, la animó a usar tampones, y se mostró dispuesta a enseñarle cómo hacerlo. Sin embargo, su hija no quiso. De ninguna manera iba a ponerse un tampón. Y punto.

No puedes llevarme contigo

Visto que se dan tantos casos de hijas que no quieren ser como sus madres, es probable que una madre interprete como un rechazo las ocasiones en que su hija ha tomado decisiones distintas a las suyas. Y también puede que una madre, aparentemente, no apruebe las decisiones de su hija sólo porque no entiende la vida que su hija ha elegido. Creo que éste fue el caso de mi propia madre.

Mi madre vino a visitarme poco después de mi traslado a Washington, D.C. Yo había aceptado recientemente una plaza de profesora en la Universidad de Georgetown, y estaba ansiosa por enseñarle a mi madre mi nueva casa y mi nueva vida. Mi madre siempre me miró con desaprobación durante mi adolescencia rebelde. Y quedó muy consternada cuando, seis años antes, mi primer matrimonio había hecho aguas. Durante esa temporada intermedia, yo me había matriculado en la universidad y me había doctorado. Ahora me había convertido en profesora universitaria; estaba claro que, finalmente, había hecho bien las cosas. Y yo estaba segura de que mi madre estaría orgullosa de mí, y así era. Cuando le mostré a mi madre el campus de la universidad de Georgetown, el despacho con mi nombre en la puerta, y todas mis publicaciones en los estantes, a mí me pareció que se sentía complacida y contenta. Entonces, de repente, me preguntó:

—¿Crees que habrías logrado todo esto si no te hubieras divorciado?

—Segurísimo que no —repuse—. Si hubiera continuado casada, no habría vuelto a la universidad para estudiar mi doctorado.

—Bueno —dijo ella—, si hubieras continuado casada, tampoco te habría hecho falta. —¡Uf! Con ese comentario, como de pasada, mi madre había convertido todo lo que yo había conseguido en un mísero premio de consolación.

He explicado esta historia en numerosas ocasiones, y sé que mis oyentes siempre abren la boca sorprendidos ante esta prueba irrefutable de que mi madre infravaloraba mi éxito profesional. Sin embargo, cuando pienso en ello ahora, creo que la explicación más plausible es que ella simplemente interpretaba el mundo tal como le habían enseñado. Había crecido en un ambiente en que se juzgaba a las mujeres por un único rasero: el matrimonio. Éste era el factor que determinaba si una mujer había triunfado o fracasado en la vida. Y supongo que, como mi vida era tan diferente de lo que ella hubiera podido imaginar por sí misma, mi madre intentaba, de alguna manera, llegar a una conclusión sobre el camino que yo había escogido. No creo que su intención fuera menospreciar aquello por lo que yo había luchado, y en lo que me había convertido, pero la lente a través de la cual ella contemplaba el mundo no podía abarcar una opción como la mía. No obstante, aunque estoy convencida de que no pretendía herirme, me entristeció profundamente que mi madre no supiera apreciar el reconocimiento profesional que yo había recibido, puesto que no tenía ni idea de lo que todo aquello significaba.

Muchas de las historias que me contaron las mujeres a quienes entrevisté daban fe de que sus madres nunca valoraron verdaderamente, y en algunos casos, ni siquiera reconocieron, el éxito, sobre todo en el ámbito profesional, que ellas habían alcanzado en la vida, y del cual ellas tanto se enorgullecían. Comentarios o preguntas que serían bienvenidos en otro contexto pueden resultar irritantes si parecen insinuar que tu madre se interesa más bien por aspectos de tu vida distintos a los que para ti son realmente importantes. Esto explica la reacción de Leslie a una pregunta que le hizo su madre. Leslie pone los ojos en blanco mientras dice: «Cuando le conté a mi madre que me habían ofrecido hacer una presentación para las vacaciones de fin de año que organizó mi empresa, y que todo salió a pedir de boca, a mi madre no se le ocurrió otra cosa que preguntarme: "¿Y qué te pusiste?". ¿A quién narices le importa lo que me pusiera ese día?». De hecho, a Leslie sí le importaba. Había dedicado mucho tiempo a elegir un conjunto adecuado para la ocasión; algo que fuera lo suficientemente informal para unas vacaciones, pero a la vez bastante formal para que sus colegas la tomaran en serio. Sin embargo, que su madre se centrara exclusivamente en la ropa, parecía quitarle importancia al honor de haber sido seleccionada, y al logro que suponía haberlo hecho bien. La pregunta de su madre minimizaba el éxito de Leslie, y su orgullo de buena profesional.

June vivió una experiencia similar. Se ilusionó mucho al saber que el congreso académico en el cual ella iba a pronunciar una conferencia tendría lugar en la ciudad donde vivían sus padres. Los invitó a asistir el día de su conferencia, imaginándose por anticipado lo orgullosos que se sentirían al verla subida al estrado hablando ante un público atento y numeroso. Los padres de June asistieron a la conferencia de su hija y, al concluir la sesión, se acercaron a ella radiantes de satisfacción. Su padre la felicitó de inmediato: «Has estado maravillosa, cariño. Estoy impresionado de ver todo lo que sabes». Y su madre le dijo: «Estás guapísima con ese traje negro». Ambos comentarios eran cumplidos, pero, de algún modo, June quedó decepcionada por la observación de su madre.

Las madres de Leslie y de June simplemente hablaron cómo lo habían hecho siempre, intentando conectar con sus hijas a través de un interés compartido por la ropa y el aspecto exterior. Sin embargo, es precisamente la familiaridad y cotidianeidad de esos comentarios lo que los hace hirientes en otros contextos: Leslie y June se presentaron ante sus madres en un marco nuevo y distinto, en cambio, sus madres las juzgaron según criterios del pasado. Y eso fue lo que a ambas les dolió.

El hecho de hacer cumplidos a alguien como si aún fuera un adolescente, y sin tener en cuenta la trascendencia de sus logros más recientes, también explica la indignación que sintió otra mujer ante un comentario de su madre. La madre de Emily estaba por casualidad de visita cuando a Emily le comunicaron que la agencia gubernamental a la cual ella había solicitado una propuesta de beca, finalmente había decidido destinar fondos a su proyecto. Aquello suponía un gran triunfo en la carrera de Emily, y se sentía especialmente feliz de poder darle esa buena noticia a su madre en persona. Cuando su madre se enteró, le dijo: «¡Caramba, hija mía, eso sí que se merece un beso!». A pesar de que, con aquellas palabras, la madre de Emily quiso mostrarle su aprobación (un beso es la recompensa por un trabajo bien hecho), a Emily no le pareció que darle un beso estuviera a la altura del significado y la relevancia de haber ganado una beca altamente competitiva. Un beso es lo que acostumbra a recibir un niño cuando les muestra a sus padres el «muy bien» que la maestra ha estampado en su cuaderno de los deberes, y no el tipo de felicitación que espera recibir un científico al lograr un gran reconocimiento profesional. A Emily se le cayó el alma a los pies; tuvo la sensación de que su madre no había otorgado a aquella noticia la importancia que se merecía. Sin embargo, aunque probablemente su madre creyó haberle demostrado lo orgullosa y satisfecha que se sentía de ella, el mundo de la investigación académica estaba tan de forma adecuada alejado de su experiencia vital que no supo cómo expresarse adecuadamente. Simplemente trató a Emily como una madre a una hija, de la misma manera que se habían relacionado cuando Emily era una niña.

¡Ven aquí ahora mismo!

Existen otros motivos por los cuales algunas mujeres pueden sentirse frustradas por la reacción de sus madres ante su éxito profesional, o del tipo que sea. Y uno de ellos es la envidia que a veces trae consigo la intimidad. El psicólogo Abraham Tesser ha demostrado que cuanto más cerca de nosotros están algunas personas, tanto más probable es que nos comparemos con ellas. Si consideramos que salimos mal parados de la comparación, acabaremos sintiéndonos mal con nosotros mismos. Una forma de evitar ese sentimiento tan desagradable es minimizando las diferencias entre nosotros y esas personas, lo cual a menudo implica restar valor a sus méritos y a sus logros.

Ángela es una escritora que todavía recuerda el dolor y la frustración que sintió cuando una pequeña revista literaria le publicó su primer relato. Justo en el momento en que recibió por correo la revista con su publicación, empezó a imaginarse ilusionada la escena que se produciría cuando se la enseñara a su madre en su próxima visita. Tan pronto como Ángela puso los pies en casa de sus padres, corrió a la cocina, donde encontró a su madre lavando los platos. Sin dejarle tiempo a que se secara las manos, Ángela le mostró a su madre la revista, abierta por la página en que aparecía impreso su nombre. Después de secarse las manos en el delantal, la madre de Ángela cogió la revista, la examinó y finalmente dijo: «¿Pero dónde se puede comprar una revista como ésta? Si nadie sabe ni siquiera dónde la venden, ¿quién va a leerla?». Después de aquello, el entusiasmo de Ángela se esfumó, como agua que se escurre por el desagüe.

Ángela pensó que quizá no había elegido el momento apropiado; no debería haber sorprendido a su madre en la cocina de ese modo. Así pues, la próxima vez que tuvo una publicación que mostrar, una colección de historias cortas, encuadernadas en un libro y con su nombre en la tapa, Ángela fue más precavida. En esta ocasión, durante la visita a sus padres, esperó el momento adecuado para enseñarles el libro. Y pensó que lo había encontrado cuando sus padres se retiraron al salón después de cenar; su padre se puso a leer un libro y su madre *The Wall Street Journal*. Ángela subió a su habitación a buscar el libro, aunque esta vez sin correr, y luego volvió al salón y se lo enseñó a su madre. Tras darle una ojeada al libro, su madre señaló el periódico que había estado leyendo, en el cual aparecía un reportaje de portada acerca de una serie de amas de casa que habían logrado amasar una fortuna escribiendo novelas románticas. «¿Por qué no escribes libros de ese tipo? —le preguntó a Ángela—. Al menos tendrías algo de lo que alardear.»

Ángela cree que su madre se dedicó a desmoralizarla de esa forma porque, a pesar de haberla animado en un principio a escribir, ahora envidiaba su éxito profesional. Este pasaje de las memorias de Vivian Gornick también puede darnos alguna pista sobre por qué algunas madres reaccionan con tanto recelo ante los éxitos cosechados por sus hijas.

Gornick y su madre estaban paseando juntas el día después de que Vivian hubiese pronunciado un apasionado y efectivo discurso ante un público muy numeroso y receptivo. «Estoy ansiosa por oír los elogios de mi madre», escribe Gornick.

«Apuesto a que está a punto de decirme lo genial que estuve la noche anterior. Abre la boca y se dispone a hablar.

—Adivina con quién soñé anoche —me dice—. ¡Con Sophie Schwartzman!

Me quedo de piedra, su comentario me coge totalmente por sorpresa. Eso no me lo esperaba.

—¿Sophie Schwartzman? —exclamo yo. Aunque tras mi sorpresa se oculta un atisbo de horror que amenaza con oscurecer un día especialmente soleado.»

Gornick cuenta que Sophie, que había fallecido diez años antes, era una antigua vecina de su madre cuyos hijos habían triunfado notablemente en la vida: el hijo varón se había convertido en un compositor de éxito y la hija, Frances, se había casado con un hombre rico. Así describe la madre de Gornick el sueño que tuvo:

> «—Soñé que estaba en casa de Sophie —dice mi madre...—, Frances entró.
> Había escrito un libro. Me pidió que lo leyera. Lo hice, y no me entusiasmó. Ella se enfadó muchísimo. Y su madre le gritó: "¡No dejes que la señora Gornick venga a casa nunca más!". Me sentí tan mal».

Gornick describe cómo le afectaron las palabras de su madre: «Es como si mis pies arrastraran una gran bola de plomo. Me cuesta poner un pie delante del otro». Su madre la menospreció no sólo al negarle cualquier gesto de felicitación por su exitoso discurso, sino también al contarle un sueño en el que no le había gustado el libro de una hija, aunque en su sueño fuera la hija de otra mujer. El plomo que carga Gornick en los pies es pesado porque simboliza el peso de la decepción que le ha causado el desdén de su madre.

Pero, ¿por qué razón la madre de Gornick (o la de Ángela) se resiste a elogiar a su hija, y se niega a expresarle con entusiasmo su aprobación? Al inicio de sus memorias, Gornick explica lo siguiente sobre su madre: «De hecho, quejarse de que si no hubiera tenido hijos se habría convertido en una brillante oradora, formaba parte de su letanía de privaciones». Es posible que a la madre de Gornick le resultara especialmente duro alegrarse por el talento y el éxito de su hija justo en el ámbito en que se enmarcaban sus propias ambiciones frustradas. Dada la proximidad que existe entre madres e hijas, y lo probable que es que las madres vean en sus hijas bien un reflejo o bien un rechazo de sus propias vidas, no es de extrañar que, a veces, sientan envidia si sus hijas consiguen aquello que ellas querían y no pudieron lograr.

Celos en el salón de casa

«Me hace tan feliz poder darle a mi hija cosas que yo no pude tener —me comentaba una mujer—. Sin embargo, también hay ocasiones en que le guardo cierto resentimiento. Sólo tiene siete años, y ya ha estado en China y en Indonesia. Y estoy muy contenta, naturalmente. Pero de vez en cuando pienso que no me lo agradece lo suficiente, que no es consciente de lo afortunada que es, y entonces es cuando me doy cuenta de que es porque tengo celos. Es terrible tener que confesar que estás celosa de tu propia hija, sobre todo cuando se trata de una niña tan pequeña. Pero hay momentos en que es así cómo me siento, y debo admitirlo.» Es posible que algunas hijas perciban esa envidia por parte de sus madres, aunque éstas nunca la verbalicen.

Dana llamó a su madre desde las Bahamas y le describió, emocionada, el resplandor del sol y la belleza del mar. «Suena maravilloso —le dijo su madre—. Me hubiese gustado ir a las Bahamas alguna vez. Supongo que tendré que conformarme con vivir la experiencia a través de ti.» A pesar de que la madre de Dana nunca dijo explícitamente que tenía envidia de las exóticas vacaciones de su hija, notar que su madre envidiaba el tipo de vida que ella llevaba (cosa que admitió más adelante, cuando hablaron del tema), hizo que Dana se sintiera incómoda; ya tenía bastante con intentar vivir su vida sin sentir que debía cargar con su madre a sus espaldas. Existe otro motivo por el cual una madre puede albergar sentimientos contradictorios respecto a las vivencias de su hija. Una madre que considera que la vida de su hija es mucho más rica en experiencias que la suya, no sólo es posible que sienta una pizca de envidia, sino que puede que eso le recuerde que se está haciendo mayor. Los días en que ella también habría podido realizar un romántico viaje a las Bahamas hace tiempo que han pasado.

Incluso aquellas madres que animan a sus hijas a que vivan su vida con la máxima plenitud posible, puede que, de vez en cuando, sientan el deseo de retener a sus hijas; puesto que los logros de éstas quizás harán que los suyos propios parezcan insignificantes, y sus interesantes vidas quizá pondrán en evidencia lo nimio y anodino del día a día de sus madres. Muchas mujeres me han confesado que la felicidad de sus madres por todo lo que ellas han conseguido no está exenta de mácula. Éste fue el caso de una escritora que ha alcanzado una popularidad notable. Ella me comentó que, aunque su madre siempre le inculcó que no se limitara simplemente a criar a sus hijos, que continuara con sus estudios y se convirtiera en alguien en la vida, ahora no se siente del todo feliz con toda la atención mediática que recibe su hija. «A menudo me da la impresión de que piensa que yo debería dedicar más tiempo a cuidar de mis hijos y de mi marido —señala la escritora—, en lugar de atender a todos los compromisos que conlleva el reconocimiento público. Creo que, en cierto modo, está celosa porque ella también habría podido lograr una vida de éxito si no hubiera dejado la universidad para casarse.»

La investigación psicológica ha demostrado que el éxito de las hijas puede hacer que las madres se sientan peor acerca de ellas mismas. Carol Ryff, Pamela Schmutte y Young Hyun Lee investigaron la relación que existía entre cómo los padres evaluaban los logros de sus hijos e hijas adultos, y cómo se valoraban a sí mismos. Basándose en una encuesta realizada a 114 madres y a 101 padres, de familias diferentes, con hijos de más de veintiún años, analizaron, entre otras cuestiones, cómo el éxito de los hijos en edad adulta afectaba al sentido del bienestar de sus padres. A las autoras del estudio les sorprendió enormemente constatar que el efecto era negativo, ¡pero solamente en el caso de las madres y las hijas! En palabras de las investigadoras: «Para los padres, el hecho de comparar lo que ellos habían logrado con el éxito alcanzado por sus hijos o hijas no suponía ninguna variación respecto a cómo se valoraban a sí mismos»; de igual manera, la autoestima de las madres no se veía en absoluto afectada por los logros de sus hijos varones. En cambio, «las madres que tenían la sensación de que sus hijas habían alcanzado un mayor éxito en la vida que ellas, mostraban un nivel de bienestar emocional *más bajo*». Las autoras escribieron en cursiva «más bajo» porque este descubrimiento les resultó del todo inesperado. Sin embargo, éste es exactamente el sentimiento que perciben muchas madres e hijas en sus vidas; hecho que refuerza la impresión de que de las cuatro combinaciones posibles de padres-hijos, la relación entre madres e hijas es la que conlleva una mayor carga emocional, por no decir única.

La envidia y las comparaciones no son las únicas causantes de que a una madre, por mucho que desee sinceramente que su hija consiga volar más alto que ella, le pese, en ciertas ocasiones, verla alejarse rápidamente en el cielo. Podemos observar este temor en el sueño que la madre de Gornick tuvo la noche después de presenciar el triunfal discurso de su hija. En el sueño de la señora Gornick, Frances Schwartzman había exclamado: «¡No dejes que venga a casa nunca más!». Y esto es lo que transformó el sueño en una pesadilla. Una hija que entra en mundos a los que su madre no tiene acceso, se aleja de ella, creando una distancia más difícil de salvar que la mera distancia física de trasladarse a vivir a otra ciudad. De nuevo, las memorias de Vivian Gornick resultan elocuentes. Cuando comenzó a ir a la universidad (cosa que su madre no hizo), Gornick cuenta que: «Tras aproximadamente un mes de recibir aquellas clases, empecé a utilizar frases más largas. Más largas, y más complejas, formadas por palabras cuyo significado ella no siempre conocía. Antes nunca había pronunciado una palabra que mi madre no supiera». Cada vez que esto ocurría, su madre se irritaba sobremanera, cosa que sorprendió muchísimo a Gornick. «Yo iba a abrirle las puertas de un mundo nuevo —escribe—, lo único que tenía que hacer ella era adorar aquello en lo que yo me estaba convirtiendo y, sin embargo, se negaba a hacerlo.»

Puede que una de las razones por las que una madre no quiera adorar aquello en lo que se está convirtiendo su hija sea que ella no podrá acompañarla en su camino hasta ese mundo nuevo. Otra mujer, Cheryl, que había crecido en el seno de una familia de clase trabajadora de Nueva Jersey, intentó mostrarle a su madre el mundo al cual había logrado acceder en Washington D.C, e invitarla a compartirlo con ella. Por ejemplo, Cheryl decidió llevar a su madre a un concierto de música clásica en el Kennedy Center. Al terminar el concierto, ella esperó expectante a que su madre le dijera lo mucho que le había gustado la música y la suntuosa sala en la que había tenido lugar el concierto. Sin embargo, lo que dijo su madre fue: «Cuando asistíamos a los espectáculos de Navidad que ofrecía la Radio City Music Hall, aquello sí era realmente maravilloso». Para Cheryl, este comentario indicaba claramente que su madre había quedado decepcionada por el concierto del Kennedy Center, cosa que, a su vez, también la decepcionó a ella.

Cuando Cheryl trató de introducir a su madre al moderno universo de lujos y sofisticados placeres que ahora podía permitirse, su madre la acusó de haberse convertido en una esnob. La verdad era que su madre no se sentía cómoda en el nuevo mundo de Cheryl. La hija había elegido un camino que su madre no podía transitar, y cualquier intento por parte de Cheryl de tentarla, convencerla o arrastrarla resultó totalmente inútil. Allí donde antes habían estado las dos juntas, se había abierto un abismo entre ambas.

A Cheryl le entristeció ver que las diferencias entre su antiguo y su nuevo mundo creaban una distancia tan grande entre ella y su madre, ya que cuando Cheryl era más joven habían estado muy unidas. Cheryl y su propia hija también estaban unidas, pero no de la manera que Cheryl esperaba. «El *shock* de mi vida —señaló Cheryl— fue que mi hija no se pareciera a mí.»

Cualquier aspecto que haga que una hija sea distinta de su madre puede ser una fuente potencial de aflicción para la progenitora. En su libro *Mother Father Deaf*, Paul Preston, hijo de padres sordos y cuya audición es normal, reproduce una conversación que mantuvo con una mujer sorda acerca del nacimiento de la hija de ésta. La mujer le contó lo desconcertada que se sintió al descubrir que su hija podía oír:

«La sostenía entre mis brazos, cerca de la bandeja metálica de la comida. Cogí una cuchara y la dejé caer sobre la bandeja. ¡No me lo podía creer! Estaba realmente disgustada. Lo hice una segunda vez, simplemente porque no acababa de creérmelo. Dejé caer la cuchara, y lo mismo. Incluso lo intenté por tercera vez. Y entonces pensé, ¡Oh, Dios mío, puede oír! ¿Qué voy a hacer? ¡Tengo una hija que puede oír! Mi marido entró en la habitación y dijo "¡Dios mío, nuestra hija oye!". Él estaba igual de sorprendido que yo, pero me tranquilizó, diciéndome que todo saldría bien».

Más adelante, aquella madre le explicó a Preston que si se había disgustado tanto al enterarse de que su hija podía oír, era porque quería que su hija y ella estuvieran tan unidas como ella lo había estado con sus padres, ambos sordos al igual que ella. «Me preocupaba que no pudiéramos conectar, o que aquella diferencia nos separara», continuó.

Así pues, el motivo de la angustia que sintió esta madre era que su hija era distinta a ella, y que, por eso, ambas pudieran «distanciarse, alejarse la una de la otra». Esto explica la correspondencia que existe entre los binomios igualdad-diferencia y proximidad-distancia. Aunque no siempre sea de esta manera, sí es cierto que con frecuencia la semejanza asegura la proximidad, mientras que la diferencia puede provocar distanciamiento. Y dicha ecuación invoca al fantasma que ronda constantemente la vida social de toda mujer: que se la excluya.

Cuerpos en contacto

He estado empleando los términos «distancia» y «proximidad» para referirme de manera metafórica a conceptos que son básicamente emocionales. Sin embargo, en muchas ocasiones, la proximidad emocional está indisolublemente ligada al contacto físico, de la misma manera que la distancia es la consecuencia de su ausencia. También en este sentido, el criterio sobre cuál debería ser el grado de proximidad deseable entre madres e hijas acostumbra a diferir considerablemente entre unas y otras. Algunas mujeres valoran mucho el contacto físico con sus madres o hijas, otras lo evitan, y hay otras que sencillamente tienen ideas distintas respecto a la intensidad y el tipo de contacto físico que a ellas les satisface. Adaptarse a las necesidades de la otra en cuanto al contacto físico es un aspecto concreto del proceso de negociación de una relación confortable entre una madre y una hija.

«Una de las cosas que más me gusta sobre la relación con mi hija es que entre nosotras existe mucho contacto físico —comenta una mujer—. Ella tiene veintitrés años, y aún se acurruca junto a mí en el sofá de casa.» Esta mujer no es la única que aprecia especialmente las muestras físicas de afecto. Para la narradora de la novela *The Secret Life of Bees* (*La vida secreta de las abejas*), de Sue

Monk Kidd, una adolescente llamada Lily cuya madre murió cuando ella apenas contaba cuatro años, el hecho de imaginarse el contacto físico con el cuerpo con vida de su madre es un cruel recordatorio de lo que perdió. En las líneas que siguen, Lily describe el dolor de echar de menos a su madre, a quien apenas logra recordar; aunque quizá se trate simplemente del dolor de echar de menos a *una* madre, una madre física e idealizada, lo cual explicaría por qué aquellos lectores cuya madre no murió cuando ellos eran pequeños también pueden identificarse con este dolor:

«Lo peor era estar allí tumbada, deseando que mi madre estuviera a mi lado.

Así había sido siempre; aquel anhelo por sentir su cuerpo casi siempre me sobrevenía bien entrada la noche, cuando yo bajaba la guardia. Entonces empezaba a dar vueltas entre las sábanas, deseando poder meterme en la cama junto a ella, y sentir el olor de su piel... Mi boca esbozaba una mueca de dolor a medida que me imaginaba a mí misma acercándome a ella y recostando mi cabeza sobre su pecho. La pondría justo encima de su corazón latiente y lo escucharía atentamente. *Mamá*, murmuraría yo. Y ella me miraría dulcemente y me diría: *Aquí estoy, cariño mío.*»

El contacto corporal, el tacto y el aroma de su piel, simbolizan la presencia de la madre en la vida de su hija. (Aunque seguro que, si la madre de Lily no hubiese fallecido, esta adolescente de catorce años estaría en la cama haciendo recuento de los defectos de su madre.)

Una mujer, cuya madre había muerto cuando ella ya había alcanzado la edad adulta, habló del contacto físico que existía entre ella y su madre para ilustrar lo profundamente unidas de estaban: «Solíamos sentarnos tan cerca la una de la otra, y nos tocábamos tanto, que mi padre siempre se reía, y decía que era incapaz de distinguir dónde terminaba el cuerpo de mi madre y dónde empezaba el mío». Para ella, el recuerdo de aquella intimidad física era algo enormemente valioso. No obstante, existen muchas otras mujeres a quienes les incomoda tremendamente que sus madres parezcan olvidar dónde termina su cuerpo y empieza el de sus hijas. Rochelle, una mujer de treinta y cinco años, estaba haciendo una breve siesta cuando su madre se sentó amigablemente junto a ella en la cama. De pronto, la madre de Rochelle se fijó en algo que la inquietó: una marca en el rostro de su hija. Se inclinó sobre ella para examinar con detenimiento la marca, y se acercó tanto a ella que su cara estaba casi encima de la de su hija, y se quedó allí observándola hasta que se convenció de que aquella mancha no era peligrosa. Rochelle sintió mucha vergüenza ante aquella intromisión, ante aquella mirada de propiedad de su madre. De hecho, su madre escrutó la cara de su hija de tan cerca y con tanta intensidad que más bien parecía que estuviera examinando su propio rostro.

Algo parecido le ocurre a Carla, cuya madre a menudo está —o quiere estar— demasiado cerca de ella; necesita el contacto físico de su hija para sentirse bien. «Una de las cosas que me desagrada cuando mi madre viene a visitarme —me explica— es que me diga, y lo hace con mucha frecuencia: "Necesito que me abraces". Yo, naturalmente, le doy un abrazo porque no quiero herirla, pero por dentro me siento fatal. En realidad, no quiero hacerlo y ella me hace sentir como una niña pequeña, a quien obligan a hacer cosas que no quiere.» No es que Carla no quiera a su madre o que no quiera abrazarla. Aquello en lo que madre e hija discrepan es en la frecuencia de ese gesto de afecto. «Cuando voy a recogerla al aeropuerto —dice Carla—, le doy un beso y un abrazo, pero cuando yo quiero apartarme, ella quiere que continuemos abrazadas. Y yo luego ya no volvería a abrazarla hasta el último día. Sin embargo ella, cada mañana, cada noche, y durante las horas que median, me pide: "¿Puedes darme un abrazo?"» Se trata siempre de un tira y afloja. ¿Cuánto es demasiado y cuánto demasiado poco? ¿Y qué pasa cuando una madre y una hija tienen nociones distintas de qué es qué?

La línea que delimita cuándo la proximidad es excesiva y cuándo insuficiente, puede ser, como en este ejemplo, de índole física o (como hemos visto anteriormente) cuestión de intercambiar información. Y, a veces, también tiene que ver con la forma en que una se comporta en casa de la otra.

La comodidad del hogar

Al hablarme de sus madres o de sus hijas, muchas mujeres me contaron anécdotas relacionadas con la casa, con su hogar, que suele ser considerado una extensión, o la personificación, de una misma. En el capítulo número dos de este libro, expuse el caso de una madre que quería mejorar la decoración del hogar de su hija cambiándole los muebles de sitio —aunque lo único que conseguía era que ésta se enojara—. En otro ejemplo, la víctima de tales esfuerzos era la madre, también con consecuencias desastrosas. Un día, al volver a casa de trabajar, descubrió horrorizada que el mobiliario de su salón-comedor había sido reubicado a fin de incorporar una nueva mesa de centro. La hija, que tenía una llave de casa de su madre, le había comprado aquella mesa de centro después de haberle estado diciendo durante años que necesitaba una, y ahora había decidido redecorarle el comedor como regalo de cumpleaños. La madre se quedó atónita, sin duda, pero el regalo no le hizo ninguna gracia. Luego, llamó a un amigo y le pidió que la ayudara a poner las cosas en su sitio. No llamó a su hija porque estaba demasiado enfadada, y ni siquiera quería hablar con ella.

En estos casos, una madre o una hija se comportaron en casa de la otra como si estuvieran en su propia casa, y si me fueron relatados es porque ese comportamiento provocó un conflicto. No obstante, también hubo otras mujeres que, para explicarme lo bien que se llevaban con sus hijas, mencionaron el hogar de éstas. Por ejemplo, una madre me contó lo maravillosa que había sido una de las visitas que le había hecho a su hija y, para ilustrarme la buena relación que mantenían, me dijo que su hija incluso le dejó preparar un día la comida. Permitirle a su madre que se hiciera cargo de la cocina era una prueba innegable de que su hija, metafóricamente hablando, la había dejado «entrar». En otro ejemplo, una madre me dijo que una de las razones por las cuales la relación que mantiene con sus hijas es excelente es que ella, cuando va a visitarlas, se comporta como una invitada. A pesar de que las actitudes de estas mujeres respecto a los hogares de sus hijas eran opuestas, el sentido metafórico del hogar era idéntico: la representación de la mujer misma, un lugar donde encontrar un nivel de conexión satisfactorio, y donde evitar la incómoda sensación que provoca la intromisión. Dicho de otra manera, el comportamiento en casa de la otra implica la negociación previa de cuán unidas o distantes quieren estar una madre o una hija.

Existen, además, otro tipo de pertenencias que conllevan una negociación semejante, y que también pueden ser causa bien de satisfacción, bien de conflicto. Una madre, por ejemplo, me dijo que le encantaba ver que a su hija le gustaba vestirse con la ropa de su madre. Por el contrario, otra me explicó, tras asegurarme que casi nunca le dice que *no* a su hija, que «la única cosa que le niego es que se ponga mi ropa». Cualquiera de los dos casos es perfectamente legítimo, siempre y cuando madre e hija tengan la misma actitud respecto a la ropa, o a cualquier otra pertenencia. Es cuando sus actitudes difieren que las consecuencias pueden resultar desconcertantes o desastrosas.

¿De quién es esto?

A los catorce años, me compré un pasamontañas de colores muy vivos, tejido a mano, en una pequeña tienda de Greenwich Village. Fabricado en Perú, el pasamontañas cubría toda la cara menos los ojos y la boca. Yo no esquiaba y apenas me lo puse. (Excepto una vez y con resultados catastróficos: subí a un autobús lleno de gente en un frío día de invierno, y todos los pasajeros, que para más inri me confundieron con un chico, empezaron a reírse descaradamente de mí.) Guardé el pasamontañas en el armario del recibidor, junto con el resto de gorros y sombreros. Un día me di cuenta de que no estaba y le pregunté a mi madre si sabía dónde encontrarlo. ¡Y vaya si lo sabía! Se lo había dado a una amiga para que se lo diera a su hijo. Yo estaba indignada, me subía por las paredes. No es que pensara volver a ponérmelo nunca más, pero todavía me gustaba, y además me lo había comprado con un dinero que había ganado trabajando media jornada después de la escuela. Pero, sobre todo, lo que me dio más rabia es que era mío, y mi madre no tenía ningún derecho a regalárselo a nadie.

Me acordé de este incidente durante una visita a Nueva York acompañada de una pareja de unos setenta años, neoyorquinos de nacimiento, y que ya no viven allí. Al ver un edificio concreto, rememoraron: «Aquí se celebró el concierto de la CCNY»,[2] dijo el hombre con nostalgia. A continuación, se giró hacia su esposa y le preguntó: "¿Te acuerdas? Aquel día te regalé un prendido para el vestido». La mujer prosiguió con la historia: «Y como fue el primer prendido que me regalaste, decidí guardarlo. Lo puse en el frigorífico. Pero al día siguiente ya no estaba. Mi madre se lo había dado a una vecina». Al principio, aquello me pareció inconcebible: le pregunté a la mujer cómo era posible que su madre hubiera regalado el prendido. Y ella intentó explicarme por qué su madre, según ella, habría podido hacer una cosa así: «Supongo que le enseñaría el pequeño ramillete a la vecina para alardear de que a su hija el novio le había hecho un regalo. Y luego pensaría que, al dárselo, hacía méritos para ganarse a la vecina».

Puesto que a las madres se las suele juzgar por el éxito o por el fracaso de sus hijos, es lógico que una prueba evidente del éxito en amores de su hija incremente el prestigio

2. City College New York. (Ciudad universitaria de Nueva York.)

167

de su madre entre las vecinas, el tribunal de la opinión pública ante el cual se expone diariamente. Dar algo suyo que a ella ya no le hace falta es una manera generosa y apropiada de mantener una buena relación con sus vecinos y amigos. Así pues, ¿por qué no hacer lo mismo con algo que la hija ya no va a volver a usar? Ésa también debe de haber sido la motivación de mi madre al regalar el pasamontañas que ella sabía que yo nunca me ponía. Y, del mismo modo, la madre que le dio el prendido a la vecina debió de pensar: la temporada de conciertos ha terminado, el prendido ya ha cumplido su función. ¿Qué mal hay, pues, en utilizarlo para otra cosa? ¿Para ganarse el favor de una vecina, por ejemplo? Sin embargo, lo que le puede parecer totalmente razonable a una madre, para la hija puede suponer un auténtico agravio, debido a una ligera diferencia en sus puntos de vista. Según la hija, el prendido era exclusivamente suyo, pero la madre pensó que ella también tenía derecho a usarlo. La noción que esta madre tenía de la proximidad entre ambas, y de lo que esto implicaba, difería de la de su hija.

En todos estos ejemplos, las madres y las hijas luchan por averiguar en qué se parecen y en qué son distintas, así como por decidir qué significan para ellas esas semejanzas y esas diferencias. Esta lucha interna, además, está íntimamente ligada al proceso de negociación sobre el grado de proximidad y distancia que ambas desean. El hecho de ser iguales, ¿os une, o más bien os separa? ¿Las diferencias de carácter conllevan distanciamiento? Y en tu caso, ¿cuánta proximidad o cuánta distancia estás dispuesta a aceptar? Este tipo de dinámicas son comunes a cualquier tipo de relación entre personas, sin embargo, en el caso de la relación entre madres e hijas adquieren mayor intensidad y relevancia.

5. Dejemos esta conversación, no quiero seguir hablando

Madres e hijas comparten una larga historia, y en el caso de las hijas, una vida entera, lo cual incluye una vida entera de conversaciones. Es muy posible que las dos se rían de los mismos chistes, que hablen al mismo ritmo y que sepan exactamente qué es lo que la otra quiere decir sólo con que pronuncie una o dos palabras. Compartir esta especie de universo conversacional puede ser una gran fuente de satisfacciones. No obstante, si hay aspectos de la forma de hablar de la otra que resultan irritantes, ambas también son muy conscientes de ello. Es como si estuvieran escuchando continuamente la misma emisora de radio, cada una de ellas sabe perfectamente qué viene después de un tipo de comentario concreto, de un tono de voz reconocible o de cierto retintín especial. Si intuyen que ese comentario concreto, o ese tono de voz, va a ir seguido de algo que no les va a gustar, se crispan antes de que la otra lo diga. Es probable que, entonces, la conversación se vuelva tensa, o incluso que pase a convertirse en una discusión —la misma discusión que han tenido ya millones de veces—. Están hartas de ese infumable culebrón radiofónico, pero se sienten incapaces de cambiar de emisora: la aguja del dial está permanentemente encallada.

A veces, puede parecer que madre e hija están ejecutando un misterioso ritual, cada una representando su papel. Un hombre me comentó que, cuando escucha a una amiga suya hablar con su hija adulta por teléfono, se da cuenta de que a menudo esta amiga le plantea a su hija temas (él los llama «puntos neurálgicos») que inevitablemente van a agriar la afable conversación que estaban manteniendo hasta el momento. Sin embargo, gracias a que las dos mujeres se quieren y, en general, tienen buena relación, finalmente conseguirán poner esa cuestión de lado y proseguir con el amigable tono que presidía la conversación antes de que se tocara el punto neurálgico. Lo que el hombre no alcanza a entender es por qué, si él puede verlo venir, su amiga no. En mi opinión, lo que ocurre es que la madre siente el impulso de intentar una vez más que su hija vea las cosas como las ve ella, y la hija, como reacción, siente el impulso de responder siempre de la misma manera. La razón por la cual el hombre percibe que se avecina una discusión es que él observa la situación desde fuera. Si madres e hijas pudiesen convertirse en espectadoras y contemplar cómo se desarrolla el conflicto, ellas también verían con claridad qué causas lo provocan y, seguramente, descubrirían nuevas formas de reescribir el guión.

Están tocando nuestra canción

El patrón detectado por este hombre al escuchar las conversaciones telefónicas de su amiga se repite a diario entre madres e hijas, en todo tipo de hogares y a través de teléfonos que conectan el país de punta a punta. Aquí tenemos un ejemplo. Tracy tarda una hora y quince minutos, en coche, para llegar a su puesto de trabajo, mientras que a su marido le cuesta tan sólo veinte minutos llegar al suyo. Dado que Tracy trabaja más horas, y además debe cuidar de los hijos y la casa, su madre, Mona, ve más claro que el agua que lo mejor para Tracy y su familia sería trasladarse a vivir más cerca del trabajo de Tracy, y no del de su marido. Sin embargo, cada vez que Mona habla con su hija y saca a colación el tema, las dos acaban discutiendo. A pesar de eso, Mona sigue insistiendo cada vez que se llaman por teléfono. La madre de Tracy está convencida de que está intentando mejorar el bienestar de su hija, procurando evitar que cargue ella sola con todo el peso de las responsabilidades familiares. Tracy, en cambio, siente que su madre está criticando injustamente las decisiones que ella ha tomado, y lo que es peor, las decisiones que ha tomado su marido; Tracy odia estar atrapada entre su madre y su marido. Además, de alguna manera, las críticas hacia su marido son, indirectamente, críticas hacia ella.

Analicemos cómo se inicia el conflicto, y cómo se va desarrollando hasta que estalla. En el transcurso de la conversación, Mona comenta: «Vaya, cariño, por la voz pareces cansada» y Tracy responde: «Sí, supongo que tienes razón». Entonces Mona aprovecha para decir: «Si no tuvieras que conducir tanto para ir a la oficina, seguro que no estarías tan cansada. ¿Ya has averiguado si hay alguna casa cerca de tu empresa, tal como hablamos el otro día?». A Tracy empieza a subirle la tensión al tener que repetirle de nuevo a su madre lo que siempre le dice cuando ésta saca el tema: «Mamá, ya te lo he dicho mil veces. Lo estuvimos mirando, y nunca encontraremos una casa tan bonita como ésta si nos trasladamos a vivir más cerca de la ciudad. Y, de todas formas, Marty se lleva un montón de trabajo a casa y necesita tiempo. Mi trabajo se queda en la oficina». A lo que Mona replica: «Tracy, me duele ver cómo antepones las necesidades de Marty a las tuyas. Hay muchísimos barrios cerca de tu empresa donde estoy segura que encontraríais una casa bonita y asequible. Estuve mirando en el periódico el otro día y...». Tracy la interrumpe: «Pero es que yo *disfruto* del rato que paso conduciendo de casa a la oficina y de la oficina a casa. Me sirve para desconectar, para estar a solas con mis pensamientos antes de llegar a casa y enfrentarme al jaleo que arman los niños, y a todo lo que aún me queda por hacer en casa». Ahora Mona responde: «Bueno, pero si no tuvieras que pasar tantas horas en el coche, tendrías más tiempo para las tareas domésticas, y no irías tan estresada». A medida que hablan, Mona se siente cada vez más triste ante la insistente negativa de su hija a mejorar su vida, y Tracy se disgusta más y más al ver que su madre continúa criticando su forma de vivir. «Ya me ha comunicado su opinión», piensa Tracy. «¿Por qué tiene que seguir repitiéndomela una y otra vez?»

¿Y por qué insistirá Mona de esa manera, si sabe perfectamente que su hija se va a enfadar? ¿Y por qué Tracy continua dándole explicaciones a su madre, una y otra vez? Habiendo mantenido conversaciones similares con mi propia madre, yo también me hago esas mismas preguntas. Si intento ponerme en el lugar de la madre, supongo que Mona persiste en su actitud, aguijoneada por la esperanza: no abandona en su cruzada por hacer que la vida de su hija sea mejor, por protegerla, visto que ella no se protege a sí misma. Si analizo el comportamiento de la madre desde el punto de vista de la hija, diría que Mona actúa cegada por la obstinación; está tan convencida de que tiene la razón que cree, de verdad, que Tracy acabará viendo las cosas a su manera, y finalmente dará un giro de 180 grados a su vida. Además, ciertamente parece que Mona no es consciente del dolor que causa con su desaprobación; parece no darse cuenta, o parece no importarle, que sus críticas hagan sentir tan mal a su hija. ¿Es que quizás es eso lo que busca?

Teniendo en cuenta ambos puntos de vista, puedo ver que la madre no se percata del daño que le inflige a su hija porque ella se centra en el mensaje que le quiere transmitir, en intentar hacerle la vida más fácil, más que en el metamensaje, es decir, en la desaprobación implícita de su vida actual. Y se muestra implacable porque se siente impotente: según ella, lo que su hija debería hacer es tan obvio, ¡y sin embargo no consigue hacérselo entender! Además, otro factor que contribuye a alimentar la discusión es la determinación de Tracy al hacerle ver a su madre que no se equivocó cuando fijó su lugar de residencia, y que no se siente en modo alguno explotada; cosa que su madre asume, insultantemente, al insistir en protegerla.

No obstante, todavía existe otro motivo de discordia en esta intricada discusión, y es la conversación misma. La reacción de cada una a los comentarios de la otra es responder a la defensiva, con réplicas aún más irritantes. Examinando la situación retrospectivamente, Mona no habría dicho que conducir más de una hora hasta la oficina hace que a Tracy se le acumule el trabajo en casa, si Tracy no hubiese mencionado que necesita ese rato de soledad en el coche porque es como una especie de calma antes de la tormenta. Y Tracy sólo lo comentó para refutar la convicción de su madre de que el trayecto hasta la empresa es un inconveniente para ella. También por eso Tracy le explicó a su madre que su marido necesita más tiempo para estar en casa (y por tanto, conducir menos), aunque este comentario es lo que le hizo pensar a Mona que su hija anteponía las necesidades del marido a las suyas. Mona cree que le insinuó a Tracy que quizá debería plantearse un cambio porque la notó cansada. Y Tracy, en realidad, no se sentía tan cansada; ella simplemente lo dijo por no contradecir la observación de su madre de que «por la voz» parecía cansada. Cada uno de los comentarios de la conversación era la respuesta a lo que previamente había dicho la otra, y provocaba simultáneamente una reacción, perpetuando de este modo un círculo vicioso de respuestas que se convertían en provocaciones.

Una espiral de agravios mutuos

El término que yo uso para esta espiral de agravios mutuos es «cismogénesis complementaria». Un cisma es una escisión, y génesis significa creación; así pues, «cismogénesis complementaria» quiere decir provocar una división mediante el agravio mutuo. El término fue acuñado por el antropólogo Gregory Bateson para describir lo que puede suceder cuando dos culturas distintas entran en contacto: al verse confrontadas con un patrón de conducta diferente al propio, cada una de ellas reacciona exacerbando el comportamiento opuesto. A fin de ejemplificar este proceso, Bateson se refirió a una cultura hipotética que alienta la asertividad de sus miembros, la cual entra en contacto con otra cultura que, por el contrario, exhibe patrones de sumisión. «Es probable —escribió Bateson—, que la sumisión promueva actitudes más asertivas, que a su vez promoverán más sumisión.»

Bateson también ideó el término «cismogénesis simétrica» para describir lo que ocurre cuando entran en contacto culturas con patrones de conducta relativamente parecidos: un tipo de comportamiento común en ambas culturas se intensificará de forma más bien similar, en lugar de polarizada. Para ilustrar este fenómeno, Bateson plantea una situación hipotética en la que dos culturas exhiben conductas de prepotencia. Cada una de ellas responde a la prepotencia de la otra incrementando la propia. Como resultado de la interacción, ambas exageran su comportamiento, pero de forma parecida, en lugar de opuesta.

He adaptado los términos y conceptos creados por Bateson a fin de definir lo que se produce entre hablantes y oyentes en conversaciones cotidianas. La cismogénesis simétrica podría referirse a una situación en la que una persona se enfada y alza la voz, y su interlocutor reacciona alzando aún más la suya. Al final, las dos personas acabarán gritando, puesto que cada una responde al comportamiento de la otra intensificando la misma conducta: gritando más. Contrariamente, la cismogénesis complementaria describe una situación en la cual la primera persona se enfada y alza la voz, mientras que la otra reacciona bajándola como muestra de que gritar es un comportamiento inaceptable. Esto enoja aún más a la primera, ya que bajar la voz parece implicar una falta de conexión emocional, y provoca que aún grite más fuerte, a lo cual la otra responde hablando más bajo. Finalmente, una acabará chillando y la otra prácticamente susurrando, o incluso en silencio. Esto es cismogénesis complementaria, porque la reacción de cada interlocutor a la conducta del otro se traduce en una radicalización cada vez mayor de dos comportamientos opuestos.

Cada vez que en una conversación se produce cismogénesis simétrica, los interlocutores suelen ser plenamente conscientes de lo que está ocurriendo. Ambos reconocen y entienden la forma en que se están comunicando, aunque, dadas las circunstancias, la estén exagerando más de lo habitual. La cismogénesis complementaria, en cambio, puede ser muy desconcertante. Posiblemente, no comprenderemos bien la manera de hablar y comunicarse de la otra persona, y además nuestras propias formas de comunicación no tendrán el efecto deseado; y, sin embargo, tampoco encontraremos otra manera de resolver la situación. Para describirlo gráficamente, es como si nosotros estuviésemos sentados en un extremo de un subibaja y nuestro compañero de juegos se bajara del extremo opuesto, haciendo que nosotros nos precipitáramos de golpe al suelo. Uno sabe que se ha caído, pero no está seguro de cómo ha llegado hasta allí porque él no ha hecho nada para provocar aquella situación. Cuando la cismogénesis complementaria entra en juego en una conversación, uno adopta actitudes que nunca había pensado que adoptaría. Y no sólo se pregunta: «¿Por qué estoy hablando de esta manera?», sino también «¿cómo he podido convertirme en una persona de este tipo?». Esta clase de conversaciones puede ser absolutamente desquiciante, sobre todo cuando se producen una y otra vez, como un disco rayado encallado siempre en la misma canción.

Siempre tropezamos con la misma piedra

Es muy fácil que madres e hijas incurran en procesos de cismogénesis complementaria. Y lo más probable es que suceda cuando tratan de negociar cuánta proximidad y cuánta distancia desean en su relación. Por ejemplo, Irene quisiera estar más cerca de su hija Marge. Por eso suele llamarla con frecuencia, e intenta iniciar el tipo de conversación que ella presume que deberían mantener: le pregunta cómo le va la vida, y le habla de sus propios problemas: de su salud, de su soledad. Marge tiene la sensación de que su madre llama demasiado a menudo, de que sus preguntas son demasiado entrometidas, y de que habla demasiado sobre sí misma; y le molesta especialmente que su madre le diga lo sola que se siente, porque Marge no lo interpreta como un acto de empatía, al cual podría responder con un «sé cómo te sientes», sino más bien como un reproche: «me siento sola porque tú no me dedicas el tiempo suficiente». Como consecuencia, Marge responde a las preguntas de su madre racionando conscientemente la información que decide darle, y nunca le hace preguntas a su vez, a fin de no animarla a hablar todavía más sobre sí misma. Además, le cuelga el teléfono lo antes posible con la excusa de que está ocupada, lo cual, al fin y al cabo, es cierto.

Sin embargo, cuanto más se aparta Marge de su madre, más se esfuerza ésta por aproximarse a su hija, llamándola más a menudo, haciéndole más preguntas, y exagerando sus problemas de salud para ver si así su hija se interesa más por ella. Todo esto hace que Marge actúe aún más deliberadamente para mantener las distancias, ya que, de no ser así, se vería abrumada por la presencia de su madre. Ninguna de las dos se da cuenta de que el comportamiento que tanto le desagrada de la otra es, en parte, una reacción a sus propias acciones. Irene considera que su hija es demasiado distante; y no se le ocurre pensar que ella misma puede estar contribuyendo a ese distanciamiento con su reiterado empeño por conectar con su hija. Y Marge, en cambio, cree que su madre se inmiscuye demasiado en su vida; y no piensa que esa actitud es, en cierta medida, el resultado de su hermetismo. Ambas están convencidas de que están respondiendo a las acciones de la otra; pero ninguna de ellas sospecha que ella misma puede estar provocando la situación que tanto aborrece: cismogénesis complementaria.

Dado que este conflicto se desarrolla a nivel del metamensaje, es difícil de detectar, y por eso es tan complicado encontrar una salida. Madres e hijas se sienten impotentes ante este tipo de desavenencias, y esa impotencia hace que perciban nítidamente el poder de la otra. Irene se siente frustrada porque no sabe cómo salvar la distancia entre ella y su hija. Y, hasta cierto punto, Marge se cierra en banda porque enseguida se siente agobiada por la influencia de su madre. Para una hija, el hecho de que su madre pueda concederle o denegarle su aprobación es como una espada de Damocles pendiendo sobre su cabeza. Las hijas adultas no acostumbran a ser conscientes del poder que pueden llegar a ejercer sobre sus madres: su capacidad de decidir cuánto contacto quieren mantener con ellas, y de controlar el acceso a sus nietos, se ha convertido en un arma igualmente poderosa.

Diferencias irreconciliables

En ocasiones, entre los miembros de una misma familia, incluidas madres e hijas, se producen situaciones conflictivas que se deben a diferencias de temperamento y de costumbres. Puede que una sea fanática del orden y de la limpieza, y la otra una dejada incurable. Una hará las maletas con varios días de antelación, mientras que la otra las hará frenéticamente horas antes de que salga su vuelo. Una nunca saldría a comprar el pan sin haberse maquillado, arreglado el pelo y vestido adecuadamente; en cambio, la otra es capaz de presentarse a una cita para cenar con unos tejanos viejos, una camiseta y el pelo recogido en una coleta. Ambas saben que estas diferencias les han causado frustración y han provocado peleas importantes en el pasado, por eso es posible que o bien las madres, o las hijas (o quizá, tanto unas como otras) intenten evitar una respuesta desagradable recurriendo al lenguaje indirecto. Irónicamente, a muchas mujeres les irrita precisamente que no se digan las cosas por su nombre. Una de mis estudiantes, que basó un trabajo de clase en una serie de conversaciones que tuvieron lugar entre su madre y su abuela, describió una situación de este estilo. La conversación fue reconstruida por la madre de la estudiante, a quien llamaré Sandra.

Sandra debe afrontar un reto muy a menudo: su madre es terriblemente estricta con la puntualidad y, además, es la típica madre sufridora. El marido y los hijos de Sandra, sin embargo, pasan olímpicamente del tema. Con frecuencia, Sandra se encuentra en medio de su madre y de su propia familia, y el conflicto puede causar un nivel de frustración considerable en ambas partes. Cada vez que Sandra, su marido y los hijos adolescentes de ambos tienen que ir a casa de la abuela para participar en alguna celebración familiar, ésta quiere saber exactamente a qué hora van a llegar, lo cual depende, lógicamente, de la hora que salgan de casa. En una de estas ocasiones, Sandra y su familia se estaban arreglando para salir aproximadamente a las once de la mañana, es decir, con bastante tiempo de antelación, teniendo en cuenta que el viaje duraba unas cuatro horas y que la cena iba a empezar entre las cinco y las seis de la tarde. A las diez de la mañana sonó el teléfono. Toda la familia supo perfectamente de quién se trataba: era la madre de Sandra que quería saber a qué hora pensaban salir, para luego decirles que debían emprender el viaje antes. Sandra descolgó el teléfono y la voz al otro lado exclamó: «¡Hola, Sandy!». El pretendido tono alegre y despreocupado de su madre no consiguió disimular la incipiente ansiedad que —Sandra lo sabía muy bien— la había empujado a llamar. «Ahora tengo que salir a hacer unos recados y he pensado en llamar para saber si ya estábais en camino.» Sandra cree que lo que su madre quería decir realmente era: «¿Cómo es que todavía estáis en casa? ¿Qué estáis haciendo? ¡Venga, espabilad!». A Sandra esta intromisión le resulta molesta, así como el hecho de que su madre diga que tiene que salir como excusa para llamarles, ¿qué tendrá que ver su salida matinal con la llegada de Sandra y su familia por la tarde?

La conversación continúa en la misma línea, causando frustración en ambas partes. «Así pues, ¿a qué hora vais a salir?», pregunta la madre de Sandra. Y Sandra responde: «Tenemos intención de salir a las once», aunque las dos saben que casi nunca consiguen estar preparados a la hora prevista. Ésa es la belleza y la utilidad de la palabra: «intención». Desesperada por obtener de su hija una hora definitiva de salida, como si se tratara de un asunto de vida o muerte, la madre dice finalmente: «De acuerdo, pues, entonces quedamos que llegaréis sobre las tres». Sandra es plenamente consciente de que quedar a una hora concreta con su madre es una especie de encerrona, ya que más adelante ella lo utilizará para quejarse de que no han mantenido su palabra. Por tanto, enseguida se apresura a rectificar: «Bueno, quizá sea un poco más tarde, digamos que... llegaremos más o menos a esa hora. Por cierto, ¿a qué hora es la cena?». Ahora es Sandra quien se sirve del lenguaje indirecto. La implicación de su pregunta aparentemente directa es obvia: si la cena no va a empezar hasta las cinco o las seis, tampoco es tan urgente que ellos lleguen a las tres. La madre, con certera previsión, responde: «Ah, pues a partir de las cuatro, entre cuatro y cinco».

Impresionante tira y afloja, Sandra posponiendo la cena una hora, hasta las seis, y su madre adelantándola a las cuatro. Cuanto más se resiste Sandra a concretar una hora de llegada, tanto más se resiste su madre a especificar la hora de la cena, no vaya a ser que la familia de su hija llegue justo a tiempo, en lugar de con una antelación razonable. La madre de Sandra, en definitiva, estará hecha un saco de nervios hasta el momento en que llamen a la puerta, histérica por si Sandra y los suyos llegan demasiado tarde, y estropean la celebración. Además, a ese temor se le sumará su desasosiego habitual por la posibilidad de que les ocurra algún accidente en la carretera; un desasosiego que no se calmará hasta que su querida hija y su preciosa familia hayan llegado sanos y salvos.

A medida que Sandra y su madre intentaban llegar a un acuerdo sobre la hora de llegada, las respuestas de ambas a las preguntas de la otra se volvían cada vez más indirectas e imprecisas. Si bien la madre de Sandra llamó para saber a qué hora llegaría su hija, acabó colgando el teléfono sin haber sacado nada en claro. Cuanto más presionaba a su hija para que fijara una hora, más largas le daba Sandra. Y sus intentos por no entrometerse tanto, fingiendo un tono informal al teléfono, sólo consiguieron irritar más a su hija, quien, a su vez, la presionó para que especificara exactamente a qué hora tendría lugar la cena. A pesar de que Sandra se vio obligada a proteger a su marido y a sus hijos, argumentando que tampoco era necesario llegar tan pronto como deseaba su madre, si su madre hubiera concretado la hora de la cena, aquello les podría haber servido como justificación para llegar aún más tarde. La actitud de cada una de ellas provocó en la otra la reacción contraria, y de forma cada vez más exagerada.

Seguramente, Sandra no conseguirá librarse nunca de las fricciones que acarrea el tema de la puntualidad, puesto que su madre y su propia familia tienen concepciones radicalmente opuestas al respecto. Posiblemente, ella nunca será capaz de determinar una hora de llegada y conseguir que su familia sea puntual. Y también es muy probable que su madre no logre jamás relajarse, confiando que la familia de Sandra llegará cuando pueda, y que la cena se celebrará de un modo u otro. Sin embargo, lo que está claro es que sería de gran ayuda emplear un lenguaje más directo y menos insinuaciones; así como intentar ver las cosas desde el punto de vista de la otra. La madre podría decir: «Ya me hago cargo de que no puedes controlar totalmente a tu familia, y de que a ellos no les importa tanto como a mí el tema de la hora. Me sabe mal insistir tanto en que me concretes una hora cuando no puedes estar segura de llegar a tiempo, pero a mí me tranquilizaría mucho que me informaras de cómo van las cosas, para poder hacer planes y saber lo que me espera». Y Sandra podría decir algo como: «Mamá, ya sé que te pone muy nerviosa que se nos haga siempre tan tarde. De todas maneras, me resulta imposible decirte a qué hora estaremos en tu casa. Y créeme que lo siento mucho, pero es que simplemente no logro que los demás vayan más deprisa. Te llamaré en cuanto salgamos de casa, y poco antes de llegar, así no tendrás que estar vigilando la puerta».

Otro factor: las alianzas

Los ejemplos que he presentado hasta ahora en este capítulo están basados en conversaciones que he escuchado o que me han contado, pero el diálogo concreto que aparece en el libro es una reconstrucción mía o, en el caso de Sandra, una reconstrucción a partir de los recuerdos de su hija. A fin de ilustrar de forma más precisa cómo actúa el fenómeno de la cismogénesis complementaria, cómo se introduce en la conversación y se apodera de ella, examinaremos una serie de charlas reales que fueron grabadas y posteriormente transcritas por estudiantes de mis clases. Con el objetivo de ponerlos a prueba en el análisis de conversaciones (y de que realizaran un ejercicio para el curso), estos estudiantes grabaron en una cinta magnetofónica diálogos que tuvieron lugar improvisadamente con sus madres; no fueron conversaciones preparadas ni manipuladas. Los comentarios que yo añado pretenden dar una perspectiva más amplia de lo que está sucediendo. (Por supuesto, ellos y sus familias han leído los análisis que yo he realizado, y me han dado su autorización para que los use de esta manera.) Los nombres de los interlocutores han sido cambiados.

Algunos de estos estudiantes registraron conversaciones en las que, además de sus madres, también participó alguna hermana. Cada vez que las conversaciones incluyen a tres personas, las cosas se complican mucho más que si se trata solamente de dos interlocutores. Además de todo lo que se está discutiendo, en el transcurso de la conversación se forman alianzas siempre cambiantes que tienen un efecto importante en aquello que se dice, y en cómo reaccionan unos ante las intervenciones de los otros. Con la palabra *alianza* me refiero a que dos de los interlocutores se conviertan en el centro de atención, excluyendo a un tercero, o a la aparente conexión que hace que dos de los tres hablantes se muestren como un equipo. Como en el caso de la cismogénesis complementaria, la creación de alianzas opera a nivel de metamensaje, por eso sus efectos son palpables aunque difíciles de identificar.

Veamos ahora cómo funcionan conjuntamente las alianzas y la cismogénesis complementaria en una conversación en la que tomaron parte una madre, un padre y una hija. Mi estudiante grabó el diálogo una noche, mientras ella, sus padres y su hermana pequeña, Joyce, estaban cenando. En ese momento de sus vidas, su madre y su hermana de diecisiete años apenas podían dirigirse la palabra sin empezar a discutir, cosa muy común entre hijas adolescentes y madres. (La hija mayor se limitó meramente a observar, y no participó durante esta fase de la conversación.) La adolescencia suele producir un efecto invernadero en la mayoría de los hogares, propiciando que broten y florezcan las semillas de la discordia. Aunque el tipo de discusión que analizaremos seguidamente es, en muchos aspectos, específico de la época adolescente, nos da la oportunidad de observar cómo pequeños puntos de fricción pueden transformar diálogos aparentemente inofensivos en auténticas peleas en cualquier etapa de nuestras vidas. Es interesante fijarse en lo sutiles que pueden llegar a ser las causas que desencadenan una disputa, y en lo enervantes que resultan para ambas partes las previsibles respuestas y reacciones.

Un motivo de conflicto constante en esta familia es que la madre piensa que Joyce gasta demasiado dinero en ropa y maquillaje, porque prefiere ir de compras a tiendas caras y perfumerías de lujo en lugar de abastecerse en establecimientos más económicos, como Wal-Mart. Así pues, cuando el padre, que está ojeando el periódico, comenta: «Se ve que ayer Wal-Mart marcó un nuevo récord de ventas», la semilla de la discordia ya está plantada para que brote una discusión. El mero hecho de mencionar la cadena de grandes almacenes Wal-Mart parece recordarle a su mujer que la hija de ambos, Joyce, se niega rotundamente a comprar allí. Así que responde: «¿Y qué? Si nosotros nunca compramos en Wal-Mart, ¿qué más nos da?». El comentario de su marido, una referencia neutral a informaciones de tipo general e impersonal con el objetivo de iniciar una conversación, es lo que yo llamo «conversación informativa».[3] (Puede que a ella le resulte extraño porque la conversación informativa no es una táctica conversacional común entre las mujeres.) «Está bien», dice el padre. Pero Joyce decide provocar a su madre: «¿Y a santo de qué has dicho eso?» Mientras que el padre respondió a la pregunta envenenada de su mujer con un pacífico «está bien», la madre recoge el guante que le ha lanzado su hija, por eso ésta persevera en su ataque:

> Madre: Yo sólo estoy diciendo que...
> Joyce: A ver, ¿qué es lo que quieres decir?
> Madre: Pues eso, que qué más da.
> Joyce: ¿Qué más da, el qué, mamá?

Se están formando las alianzas, y el efecto que tienen en el diálogo comienza a emerger. Al cuestionar el comentario de su marido, la madre centra su atención en él, buscando su complicidad, aliarse con él. Pero Joyce puede haber notado que cualquier referencia a ir de compras a Wal-Mart es una crítica y un ataque contra ella; sea como fuere, al retar a su

3. *Report-talk.*

madre, Joyce adopta una actitud protectora respecto a su padre, aliándose con él para ir contra su madre. Éste será el escenario en que tendrá lugar todo lo que viene después.

A medida que transcurre la conversación, los comentarios de Joyce y su madre transmiten metamensajes que van mucho más allá del significado literal de las palabras. Cuando la madre dice: «Nosotros no compramos en Wal-Mart», el padre se muestra sorprendido: «Así, ¿no compras allí? Pensé que tenían de todo». La madre le devuelve la pregunta: «¿Tú vas a comprar a Wal-Mart?». Riéndose, el padre contesta: «De hecho, yo no compro en ningún sitio». El padre habla en un tono más bien inocente, pero el de Joyce no lo es en absoluto; se dirige a su madre y la acusa: «Tú tampoco compras en Wal-Mart, mamá». Ella protesta: «Sí lo hago», y a continuación le dice a Joyce: «Y tú podrías aprovechar para comprarte allí algunos artículos de perfumería». Joyce sigue acusando a su madre de no practicar lo que predica: «¿Te has comprado alguna vez ropa en Wal-Mart, mamá?». La madre admite que no. Joyce utiliza esta respuesta como una justificación: «¿Lo ves? Entonces, ¿por qué tenemos que comprarnos allí el maquillaje?». Y luego añade: «De todas maneras, yo no compro artículos de tocador en ninguna tienda porque tú lo haces por mí». Su madre no se da por rendida: «Las cosas del baño quizá no, pero bien que te compras tú sola el maquillaje». La conversación continuó en esta línea, la madre y la hija intercambiándose acusaciones y defendiéndose sobre un asunto aparentemente trivial, y sin embargo atacándose una a otra y sintiéndose cada vez más heridas en consecuencia. Finalmente, el padre zanjó la discusión diciendo en broma: «Ya sé qué es lo que vamos a hacer: este año iremos todos a comprar los regalos de Navidad a Wal-Mart».

Fue el tono, más que las palabras concretas, lo que convirtió estos banales intercambios verbales en un pequeño rifirrafe. En cierta medida, el motivo de la discusión era realmente que Joyce era una chica adolescente, con todo lo que eso implica. Es decir, el ojo crítico que a esa edad suele centrarse en la madre, la frustración que genera en la madre la actitud de su hija, y el dolor de sentirse atacada por ella. Si Joyce no se hubiera ganado la desaprobación de su madre comprando demasiado en comercios demasiado caros, probablemente su madre la censuraría por cualquier otra cosa. E, independientemente del motivo que pudiera provocar las críticas de su madre, a ella le sentarían mal. De todos modos, es interesante observar la manera concreta en que esta discusión va tomando forma a partir del comentario casual del padre sobre una noticia que ha leído en el periódico. El tema de los almacenes Wal-Mart les recuerda a madre e hija una causa constante de conflicto. A medida que se va desarrollando la discusión, cada una encuentra maneras de atacar a la otra: primero Joyce, cuestionando el comentario de su madre respecto a la noticia leída por el padre; luego las críticas implícitas de la madre sobre el hecho de que Joyce no quiere comprar en Wal-Mart; más adelante, Joyce intentando demostrar que su madre tampoco compra allí; y, finalmente, la madre señalando que Joyce podría comprar allí sus productos para el aseo y sus cosméticos.

Igual que en el caso de Sandra, su madre y el tema de la puntualidad, el origen de esta desavenencia radica también en el comportamiento: en dos actitudes distintas respecto a las compras. El comentario trivial del padre se convirtió en un tenso intercambio verbal a causa de una combinación de alianzas y cismogénesis complementaria.

El padre, con su comentario y de forma inconsciente, desató una disputa porque Joyce sintió el impulso de defenderle y de oponerse a su madre: éste es el factor alianza. Luego la discusión se agudizó cuando la madre quiso defenderse y recordarle a su hija que la estaba ofendiendo con su comportamiento. Al reaccionar a las respuestas de la otra, fue cuando empezó a operar la cismogénesis complementaria. Aunque el foco de tensión era la alineación antagónica entre madre e hija, la participación del padre (inintencionadamente) fue el desencadenante de la discusión, y más adelante de su resolución, al distender la antagonia entre madre e hija e introducir una nota de humor.

Existe otro sutil metamensaje de alianza que podría explicar por qué la madre cuestionó el comentario del padre, preparando el escenario para la actuación de Joyce, que tomará partido por él y se opondrá a ella. Al presentar su trabajo en clase, mi estudiante —la hermana mayor, que grabó la conversación aunque ella no habló durante el segmento analizado—, explicó que ella y su padre «habían colocado una grabadora estratégicamente en la mesa del comedor a la hora de cenar, o de desayunar con la esperanza de capturar alguna interacción entre madre e hija» que ella pudiera analizar. Esta colaboración entre padre e hija es una alianza que la madre posiblemente percibió. Si fue así, podría haber formado el contexto para el resto de la interacción.

¿Cómo hemos llegado hasta aquí?

La siguiente conversación también fue registrada por una hija mayor, y también incluye una hermana adolescente,

Michelle, que se encontraba en esa fase en que nada de lo que hacía su madre estaba bien. Sin embargo, en este caso, la hermana mayor, Patricia, defiende a la madre frente a los ataques de Michelle, irritando aún más a Michelle. El conflicto verbal se convierte en un referéndum sobre los gustos de la madre a la hora de vestir. Pero eso es sólo lo que transmiten los mensajes. A nivel de los metamensajes, el tema de la discusión es el rechazo que siente Michelle hacia su madre, los intentos de la madre por ganarse de nuevo la aprobación de su hija, y el efecto extra de la alianza entre la hija mayor y la madre. Como en el ejemplo anterior, el diálogo se inicia con un comentario casual, que luego va transformándose en una discusión cada vez más encendida a medida que las respuestas de una provocan, a su vez, reacciones más exacerbadas en la otra. Podría decirse que se trata de una especie de guerra en broma, puesto que nunca faltan las risas, y las acusaciones mutuas son tan extremas que está claro que no se dicen en serio. No obstante, los puntos de fricción son importantes, y la forma en que se desarrolla la discusión ilustra cómo la cismogénesis complementaria puede convertir una observación sin ninguna relevancia aparente en una gran discusión.

Patricia grabó la charla en un restaurante, donde su familia estaba cenando. En el ejemplo anterior, vimos que la hermana mayor permanecía en silencio, en cambio ahora, es el padre quien se mantiene al margen, de manera que seguimos teniendo un intercambio a tres bandas, aunque haya cuatro personas presentes (la madre, el padre y sus dos hijas). Hacia el final de la cena, la madre desvió la atención a la ropa que se había puesto, una forma típica de las mujeres para iniciar una conversación empática. Normalmente, la respuesta habitual por parte de otra mujer sería una observación o un comentario relacionado con esa pieza de ropa, o con alguna otra que ella posee, o bien sobre la ropa en general. Es simplemente una forma de conectar e iniciar una conversación amigable. De hecho, muchas mujeres que me comentaron lo unidas que se sentían a sus hijas o a sus madres mencionaron el tema de la ropa como un motivo de alegría compartida. En este ejemplo, sin embargo, el comentario funcionó más bien como una excusa que Michelle aprovechó para criticar a su madre. Mediante los efectos de la cismogénesis complementaria, cuanto más criticaba Michelle a su madre, más se reafirmaba su madre en su estilo a la hora de vestir, y más hirientes se volvían las críticas de su hija al respecto.

Así es cómo empezó la conversación:

> Madre: ¿Os gusta esta chaqueta?
> Patricia: Sí, ¿es nueva?
> Madre: No.
> Patricia: Es bonita.

Si Patricia hubiese sido la única hija presente en ese momento, el intercambio podría haber terminado aquí, o podría haber continuado con más comentarios relacionados con la ropa, como por ejemplo, dónde se había comprado la madre esa chaqueta, por qué le favorecía tanto, lo bien que combinaba con el resto de lo que llevaba, cómo se parecía a una chaqueta que Patricia había visto en otra tienda, etc. Pero Patricia no era la única hija presente. Michelle también estaba allí, y dijo algo ininteligible en la cinta, pero que no era un cumplido, a juzgar por las respuestas de su hermana y su madre:

> Patricia: Ah, ¿a ti no te gusta?
> Madre: A Michelle nunca le gusta nada de lo que me pongo.
> Michelle: A mi me gusta [ininteligible].
> Madre: Ella siempre tiene que decir algo. Es increíble. Pues yo creo que soy una madre bastante elegante.

Cuando la madre dijo: «A Michelle no le gusta nada de lo que me pongo», el mensaje era una afirmación, sin embargo el metamensaje era una queja: Michelle no sólo había criticado la chaqueta que llevaba hoy su madre, sino que siempre criticaba cualquier pieza de ropa que ésta vestía o se compraba. Y, como reacción a esta actitud crítica tan frecuente, la madre se defiende: «Pues yo creo que soy una madre bastante elegante». (Patricia estuvo de acuerdo: «Tienes muy buen gusto, mamá.»)

Si el comentario de la madre pasó de «estás criticando esta chaqueta» a «siempre criticas mi forma de vestir», la respuesta de Michelle subió aún más el tono de la crítica y de la agresión verbal. Con mucha vehemencia, exclamó: «¿Estás loca, o qué?». El significado de esta pregunta retórica es obvio: que eres elegante, como tú crees, es tan rematadamente falso que debes de estar loca para atreverte a decirlo. De nuevo, la madre intentó refutar la acusación de su hija:

> Madre: A ver, según tú, ¿quién es más elegante que yo?
> Michelle: Todo el mundo.
> Madre: ¿Quién? Venga, dime quién tiene una madre más elegante.

Michelle mencionó el nombre de alguien. Y acto seguido centró sus críticas en aspectos más concretos de la manera de vestir de su madre. Dirigiéndose a su hermana, dijo:

Michelle: Mamá viste como con hombreras, no sé como...

Patricia: Mamá no lleva hombreras.

Madre: Esta chaqueta no lleva hombreras.

Aquí Patricia se puso del lado de su madre, la cual también se defendió a sí misma del ataque de Michelle. Luego, también como autodefensa y desafiando la opinión de Michelle, la madre exigió más nombres: «Espera un minuto, ¿quién más tiene una madre que vista con más buen gusto que yo?». La contestación de Michelle fue inequívoca: «¡*Todo el mundo*, mamá!». Y, a modo de prueba, especificó los nombres de un par de mujeres más para añadir luego: «Ellas visten ropa normal, no como tú, que te pones cosas raras».

Ante esta nueva arremetida, Patricia decidió apoyar a su madre: «Mamá, yo creo que vas muy guapa». Lo cual provocó que Michelle atacara ahora a su hermana: «¡Patricia! Deja ya de hacerle la pelota a mamá, seguro que quieres que te compre algo». La acusación de «hacer la pelota» es una manera de protestar contra la alianza que une a Patricia y a su madre, y que hace que formen un equipo. Si la hostilidad de una adolescente procede, en parte, de sus complejos de inferioridad, ver que su hermana mayor y su madre se alían contra ella todavía incrementa más ese sentimiento. Las hermanas pequeñas a menudo tienen la impresión de que se las deja de lado, de que se las mantiene al margen de lo que parece una alianza excluyente e impenetrable entre la hermana mayor y la madre. Dicha alianza, además, suele verse reforzada por actos de proximidad como, por ejemplo, cuando en el coche la hermana mayor normalmente se sienta al lado de la madre en el asiento delantero, mientras que la hermana pequeña es relegada a los asientos de atrás. Eso no significa, ni mucho menos, que no haya fricciones entre la hermana mayor y la madre, pero la hermana menor, que se siente excluida, no las detecta.

La madre continuó defendiéndose, apelando a su hija mayor para que le diera apoyo: «Patty, en cambio, no cree que... Y no sé por qué dices que visto raro, la verdad». Patricia siguió en tono conciliador: «A mí me gusta cómo llevas el pelo». Michelle intentó nuevamente romper la alianza entre Patricia y su madre, desautorizando a su hermana: «Mamá, eso lo dice sólo porque quiere ser tu favorita.» La madre, sin embargo, continuaba centrada en la crítica de Michelle sobre su forma de vestir: «Pero, ¿tú crees *realmente* que mi ropa es estrafalaria?». Entonces Michelle buscó la complicidad de su hermana mayor: «Di la verdad, ¿tú piensas que viste normal?», pero Patricia la decepcionó respondiendo simplemente con un «sí». Poco después, la familia abandonó el restaurante. La conversación prosiguió en el coche cuando Patricia comentó que tenía pensado seguir viviendo en casa al terminar la carrera, y Michelle volvió a acusarla de decirlo «para que mamá te prefiera a ti».

Ante este comentario la madre, lógicamente, le preguntó a Michelle: «¿Y a ti qué más te da quién sea mi preferida, si está claro que no me soportas?». Y Patricia corroboró: «Es verdad, es verdad». Michelle explicó: «¡Porque me da rabia que la prefieras a ella y que ni siquiera lo disimules!». La madre insistió: «Pero ¿*cómo* puede ser que te importe mi opinión si siempre me estás criticando, y todo lo que hago te parece estúpido y te pone nerviosa?». En ese momento se volvieron las tornas y Michelle cuestionó la afirmación de su madre, negando que ella pensara que su madre es estúpida e irritante. A fin de aportar pruebas que demostraran que tenía razón, la madre recitó una lista de motivos por los cuales Michelle la había vituperado: por «no enterarse de nada», por ser «una mala madre» y por ser menos elegante que las madres de sus amigas, quienes además hacen mejor los batidos. (Esta última acusación, que sin duda Michelle había hecho en el pasado, revela lo absurdas que a menudo pueden llegar a ser este tipo de peleas. Y lo curioso es que, en ese momento, raramente somos conscientes de esa irracionalidad; nos damos cuenta más tarde, cuando ya no estamos en el fragor de la discusión.)

Para contrarrestar la lista de agravios presentada por su madre, Michelle repuso, refiriéndose a una amiga: «Y tú siempre estás diciendo que Krista es mejor hija que yo». Con este comentario, Michelle le tocó la fibra sensible: «¡Eso es una mentira como una casa!», exclamó la madre. «Quiero decir que eso es sencillamente ridículo. Es mentira ¡Y tú lo sabes perfectamente! Jamás en la vida he dicho algo así. Michelle, estás mintiendo y eso es muy feo. ¡Eres una mentirosa!». Patricia enseguida apoyó a su madre: «¡Michelle, cómo puedes ser tan mentirosa! ¡Eres una mentirosa descarada, y un día te vas a meter en un buen lío. Vas a cometer algún fraude o algo así, porque de cada dos palabras que salen de tu boca, una es mentira».

¡Uf! La madre y las hijas prorrumpieron en risas al lanzarse estas escandalosas acusaciones unas a otras; es obvio que Patricia no piensa realmente que su hermana cometerá un fraude algún día. No obstante, uno se pregunta cómo es posible que la conversación desembocara en esta explosión colectiva de reproches a partir de un inocente: «¿Os gusta esta chaqueta?». Y la respuesta es que este fenómeno se produce cuando el factor alianza actúa conjuntamente con la cismogénesis complementaria, lo cual explicaría muchas otras discusiones, incluidas profundas desavenencias entre madres e hijas. La hija adolescente es hipercrítica con su madre, sobre todo en lo referente a su gusto en el vestir (uno de los tres grandes temas por los que las madres suelen criticar a las hijas, además del peinado y la figura). Al dirigir la atención de sus hijas hacia la chaqueta que llevaba, ésta se transformó en la capa roja que se muestra ante el toro, contra la cual arremetió su tozuda hija.

Una vez iniciada la discusión por parte de la hija pequeña, cualquier cosa que se dijeran madre e hija contribuiría a subir el tono de la disputa. Primero, la madre, al ver que a Michelle le desagradaba la chaqueta, afirmó que en realidad a Michelle le desagradaba toda su ropa, y no sólo esa chaqueta. Y como Michelle no lo negó, ella reaccionó mostrándose orgullosa y reafirmándose en su elegancia. Como respuesta, Michelle exageró su negativa a elogiar el estilo en el vestir de su madre llamándola «loca» por creerse elegante. Para defenderse de tal acusación, la madre retó a la hija a demostrar que tenía tan mal gusto, lo cual incitó a Michelle a dar nombres concretos de madres, según ella, con mejor gusto. La madre, a continuación, usó la respuesta de Michelle como prueba evidente de que Michelle la considera estúpida e irritante. Y así sucesivamente. Cada nuevo insulto de la hija espoleó a la madre a defenderse y autojustificarse, pero cada uno de sus movimientos defensivos provocó que la hija agudizara sus ataques.

Además, a modo de agravante de este enfrentamiento en escalada, estaba el sentimiento de rabia de Michelle ante el hecho de que Patricia se aliara con su madre, formando un equipo contra ella. Y a la madre tampoco se le escapó la ironía de que Michelle desea su amor y aprobación aunque se comporte de forma tan poco amorosa. Cuando la madre dio *ejemplos concretos* de los desaires de Michelle, ésta replicó con un argumento que resulta perfectamente lógico en el contexto de la discusión: «Puede que tengas razón en que no me gustas, pero yo a ti tampoco te gusto». Devolver la acusación que a uno se le ha hecho es una táctica habitual en una discusión. Pero decirle a una madre que no le gusta su hija es una de las peores inculpaciones que se le pueden hacer, y por eso la reacción de la madre alcanzó su máxima cota de indignación.

Dado que el golpe final fue provocado por la cuestión de si la madre había dicho, o no, que Krista era mejor hija que Michelle, este motivo de fricción entre ambas merece ser explorado en profundidad. En mi opinión, los metamensajes son la clave de este enfrentamiento. Es probable que la madre esté en lo cierto al asegurar que ella nunca dijo una cosa semejante, sin embargo, no sería de extrañar que, en alguna ocasión, hubiera elogiado manifiestamente a Krista, puesto que a esa edad las chicas acostumbran a ser más amables con las madres de sus amigas que con la suya propia. Si asumimos que la madre lo hizo alguna vez, entonces Michelle seguramente captó el metamensaje: «Tú no mereces los elogios que dedico a Krista». Lo cual, sin duda, le afectó, ya que la tendencia a sentirse rechazado cuando alguien elogia a un tercero, es una reacción normal, posiblemente universal. En lengua turca existe una frase hecha que permite reflejar ese sentimiento; cuando el hablante se dispone a elogiar a alguien que no está presente, puede decir: *sizden iyi olmasin*, que se traduciría, más o menos, como «que él o ella no sea mejor que tú». En otras palabras, «el hecho de que ahora esté elogiando a esta otra persona no significa, en absoluto, que a ti no te tenga en mi más alta consideración». Así que Michelle, probablemente, *captó* lo que insinuaba el mensaje de su madre, aunque ésta no lo dijera literalmente: que Krista era mejor hija que ella.

Dado que cada paso en la discusión viene provocado, lógicamente, por el movimiento anterior, ¿de qué forma podría evitarse que los intercambios verbales se elevaran tanto de tono? Puesto que Michelle es una adolescente, me centraré en aquello que la madre podría haber hecho de otra manera. No hay nada que una madre pueda hacer para ahorrarse la censura de su hija adolescente, siempre dirá o hará algo que incitará a su hija a criticarla. El desafío está en evitar que esa crítica desemboque en una discusión agresiva. Seguramente, en esos casos, y en la medida que a la madre le sea posible, lo mejor es dejarlo estar, más que profundizar en el tema y sentar las bases para la batalla. Por triste que sea, durante un tiempo la madre de una hija adolescente tendrá que resignarse a no escuchar nada positivo sobre ella de boca de su hija, al menos no de manera fiable, predecible o frecuente. Cualquier movimiento por parte de la madre en busca de una respuesta positiva, la expondrá al rechazo y a las crueles críticas de su hija. Gracias a la cismogénesis complementaria, le será más fácil conseguir una interacción positiva si parece que no la está buscando.

A pesar de que en esta conversación, Michelle le soltó a su madre: «¿Estás loca, o qué?», aparentemente en broma, es bastante frecuente que las chicas jóvenes hagan acusaciones de ese tipo, o incluso peores, a sus madres, pero en serio. En ese momento, las madres deberían aprovechar para detener la conversación y llamarles la atención con un: «No me hables en ese tono». La madre podría incluso decir: «Ya sé que no tengo por qué gustarte, pero soy tu madre y debes tratarme con respeto». Otra alternativa para la madre sería reconducir la conversación, quizás hablando de su propia experiencia: «Esta conversación me está haciendo sentir mal, así que será mejor que cambiemos de tema». Si no se logra rebajar el tono de la discusión, también puede ser útil, aunque nada fácil, que la madre le pida a la hija mayor que se abstenga de defenderla en esas circunstancias. Luego, en privado, no hay motivo por el cual no pueda disfrutar de ese apoyo. Cualquier cosa que haga para evitar que se inicie el fenómeno de la cismogénesis complementaria, y para guardarse de los efectos de las alianzas, le permitirá ejercer un mayor control sobre la conversación y disminuirá el riesgo de que conflictos sin importancia pasen a convertirse en discusiones hirientes.

¿Cómo podemos frenar una discusión?

La conversación entre Michelle, Patricia, y la madre de ambas, aunque en algunos aspectos pueda considerarse típica de las familias con hijas adolescentes, también tiene mucho en común con las discusiones en que todos nos hemos enfrascado alguna vez. Yo creo que, en parte, siempre acabamos ofendiéndonos con las mismas conversaciones porque son las que conocemos y sabemos cómo funcionan. Si probáramos a comunicarnos de otra manera, quizá descubriríamos que también sabemos hacerlo, o que al menos podemos aprender.

Para ver cómo podríamos lograr ese cambio, volvamos a la conversación que describí al principio de este capítulo; aquella en que Mona le aconsejaba a Tracy que trasladara su residencia más cerca del lugar donde trabajaba a fin de reducir el tiempo que empleaba en llegar hasta allí. Mona podría hacerse el firme propósito de morderse la lengua en el futuro: ya le ha dejado claro a Tracy lo que piensa de cómo se ha organizado la vida y no hay nada más que pueda hacer. Esto significaría, no sólo resistir el impulso de manifestarle a Tracy sus opiniones directamente, sino también de hacerlo mediante insinuaciones. (Más de una vez y de dos, me ha hecho gracia que una madre me comentara algo que le desagradaba de su hija, asegurándome que a ella nunca se lo había dicho, y que luego la hija, en una conversación aparte, me explicara lo a menudo que su madre había insistido en ese tema. Es probable que la madre nunca «dijera» nada explícitamente, a nivel de mensaje, sin embargo la hija «oyó» perfectamente el metamensaje transmitido por su madre.)

Si a Mona le resulta demasiado frustrante no decir nada, o no poder exponer su caso extensamente, o si está convencida de que es su obligación recordar a Tracy todas las opciones que tiene, entonces debería encontrar la ocasión adecuada para discutirlo, y hacerle saber a su hija que es de eso de lo que quiere hablarle. De ese modo, la conversación no cogería a Tracy desprevenida en el momento menos pensado. Y esa preocupación de su madre no transformaría inesperadamente, aunque sí previsiblemente, una conversación agradable en un diálogo tenso y delicado. Por su parte, Tracy podría proponerse no entrar en esa cuestión. Cada vez que su madre sacara a colación el consabido tema de su situación familiar, Tracy debería abstenerse de responder. Podría decir directamente: «Por favor, no hablemos de eso», o podría conseguir el mismo resultado de forma indirecta cambiando de tema. Además, también podría sugerir a su madre que lo discutieran en otro momento, independientemente de si tuviera o no intención de buscar ese momento.

Cuando nuestras acciones no obtienen el resultado que esperamos, con frecuencia reaccionamos intentando hacer lo mismo, pero con más ahínco. Y la otra persona también se empeña en seguir con la misma actitud como respuesta. En consecuencia, tal como hemos visto, se produce el fenómeno de la cismogénesis complementaria. Cualquier cosa que la madre pueda hacer o decir (o la hija, si es adulta) para romper ese círculo vicioso, será de gran ayuda. A menudo, eso significa mantenerse más al margen de lo que parecería apropiado.

Consideremos de nuevo la situación en que una madre desea más proximidad y la hija siente que su madre está invadiendo su intimidad, y que le exige demasiado emocionalmente. La solución podría parecer paradójica: si la madre no se mostrara tan desesperada por aproximarse a su hija, ésta quizá se acercaría más a ella. Si la hija expresara con mayor frecuencia su preocupación por la salud de la madre, ésta quizás insistiría menos en hablar de sus dolencias. Por el contrario, si la madre nunca comentara nada sobre su salud, su hija a lo mejor se interesaría más por ella. Si la hija le contara más cosas a su madre sobre su vida, posiblemente la madre le haría menos preguntas a su hija, y así sucesivamente.

La hija también podría invitar a su madre a participar más en su vida, pero en situaciones que no fueran tan íntimas, por ejemplo, podría pedirle que la acompañara al centro a hacer recados, o podría pedirle consejo a la hora de elegir qué regalo hacerle a una amiga para su boda, incluso aunque crea que no va a seguir dicho consejo (nunca se sabe, quizás encontraría útiles las sugerencias de su madre). Estos detalles harían que la madre se sintiera más involucrada en la vida de su hija, y que tuviera menos necesidad de buscar formas de conectar con su hija que resultaran más entrometidas e irritantes. Así, el «cisma» que implica la cismogénesis complementaria podría no ser tan profundo: en lugar de distanciarse cada vez más, se sentirían más unidas, y eso reduciría la tentación de subir el tono de las discusiones intensificando las actitudes ofensivas.

Sea cual sea el punto de fricción, madres e hijas harían bien en evitar lanzarse pequeñas pullas que luego provocan frustración y resentimiento. Regresemos ahora a Irene, aquella madre a quien le dolía que su hija, Marge, no quisiera mantener con ella el tipo de conversaciones empáticas que ella tanto valora como signo de proximidad emocional. Supongamos que están teniendo una de sus breves charlas telefónicas, planificando la próxima visita de la madre. Marge comenta que finales de mayo sería una buena fecha, e Irene contesta: «Había pensado que me hicieran la sustitución de rodilla más o menos entonces». Marge se muestra sorprendida: «Mamá, no tenía ni idea de que ibas a hacerte una sustitución de rodilla. ¿Por qué no me lo dijiste?».

Seguramente para Irene sería muy tentador responderle a su hija: «Bueno, te lo habría podido decir si algún día te hubieses quedado al teléfono más de dos minutos». Irene podría encontrar satisfacción en hacer una afirmación como ésta porque así podría reivindicar sus sentimientos: ella acaba de aportar pruebas de su punto de vista, así que ¿por qué no prestarle atención? La explicación radica en la cismogénesis complementaria. Un comentario de este tipo conllevaría la crítica de que su hija no habla lo suficiente con ella por teléfono, y las críticas siempre duelen. ¿Quién quiere hablar con alguien que podría, inesperadamente, atacarte verbalmente, o dejarte con la palabra en la boca? Así pues, el resultado obtenido sería justamente lo opuesto de lo que Irene deseaba: Marge decidiría, más firmemente que nunca, reducir aún más la frecuencia de sus llamadas, así como su duración.

Un modo efectivo de apaciguar cualquier conflicto es anular la tensión mediante el humor. Vimos cómo lo hizo un padre en la conversación sobre los almacenes Wal-Mart. Usar el humor para ese fin parece ser un rasgo más común de la comunicación masculina que de la femenina. Recibí un mensaje de correo electrónico de un hombre llamado Michael Eckenrode, en el que me describía un patrón de conducta similar en su propia familia. Tras hacerme una lista de todas las cosas por las cuales su madre está constantemente criticándole a él, a su hermana y a todo el mundo, me explicó:

«Ahora, en las series *Todos aman a Raymond* o en *Roseanne*, esta clase de madres criticonas son divertidas, porque detrás están las risas en *off*. Pero en la vida real no es nada divertido tener una madre así. Me he dado cuenta de que, al menos en mi familia, las mujeres siempre sobreviven a los hombres. Cuando el último de esos viejos pillos murió hace un par de años, ya no quedó nadie capaz de reducir las tensiones con un comentario picante o con alguna broma».

Está claro que el humor, como cualquier estrategia verbal, puede funcionar bien en algunas situaciones, pero no tan bien en otras. Al leer este mensaje, recordé que mi padre está siempre haciendo bromas —la mayoría de las veces, para deleite de todo el mundo—. Sin embargo, también me vino a la cabeza la frustración de mi madre al ver que ese sentido del humor sustituía la atención que ella pretendía recibir con alguna queja que acababa de pronunciar. «Anda, ríete —solía decirle—. ¡Para ti todo es una broma!»

Teniendo en cuenta esta precaución, sería aconsejable que las mujeres que ocasionalmente recurren al humor para evitar o atenuar un conflicto se acordaran de hacerlo más a menudo. Y aquellas que apenas utilizan su sentido del humor con este objetivo, podrían probar a hacerlo algún día. A continuación veremos un ejemplo de cómo el humor sirvió para que una madre y una hija superaran una desavenencia que arrastraban desde hacía años. Antes de visitar a su hija, la madre quería saber con mucha antelación su plan de viaje, y si tenía que coger algún avión, las fechas y los horarios de los vuelos, para aprovechar al máximo los descuentos ofrecidos por las compañías. En cambio, la hija tenía tendencia a posponer hasta el último momento la concreción de una fecha y unos horarios; y, con frecuencia, la madre se veía obligada a comprar los billetes sólo dos semanas antes, cuando, si surgen problemas, ya no te devuelven el dinero. Justo un año después del día de Acción de Gracias, la madre comentó: «He pasado un día de Acción de Gracias muy agradable este año con unos amigos, pero he pensado que el año que viene podría ser aún mejor pasarlo en familia. ¿Qué te parece si preparo yo la cena de Acción de Gracias para ti, Marv y sus padres?». La hija repuso: «No sé, mamá, ya sabes que no suelo hacer planes con tanta antelación. ¿Por qué no me llamas la semana antes de Acción de Gracias y lo hablamos?». En lugar de decirle directamente que le parece absurdo hacer planes con un año de tiempo, la hija exageró su propia tendencia a decidirlo todo a última hora. El contraste entre un año y una semana era tan grande que la dos se pusieron a reír, y la madre entendió lo que la hija quería decirle.

Así pues, el humor es una más de las muchas formas que hemos visto para evitar que la cismogénesis complementaria, así como los efectos que pueden llegar a tener las alianzas, arruinen nuestras conversaciones. El simple hecho de entender cómo funciona la cismogénesis es el primer paso para salir del tiovivo que con frecuencia transforma charlas agradables en discusiones habituales entre madres e hijas adultas. Si no entendemos cuál es el mecanismo que actúa en las conversaciones que nos causan dolor, difícilmente sabremos cómo hacer que tomen una dirección distinta. Es fácil culpar a la otra persona, y sentir que tú estás reaccionando de un modo justificado, si no inevitable, a una provocación obvia. Sin embargo, a mí me impresionan continuamente las mujeres que me cuentan que, una vez han entendido lo que ocurre durante sus conversaciones, empiezan a ver las cosas desde el punto de vista de la otra, y a ser capaces de responder de una forma diferente. Un pequeño cambio en la manera cómo contestamos y reaccionamos puede evitar muchos malentendidos y mejorar considerablemente nuestras conversaciones y, en consecuencia, la relación que mantenemos con nuestras madres e hijas.

6. Requisitos para un puesto de trabajo: ser madre

Prácticamente todas las madres con quienes hablé me dijeron, en algún momento de nuestra conversación, que les preocupaba no haber sido una buena madre. Me comentaban, entre otras cosas, que el divorcio que fue bueno para ellas no lo fue para sus hijos; que se habían sentido tan superadas por las necesidades de sus bebés e hijos pequeños que a menudo habían perdido los estribos, y los habían asustado con sus accesos de rabia; que pasar tantas horas en el trabajo significaba no estar en casa cuando se la necesitaba. Otras, como se habían arrepentido de dejar de trabajar para quedarse en casa y cuidar de sus hijos, habían animado a sus hijas a estudiar y ejercer una carrera; no obstante, ahora, al ver la lucha diaria de sus hijas por criar a sus hijos, llevar la casa, cuidar del marido y trabajar a jornada completa, temían haberlas aconsejado mal. Dado que la consideración que las mujeres reciben como personas recae en gran medida (a los ojos del mundo y a los suyos propios) en su éxito o fracaso como madres, a muchas de ellas les atormenta toda la vida la misma duda: «¿Fui una buena madre para mis hijos?». Esta duda no puede disiparse nunca de manera definitiva, porque ser madre implica un número casi infinito de tareas, expectativas, obligaciones, ninguna de las cuales puede llevarse a cabo con el beneplácito absoluto de todo el mundo. Cualquier cosa que una madre haga o diga podrá ser utilizado en su contra.

Visto el panorama, ¿quién querría responder a una oferta de trabajo como «madre» si se detallaran de forma completa y exhaustiva todos los requisitos necesarios? Pensemos ahora en las tareas que podrían incluirse en un anuncio de empleo titulado: «Se busca madre».

Central de comunicaciones

Estoy hablando con mi madre por teléfono. Después de charlar durante un rato, un buen rato, por cierto, le comento que quisiera hablar con mi padre. «Sólo si eres buena chica, ¿eh?», dice mi madre con una sonrisa en la voz. Por supuesto, está bromeando; enseguida le pasa el teléfono a mi padre. Ese comentario burlón de mi madre, sin embargo, me trae a la memoria escenas de mi adolescencia y juventud: como si fuera una auténtica telefonista, mi madre controlaba la comunicación en casa, decidiendo quién hablaba con quién. Y recuerdo que yo confiaba en ella para que me mantuviera al corriente de lo que hacían mis hermanas, de si estaban fuera de la ciudad, de cuándo regresarían, de los cumpleaños de mis sobrinos, etc.

Muchas madres asumen el papel de especialistas en la comunicación familiar. Este trabajo con frecuencia implica hacer de intermediaria entre el padre y los hijos: «¿Qué piensa papá sobre que haya roto con Paul?», pregunta una hija a su madre. «Papá está muy contento de que hayas vuelto a casa», contesta la madre. Normalmente, las madres expresan las opiniones de los padres —y lo que es más, sus sentimientos— a sus hijas e hijos. Un ejemplo claro de esta dinámica surgió en una entrevista con John Richardson, que escribió un libro sobre la carrera de su padre como espía de la CIA. Al explicar cómo su padre gradualmente fue desvelando su pasado, Richardson comentó: «Al principio, cuando le planteé la idea de escribir un libro sobre él, no le hizo gracia». Y luego añadió: «Él, en realidad, nunca me *dijo* que se había disgustado, fue mi madre quien más tarde me confesó que había estado preocupado durante días».

Mediar entre los miembros de la familia también significa, en muchas ocasiones, dosificar la información. Kathryn Chetkovich describe este hecho en un relato breve titulado «All These Gifts». Cuando la protagonista, Dinah, tiene una aventura con un hombre casado, la autora escribe que la noticia «se supo inmediatamente, causando un gran revuelo en la familia», es decir, en la hermana de Dinah, el hermano y la madre. Sin embargo: «Al padre nadie le dijo nada, porque no lo habría entendido. Él se enteraba de todo lo que ocurría en la familia a través de su mujer, quien solía transmitirle la información fragmentada en porciones más manejables, a fin de que pudiera digerirla mejor, como si le estuviera cortando a un niño una chuleta de cordero en trocitos pequeños». Comparar metafóricamente al padre con un niño refleja un aspecto de esta división del trabajo: el gran contraste entre el enorme número de horas que las mujeres han dedicado a hablar sobre las relaciones, y lo relativamente novatos que son los hombres en este terreno. Y, en parte, seguramente por eso les ceden la gestión del departamento de comunicación a sus esposas o parejas.

La gran mayoría de los estudiantes que siguen mis cursos, cuyos padres viven juntos, me cuentan que cuando llaman a casa suelen hablar siempre con sus madres; y cuando, alguna vez, hablan con su padre, las conversaciones acostumbran a ser breves y centradas en asuntos más pragmáticos. Alison Kelleher, por ejemplo, escribió: «Normalmente, cuando hablo con mi madre por la noche, mi padre se pone al teléfono cinco minutos para preguntarme cómo va mi cuenta corriente o para hablarme de algún problema con el ordenador, y siempre termina diciendo: "Cariño, espero que todo te vaya muy bien. Te quiero"». Mi padre hacía lo mismo.

Durante la mayor parte de mi vida adulta, llamé a casa cada semana. Con el tiempo, me he dado cuenta de que, a pesar de que yo creía que llamaba a mis padres, de hecho, hablaba exclusivamente con mi madre. Si era mi padre quien casualmente respondía al teléfono, solía decir casi de inmediato: «Espera, que enseguida aviso a tu madre. Se pondrá muy contenta de hablar contigo. *Dorotheeee!* —gritaba—. *¡Coge el teléfono!*». Al principio, mi padre escuchaba por un terminal y mi madre por otro, pero al cabo de poco yo notaba que mi padre había desaparecido, dejando la conversación en manos de mi madre. Recuerdo que, al darme cuenta de que mi padre ya no estaba al teléfono, yo siempre me sentía decepcionada, como abandonada. Un día resultó que llamé justo cuando mi madre había salido, y me sorprendió agradablemente ver que mi padre estaba dispuesto y deseoso de que charláramos largo y tendido. Aquello que yo había interpretado como cierta incomodidad con la vía de comunicación, era, en realidad, su forma de adaptarse a lo que él consideraba una prerrogativa de su mujer, su campo de acción. Después de esto, me propuse llamar, de vez en cuando, si sabía que mi padre iba a estar solo en casa.

En muchas familias, las madres se convierten en las emisarias que comunican e interpretan las reacciones y las impresiones de sus maridos e hijos. Habitualmente, este arreglo tácito funciona sin problemas, pero un intermediario también puede entrometerse, es decir, invadir (aunque sea inadvertidamente) la intimidad de sus maridos e hijos, y manipular las relaciones entre los miembros de la familia. Para un trabajo de clase, una de mis estudiantes, Varina Winder, comparó una serie de cartas que había recibido de sus padres. A medida que analizaba esta correspondencia, Varina se dio cuenta de que «mi madre y yo hablamos con frecuencia por teléfono, mientras que mi padre y yo, en esa época, nunca habíamos mantenido una conversación telefónica». En una de las cartas, su padre se quejaba de que no estaba del todo satisfecho con esta situación. «Tengo que conformarme con la versión que me da tu madre de cómo te van las cosas —escribió—. Preferiría oírlo con mis propias orejas.»

Como yo misma descubrí en el caso de mi familia, establecer las bases de una buena comunicación con la figura del padre a veces requiere un esfuerzo especial. En cambio, la comunicación entre una hija y una madre suele transcurrir con fluidez, sin que ninguna de las dos tenga que planearla conscientemente, puesto que la comunicación pertenece al radio de acción de las madres.

Las madres no sólo suelen encargarse de la comunicación interna, sino que también acostumbrar a gestionar la comunicación externa de la familia: qué noticias se comunican al mundo ajeno a la esfera familiar y cómo se presenta esa información. Ser jefa de relaciones públicas constituye una parte importante de las tareas que debe llevar a cabo una madre.

Deanna Hall y Kristin Langellier grabaron las conversaciones que sostuvieron cinco pares de madres e hijas a las cuales pidieron que hablaran sobre comida. En uno de los pasajes del estudio resultante, se observa cómo una hija, sin ningún pudor y con toda la alegría del mundo, ofrece una imagen de su familia en la que ésta no sale demasiado bien parada, mientras su madre trata en vano de hacerla callar. La hija le está explicando a su madre cómo le ha descrito a la entrevistadora una cena típica en casa en la época en que ella era adolescente: «Le estaba contando a Deanna cómo empezaba todo, cuando comenzábamos a cenar y tú acababas diciendo: "No puedo quedarme aquí sentada y comer", y te ibas a tu habitación». Sin darle tiempo a su hija de terminar la frase, la madre la interrumpe: «No digas esas cosas, ya sabes que eso no pasaba cada día». La hija continua sin inmutarse: «Y luego Tom se sumaba: "No puedo comer, tengo dolor de estómago", y acto seguido se marchaba a su habitación y cerraba la puerta». Ahora que la historia ya ha salido a la luz, la madre intenta mejorar la impresión negativa que pueda haber causado en la entrevistadora: «Pero esto tan sólo ocurría muy de vez en cuando, ella le está contando los peores momentos por los que hemos pasado. Creo que no deberíamos hablar de esto, la verdad...».

En calidad de jefa del departamento de RRPP de la familia, esta madre estaba intentando controlar la impresión que la familia podría producir en el mundo exterior, primero evitando que se filtrara una imagen negativa, y luego manipulando el modo en que era presentada la información. Cuando no es posible hacer ninguna de estas dos cosas, la madre puede tratar de posponer el momento de anunciar algo públicamente. Hace treinta años, una de mis hermanas y yo nos separamos de nuestros respectivos maridos casi al mismo tiempo. Poco después, mi otra hermana nos informó de que su matrimonio también estaba haciendo agua. Mi madre le imploró que mantuviera la noticia en secreto. «Acabo de contarle a todo el mundo lo de tus dos hermanas. ¿Con qué cara voy a decirles ahora que tú también te divorcias?», le suplicó. Mis padres, que nacieron en Europa, se sentían profundamente responsables de sus hijas solteras. Apenas puedo imaginarme la consternación y la carga que les debió de suponer pasar de tener tres hijas casadas a tres hijas divorciadas, y además en un espacio de tiempo tan breve. Como si alguien hubiese pulsado el botón para rebobinar y el argumento de *El violinista en el tejado* se hubiera ido desarrollando a la inversa. Pero yo no pensé en eso en aquel momento. Lo que hice fue criticar a mi madre por centrarse más en cómo les diría a los demás que mi segunda hermana iba a separarse, en lugar de preocuparse por cómo se sentía ella al atravesar un trance tan duro.

Muchas mujeres se encolerizan al ver que sus madres se preocupan tanto por la imagen de sus hijas ante el mundo exterior. Las hijas queremos ser consideradas como seres individuales, no como las meras representantes de nuestras madres. Pero ¿cómo pueden evitar las madres sentir preocupación por algo que saben que será la base de los juicios que los demás emitan sobre ellas? En su poema «Para Anne Gregory», W.B. Yeats escribió: «tan sólo Dios, querida / te amará por ti misma/ Y no por tu cabellera rubia»[4]. Aquí, «cabellera rubia» podría representar cualquier aspecto de la apariencia física por el cual somos juzgados. Este verso nos serviría para reflejar lo inútil que es para las hijas exigirles a sus madres que se olviden de la impresión que ellas causan ante el mundo, puesto que «tan sólo Dios te amará por ti misma y no por el aspecto de tus hijos». Por esa razón, hay tantas madres que intentan controlar la imagen que sus hijos transmiten a la familia, a las amistades y a esa amorfa conglomeración de miembros del jurado: los vecinos. En su drama lírico *Under Milk Wood* (*Bajo el bosque lácteo*), Dylan Thomas retrata las vidas entrelazadas de la gente en un pequeño pueblo galés. Uno de los estribillos recurrentes a lo largo de la obra es la voz de una mujer que va repitiendo: «Y qué dirán los vecinos, qué dirán los vecinos...». Thomas no termina estas frases con un signo de interrogación, porque, en realidad, no son preguntas. La respuesta está implícita; el comportamiento en cuestión no tiene ninguna importancia porque los vecinos hablarán de todos modos, es decir, censurarán.

El cotilleo juega un papel similar en la cultura puertorriqueña, tal como nos la describe Esmeralda Santiago, que a los trece años emigró con su familia a Nueva York

4. «*only God, my dear, / Could love you for yourself alone / And not your yellow hair.*»

desde su Puerto Rico natal. Santiago relata que, cuando era una adolescente, su vida estaba totalmente circunscrita al cumplimiento de las normas sociales que su madre imponía. Su madre insistía constantemente en que ella debía ser una «nena puertorriqueña decente», lo cual quería decir «ser consciente en todo momento de *lo que dirá la gente*». Cada vez que su madre le ordenaba que se comportara de una determinada manera, o que no se comportara de tal otra, concluía sus frases con un: «porque si no ¿qué dirán?». La madre de Santiago no sólo era la portavoz de este código de conducta, sino también la persona encargada de su cumplimiento, una especie de FBI en casa. Cuenta Esmeralda que cuando salía a dar un paseo por Central Park con algún chico, algún compañero de instituto: «Me sentía como si mi madre fuera a aparecer de un momento a otro de detrás de algún árbol para recordarme que las *nenas decentes* no paseaban sin carabina por el parque con chicos que su madre no conocía».

La mayoría de restricciones descritas por Santiago, impuestas por su madre a fin de evitar el cotilleo de vecinos y conocidos, están relacionadas con observar una conducta apropiada por lo que se refiere a la sexualidad. En muchas culturas, la pureza sexual de una mujer es la depositaria del honor familiar.

Interrogador jefe

Las vivencias de Esmeralda Santiago resultaron especialmente frustrantes porque la madre esperaba que su hija, que vivía en Nueva York, se comportara de acuerdo a unas normas vigentes en el pueblo puertorriqueño de donde provenía la familia. No obstante, toda madre debe afrontar un reto desalentador cuando su hija alcanza la pubertad, empieza a mostrar interés por el sexo y se convierte en un objeto de atención sexual para los hombres. Vivian Gornick recuerda que, cuando llegó a esa edad, «salvaguardar mi virginidad era una auténtica obsesión para mi madre»:

> «Si llegaba a casa alrededor de la medianoche, con las mejillas encendidas, desmelenada, feliz, ella ya me estaba esperando justo detrás de la puerta (salía de la cama tan pronto oía la llave en el cerrojo). Me cogía con fuerza del antebrazo, entre el pulgar y el dedo corazón, y me preguntaba en tono exigente: "¿Qué te hizo?" "¿Dónde?". Igual que si estuviera interrogando a un colaboracionista».

El ritmo de esas preguntas («¿Qué te hizo?» «¿Dónde?») hace pensar en el tipo de interrogatorios que asociamos con la cobertura del caso Watergate: «¿Qué sabía el presidente?» «¿Cuándo lo supo?». En el contexto de una familia, la actividad sexual de una hija suele convertirse en objeto de una investigación a gran escala, con la madre en el papel de interrogador jefe.

A pesar de que actualmente muy pocas madres comparten la obsesión de la señora Gornick por asegurarse de que sus hijas lleguen vírgenes al matrimonio, la mayoría de ellas se preocupa por el cómo y el cuándo de la actividad sexual de sus hijas púberes. Una madre con dos hijas comentó que uno de los aspectos más complejos de la maternidad ocurre cuando una hija empieza a ser sexualmente activa, y ese momento siempre llega antes de lo que la madre querría. De forma prácticamente invariable, la madre se encuentra ante un gran dilema en esta etapa tan difícil. A fin de proteger a su hija y darle consejo, la madre necesita saber qué es lo que hace su hija. Pero puede que a veces piense que lo que hace su hija no es lo más prudente, o lo mejor para ella. Y, si se lo dice, la hija puede interpretar esa reacción de la madre como un signo de desaprobación, cosa que hará que deje de contarle sus intimidades en el futuro. Una madre me explicó que ella había resuelto este dilema absteniéndose, en la medida de lo posible, de aconsejar a su hija; en lugar de eso, le hacía muchas preguntas. Adoptó la actitud de no decir nada, sino de preguntarlo todo.

Hacer preguntas no tiene por qué ser interrogar, lo cual presupone una relación jerárquica, es decir, quien interroga ostenta el poder. Las preguntas también pueden hacerse con ánimo de conectar, tal como sucede cuando dos mujeres comparten una amistad.

Mi mejor amiga

En su libro *Raising America,* Ann Hulbert señala que los consejos sobre la educación de los hijos durante este último siglo han ido pasando de enfatizar los lazos familiares y las vinculaciones afectivas a centrarse en la autoridad paterna o la disciplina. Ésta es otra manera de referirse a la paradoja de la conexión y el control. Manejar la emergente sexualidad de su hija es un aspecto del trabajo de ser madre que la sitúa de lleno en el centro de esta paradoja. Si adopta una actitud amistosa, es muy probable que su hija le comunique todos los detalles de su vida amorosa. Y, de hecho, muchas madres e hijas norteamericanas se consideran mutuamente amigas íntimas. Sin embargo, las madres que asumen ese papel como parte de sus atribuciones, deben resolver un inevitable conflicto de intereses. Tu mejor amiga no tiene la obligación de protegerte, mientras que tu madre sí. El rol de amiga íntima está reñido con la autoridad que implica ser madre.

Una mujer que ya ha cumplido los cincuenta años recuerda cómo su madre se enteró de que ella había perdido la virginidad; y su experiencia nos muestra cómo la conexión y el control se complementan cuando una madre combina su papel de amiga con su deber como interrogadora. Habiendo vuelto a casa de la universidad para pasar las vacaciones, la mujer —entonces una chica— les comentó a sus padres que ahora tenía novio. Más adelante, cuando estuvieron a solas, la madre le hizo una serie de preguntas sobre esta nueva relación, sobre todo referidas al sexo. «Puedes decírmelo —la animó su madre—. Quiero que me trates como a una amiga.» Viendo que su madre se mostraba tan calmada y razonable, la hija le confío que se había acostado con su novio. Ante esta confesión, la madre perdió totalmente la compostura: destrozada, le imploró a su hija que le jurara no volver a cometer ese horrible pecado al regresar a la universidad. La chica se sintió traicionada: utilizando como pretexto el hecho de ser su amiga, su madre le había tendido una trampa y le había sonsacado información de forma subrepticia.

Además de la sexualidad, hay otros aspectos en que el rol de la madre como mejor amiga entra en conflicto con sus responsabilidades parentales. Alla Tovares comienza su análisis de una conversación madre-hija con un ejemplo extraído de una serie de televisión. En una de las escenas, vemos cómo una madre se encuentra casualmente con su hija y sus amigas en el centro comercial, y actúa como si fuera una chica más del grupo. Más tarde, en casa, la hija se queja de que su madre la ha dejado en ridículo. «¡No te comportes como mi amiga! —exclama—. ¡Eres mi madre!» «Muy bien», contesta la madre, y luego le ordena: «¡Ve ahora mismo a tu habitación!». Ante esto, la hija cambia inmediatamente de táctica: «Pero, mamá —dice con suavidad—, pensaba que éramos amigas.» Esta escena ilustra, de manera condensada y cómica, lo paradójica que resulta la interacción entre intimidad y autoridad en la relación madre-hija.

Cuando las hijas son jóvenes, el papel de mejor amiga funciona sólo en una dirección: las hijas les cuentan a sus madres sus problemas e inquietudes, pero las madres no se comunican con ellas en ese sentido. De hecho, muchas mujeres cuyas madres las utilizaban como confidentes antes de llegar a ser del todo adultas —por ejemplo, tras el divorcio de los padres, o como hizo la poeta Anne Sexton con su hija Linda al contarle sus aventuras amorosas— sienten que esa confianza era una carga que no estaban preparadas para asumir. Sin embargo, cuando una hija llega a la madurez, el intercambio mutuo de confidencias con su madre se convierte en una prueba de su amistad. Sin embargo, si ese intercambio no se produce, una o la otra pueden sentirse decepcionadas. Una mujer de unos setenta años, por ejemplo, decidió que su hija sería la persona a quien recurriría cuando se sintiera sola, o le preocupara el estado de su salud o de su cuenta corriente. Por eso, la reticencia de su hija a asumir esa responsabilidad le supone una gran fuente de dolor. Parece probable que la hija se resista a interpretar su parte del guión como amiga íntima porque no quiere sentirse responsable por las tribulaciones de su madre, ni obligada a disipar sus penas. Dicho de otro modo, en este estadio de su relación, la hija está luchando por conciliar la intimidad de la amistad con las obligaciones que supone la conexión emocional.

Por todas estas razones, el papel de mejor amiga, motivo de tantas satisfacciones entre madres e hijas, también puede causar mucha confusión y muchos conflictos.

Enseñar a ser madre

Otra etapa de la vida que sitúa a algunas madres e hijas en la intersección entre intimidad y autoridad tiene lugar cuando una hija se convierte en madre. Una hija que da a luz comparte con su madre una experiencia completamente desconocida para ella hasta ese momento. Este hecho, no obstante, no significa que ahora estén en igualdad de condiciones. La madre siempre tendrá más experiencia en este terreno, así que, en la mayoría de casos, ambas asumen que la madre enseñará a la hija a ser madre.

La madre de Sherry vino a ayudarla tras en nacimiento de su hijo. Sherry me contó que ella consideraba a su madre la «supervisora principal», alguien que «domina el oficio». «Las dos sabíamos que yo no tenía ni idea de lo que estaba haciendo», por eso Sherry le preguntaba cada dos por tres: «Mamá, ¿y ahora qué hago?». Otra mujer, Renée, me explicó que al nacer su hijo, su madre se trasladó a su casa para ayudarla y se quedó con ella tres meses. Renée cita literalmente a su madre: «Me dijo: "No pienso dejarte sola con el bebé al menos durante los primeros tres meses, porque tú no vas a saber qué hacer con él". A partir de ese momento, me convertí oficialmente en su alumna». Renée añadió que su madre le enseñó cómo hacer las cosas correctamente: «Mamá me decía: "muy bien, ahora tienes que bañarlo. Ven, que te enseñaré cómo tienes que hacerlo. Primero coges la toalla, la pones así, haces esto, luego haces lo otro...". De esta manera me lo fue enseñando todo». Por la forma de hablar de Renée, queda claro que le está profundamente agradecida por su apoyo y sus lecciones.

Son muchas las madres que ofrecen una ayuda inestimable a sus hijas durante su embarazo y maternidad; sin embargo, también existen muchos aspectos en los cuales pueden equivocarse. Cuando nació el primer hijo de Theresa, su madre fue a ayudarla. Theresa se lo agradeció de corazón pero, al poco tiempo, sintió que su madre la estaba suplantando. Cada vez que el niño lloraba, su madre se apresuraba a cogerlo en brazos, y a menudo llegaba antes que su hija. Theresa empezó a sentir que estaban compitiendo por llegar antes a la meta. Y también se dio cuenta de que los consejos constantes de su madre la hacían sentir una incompetente. La ayuda de su madre era un trabajo demasiado bien hecho.

Si Theresa le reprochaba a su madre que le dijera en todo momento cómo cuidar de su bebé, Penny le recriminaba a la suya que no lo hiciera en absoluto. Cuando Penny dio a luz a su primer hijo y su madre se mudó para echarle una mano, Penny tuvo la impresión de que su madre le decía que hiciera cosas que ella misma no sabía cómo hacer, ya que, cuando Penny y sus hermanos eran pequeños, su madre había pagado siempre a una asistenta. La madre estaba firmemente convencida, por ejemplo, de que los bebés deben bañarse cada día, a la misma hora. Sin embargo, ella, en realidad, nunca había bañado a un bebé. También creía que la casa debía estar impoluta y despejada, lo cual es fácil de conseguir cuando uno puede permitirse pagar a alguien para que lo haga. Para Penny, en cambio, no era una opción realista, dado que ella debía apañarse sola. Podríamos decir, pues, que a Penny su madre la decepcionó porque no pudo cumplir su papel de experta en maternidad.

De hecho, es casi seguro que las madres acaben fracasando en su tarea como profesoras, dado que las teorías y las concepciones sobre cómo cuidar de los niños varían con frecuencia, y sin duda eran distintas cuando ella fue madre. Incluso Sherry, que tanto apreció la ayuda y la experiencia de su madre, recuerda una ocasión en que el consejo que le dio su madre no era el más adecuado, y ella se alegró de no haberlo seguido. «Jason tenía fiebre —explicó Sherry— y mi madre no paraba de decirme: "Abrígalo bien y haz que tenga mucho calor. Tiene que sudar la fiebre". Así que lo envolvimos en un montón de mantas, de manera que el pobre parecía un tomate, entonces le dije a mi madre: "Voy a llamar al médico". Y, al explicarle lo que habíamos hecho, el médico exclamó: "¡Oh no! Esa costumbre solía matar a los niños. Métrelo en la bañera, en agua templada, y haz que le baje un poco la temperatura". Mi madre dijo: "Bueno, eso no es lo que nosotros hacíamos". Y yo respondí: "Ya, pero estamos intentando no matar a este bebé; es el único que tengo".»

Condenada a ser una eterna aprendiza de madre

A pesar de que la madre de Sherry tuvo un éxito casi rotundo a la hora de cumplir con este requisito de la descripción del trabajo como madre, es decir, el de enseñar a sus hijas adultas a desempeñar por primera vez su papel de madres, se equivocó a la hora de aconsejar a su hija sobre cómo bajarle la fiebre a un recién nacido. El tratamiento médico es sólo uno de los aspectos que cambian de una generación a otra. Por eso, hay ocasiones en que una madre joven debe hacerse a un lado para dejar paso a los expertos en cuidados infantiles, quienes, supuestamente, saben mucho más del tema. Sin embargo, parece que esta idea se contradice con la creencia de que una madre debería saber instintivamente qué es lo que hacer en cada momento. En *The Mask of Motherhood*, Susan Maushart pone de manifiesto esta ironía tan flagrante: la mayoría de especialistas en crianza infantil, como por ejemplo, Benjamin Spock y Penélope Leach, empiezan diciéndoles a las madres que confíen en su instinto; sin embargo, luego pasan a ofrecerles un montón de libros llenos de consejos, cosa que implica que las lectoras de esos manuales no pueden fiarse en absoluto de sus instintos maternales.

Para complicar aún más la situación, la opinión de los expertos cambia constantemente, por lo tanto, si una hace exactamente lo que le recomiendan unos, pronto habrá otros que le dirán que se equivoca. No hace, ni mucho menos, tanto tiempo que los especialistas en psicología infantil advertían a los padres norteamericanos de los peligros de cualquier muestra de afecto físico, lo cual tuvo como consecuencia toda una generación de adultos con pruebas condenatorias del fracaso de sus padres a la hora de expresar afecto. Los pediatras también aconsejaban alimentar a los recién nacidos siempre siguiendo un horario fijo, independientemente de lo mucho que lloraran de hambre, hasta que llegó otra generación de especialistas que creó un nuevo método revolucionario llamado «alimentar según la demanda». Este nuevo método enseñaba a las madres a seguir la innovadora práctica de dar de comer a sus bebés sólo cuando éstos tuvieran hambre. De igual forma, hoy los médicos animan a las madres a amamantar a sus hijos, puesto que las investigaciones más recientes han demostrado que la leche materna proporciona una serie de anticuerpos que la leche artificial no puede aportar. Sin embargo, el pediatra de mi madre, cuando ella le comentó que tenía la intención de dar el pecho a su primera hija, le preguntó: «¿Por qué? ¿Es que acaso eres una vaca lechera?».

Muchas veces, a las madres no les hace falta esperar una generación para darse cuenta de que los esfuerzos que han invertido en hacer lo mejor para sus hijos pueden producir el efecto contrario, y ponerlos en peligro. Una madre cuyos hijos aún son jóvenes, recuerda lo escrupulosamente que seguía los consejos de los especialistas al colocar a su primer bebé en la cuna en posición de decúbito prono, es decir, echado sobre el vientre y el pecho. Transcurridos tan sólo tres años, cuando nació su segundo hijo, le dijeron que había puesto en peligro de muerte súbita a su primogénito. Actualmente, la opinión unánime de los expertos es que los recién nacidos deben dormir acostados de lado.

La multitud de libros, artículos de revistas, programas de radio y televisión, etc., que aconsejan a los padres cómo cuidar de sus hijos transmiten claramente el siguiente metamensaje: «Estás llevando a cabo un trabajo para el cual no tienes la preparación suficiente». El mensaje, no obstante, aún puede resultar más inquietante. Tal como demuestra el sociólogo Frank Furedi en su libro *Paranoid*

Parenting, las recomendaciones de los especialistas norte-americanos en crianza infantil están diseñadas para hacer que las madres se sientan abrumadas ante la exagerada existencia de peligros que amenazan en todo momento la vida de sus hijos. Y, en consecuencia, lo único que consiguen al procurar que ejerzan correctamente su papel de madres —siguiendo, naturalmente, los consejos de los especialistas— es que se sientan todavía más inseguras acerca de si están criando bien a sus hijos o no.

Asesora jefe, en todo

Tenía unos ocho años y cursaba tercero de básica. Llegaba tarde a la escuela y, al salir corriendo por la puerta, me acordé, presa del pánico, de que no había hecho los deberes. Debía haber preparado una noticia de actualidad para luego exponerla al resto de la clase. Mi madre me ayudó. Me informó de algo que acababa de escuchar en la radio: el cantante Nat King Cole había muerto. Aquel día, me tocó subir al estrado y explicar ante toda la clase mi noticia. Resultó que mi madre se había equivocado y que Nat King Cole estaba vivito y coleando. Cuando la profesora me rectificó, creí que se me caía el mundo encima; estaba destrozada. Afortunadamente, la maestra fue muy amable; aún recuerdo la sensación de alivio que me produjo su brazo alrededor de mis hombros, supongo que mi cara de congoja debió ser antológica. Aquella profunda humillación se me quedó grabada a fuego, y fui implacable a la hora de culpar a mi madre por ello.

En otra ocasión, a los doce años y en sexto curso, tuve que cambiar de colegio a causa de una redistribución de los distritos electorales. Únicamente yo, de entre todos mis amigos, tuve que marcharme a una nueva escuela. Me sentía muy insegura sobre mis nuevas amistades, aunque emocionada y nerviosa. Una niña llamada Rosellen me invitó a su fiesta de cumpleaños, y mi madre y yo fuimos a una especie de almacenes de saldos en la Avenida Coney Island a comprarle el regalo. Recorrimos todos los pasillos buscando algo que mi familia se pudiera permitir. Finalmente, y aconsejada por mi madre, compré un juego de pulgas. Unos días después, en la fiesta y rodeada de todas las niñas que habíamos sido invitadas, Rosellen empezó a desenvolver sus regalos. Cuando le llegó el turno al mío, me di cuenta inmediatamente de que había hecho una elección catastrófica; cosa que la misma Rosellen me confirmó más tarde: los juegos de pulgas eran un regalo demasiado infantil para una niña de doce años. De nuevo, haberme fiado de mi madre me supuso una humillación pública; y volví a sentirme traicionada e incapaz de perdonarla.

A lo largo de mi infancia tuvieron lugar incontables pifias y errores de este tipo, los cuales me causaron mucha vergüenza y consternación; y que, en el momento en que ocurrieron, me parecieron una prueba evidente de la incompetencia de mi madre. Ahora que miro hacia atrás, aquellas humillaciones no sólo me resultan carentes de importancia, sino totalmente comprensibles. ¿Cuántas veces yo, en tanto que adulta, he estado escuchando la radio a medias y he entendido mal una noticia, o he comprado un regalo inadecuado? Lógicamente, ahora lo veo de otra manera, pero de niña creía que mi madre debía saberlo todo, solucionármelo todo, y que ella no tenía defectos. Desde mi punto de vista a esa edad, me parecía una expectativa de lo más razonable, puesto que mi madre era la responsable de casi todo mi mundo. (Mi padre, al igual que tantos otros, trabajaba muchas horas fuera de casa y estaba poco con sus hijas.) No obstante, desde la óptica de una madre, que al fin y al cabo es tan sólo un ser humano, ser perfecta es una expectativa imposible de cumplir.

Al alcanzar la madurez, muchas mujeres continúan considerando a sus madres unas expertas en todo. Un día, mi marido estaba haciendo unas compras de última hora para la cena del día de Acción de Gracias. Tenía que traer salvia y se dirigió a la sección de aderezos y condimentos. Hablando por casualidad con otra clienta que buscaba justamente ese mismo artículo, se preguntó si, a falta de salvia, no podría utilizar también un sazonador para aves. «De ninguna manera», afirmó la mujer tajantemente, y con el teléfono móvil aún en la mano. «Acabo de consultárselo a mi madre. Definitivamente, tiene que ser salvia».

Está claro que, para muchas de nosotras, nuestras madres tienen la última palabra en todo lo referente a la cocina. A continuación, veremos un ejemplo de una hija que se guiaba por los consejos de su madre en un ámbito bien distinto. En el año 2003, Polly York reflexionaba sobre una época de su pasado en que estuvo implicada en asuntos internacionales. En 1988, Sarah, la hija de Polly, contaba diez años y le había escrito una carta a Manuel Noriega, el cruel dictador de Panamá. Noriega no sólo respondió la carta de la niña, sino que la invitó a Panamá a que le hiciera una visita, con todos los gastos pagados y acompañada de su madre. Polly tenía sus dudas sobre si era prudente aceptar ese ofrecimiento. Su hermano opinaba que no. Su reacción había sido la siguiente: «Es un mal hombre y no deberías mezclarte con él». Sin embargo, Polly todavía no estaba segura de qué hacer, así que se lo consultó no al Departamento de Estado, sino a su madre. Después de pensárselo, la madre de Polly le dijo: «Creo que no tendría por qué haber ningún problema con que Sarah aceptara la invitación. Además, pienso que sería una gran experiencia para ella». Finalmente, Polly decidió ir a Panamá con su hija en calidad de invitada de Noriega porque, tal como ella misma explicó años más tarde en una entrevista para la radio: «Tenía la bendición de mi madre y pensé ¡qué caray! No me hace falta más».

Polly York no es una excepción a la hora de valorar tanto la opinión de su madre. Renée, para quien las lecciones de su madre en cuanto a la crianza de los hijos resultaron fundamentales, también aprecia enormemente los consejos de su madre en otros terrenos. La madre de Renée, al ver que se comporta de un modo que ella cree que no le es beneficioso, la aparta a un lado y le dice: «Vamos a ver, deja que te aclare un par de cosas». Por ejemplo, durante una visita, la madre de Renée se fijó en que ésta, al llegar a casa después del trabajo, lo primero que hacía era relevar a su marido de las tareas de cuidado del niño. Hablando con ella a solas, su madre la amonestó: «Deja que te aclare un par de cosas. Trabajas tan duro como él, y encima conduces más horas para ir y venir de la oficina. Debes acostumbrarte a cuidar de ti misma primero. Cámbiate de ropa, y luego dúchate tranquilamente. No pasa nada porque tu marido se ocupe un rato más del bebé». En este ámbito, y en muchos otros, Renée se siente agradecida de tener a su madre cerca para que le dé consejo.

Sin embargo, otra mujer me contó que, a pesar de apreciar los criterios de su madre, se cansa de ellos cuando se convierten en el único tipo de comunicación entre ambas. La mayor parte de los consejos que le dio la madre de Ruby eran muy acertados, y Ruby los tuvo en cuenta: «Tú debes ser la fuente de ingresos más importante en la familia. Eres tú quien controla el dinero». («Pobre, mi marido —se rió Ruby—. En esto no tiene voz ni voto.») «Las notas de agradecimiento se deben enviar en un plazo de veinticuatro horas, así cuando tus hijos estén invitados a una fiesta, haz que envíen sus tarjetas de agradecimiento antes del día de la fiesta.» «Nunca empieces a comer hasta que todo el mundo esté servido.» Y luego la regla de oro de los cuatro dedos: «Cuando pongas la mesa, la base de la vajilla de plata debe quedar a cuatro dedos del borde de la mesa.» No obstante, a veces su madre sigue insistiendo en alguna de sus lecciones cuando Ruby ya hace tiempo que la ha aprendido. Por qué tiene que preguntarle tantas veces: «¿Estás segura de haber apagado las luces del árbol de Navidad, no sea que se te queme la casa?». Además, no todas las recomendaciones de su madre son tan sabias. Ruby comentó: «Mi madre está convencida de que si metes cuchillos de plata de ley en el lavavajillas, los mangos se desenganchan de las hojas. He estado desafiando esta hipótesis durante veinte años; los cuchillos siguen de una pieza». Al final, Ruby tiene la sensación de que la retahíla de consejos acaba matando cualquier otro tipo de conversación. «Cuando viene a visitarme, nuestras charlas a menudo giran en torno a sus consejos —se queja Ruby—. Que si no me cuido lo suficiente de mí misma. Que si siempre antepongo las necesidades de mi marido y de mis hijos a las mías. Que si nunca voy de compras.» Y, como hemos comprobado, los consejos fácilmente se transforman en críticas.

Muchas mujeres se resisten a aceptar las recomendaciones de sus madres incluso en áreas en que éstas son auténticas expertas. Una reconocida diseñadora de interiores mencionó que su hija se negó a pedirle consejo a la hora de decorar su casa, cuando eso era precisamente lo que intentaba hacer todo el mundo en la ciudad. La joven quiso que su casa fuera atractiva gracias a su criterio y no al de su madre. Esto a la madre le resultó tremendamente frustrante, no porque hubiera nada que objetar respecto al gusto de la hija, sino porque un terreno en el cual podía ser útil a su hija le estaba totalmente vedado. En otras palabras, por lo general ser asesora jefe es una tarea difícil de cumplir, pero si resulta que una madre es capaz de realizarla excepcionalmente bien, puede que un día se encuentre que la han despedido sin previo aviso.

Pararrayos emocional

Recuerdo una discusión que tuve un día con mis padres; yo tenía cuarenta años cumplidos, y estaba intentando explicarles por qué me había ofendido un comentario que había hecho mi padre. Mi madre enseguida se puso a defender a mi padre, justificando lo que éste había dicho. Yo no tardé en regañarla. Pero luego, me detuve en medio de la discusión y pregunté en voz alta: «Pero, mamá ¿por qué te estoy gritando a ti, si yo con quien estoy enfadada es con papá?». «Sí —respondió ella—, ¿por qué?» Al intentar justificar lo que había dicho mi padre, ella se había convertido en su sustituta retórica. Pero, de todos modos, ¿por qué motivo yo había *redirigido* mi rabia hacia ella, en lugar de enfadarme *también* con ella? Entonces me di cuenta de que yo nunca le gritaba a mi padre —de hecho, no solía gritarle a nadie excepto a mi madre—. Antes pensaba que era porque nadie me hacía perder los nervios tanto como ella, pero ahora creo que había otras razones: ¿no sería que simplemente estaba acostumbrada a enfadarme con ella, y poco acostumbrada a hacerlo con él? ¿O quizás era porque sabía que ella me perdonaría, independientemente del tono en que le hablara, mientras que mi padre probablemente me guardaría rencor para siempre? ¿O puede que fuera porque —y ésta es la explicación que me hace sentir más culpable— la veía como una víctima más fácil?

Estoy segura de que muchas otras mujeres también vuelcan su ira principalmente en la figura de sus madres. Una de mis estudiantes escribió lo siguiente:

«Antes de la cena del Día de Acción de Gracias, solía pasarme horas pelando boniatos para mi plato preferido. Un año, al hacer el primer corte, vi que el color del tubérculo no era naranja rojizo sino amarillo pálido: ¡mi madre había comprado patatas en lugar de boniatos! Me enfadé tanto con ella por no poder preparar mi plato favorito que mi primera reacción fue gritarle: "¿Cómo has podido hacerme esto? Y ahora ¿qué? ¡Supongo que no podré comer boniatos!' Al final de la larga pelea que este incidente provocó, mi hermano me dijo: "Tratas a mamá con más crueldad que a cualquier otra persona". Me duele admitir que, cuando reflexiono sobre esta afirmación, me doy perfecta cuenta de que es cierta. No me lo pienso dos veces a la hora de hablarle de forma irrespetuosa y desdeñosa a mi madre; en cambio, a otras personas, por las que también siento respeto y cariño, nunca les hablo en ese tono tan a la ligera».

Según las investigaciones del sociólogo Samuel Vuchinich, esta reacción de las hijas respecto a sus madres no es nada inusual. Vuchinich grabó en casetes y en vídeo sesenta y cuatro conversaciones que tuvieron lugar en el seno de cincuenta y dos familias norteamericanas. Al analizar cómo surgían los conflictos, comprobó que era mucho más frecuente que los hijos empezaran a discutir con sus madres que con sus padres.

Es como si las madres fueran el pararrayos emocional de la casa, absorbiendo y detectando todas las emociones que fluyen y circulan en la familia, tanto las negativas como las positivas. Puede que esto sea, en parte, porque las madres suelen estar más en casa, más en contacto con los diferentes miembros de la familia y, por tanto, es más fácil que lleguen a ofenderlos de un modo u otro. Y puede que también sea porque se supone que las mujeres son más expresivas y se sienten más cómodas en el terreno de las emociones. Aunque, personalmente, pienso que también es porque, tal como descubrí en el caso de mi madre, las mujeres son blancos más asequibles, bien porque parecen más vulnerables, o bien porque parece menos probable que, más adelante, tomen represalias.

Las madres: un blanco fácil para las críticas

Como si ser las víctimas domésticas de las iras de la familia no fuera ya suficientemente malo, las madres también acostumbran a absorber sentimientos de desaprobación, de hostilidad o las agresiones del mundo exterior que afectan a los demás. Muchas mujeres critican alegremente a otras mujeres a quienes no conocen demasiado; en cambio, nunca se atreverían a hacer lo mismo con hombres con quienes no tuvieran mucha confianza. A una mujer cuyos hijos rondan los treinta años aún le duele recordar un incidente que tuvo lugar cuando su hija tenía cinco años. Por culpa del mal comportamiento de la pequeña, su madre y dos de sus hermanos tuvieron que marcharse antes de tiempo de una heladería donde estaban comiéndose unos helados. Para colmo, al salir, la niña se había girado y había golpeado a uno de sus hermanos por una tontería. Al borde del ataque de nervios, la mujer le dio un bofetón a su hija, convirtiéndose en la víctima de la arenga improvisada de un transeúnte: «¡Deja de maltratar a tu hija! ¡A mí me maltrataron de pequeño y no puedo soportar ver cómo los padres maltratan a sus hijos!».

Otra madre joven fue amonestada por una desconocida en la cola del supermercado. Mientras hacían cola para pasar por caja, su hijo pequeño había estado charlando con la mujer de detrás sobre el perrito que les esperaba en el coche. Y aquella mujer, dirigiéndose a la madre, le dijo: «No debería usted dejar al perro encerrado en el coche. Los pobres animales pueden asfixiarse con este calor». La madre le aseguró repetidamente que eso no pasaría. El cachorro que habían dejado en el coche era el peluche preferido del niño. Más tarde, esta madre se rió del incidente, porque fue la desconocida quien acabó haciendo el ridículo. No obstante, a las madres cuyos hijos se portan mal en público a causa de enfermedades físicas o psicológicas que van más allá de su control, no les hace ninguna gracia que otros las culpen y las hagan responsables de la conducta antisocial de sus hijos.

La madre de un niño autista de tres años y medio sufría doblemente cuando a su hijo le sobrevenía una crisis nerviosa en medio de una calle llena de gente; no sólo debía calmarle, sino que además tenía que soportar cómo los extraños que pasaban la criticaban y manifestaban abiertamente su desaprobación. Tal como la madre, Marie Lee, explica en un artículo, su hijo, al igual que otros niños que sufren autismo, tiene las facultades lingüísticas muy limitadas y es extremadamente sensible a los estímulos sensoriales, por eso rápidamente cae en lo que ella llama «el "punto de no retorno", el cual provoca un cortocircuito en su cerebro que desemboca en una explosión imparable». Se trata de unos ataques incontrolables que le ocurren con facilidad, pero que a su madre le cuesta mucho calmar. En una ocasión, su hijo, presa de una de sus crisis nerviosas, estaba chillando y pataleando en el suelo. Marie Lee luchaba por levantarle y evitar que se diera un golpe en la cabeza, cuando oyó que un hombre, sentado en la terraza de un bar, le decía: «¡Déjemelo a mí, este muchacho se va a enterar de lo que vale un peine!». Aquel extraño estaba convencido de que ella, sencillamente, no era capaz de controlar el mal genio de su hijo, y por eso se ofrecía a hacerlo por ella.

No dudo que la gente a menudo critique cómo trata un padre a su hijo en público, pero estoy segura de que es mucho menos probable que se atrevan a meterse con un hombre a quien no conocen, por miedo a provocar en él una reacción airada, sino violenta. Así pues, además de que se les ve menos cuidando de sus hijos en público, los padres no suelen estar sometidos a este tipo de rechazo. Para las madres, sin embargo, que haya extraños que les lancen ataques verbales de esa clase es un recordatorio inmediato de que se las está juzgando constantemente por cómo educan a sus hijos.

Los extraños que critican a mujeres que no conocen por cómo crían a sus hijos, esperan que la conducta de estas madres sea perfecta en todo momento del día. Y, como hemos visto en un capítulo anterior, también los hijos esperan que sus madres sean modelos de perfección. Es obvio que ser juzgada y no estar a la altura es doloroso. Pero también lo es ser considerada la mejor, si resulta que luego debes llevar la corona puesta todo el día, cada día de tu vida. Sin duda, es preferible que a una la idealicen a que la demonicen, sin embargo, esto también puede llegar a convertirse en una carga para una madre, que, a fin de cuentas, es tan sólo un ser humano intentando hacer bien su labor.

Si al mirar a su madre una hija no piensa: «no quiero acabar como ella», lo más probable es que piense: «quiero ser exactamente como ella y no sé si lo lograré». Esta actitud puede situarlas a ambas en una posición difícil. Betty recuerda de su madre: «Era como si lo tuviera todo, no sé, a mí me parecía el ama de casa perfecta, la madre perfecta, la profesional perfecta, y además conseguía que todo estuviera siempre limpio». Sin embargo, con el paso del tiempo, Betty entendió que ella y su madre eran dos personas distintas. Ella lo explicó de esta manera: «En mi caso, saltaron las alarmas cuando me di cuenta de que estaba intentando ser mi madre. Entonces me dije: "Tú no eres tu madre. Tarde o temprano tendrás que enfrentarte a ti misma. Así que no tuve más remedio que encontrarme"».

Otra mujer se expresó en términos similares: «Recuerdo que me quedaba mirando cómo se vestía mi madre, especialmente durante mi adolescencia, y pensaba, "ella nunca suda. Siempre está tan guapa". Y, ya se sabe, cuando eres adolescente, tienes la impresión que todo tu cuerpo se rebela contra ti, y sientes que tus granos huelen mal, que tu aliento huele mal; en cambio, ella siempre aparecía perfecta, impecable y yo pensaba: "¡Qué ganas tengo de ser como ella!"». Cualquier madre colocada en un pedestal por su hija, tendrá problemas para mantener el equilibrio y caerá de muy alto cuando la hija empiece a encontrarle defectos.

El hecho de considerar perfecta a su madre también hace que la hija, a veces, se exija cosas imposibles. «La opinión de mi madre es muy importante para mí —comentaba Alma—. Si yo la decepcionaba, o si ella me levantaba la voz, me sentía desolada, por eso me aseguré muy bien de adaptar mi carácter y mi comportamiento a su gusto. Cualquier comentario que pudiera hacerme, por nimio que pareciera, podía hacerme reestructurar mi actitud ante la vida.» Años después, Alma llegó a la conclusión de que, en una ocasión, había actuado según un comentario que su madre había hecho, pero que ella había malinterpretado. Alma le había comentado a su madre que, cuando tuviera hijos, se quedaría en casa durante unos años para poder cuidar de ellos. Su madre le contestó: «Pues, ¡qué aburrimiento!». Al mirar atrás, Alma está plenamente convencida de que ese comentario jugó un papel fundamental en su decisión de posponer tener hijos durante mucho tiempo. Años más tarde, cuando Alma le explicó a su madre cómo había interpretado ese comentario y cómo había actuado acorde a lo que éste implicaba, su madre exclamó: «¡Pero si yo no quise decir eso! Fue tan sólo una idea pasajera, algo que se me ocurrió en ese momento. Ni mucho menos un motivo para evitar quedarse en casa a cuidar de los niños». Ser consciente de que el más mínimo comentario que una hace, tiene el poder de alterar la vida de una hija, es una carga demasiado pesada de llevar. Así como el hecho de saber que alguien está observando permanentemente tus movimientos a fin de intentar imitarte.

El trabajo más importante de tu vida

Dado que la mayoría de madres se juzgan a sí mismas, en tanto que seres humanos dignos, según lo bien que ejercen su papel como progenitoras, parece que muchas mujeres se dedican a competir con otras madres para ver quién lo hace mejor. Cuando una oyente llamó a un programa de radio y se quejó de esta especie de «maternidad competitiva», la invitada al programa, Susan Douglas, se mostró totalmente de acuerdo, definiendo dicha actitud como unos auténticos «Juegos Olímpicos para mamás». Gana la mamá cuyo hijo lleva a la escuela el mejor bizcocho casero para la venta benéfica de pasteles; la del hijo que trae una tarta comprada en el supermercado, pierde estrepitosamente. La madre cuyo hijo viste el disfraz de Carnaval hecho a mano más elaborado de todos, gana; la del niño que, pobre desgraciado, va con un disfraz comprado, pierde. Observando con humor este impulso en sí misma, una madre le confesó a su hija que, durante el tiempo que ésta estuvo de colonias, le escribió una carta cada día porque aspiraba a ganar el título de Madre del Año. Con el mismo sentido del humor, la hija le recordó que nunca conseguiría hacerse con ese premio: «La madre de Stacey también le escribe a diario, y lo hace en verso».

Como parte de sus investigaciones para escribir el libro *A Potent Spell*, la psicoterapeuta Jana Malamud entrevistó a un gran número de mujeres, y no encontró a ninguna que estuviera segura de haber cumplido bien su papel de madre. En palabras de Smith, las madres de hoy deben «afrontar críticas y satisfacer exigencias de tan distinta índole que, en comparación, parece más fácil salir de un laberinto. Toda esta presión hace que las madres acaben sintiéndose inseguras e incómodas con ellas mismas y con sus habilidades como madres».

En su libro *Of Woman Born* (*Nacemos de mujer*), la poeta Adrienne Rich escribe que hasta que no se convirtió ella misma en madre, no fue consciente del enorme sentido de culpa que conlleva la maternidad:

> «Pronto empezaría a comprender el alcance y la carga de la culpa maternal, ese preguntarse cada día, cada noche, cada hora: ¿Estoy haciendo lo correcto? ¿Estoy haciendo suficiente? ¿Estoy haciendo demasiado? La institución de la maternidad considera a todas las madres más o menos culpables de haber decepcionado a sus hijos».

Según Rich, la carga que sentía su propia madre no sólo procedía de la sociedad en general, sino también de su padre, que esperaba que su esposa criara unos hijos perfectos. De todas formas, cuando no son los padres quienes imponen esa carga, puede que sean ellas mismas quienes lo hagan y quienes —quizás incluso de manera inconsciente— también exijan a sus hijos que sean perfectos. Si el éxito de una madre se mide por el grado de perfección observable en sus hijos, entonces los hijos llevan una carga igual de pesada que la de sus madres: cada vez que no se comportan de un modo absolutamente perfecto, están decepcionando a sus madres.

Si las madres se preguntan a sí mismas «cada día, cada noche, cada hora» si han hecho lo correcto, ese autointerrogatorio alcanza su punto culminante cuando algo sale realmente mal en la vida de un hijo. Mary Gordon retrata cómo una madre se somete interiormente a un interrogatorio parecido en su novela *Pearl* («Perla»). Al principio de la obra, una madre llamada María se entera de que su hija, a quien ella supone estudiando irlandés en Dublín, se ha encadenado al asta de la bandera que ondea frente a la embajada norteamericana y está a las puertas de la muerte porque se ha declarado en huelga de hambre. María sufre ataques paroxísticos de autoinculpación, sintiéndose incapaz de averiguar qué error por su parte pudo inducir a su hija a cometer tal acto de autodestrucción:

«¿En qué se había equivocado? ¿Acaso había sido demasiado indulgente? ¿O quizá no lo suficiente? ¿Actuó demasiado como la madre animal, pensando que todo lo que su hija necesitaba era calor y alimento y un hueco bajo su brazo, junto al calor de su pecho, creyó que lamer y mordisquear y abrazar sustituirían a otra cosa, algo que la hija necesitaba más, algún tipo de conocimiento, de discernimiento o de atención? ¿Había tenido demasiada fe en que lograría transmitirle a su hija este amor sofocante, tan natural como respirar, como dormir? ¿O, por el contrario, debería haber sido menos la madre animal; fue demasiado crítica y no le mostró a su hija su aprobación tantas veces como debiera? ¿Quizá no cocinó lo suficiente? ¿Trató de imponer su opinión con demasiada vehemencia, con demasiada frecuencia? ¿Pasó demasiado tiempo en el trabajo? ¿Debería haber trabajado sólo media jornada, debería haberle dedicado más tiempo a su hija? ¿O fue demasiado entrometida y no dejó que entre ella y su hija hubiera suficiente distancia? ¿No supo mantener virgen, inmaculado, ese espacio entre las dos?... ¿En qué me equivoqué? *¿Qué es lo que hice mal?*».

A pesar de estar convencida de ser la culpable de lo que ha hecho su hija, María no sabe en qué sentido no fue una buena madre.

La situación que plantea la novela de Gordon es un caso extremo, sin embargo, las madres en general deben afrontar dilemas semejantes a la hora de criar y educar a sus hijos; y también luego, en retrospectiva, cuando los hijos llegan a la edad adulta y ellas (y la gente que las rodea) buscan culpables de los posibles fracasos. ¿Cuál es la proporción adecuada entre conexión y control? ¿Cuánta atención, cariño, independencia y afecto físico debe darse entre madres e hijas? Ni tan siquiera nuestra cultura, dominada por expertos de toda clase, o, más bien, especialmente nuestra cultura dominada por expertos es incapaz de proporcionarnos una respuesta. Cualquier cantidad puede ser considerada demasiado o demasiado poco, bien por los especialistas, bien por la familia y los amigos, por los otros hijos o según la propia autoevaluación de la madre.

El tema mismo de este libro supone una ironía: el concepto «madre» implica el término correspondiente «hijo». No obstante, este libro trata de madres e hijos en edad adulta. Uno de los aspectos más curiosos de la definición del trabajo de madre es que, una vez ha sido contratada, nadie puede despedirla. Ocupará ese puesto de trabajo durante el resto de su vida, le guste o no (aunque, afortunadamente, a la mayoría les gusta). Una mujer con quien hablé, cuyas hijas están cerca de los cincuenta años, me explicó de qué manera la sorprendía este aspecto de las tareas de una madre: «Muchas madres jóvenes creen que la crianza de los hijos se limita a un espacio de tiempo concreto —me dijo—. Tenemos tendencia a pensar que a una determinada edad nuestros hijos volarán del nido y ya no nos necesitarán. Mis amigas y yo nos reímos a menudo de esta falacia. Era una idea tan ingenua. La relación entre una madre y sus hijos es indisoluble, es un vínculo para toda la vida».

Pero decir que las vidas de madres e hijos están entrelazadas para siempre no significa decir que estarán siempre unidas por el mismo tipo de conexión. Puede que el aspecto más duro de este absorbente trabajo es que está cambiando constantemente. Anna Quindlen, por ejemplo, describió lo triste que se sintió al ver que sus dos hijos mayores se marchaban a la universidad, sabiendo que el tercero tampoco tardaría en irse. Y se lamenta no sólo de la pérdida concreta de la presencia de los hijos como residentes a tiempo completo, sino también de la pérdida de su papel de madre, tal como era mientras ellos estaban en casa: «El general de su batallón, el presidente de su gabinete». Con la partida de sus hijos mayores, ella ha sido «degradada y obligada a aceptar un trabajo de media jornada. Y pronto se le concederá el estatus de emérita», escribe. Y también dice lo que opina de ello: «Da asco».

A pesar de que una madre nunca está sin trabajo, la naturaleza de sus funciones está permanentemente sometida a cambios. Adaptarse a estos cambios, tanto para las madres como para las hijas, es un reto inherente a esta compleja relación vitalicia.

7. AMIGAS ÍNTIMAS, ENEMIGAS ACÉRRIMAS: UN PASEO POR EL LADO OSCURO

En una ocasión, estaba conversando con dos amigas. Una de ellas se quejaba de algo que le había hecho su madre y yo le sugerí que quizá no había habido mala intención en sus actos. La otra amiga me interrumpió diciendo: «A lo mejor existe una parte de ella que no desea que a su hija le vayan bien las cosas». Me callé de golpe. Aquella mujer tenía razón. Por mucho que tantas de nosotras (yo incluida, y yo en especial) prefiramos no pensar que algunas madres hieren a sus hijas intencionadamente, que no las quieren bien, es innegable que existe un lado oscuro en las relaciones entre madres e hijas. A pesar de que, a lo largo de este libro, he intentado no caer en la trampa de demonizar a las madres, tampoco quiero caer en la de idealizarlas. Hacerlo significaría negar las experiencias y las vivencias reales de muchas mujeres.

A Laura Dern, una actriz cuyos padres también fueron actores, le preguntaron en una entrevista cómo era trabajar junto a su madre, Diane Ladd, en la misma película. Laura Dern respondió que les daba a ambas la posibilidad de interpretar los dos aspectos de su relación. En la película *El precio de la ambición*, Diane Ladd interpretaba a un personaje llamado simplemente «Madre». Era la única persona en toda la película que entendía de verdad a su hija, interpretada por Laura Dern. Esta madre veía las mejores cualidades de su hija y, al mismo tiempo, aceptaba sus defectos; era el tipo de madre que toda mujer desearía tener. En otra película, *Corazón salvaje*, hay una escena en la que Laura Dern mira por la ventana y ve a su madre vestida de bruja y montada en una escoba. También éste es un tipo de madre que muchas mujeres reconocen. Tal como escribió la presentadora Diane Rehm en su libro de memorias, *Finding my voice*: «Cuando era una niña, el sonido de la voz de mi madre podía llenarme de alegría o hacerme estremecer». ¿Bruja o consuelo? ¿La que calma nuestro dolor o la que nos lo causa? ¿O aquella que hace ambas cosas a la vez?

Tenemos tendencia a ver lo bueno y lo malo, los ángeles y las brujas, como algo esencialmente separado, como la malvada madrastra y el hada madrina. La madre verdadera sólo puede ser buena. Sin embargo, así no es como ocurre en la vida real; de hecho, tampoco en los cuentos de hadas. Al comentar «Blancanieves», el cuento de los hermanos Grimm , la folclorista María Tatar señala que, a pesar de que los detalles de este cuento difieren según las versiones transmitidas oralmente en distintas culturas, el «núcleo fundamental» de la historia es «el conflicto entre madre e hija». En la versión que todos conocemos, Blancanieves es atormentada por su madrastra, pero —como explica Tatar— en muchas versiones del cuento, la reina malvada es la madre biológica de la chica, no una madrastra. (Los hermanos Grimm, en un esfuerzo por preservar la santidad de la maternidad, se dedicaron a transformar sistemáticamente a las madres en madrastras.)»

A fin de restaurar el espíritu original de estos cuentos, y de reflejar las experiencias de madres e hijas en la vida real, debemos dar un corto paseo por el lado oscuro.

«Os abalanzáis sobre nosotros y nos devoráis»

Actualmente la gente utiliza la palabra *bruja* para referirse coloquialmente a una mujer de personalidad desagradable, o a una mujer que no le gusta. Históricamente, sin embargo, *bruja* no era sólo un insulto que se usaba de manera informal en las conversaciones; acusar a una mujer de bruja era sinónimo de tortura y ejecución pública. En su libro *Reflections on Gender and Science*, Evelyn Fox Keller cita a un personaje de una obra de teatro publicada en 1659, *Ephesian Matron* de Walter Charleton, que arremete contra las mujeres. Keller cita unas líneas de esta obra con el propósito de explicar la obsesión por las brujas que existía en esa época: «Sois las auténticas *hienas*, que nos seducís con la blancura de vuestra piel; y cuando la locura nos pone a vuestro alcance, os abalanzáis sobre nosotros y nos devoráis».

Esta acusación revela aquello que se ocultaba tras la creencia en la existencia de las brujas: el miedo de los hombres al poder, exagerado por ellos, de las mujeres. Yo lo parafrasearía de esta manera: cuando a un hombre le atrae sexualmente una mujer, siente que ésta ejerce un gran poder sobre él. Ella puede inducirlo a hacer cosas; puede llevarlo a la miseria; y puede usar ese poder, como hizo Dalila, para destruirlo. A pesar de que el poder sexual es muy diferente del de tipo maternal, entender que el miedo a las brujas es el miedo al poder de las mujeres es la clave para explicar por qué sentimos rabia hacia nuestras madres. El control que ejercían sobre nosotros cuando éramos niños era absoluto, y todavía nos sentimos atados a su poder una vez alcanzada la edad adulta. Dado que estamos tan cerca de nuestras madres, tememos que nos devoren, que nos absorban.

A veces, la animadversión entre madres e hijas puede derivar en maltrato físico. Cuando una hija ya es mayor y su madre es débil físicamente, los sentimientos de inquina pueden traducirse en maltrato a los padres. Aunque, sin duda, es mucho más conocido y probablemente más frecuente lo contrario, cuando los hijos son menores y la madre domina por completo su mundo. Un gran número de mujeres ha documentado abusos de esta clase en autobiografías y memorias; quizás una de las más conocidas sea *Mommie dearest* de Christina Crawford, hija adoptiva de la actriz Joan Crawford. Cualquiera puede entender que la violencia física genera una rabia permanente. Pero, en muchos casos, alguien externo a la familia nunca comprendería cuán profunda puede llegar a ser la ira de una hija contra su madre. A continuación aduzco un ejemplo de mi propia vida.

Según mi madre, un acontecimiento importante debía ser honrado con la compra de un nuevo vestido. Para ella era impensable que una mujer pudiera asistir a una celebración significativa con un vestido que ya había llevado en alguna otra ocasión. En este sentido, yo no podría haber sido más distinta: no me gusta en lo más mínimo ir de compras; mi interés por la ropa es infinitamente menor al que tenía mi madre; normalmente estoy demasiado ocupada para salir de tiendas; y, en mi opinión, no tiene nada de malo ponerme un vestido que ya he utilizado antes, si está en buenas condiciones y resulta apropiado para la ocasión. Esta diferencia de perspectiva fue motivo de frecuentes disputas entre nosotras durante el año que estuve viviendo en California, y mis dos hermanas y yo decidimos organizar una fiesta para celebrar el sesenta aniversario de boda de nuestros padres. Yo creía estar contribuyendo a este importante aniversario ayudando a organizarlo todo y cruzando el país en avión para poder estar presente. Mi madre, no obstante, no opinaba lo mismo. Con varias semanas de antelación, empezó a preguntarme si ya me había comprado algo nuevo para la fiesta. Y cada vez que yo le confesaba que no, se disgustaba más. Recuerdo que yo absorbía ese sentimiento de disgusto aunque rechazaba la causa que lo provocaba.

Un día, hice una escapada frenética a una serie de tiendas donde me probé un número infinito de trajes y vestidos; pero los que me iban bien, no me gustaban y los que me gustaban, no me sentaban bien. Otro día llegué a casa con un montón de vestidos para probármelos delante de mi marido, que me confirmó que ninguno de ellos me quedaba bien, así que tuve que perder más tiempo yendo a devolverlos. Empecé a desesperarme. Debía entregar unos cuantos trabajos para la universidad y las fechas límite se me estaban echando encima, por tanto, ya no podía perder más tiempo paseándome por tiendas de ropa. Cuanto más tiempo dedicaba a ir de compras, o preocupándome por no decepcionar a mi madre, más me indignaba por dentro. Estaba convencida que lo que me exigía no tenía ninguna lógica, pero me veía incapaz de desilusionarla. Tenía la sensación de que me iban a cortar el suministro sanguíneo si la contrariaba y este dilema me hacía sentir como un animal acorralado. Recuerdo que incluso llegué a pensar que no habría escapatoria hasta que mi madre muriera y me liberara.

Decir esto ahora me avergüenza profundamente. ¿Desear que mi madre muriera porque quería que me pusiera un vestido nuevo para su fiesta de aniversario? Parece una locura. ¿Cómo pude sentir un impulso tan inexplicable? Ahora pienso que fue porque me sentía totalmente atada de pies y manos, y porque aquel deseo de mi madre me resultaba una completa absurdidad. Además, me sentía indignada —y también herida— porque mi madre, al parecer, no valoraba todo lo que yo estaba haciendo para celebrar su fiesta de aniversario y se centraba exclusivamente en la única cosa que ella quería y que yo no le estaba dando. (Desde entonces, he escuchado a muchas madres quejarse a menudo precisamente de eso: de que sus hijas ignoran todo lo que hacen por ellas, y se concentran en todos los aspectos en que no han estado a la altura.) Comenté mi problema extensamente con unas amigas. (Éste es el tipo de conversaciones, es decir, hablar sobre aquello que nos preocupa y nos inquieta, que las mujeres tanto apreciamos y que los hombres suelen encontrar abrumadoras.) Gracias a la ayuda de mis amigas, decidí que sería fuerte, que me mantendría en mis trece y que resistiría los ataques de mi madre: buscaría en el armario y me pondría un vestido perfectamente aceptable y, si eso la disgustaba, no sería culpa mía. Haber tomado esa decisión me hizo sentir mucho mejor. Entonces fui a una tienda más y me compré finalmente un vestido nuevo.

En esa ocasión, acabé haciendo lo que mi madre quería con tal de complacerla y evitar que se enfadara. Al fin y al cabo, era su aniversario y hacerla feliz era lo más importante de todo el asunto. Hubo otras ocasiones en las que no accedí a sus deseos. Describiré una de ellas, que me vino a la memoria mientras escribía este libro. Buscando un archivo antiguo en mi ordenador, encontré uno titulado «Madre». Pensando que probablemente contendría apuntes sobre el tema, lo abrí y descubrí sorprendida que se trataba de una carta que le escribí a mi madre en 1991, pero que nunca le envié. Al leer la carta, que guardé en el ordenador una noche a las cinco y media de la mañana porque la rabia no me dejaba dormir, recordé las circunstancias que me habían impulsado a redactarla, aunque exentas de la carga emocional del momento. Al igual que me ocurrió con la historia del vestido, ahora me parece un misterio que algo tan insignificante pudiera afectarme de esa manera.

Por aquel entonces, había decidido tomar un año de excedencia de la Universidad de Georgetown para aceptar un puesto de profesora visitante en la Universidad de Princeton. Mis padres estaban en Florida, donde solían pasar el invierno. Mi madre me contó, emocionada, que una nueva amiga suya, Susan Brown, tenía un hijo que era doctor en Princeton, y que ella le había dicho a Susan que yo le llamaría. Pero los meses pasaron rápido, mi estancia en Princeton llegó a su fin, y yo nunca hice esa llamada. Estaba más que ocupada con la gente relacionada con la universidad que mi marido y yo habíamos conocido, o estábamos conociendo a través de las citas y reuniones que yo debía atender en dos departamentos universitarios. Además, para mí Princeton era un refugio donde esconderme durante mi año de excedencia. Y, finalmente, la razón principal para no haber llamado había sido que me parecía ridículo contactar con alguien a quien no conocía cuando no había ningún motivo obvio de interés común, y nada que hiciera pensar que mi llamada sería bienvenida.

Cada vez que mi madre y yo hablábamos por teléfono, ella me preguntaba si había llamado al hijo de su amiga. Y cada vez que yo le contestaba que no, ella insistía más en que lo hiciera. «Susan no para de preguntarme si ya has llamado a su hijo —me decía—. Me da vergüenza tener que decirle siempre que no.» Un día, intensificó sus súplicas; me recordó lo poco que me estaba pidiendo, y que lo hiciera por ella, como un favor. El día siguiente, muy temprano por la mañana, e incapaz de dormir, escribí una carta en la cual incluí estas líneas:

«Durante nuestras conversaciones, has sacado el tema de que llamara al hijo de tu amiga por lo menos seis veces. La primera vez que me lo dices, es tan sólo una sugerencia. La segunda, me lo recuerdas. Y la tercera ya estás empezando a presionarme. Cuando pasas de las cuatro, cinco, ya se trata de un acoso en toda regla. Ayer por la noche recurriste a un nuevo nivel de chantaje emocional, pidiéndome que lo hiciera «como un favor» (¡como si fuera poca cosa!), diciéndome lo mucho que significa para ti y lo poco que me costaría hacerlo... Me parece increíble que prefieras causarme este sufrimiento antes de decepcionar a tu amiga Susan Brown. No sé quién es esa Susan Brown, ni por qué ni cuándo se convirtió en alguien tan importante para ti, yo sólo sé que soy tu hija y que he hecho mucho por complacerte».

El misterio, al releer la carta una docena de años después, es por qué la petición de mi madre me acongojó tanto. ¿Por qué simplemente no hice caso omiso de su deseo, en lugar de dejar que me amargara la vida de ese modo? Una madre diferente quizá se habría abstenido de insistir tantas veces, pero una hija diferente, al ver que su madre empezaba otra vez con lo mismo, quizás habría alejado el auricular de su oreja y se habría quedado tan ancha. La razón por la cual yo no podía hacerlo era lo contrario de lo que pensaba mi madre. Ella consideró mi negativa a llamar como una prueba de que a mí no me importaba lo suficiente satisfacer sus deseos. Cuando, en realidad, me importaba demasiado.

La carta que escribí aquella madrugada demuestra claramente que lo que más me dolió de la petición de mi madre fue su presunción de que ella podía decidir lo que yo debía hacer y obligarme a hacerlo. Mi uso de la expresión «chantaje emocional» es interesante. Un chantaje es una amenaza según la cual alguien va a hacerte daño si no haces lo que se te pide, pero mi madre no me estaba amenazando, entonces, ¿por qué utilicé esa palabra? Porque me hacía sentir terriblemente mal saber que estaba disgustando a mi madre y que estaba fracasando a la hora de complacerla. Más adelante, supe que Susan Brown era el personaje principal de un nuevo grupo de amigas del cual mi madre aspiraba a formar parte, igual que yo había deseado con todas mis fuerzas complacer a mi nueva amiga Rosellen, que me invitó a su fiesta de cumpleaños en sexto de básica. Puede que haberme dado cuenta de esto me haga pensar ahora que debería haber hecho esa llamada, simplemente para contentar a mi madre. Sin embargo, en aquella época, tenía la sensación de que, si accedía a sus deseos, perdería una parte de mí misma; como si ella hubiese estado tratando de «abalanzarse» sobre mí y «devorarme», tal como escribió Walter Charleton.

Si yo consideré que la persistencia de mi madre era un chantaje emocional porque sus deseos tenían una gran influencia sobre mí, supongo que a mi madre la estaba volviendo loca mi intransigencia; seguramente ella creía que debería haber tenido el poder de hacerme llamar, y aparentemente pensó que su amiga Susan Brown también opinaba lo mismo. O quizá fue porque creyó que los vínculos afectivos que nos unían deberían significar que yo iba a querer hacerlo simplemente porque ella quería. Es difícil saber si fue una cosa o la otra, puesto que la conexión y el control están inextricablemente entrelazados y una cosa implica la otra.

Phyllis Chesler, pionera psiquiatra feminista, captura magistralmente en su libro *Woman's Inhumanity to Woman* la forma en que la conexión se transforma en control y amenaza con sepultarnos. Chesler analiza las causas de la frustrante relación que mantiene con su madre y descubre que radican principalmente en el deseo de su madre de controlarla: «No importaba qué era lo que hiciera para tratar de ganarme su amor y su aprobación —escribe Chesler—, nunca era suficiente, porque todo lo que ella quería era tenerme para ella sola, exclusivamente, yo, fundida y fusionada con ella, yo, como su sombra, yo, devorada». Esta secuencia de adjetivos refleja cómo la proximidad amenaza su mismo ser: en «tenerme para ella sola», su madre la está utilizando; en «yo, fundida y fusionada» hay dos personas, aunque juntas forman una sola; en «yo, como su sombra» Chesler desaparece y sólo vemos la persona de su madre; y en «yo, devorada» ella deja de existir completamente.

A pesar de que la descripción de Chesler puede parecer extrema, casi irreal, no hay duda de que refleja un peligro que muchas mujeres perciben. Otra psicóloga, Jeannette Witter, me comentó que ha conocido a mujeres que, aunque desearían estar más cerca de sus madres, mantienen deliberadamente la distancia porque también temen ser «devoradas» por ellas. La doctora Witter citó a una mujer que afirmó: «Mi madre tiene una puerta trasera de acceso a mi cerebro. Tengo que mantenerme lejos de ella porque si no me anula».

Amor de madre: también desde el otro lado

Si las hijas a veces tienen miedo de ser «anuladas» o «devoradas» por sus madres, hay ocasiones en que las madres sienten exactamente ese mismo temor respecto a sus hijos; y eso puede llevarlas a temer que, más adelante, sus hijos las vean como monstruos abominables. Adrienne Rich describe estos impulsos y estos miedos en su libro *Of Woman Born*. Rich identifica la «crisis psíquica de concebir un primer hijo», que resulta de la «sensación de poder confuso y de impotencia, de quedar relegada por un lado, y de percibir nuevas potencialidades físicas y psíquicas por otro». A fin de ilustrar esta ambivalencia, Rich cita un párrafo del diario que estuvo escribiendo durante la infancia de sus hijos:

«Mis hijos me causan el sufrimiento más exquisito que he experimentado jamás. Se trata del sufrimiento de la ambivalencia: la alternancia asesina entre el resentimiento más amargo y los nervios a flor de piel, y las sensaciones más alegres de ternura y satisfacción. A veces, por mis sentimientos hacia estos seres inocentes y diminutos, me veo a mí misma como un monstruo de egoísmo e intolerancia. Sus voces me crispan los nervios, sus necesidades constantes, y sobre todo su necesidad de simplicidad y de paciencia, me desesperan porque soy consciente de mis fracasos; y me desespera también mi destino, que es cumplir una función para la cual yo no estaba preparada. Y a veces me siento débil de tanta rabia contenida. Hay momentos en que pienso que sólo la muerte me liberará de ellos».

Al leer estas líneas, casi me siento exonerada de mi pensamiento, vergonzoso e irracional, de que tan sólo la muerte me liberaría de mi madre.

Cinco años después, en otra entrada de su diario, Rich vuelve a describir el sufrimiento «con y por y contra un hijo»:

«Estar atrapada entre olas de amor y odio, de celos incluso de la infancia del niño; de esperanza y temor por su madurez; deseosa de quedar libre de responsabilidades, atada por cada fibra de mi ser».

Rich explica que esta ambivalencia tan abrumadora se produce «porque ese niño es parte de una misma». Dicho en otras palabras, ella, en tanto que madre, es consciente del «yo, fundida y fusionada» de que hablaba Chesler, pero es un sentimiento que no busca necesariamente; ella también lo encuentra aterrador. La ambivalencia descrita por Rich es análoga a la ambivalencia que sienten las hijas que adoran y detestan a sus madres al mismo tiempo, que las consideran tanto cruciales como una amenaza para sus vidas, simultáneamente ángeles de la guarda y brujas maléficas.

Rich cuenta que siente una «rabia contenida» contra sus hijos pequeños.

Sin embargo hay madres que no contienen su rabia. La poeta Anne Sexton fue una de ellas. Una mujer psicológicamente inestable y una poeta excelente, no fue capaz de satisfacer las necesidades de sus bebés, se sintió superada por ellas. Según relata la biógrafa de Sexton, Diane Middlebrook, cuando su hija Linda era pequeña, Sexton sufrió a menudo «episodios de rabia cegadora en los cuales agarraba a la niña y empezaba a estrangularla o a golpearla». En cierta ocasión, incluso «la cogió y la lanzó al otro lado de la habitación». Muchas madres primerizas —todas, si hacemos caso a autoras como Susan Maushart y Carol Dix— sienten en algún momento impulsos semejantes, aunque son relativamente pocas las que pasan a la acción de manera tan extrema.

La adolescencia: cuando madre e hija se convierten en monstruos

Adrienne Rich, con elocuencia y una honestidad inusual, confiesa que tenía miedo de ser un monstruo para sus bebés a causa de esa mezcla de impulsos asesinos y ternura que sentía hacia ellos. Existe un gran número de hijas que, repentinamente, al entrar en la adolescencia, ven a sus madres como monstruos, y se transforman ellas mismas en monstruos para sus madres. La cantautora Peggy Seeger retrata esta época tan conflictiva y dolorosa en una canción «Different Tunes» («Sintonías distintas»), en la cual las voces de una madre y de su hija adolescente se entrelazan y yuxtaponen. La parte interpretada por la madre expresa angustia al ver que su hija, de pronto, se vuelve contra ella y la rechaza («Me mira tan pálida y tan fría, una mirada que me desgarra el corazón»[5]). Un sentimiento de angustia mezclado con una pizca de envidia («Ojalá yo hubiera sido tan guapa, ojalá hubiera tenido tu estilo»[6]) y de admiración («Sabe relacionarse con el mundo mucho mejor de lo que yo nunca supe, sabe cosas que yo nunca sabré»[7]). También para la hija, según nos muestra la canción, el hecho de exigirle a su madre que deje de tratarla como a una niña y el deseo de liberarse de una madre que «no quiere que salga, que quiere retenerme, quiere que esté en casa a las diez y media»[8], se mezcla con sentimientos de admiración, tal como representan los recuerdos de la madre sobre su propia madre, una mujer muy bohemia («A veces deseé tener una madre como las demás / A veces era tan adorable que me quitaba el aliento»[9]).

Hablé con Peggy Seeger sobre la historia que había detrás de esta canción. Me explicó que la compuso cuando su propia hija, Kitty, era una adolescente, y que se basó no sólo en la relación entre ambas, sino también en una serie de entrevistas que realizó, por separado, a cuatro amigas de su hija y a sus madres. A Seeger, el resultado de aquellas entrevistas le pareció muy ilustrativo a la vez que trágico. Estaba claro que madres e hijas se querían, pero no sabían cómo transmitirse ese amor. De hecho, todas

5. *«Looks at me so blank and cold, a look that cuts me to the heart.»*

6. *«I wish I had looked so pretty, wish that I had had your style.»*

7. *«She copes with the world much better than I did, she knows things I'll never know.»*

8. *«wants to hold me, wants to keep me, wants me in by half-past ten.»*

9. *«Sometimes I wished I had a mother like the rest/Sometimes she was so lovely that it took away my breath.»*

las chicas a quienes entrevistó usaron las mismas palabras: «Mi madre es una vaca», «Mi madre es una zorra». En retrospectiva, la cantautora comentó que si todas dijeron lo mismo no fue sólo (ni siquiera mayoritariamente) porque tuvieran los mismos sentimientos respecto a sus madres, sino porque unas y otras se copiaron mutuamente las palabras y expresiones.

Seeger tuvo la oportunidad de corroborar esta impresión en el transcurso de una conversación que sostuvo con su hija durante esa época tan dolorosa. Al preguntarle a su hija directamente: «Kitty, ¿yo a ti te gusto?», ella respondió: «A una no tiene por qué gustarle su madre». Luego Seeger le preguntó: «Y la madre de Charlotte, ¿te gusta?». Kitty dijo que sí. «¿Te gusta la madre de Sarah?». «Sí». Seeger continuó preguntándole sobre las madres de todas sus amigas, y a Kitty le agradaban todas sin excepción. Al final, Kitty concluyó: «Pero a todas mis amigas les gustas tú». Así pues, el problema con la madre de cada una de las chicas era algo inherente no a su carácter, sino a la fase adolescente por la que estaba pasando la hija.

El final de la historia detrás de esta canción es especialmente conmovedor. Tras elaborar los comentarios de estas madres e hijas y transformarlos en la letra de la canción, Seeger invitó a Kitty a que la grabaran juntas. Se quedó de piedra cuando su hija le dijo: «Yo no voy a cantar eso».

«¡Pero si la escribí para que la cantáramos las dos!», protestó Seeger.

«Hasta ahora nunca me lo habías pedido», contestó la hija. Seeger se dio cuenta de que su hija tenía razón, y su negativa era el reflejo del cambio que había sufrido la relación entre ambas, tal como retrataba la canción. Seeger, autora prolífica de canciones, que ha actuado profesionalmente con su pareja, Ewan MacColl, grabó muchas canciones en el pasado con sus dos hijos, así como con su hija, sin haberles pedido permiso con antelación. Haber escrito la canción para Kitty no sólo significaba que había tratado de reflejar el punto de vista de una hija adolescente, sino que la había compuesto musicalmente pensando en la manera de cantar de Kitty. Su hija, sin embargo, se mantuvo firme y no claudicó. Seeger se vio obligada a buscar otra chica adolescente para que cantara la parte de Kitty, y tuvo que trabajar duro con ella a fin de lograr algo parecido al sonido que había imaginado en un principio. Cuando grabaron la canción, recuerda Seeger, Kitty estaba en el estudio, puesto que su voz sí aparecía en otros temas del álbum. Un tiempo después, uno de los hermanos le contó a su madre que, mientras ella y la sustituta de Kitty estaban grabando «Different Tunes», él se había acercado a su hermana y le había dicho: «Tú la podrías haber cantado mejor». Kitty había sonreído y le había contestado: «Ya lo sé».

¡Qué revelador es este final! Si a Kitty le había irritado el poder que su madre había creído tener sobre ella, el hecho de negarse a grabar la canción le otorgó a ella el mismo poder sobre su madre, causándole un gran disgusto, dándole mucho más trabajo, y perjudicando la calidad de su canción. En el rechazo de Kitty, además, también había una especie de grito de alarma que implicaba: «No puedes obligarme a hacer lo que tú quieres que haga; yo no soy simplemente una extensión de ti misma». Peggy Seeger captó el mensaje. Del mismo modo que tantas otras mujeres al hablarme de sus madres habían escrito en sus cartas y mensajes: «Escribo esto con lágrimas en los ojos», cuando Seeger me contó la historia de la canción, me dijo:

«Cuando la toco siento ganas de llorar». (Afortunadamente, hay una posdata optimista para todas aquellas madres con hijas adolescentes: en un CD grabado diecisiete años después, *Love Call Me Home*, Kitty canta con su madre, quien escribió en las notas de la funda del disco: «Adoro cantar con mi hija Kitty», y luego añade: «¡Qué placer tan grande cuando ella se incorpora y nuestras voces interactúan, cada una llenando los huecos que deja la otra!».)

Y para las madres cuyas hijas se muestran hipercríticas con ellas, expongo aquí un ejemplo que puede servir de consuelo. Al explicarme por qué se lleva tan extraordinariamente bien con su madre, una mujer me comentó en un correo electrónico: «Una de las razones por las cuales mi madre y yo mantenemos una relación fluida es que yo nunca la puse en un pedestal. Más bien ocurrió lo contrario: de niña, yo solía reírme mucho de ella. (Aunque eso es algo que ahora me hace sentir mal y de lo que me arrepiento.) Con mi madre, yo nunca tuve que pasar por esa fase de darme cuenta de que no era perfecta o de que no lo sabía todo, como me sucedió con mi padre. Una vez me hube dado cuenta de que era falible, estuve enfadada con él durante varios años». Así pues, no sólo es muy posible que vuestra relación mejore al madurar tu hija, sino que, probablemente, todas las críticas que ahora te toca asumir constituirán la base de esa mejora.

«Cuando bailes con él, simplemente agáchate»

Una de las críticas que el personaje de la hija le canta a la madre en la canción de Peggy Seeger «Different Tunes» es que su madre quiere «dirigir mi vida»; ella pregunta:

«¿Por qué mamá no puede dejarme en paz?». El motivo por el cual las madres no pueden dejar tranquilas a sus hijas adolescentes —y la causa de que ellas se reboten contra sus madres— es que hay ocasiones en que deben impedir que sus hijas hagan lo que quieran. En muchos casos, lo que las hijas desean hacer no es prudente y, a veces, incluso es directamente peligroso. Sin embargo, hay momentos en que las hijas tienen la sensación de que sus progenitoras quieren retenerlas o controlarlas por sistema, y de forma no siempre necesaria.

Una mujer me explicó que, cuando llegó a la edad de matricularse en la universidad, había crecido tanto que era más alta que los chicos de su clase, y su madre le dio el siguiente consejo: «Dobla un poco las rodillas, cariño. Y cuando bailes con algún chico, simplemente agáchate». A su madre, esto debió de parecerle perfectamente razonable. Para ella lo normal era que una chica saliera con jóvenes más altos, por tanto, una muchacha alta debía disimular su estatura o nadie le pediría ninguna cita. Pero está claro que la altura es algo difícil de ocultar. La imagen de una mujer joven tratando de agacharse a fin de parecer más baja que su pareja es el equivalente físico de las numerosas maneras en que algunas hijas deben rebajarse a instancias, reales o imaginadas, ante sus madres.

El poeta libanés Kahlil Gibran escribió en *El profeta* que el amor «así como os acrece, así os poda». En otras palabras, el amor da, pero también quita; te hace más grande de lo que eras antes, pero también más pequeño. El poema de Gibran se refiere al amor romántico, pero lo mismo puede aplicarse al amor entre madres e hijas. Idealmente, una madre ha elegido ese intercambio, y cree que todas sus renuncias (su poda) serán compensadas por lo que gana gracias a la maternidad (su crecimiento). No obstante, puede que muchas mujeres, incluidas aquellas que de verdad han querido tener los hijos que tienen, no prevean, o no estén del todo satisfechas con todos los aspectos en que sus hijos las limitan.

Una hija no puede saber con exactitud cómo era la vida de su madre antes de que ella naciera, por tanto, tampoco puede valorar en todo su alcance cómo ese nacimiento «podó» la vida de su madre. Y las hijas, por su parte, no eligieron perder ni ganar nada, por eso es lógico que piensen que sus madres deberían estar siempre ahí para su crecimiento —es decir, para darles cosas nuevas y conferirles ánimo— pero nunca para «podarlas», para retenerlas o limitarlas en nada. Sin embargo, por mucho que una madre apoye a su hija y le infunda ánimos para volar lo más alto posible, siempre habrá ocasiones en que la obligará a tocar tierra.

«*Una infinidad de "y si..."*»

La psicoterapeuta Jana Malamud Smith escribe en su libro *A Potent Spell* que hay un aspecto fundamental de la maternidad que poda para siempre la vida de una madre: tener un hijo condena a una mujer a una inquietud permanente y debilitante por la seguridad y el bienestar de su hijo. Smith demuestra que a causa de ese miedo omnipresente a perder un hijo o a que le ocurra algo malo, «al convertirse en madre una se convierte en rehén de la fortuna». Una mujer también se convierte en rehén de un hombre si depende de él económicamente; en rehén de una interminable lista de expertos en la crianza de los hijos, quienes (implícita o explícitamente) le dicen que perjudicará a su hijo a menos que siga los consejos (siempre cambiantes) que ellos le dan; y de todo tipo de vendedores que le dicen que, si quiere preservar la seguridad de su hijo, no sólo debe comprar los libros de esos especialistas, sino un montón de artilugios y cachivaches más, como por ejemplo, sillas de coche especiales y monitores de bebé.

Algunas de estas formas de infundir miedo son productos del mundo moderno, pero el miedo en sí no es nuevo. Encontré una descripción de este sentimiento en una novela escrita en los años veinte por una autora griega contemporánea, Lilika Nakou. A continuación, cito mi traducción de cómo Nakou expresa los temores de su protagonista por la seguridad de su pequeño hijo Petros:

> «¿Es esto lo que llaman «maternidad»? ¿Es este amor tan incómodo, esta gran agonía que siento por mi Petros? En cualquier sitio, dondequiera que esté, mis pensamientos están siempre en otro lugar. Con mi hijo. Tiemblo cuando él tiene frío. Sufro cuando se va, por si se cae. Si come natillas, temo que le dañen el estómago. Una infinidad de «y si...» me vuelven loca».

En la novela, esta madre está sujeta no sólo a este vínculo emocional, sino a otro mucho más prosaico: debe trabajar en dos sitios distintos para poder mantener a su hijo. Y es la necesidad de velar por él lo que la mantiene atrapada en su empobrecida Grecia natal, impidiéndole regresar a su querida París, la ciudad cosmopolita donde vivió antes de que naciera su hijo.

Muchas mujeres escritoras han documentado sus temores ante la posibilidad de que cuidar de sus hijos, por mucho que los quieran, les sea un obstáculo a la hora de ejercer y desarrollar su propio talento y creatividad. Y una «poda» semejante ocurre cuando a las mujeres se les pide —o cuando eligen— abandonar sus carreras profesionales a fin de cuidar de sus padres, normalmente de sus madres. Varias mujeres me comentaron que la infelicidad que sus madres sufrieron durante toda la vida radicaba en el hecho de haber tenido que interrumpir sus estudios o dejar su trabajo porque sus madres habían enfermado, y ellas habían tenido que volver a casa para convertirse en sus cuidadoras. Por ejemplo, una mujer me contó la siguiente historia para explicarme por qué alrededor de su madre siempre flotaba un aire de decepción. De joven, su madre había estado estudiando con una beca en la Escuela Juilliard[10] para convertirse en concertista de piano, pero tuvo que regresar a casa porque su madre contrajo una enfermedad grave y debía cuidarla. Eso fue el final de su prometedora carrera. Nunca supo lo lejos que hubiera podido llegar en el mundo de la música si hubiese podido continuar su formación en la escuela.

La idea de que una hija dedicará su vida a cuidar de su madre fue el tema principal de la novela, y de la película homónima, *Como agua para chocolate*. La historia se si-

---

10. The Juilliard School: escuela de música y artes interpretativas de renombre internacional ubicada en la ciudad de Nueva York, en Estados Unidos. Fue fundada a principios de siglo gracias a una donación del financiero Augustus D. Juilliard (1840-1919). (*N. de la T.*)

túa en México a finales del siglo pasado, sin embargo, muchas mujeres con las que hablé me contaron que sus familias también habían esperado que ellas dejaran de lado sus propias aspiraciones a fin de cuidar de sus madres. Una de ellas fue Edith, que ahora supera los setenta años. De pequeña, sintió que había sido la elegida para cuidar de su madre, de igual manera que la madre de Edith también había sido designada por la familia para encargarse de la suya, tal como efectivamente había hecho. A Edith la habían matriculado en un programa de formación profesional, mientras que su hermana, considerada la más inteligente, había continuado estudiando y luego había ido a la universidad. Edith intentó escapar a su destino; a los treinta años, junto con su marido y sus dos hijos pequeños, se había trasladado a California, una tierra que prometía un nuevo comienzo. Allí afloró su verdadera personalidad y las posibilidades que le ofrecía la vida. Animada por su marido, se inscribió a una serie de cursos en una escuela universitaria, y descubrió, emocionada y sorprendida, que aquellos estudios no se le daban nada mal. Pero todo cambió, de repente, cuando sus padres también decidieron trasladarse a California. La madre de Edith nunca le dijo directamente que, a partir de ese momento, debería abandonar la escuela, dejar a sus amigos y asumir el papel de cuidadora. Sin embargo, desde que se trasladó, no paró de hacerle comentarios como: «No puedes fiarte de los extraños» y «¿Por qué la gente pierde el tiempo con amigos cuando tiene una familia?». Edith entendió el mensaje: empezó a relacionarse menos con sus amistades y a visitar con más frecuencia a su madre, y dejó de realizar cursos universitarios. La vinculación de Edith con su madre implicaba un claro proceso de poda.

Shannon tiene un puesto de trabajo fijo y bien remunerado en una agencia gubernamental, pero a menudo se pregunta cómo habría sido su vida si su madre hubiera dado una respuesta diferente a una llamada que recibió. Shannon estudió periodismo en la universidad, y su aspiración era trabajar como locutora de radio o televisión. Después de licenciarse, estuvo viviendo en casa de sus padres mientras enviaba el currículum vitae a todos los puestos vacantes de locutora que encontró. Tras meses de enviar miles y miles de currículos y cartas de presentación, aceptó un puesto de trabajo estatal en Washington, D.C, al tiempo que seguía mandando toneladas de currículos a distintas emisoras de radio y televisión. Un día, hablando por teléfono con sus padres, y cuando ya llevaba seis meses inmersa en esta dinámica dilatoria, su madre comentó de pasada: «Vaya, casi se me olvida decírtelo. Hace un par de meses una emisora de radio de Buffalo llamó a casa preguntando por ti. Al parecer, tenían una vacante y dijeron que tu perfil era justamente lo que estaban buscando, pero les dije que tú ya estabas trabajando en otro sitio». ¿Fue ésta una contestación inocente o premeditada? ¿Realmente la madre de Shannon no era consciente de que ella todavía deseaba desesperadamente hacer carrera en el mundo del periodismo? ¿O quizá lo sabía y no le importaba, puesto que ella consideraba que un trabajo fijo en el gobierno era una opción mejor? Fuera cual fuera la motivación de su madre, Shannon siempre se ha preguntado si alguna vez habría podido realizar su sueño si su madre simplemente hubiera informado a la persona que llamó de su nuevo número de teléfono, o le hubiera pasado el mensaje en el momento adecuado. Desde el punto de vista de Shannon, su madre también le había «podado» las alas.

Hay una segunda parte en esta historia que podría servir para enseñarnos cómo afrontar este tipo de frustraciones. Cuando su madre le comentó lo de la llamada, Shannon se sintió desolada ante aquella oportunidad perdida, pero no dijo nada porque ya era demasiado tarde para cambiar las cosas, y además no estaba acostumbrada a enfrentarse abiertamente a su madre. Unos meses después, volvió a ocurrir exactamente lo mismo. De nuevo, su madre mencionó por casualidad que la emisora de radio de Buffalo había llamado (les había surgido otra vacante), y ella les había dado exactamente la misma respuesta que la primera vez y también —como la primera vez— había dejado pasar un período de tiempo considerable antes de comunicárselo. Si Shannon, al principio, no se hubiera callado y hubiera expresado su disgusto ante el comportamiento de su madre, insistiendo en que la próxima vez le pasara los mensajes inmediatamente, o le dijera a la persona que había llamado cómo podía contactar con ella, es muy probable que hubiera tenido una segunda oportunidad de trabajar como locutora, tal como siempre había querido, y para lo cual se había preparado.

Una competición disputada

No existe ninguna razón para creer que la madre de Shannon actuó movida por algún otro afán que no fuera el de buscar lo mejor para su hija (aunque está claro que se podría argumentar que alguien que recibe una llamada destinada a otra persona debería permitir que esa otra persona hablara por sí misma). Podríamos encontrar numerosos ejemplos en los que un efecto perjudicial es el resultado inintencionado de algo hecho con buena intención. Por ejemplo, una estudiante de doctorado de la Universidad de Georgetown, Najma Al Zidjaly, se sentía terriblemente agotada antes del último acto necesario para la obtención de su título de doctorado: la defensa pública de su tesis doctoral. Najma estaba convencida de que podría haberlo hecho mucho mejor si no hubiera dormido tan sólo un par de horas la noche anterior. El motivo de esa falta de sueño fue que su madre la había llamado desde su Omán natal, a las tres de la madrugada, hora de Washington, para desearle suerte. A pesar de que habitualmente Najma aún estaba despierta a esa hora, aquel día se había acostado más temprano precisamente para asegurarse de descansar bien antes de la prueba definitiva. La llamada de su madre se lo había impedido (aunque, de todas formas, realizó una lectura excelente de su tesis), pero Najma no se había enfadado porque sabía que su madre lo había hecho de buena fe. En un mensaje de correo electrónico, Najma me contó cómo le emocionó ver lo feliz que se sentía su madre de que su hija recibiera el doctorado. (De hecho, la madre de Najma estaba tan contenta, que a modo de agradecimiento a Dios, prometió sacrificar una vaca y distribuir la carne entre los más necesitados cuando su hija volviera a casa.)

Sin embargo, hay ocasiones en que las madres, imbuidas de un espíritu competitivo, quieren evitar deliberadamente que sus hijas prosperen. Phyllis Chesler, por ejemplo, ha escrito que cada vez que publicaba un nuevo libro, su madre le decía: «No creas que eres tan especial. *Yo* también podría escribir un libro». Bajo determinadas circunstancias, la competitividad puede estimular el esfuerzo y hacer que uno dé lo mejor de sí mismo; pero también puede incitar a ponerle trabas al rival. Dado que, de vez en cuando, es inevitable que madres e hijas se sientan competitivas, independientemente de lo mucho que se quieran, también es inevitable que haya ocasiones en que algunas madres e hijas sientan el impulso —actúen luego, o no— de impedir el éxito de la otra.

La competitividad entre madres e hijas también puede tener su origen en la tendencia de la gente a hacer comparaciones entre ellas. Por ejemplo, el padre de Anne Sexton les dijo a ella y a sus hermanas: «Ninguna de vosotras, chicas, sois tan brillantes como vuestra madre». Sexton sintió que la competitividad emanaba también directamente de su madre. Cuando Sexton estaba en la universidad, su madre no podía creer que su hija hubiera escrito los poemas que reivindicaba como propios; y para verificar que no los había plagiado envió unos cuantos a un profesor universitario que conocía. Según su biógrafa, Diane Middlebrook, Anne Sexton interpretó los recelos de su madre como una «prueba clara de su deseo por seguir "encabezando el reparto"». De forma parecida, una estudiante universitaria me contó que ella también notó que su madre quería acaparar todo el protagonismo. En una época en que aquella chica luchaba por adelgazar, su madre la informó de que: «Cuando me casé pesaba apenas cincuenta kilos». Y al enterarse de lo que había perdido su hija, anunció que ella había conseguido adelgazar más.

Estos ejemplos son pruebas bastante obvias de los impulsos competitivos que a veces sienten madres e hijas, no obstante, comentarios aparente triviales también pueden provocar situaciones competitivas. Otra estudiante me comentó que se irrita sobremanera cuando su madre le dice cosas que ella ya sabe. «Por ejemplo —aclaró la estudiante—, hablando por teléfono, me dice lo importante que es que cada día me acuerde de tomar los medicamentos que me han recetado porque estoy resfriada, cuando sabe de sobras que ese día ya me los he tomado y que soy una persona muy metódica en lo referente a estas cosas, siempre lo he sido. Por eso, para compensar, intento adelantarme y le hablo de todas las cosas que creo que ella me va a comentar luego. En definitiva, nuestra conversación se convierte en una especie de competición a ver si he hecho lo correcto antes de que ella me lo diga.»

A veces cuesta distinguir la competitividad de la envidia, un sentimiento que a menudo afecta a madres e hijas, como ya mencioné en el capítulo cuarto. Es posible que una mujer que se casó con su primer novio sienta envidia de una hija que, habiendo crecido en una época de más libertad, ya ha tenido varias parejas y aún no piensa en casarse. Cuando esta madre advierte a su hija que sus numerosas relaciones están entorpeciendo sus estudios, ¿lo hace motivada por una preocupación genuina sobre la educación de la hija, o se trata más bien de una manera de disuadirla de mantener unas relaciones que su madre nunca pudo tener? Una madre a quien le desagrada que su hija se pase el día «por ahí» con los amigos, mientras a ella le toca trabajar tan duro —en parte, para pagar sus estudios— estará posiblemente motivada por un cúmulo de emociones a la hora de amonestarla, una de las cuales puede muy bien ser la envidia. La madre no puede salir por ahí con los amigos, ni tan siquiera puede salir con su hija en ese momento. Puede que envidie a su hija por tener amigos, o puede que intente competir con esos amigos por captar la atención de su hija.

Cuando mi madre hablaba de su propia madre, con frecuencia comentaba que mi abuela había tenido celos de los amigos de su hija, y por eso los había hecho sentir incómodos en su casa. Esto siempre me pareció una gran ironía, ya que yo también sentí a menudo que mi madre tenía celos de mis amistades —sobre todo si yo prefería pasar mi poco tiempo de ocio con ellas antes que con ella—. Me viene a la memoria un recuerdo concreto. Después de obtener mi licenciatura en la universidad, estuve una temporada enseñando inglés en Grecia. Al cabo de un año, volví a casa de visita y mis padres me recibieron en el aeropuerto. También cuatro de mis mejores amigos vinieron a recibirme; tres de ellos eran músicos y me habían organizado un pequeño concierto de bienvenida. Aquella escena es uno de mis recuerdos más preciados: mientras yo iba con mis padres por la terminal de llegadas internacionales, mis amigos me vieron y, llenos de emoción, se reunieron. Los tres hombres cogieron los instrumentos que habían traído, y la cuarta, una mujer, se puso ante ellos para dirigirlos. Justo allí, en medio del atestado Aeropuerto J.F. Kennedy de Nueva York, interpretaron un breve concierto en mi honor. Pocas veces me he sentido tan querida y apreciada, y tan valorada por mis amigos, como entonces. Sin embargo, mi madre tuvo que estropear la belleza del momento, quejándose, con un resentimiento mal disimulado, de que después de no haberme visto durante tantos meses, yo prefiriera prestarles más atención a mis amigos que a ella. No mostró el más mínimo reconocimiento por aquella sentida actuación privada, sólo fastidio ante el hecho de que estos jóvenes me estuvieran distrayendo, y una gran impaciencia por alejarme de ellos y llevarme a casa que, según ella, era donde yo debía estar. Era como si pensara que cada minuto que yo dedicaba a mi grupo de amigos se lo estaba robando a ella, que cada gota de amor que sentía por ellos era desviada de una copa que le pertenecía a ella, y sólo a ella.

Compitiendo por el gran premio: el padre

Al final, me despedí de mis amigos en el aeropuerto y me fui a casa con mis padres. Sin embargo, una vez allí, mi madre tuvo que competir con su otro rival, aquel del cual nunca conseguiría alejarme: mi padre. En el capítulo tercero describí el lazo afectivo que unía a muchos padres e hijas a modo de alianza que podía excluir a la madre. Este vínculo, observado desde una perspectiva diferente, también es un ámbito en que se manifiesta la rivalidad entre madres e hijas. Fue al observar el comportamiento de otra familia distinta a la mía cuando esta otra perspectiva se me hizo evidente.

Unos amigos nos habían invitado a cenar a su casa a mi marido y a mí. Mientras hacíamos la sobremesa después de la cena, la hija adolescente de nuestros amigos entró en el comedor y se dirigió directamente hacia su padre. Se quedó de pie junto a él, y se puso a alborotarle el pelo con la mano afectuosamente. De hecho, estuvo pasándole los dedos entre el cabello mucho más tiempo de lo que yo esperaba. Al mirarla, sentí una punzada de envidia por parte de mi amiga, la madre de la joven. De golpe comprendí, de una forma mucho más visceral que en otras ocasiones, por qué a mi madre le sentaba tan mal que yo adorara a mi padre. Sin duda debe ser duro ser testigo de cualquier alianza —entre hermanas, quizás, o entre padre e hijo— que te deja de lado. Pero seguro que una mujer siente un dolor especial ante la visión del hombre que ama recibiendo muestras de cariño de una mujer joven, o bien ofreciéndoselas, aunque esa mujer sea su hija. (Si la joven no es su propia hija, la escena puede resultar aún más dolorosa, como ocurre en el caso de que el padre tenga una hija de un matrimonio anterior.)

La constelación madre-hija constituye el marco idóneo de una competición permanente que no puede ser eludida. Como señala Phyllis Chesler, las hijas son sólo una de las formas en que toda mujer mayor percibe la amenaza que suponen para ella las mujeres más jóvenes:

«Además, el énfasis desmesurado que se pone en la apariencia femenina, la temprana edad a la que se erotiza a las niñas, la preferencia de los hombres maduros por chicas cada vez más jóvenes, y el consiguiente terror de las mujeres a envejecer, todo esto junto conduce a una incesante competición, exclusivamente femenina, por lograr el premio "a la más bella"».

Esta cita también me hace evocar un recuerdo: cuando mi primer matrimonio terminó, salí durante un tiempo con un hombre llamado Tom. Un día, estando de visita en casa de mis padres, me fijé en que había flores frescas en un jarrón. Le comenté a mi madre lo bonitas y olorosas que eran, y entonces ella me dijo que había sido mi padre quien se las había regalado. «¿Y fue por algún motivo especial?», pregunté. «No», repuso mi madre. Y antes de continuar, su voz adquirió una entonación que me hizo pensar en una adolescente con ganas de provocar; «simplemente porque me quiere», aclaró. Luego añadió: «Díselo a tu amigo Tom, a ver si toma ejemplo». Estoy segura de que, si se lo hubieran preguntado, mi madre habría dicho que su comentario respondía al deseo de ver que tratan bien a su hija. No obstante, me temo que el modo en que lo dijo dejaba traslucir su sensación de triunfo al haber ganado esa ronda de la competición por el afecto de mi padre.

La lucha por acaparar el afecto del padre es uno de los aspectos más conmovedores de esta especie de concurso de belleza que se establece en la relación madre-hija, pero no es el único. Una mujer llamada Jackie me relató una experiencia que vivió a los cuarenta años, y que le recordó su época de adolescente. Un día en que ella y su madre paseaban juntas por la ciudad, su madre empezó a quejarse de que era injusto que todos los hombres se giraran a mirar a su hija —Jackie es una mujer enormemente atractiva—, mientras que a ella nadie le hacía caso. «Solía lamentarse a menudo de eso cuando yo tenía quince años —me dijo Jackie—. Siempre decía: "No es justo, no es nada justo". Y me hacía sentir culpable. Claro que yo quería mostrarme atractiva ante los chicos, pero no trataba, ni mucho menos, de ridiculizarla a ella. Finalmente, acabé planteándome si en verdad no quería ridiculizarla, puesto que yo no quería dejar de tener buen aspecto, que es lo que ella quería que hiciera.»

Estuve a punto de añadir que en una competición entre una mujer de mediana edad y una chica de quince años, siempre ganaría la más joven. Pero no lo hice. No siempre son las más jóvenes, ni las hijas, las que tienen las de ganar en esta contienda. Tanto una madre con talento y habilidades naturales, como otra tremendamente atractiva, pueden ser unas contrincantes implacables. Cuando alguien exclama: «¡Caramba, habría jurado que erais hermanas!», la madre se siente halagada porque el comentario implica que parece tan joven como su hija, pero la hija puede que se sienta ofendida ante la insinuación de que aparenta la edad de su madre. Un periodista que entrevistó a la novelista Marilynne Robinson, al mirar de reojo unas fotografías de la madre de la autora pegadas a la puerta del frigorífico, observó que la madre aparecía «exageradamente arreglada». A lo cual Robinson respondió: «Debería existir un grupo de apoyo para aquellas personas cuyas madres son majestuosas». De hecho, una madre puede ganar puntos en el terreno del atractivo físico, tanto si los extraños juzgan que su aspecto es espléndido como si no. La historiadora australiana Jill Ker Conway escribió en su autobiografía *The Road from Coorain* que su madre «se preguntaba en voz alta cómo alguien con unos tobillos tan elegantemente estilizados como los suyos había podido tener una hija» cuyos tobillos «se hinchaban horriblemente al final de un día caluroso».

Un legado de por vida

Jackie, la mujer cuya madre no soportaba que atrajera la atención de los hombres, tenía la impresión de que su madre quería que dejara de tener tan buen aspecto para no hacerle sombra. Lo más habitual, sin embargo, es que las madres desaconsejen a sus hijas que se vistan de manera provocativa porque quieren prevenir que se pongan en peligro, atrayendo a hombres de poco fiar, o violando las normas de una conducta decorosa. Muchas mujeres sienten que sus madres también les cortaron las alas en otros ámbitos a fin de convertirlas en personas más aceptables socialmente. Por ejemplo, una mujer me contó: «A mi madre le preocupaba mucho que tuviera buena presencia. Y no quería que nunca hiciera o dijera nada fuera de tono en el trabajo». Al fin y al cabo, así es como funciona la sociedad: los padres, y en especial, las madres transmiten a sus hijos las costumbres y expectativas del grupo en el que ha nacido el niño. Pero, aunque evite problemas, cumplir las expectativas de un grupo social determinado impide ser diferente, destacar.

Hay ocasiones en que la responsabilidad de las madres de imponer a sus hijas lo que la sociedad espera de ellas se traduce en un abuso físico, que no es menos abusivo por el hecho de estar socialmente aceptado. Durante los siglos en que el vendaje de pies era una práctica vigente en China, eran precisamente las madres quienes se encargaban de atar los pies de sus pequeñas, una operación terriblemente dolorosa que conllevaba la fractura deliberada del arco y los dedos de los pies, así como el vendaje de los diminutos pies en telas cada vez más prietas que cortaban la circulación, y que con frecuencia provocaban infecciones peligrosas. En los países africanos donde se practica la mutilación de los genitales femeninos, son las madres quienes se aseguran de que sus hijas se sometan al procedimiento de la ablación, por el cual se les extirpa el clítoris, y posteriormente se les cose por los extremos la parte restante de los labios mayores, y sin ningún tipo de anestesia.

Estas madres están motivadas, no tenemos ninguna razón para dudarlo, por el deseo de garantizarles un futuro a sus hijas: tales mutilaciones, a pesar del tormento físico que suponen y de las secuelas que dejan para toda la vida, se consideran necesarias para encontrar marido, y el matrimonio es la única manera que tiene una mujer para mantenerse y mantener a sus hijos. Otra de las motivaciones de las madres es probablemente la necesidad de comportarse igual que sus congéneres, tal como exploramos en el capítulo cuarto. La doctora Nawal M. Nour, médico nacida en Sudán que fundó, y actualmente dirige, el Centro Africano de Salud Femenina de Brigham y el Hospital de Mujeres de Boston, trata y aconseja a mujeres que, de niñas en África, sufrieron la amputación de los genitales. Cuando se encuentra con alguna paciente que desea que a su propia hija se le practique la mutilación, la doctora Nour intenta disuadirla. En una entrevista, comentó que uno de los argumentos aducidos por estas mujeres, y que más le cuesta rebatir, es: «Quiero que mi hija sea como yo».

Si el vendaje de los pies y la mutilación de los genitales femeninos son formas de abuso físico aceptadas en sociedades donde son, o han sido, la norma, también existen otros ejemplos occidentales de madres que maltratan físicamente a sus hijos y cuya actitud nunca sería aprobada por la sociedad. Aunque el concepto «violencia doméstica» se aplica normalmente al maltrato que sufren las mujeres por parte de sus maridos o parejas, muchas de las mujeres con quienes hablé —muchas más de las que imaginé en un primer momento— fueron maltratadas por sus madres de pequeñas. Y, según las psicólogas Beverly Ogilvie y Judith Daniluk, entre los relativamente pocos casos de madres que abusan sexualmente de sus hijos, las víctimas son mayoritariamente las hijas, no los varones. Al entrevistar a tres mujeres que sufrieron abuso sexual incestuoso por parte de sus madres, Ogilvie y Daniluk descubrieron que los efectos de este tipo de abuso en las hijas resulta aún más doloroso a causa del hecho de que los demás simplemente no las creen. Éste es uno de los aspectos del abuso infantil —no sólo sexual sino también del más común, el maltrato físico—, quizá más pernicioso y no limitado a mujeres cuyas madres las golpeaban; la madre ostenta el poder a la hora de describir lo que ocurrió realmente, lo que significa y quién es en verdad su hija.

Jessica fue maltratada por su madre. De pequeña, su madre solía despertarla de golpe en medio de la noche, cuando dormía profundamente, luego la forzaba a sentarse, totalmente inmóvil y en silencio, en el suelo del comedor y empezaba a lanzarle objetos de toda clase al tiempo que la insultaba cruelmente. La madre de Jessica, por ejemplo, le gritaba que era un monstruo, al igual que su padre (de quien estaba divorciada), y que era una mentirosa que había engañado a todo el mundo haciéndoles creer que era una niña buena y encantadora. Pero ella, su madre, sabía la verdad. Le decía esto y, mientras tanto, le lanzaba todo tipo de objetos que encontraba al alcance de la mano: piezas de vajilla o cubertería, ceniceros, adornos. Incluso si alguno de los objetos la golpeaba, y Jessica sangraba, la niña tenía terminantemente prohibido moverse o decir nada. Dado lo impredecible de sus ataques, despertando a su hija de un sueño apacible en plena noche, y del poder absoluto que ejercía sobre ella, el término «violencia doméstica» parece inadecuado para definir las agresiones que sufrió Jessica. Quizá deberíamos hablar de «terrorismo doméstico» para referirnos al comportamiento de esta madre.

Un aspecto de este desgarrador relato, y que se repitió cada vez que una mujer me contaba cómo fue maltratada y aterrorizada por su madre, es el hecho de que la madre, de Jessica en este caso, humillaba y denigraba a la hija. Esos insultos al carácter de las niñas tendrán repercusiones que les afectarán durante toda su vida, incluso mucho después de haberse convertido en mujeres adultas y de que sus madres ya no puedan abusar físicamente de ellas.

En su libro de memorias *Finding my Voice*, la presentadora del programa de entrevistas de la National Public Radio, Diane Rehm, describe cómo fue crecer con una madre que la golpeaba y cuenta que los juicios peyorativos de su madre se convirtieron en parte de su herencia. A Rehm su madre le asestaba palizas «con un cinturón, una batidora, un cucharón de madera o un zapato de suela dura»; armas que encontraba fácilmente en casa, sobre todo en la cocina. Diane Rehm recuerda que mantenía en el más estricto secreto aquellos episodios de abuso físico, puesto que sentía que «merecía ser maltratada porque había defraudado a sus padres... Me resultaba totalmente imposible alejarme de esos sentimientos de odio y menosprecio hacia mí misma por haberme comportado mal». Años más tarde, cuando luchaba por sacar adelante su matrimonio y su carrera profesional, Rehm se sintió de nuevo atormentada por ese mismo odio hacia sí misma. Había una cinta magnetofónica que sonaba constantemente en su cabeza y que le repetía: «No lo conseguirás. Eres una fracasada». Gracias a la terapia, Rehm llegó a comprender que:

«Gran parte de este diálogo tenía que ver con mi madre. Cuanto más me permitía a mí misma reflexionar sobre lo confusa que me sentía respecto a mis sentimientos hacia ella, tanto más me entristecía y me enfadaba. Apenas podía pensar en ella sin sentirme desolada y hostil al mismo tiempo, como si todavía fuera una parte constante y activa de mi vida. En realidad, hacía más de cuarenta años que mi madre había fallecido, sin embargo los sentimientos de impotencia infantil que experimenté en su presencia han permanecido conmigo hasta hoy».

El menosprecio de una madre queda grabado en la psique de su hija como la impronta de una hoja fosilizada en una roca.

Otra mujer, Alice, también me comentó que los insultos y acusaciones de su madre la han acompañado hasta llegar a la madurez, mucho después de la muerte de su madre. Mientras le pegaba, la madre de Alice solía exclamar: «¡Hay algo que no está nada bien contigo!». «Estas palabras me vienen a la mente una y otra vez, se repiten como un mantra negativo», me escribió Alice en un mensaje de correo electrónico. Y la influencia que ejercen en su vida perdura. Cada vez que Alice se pelea con su pareja, se da cuenta de que se sorprende a sí misma pensando: «Mi madre tenía razón. En mí *hay* algo que no está bien».

Puede que, además, lo más destructivo de todo fuera que la madre de Alice tenía el poder de determinar el modo en que Alice recordaba lo que sucedió y el modo en que interpretaba su propia vida. Una prueba de este hecho surgió cuando Alice me relató otra de sus experiencias, aún muy viva en su memoria, que había tenido lugar hacía más de dos décadas. La hija tenía que solucionar unos negocios en la misma ciudad donde entonces vivía su madre, que se había trasladado allí con su segundo marido, el padrastro de Alice. Dado que iba a estar tan cerca, Alice decidió visitar a su madre. Pero su madre y su padrastro habían estado de viaje en un crucero, y regresaban justo el día después de llegar Alice a la ciudad. En complicidad con su padrastro, Alice consiguió la llave de un vecino, a fin de pasar la noche en la habitación de invitados, y sorprender a su madre al día siguiente. Todo parecía ir bien hasta que (tal como escribió Alice en un mensaje de correo electrónico):

> «La mañana siguiente me desperté y me sobrevino algo que sólo puedo describir como un terrible ataque de ansiedad. Empecé a limpiar frenéticamente el baño que había usado; comí algo para desayunar y luego limpié la cocina. Me obsesioné con la idea de que la casa no estaba lo suficientemente limpia y de que eso me traería "problemas". Llamé a mi hermana, llorando a moco tendido. Ella me tranquilizó. Mi madre y mi padrastro llegaron por la tarde y mi madre parecía realmente contenta de verme. Le dije que había comido fuera, que sólo había tomado un pequeño desayuno y que había limpiado la cocina después, así como el baño que había usado. De golpe, prorrumpí en lágrimas (como me ha ocurrido ahora al escribir esto)».

Cuando esto sucedió, Alice ya no era una niña indefensa a merced de la cólera impredecible e irracional de su madre. Pero el recuerdo de esa indefensión, de esa rabia, permaneció con ella, listo para resucitar en cualquier momento.

Este incidente tuvo un final relativamente feliz. La madre le aseguró a Alice que la casa estaba perfecta y que no se tenía que haber preocupado tanto. Luego añadió: «Supongo que puedo entender por qué lo has limpiado todo. Yo te regañaba mucho cuando eras pequeña». Alice guarda como un tesoro el recuerdo de esta confesión, y me explicó:

«Fue la única vez en toda mi relación con ella, tanto durante la infancia como durante la edad adulta, que miró las cosas desde mi punto de vista, y que incluso insinuó lo destructores que habían sido sus arranques de ira, o que utilizó un eufemismo que indicaba que había perdido el control con bastante frecuencia. Aquello significó mucho para mí, y me sorprendió darme cuenta de que aún habría significado muchísimo más si me lo hubiera dicho muchos años antes. Cuando yo ya era una joven adulta e intentaba discutir con ella sobre estos temas, ella siempre negaba que nada de aquello hubiese sucedido, y se burlaba de mí diciendo que yo me inventaba esas historias para entretener a mi psicoterapeuta».

Alice prosiguió, «aunque era muy tarde en nuestras vidas, para mí, el mero hecho de que ella hiciera ese comentario ya significó un gran cambio», puesto que «a menudo llegué a dudar de mis propias percepciones y recuerdos».

Probablemente, a fin de cuentas, ésa sea la parte más importante del poder que los padres tienen sobre sus hijos: no sólo crean el mundo en el que el niño vive, sino que dictaminan cómo debe interpretar ese mundo. Por nefasta que sea para una mujer la experiencia de haber sido maltratada de pequeña, lo que le resulta todavía más perjudicial —y perseverante— es que los demás pongan en tela de juicio sus propias percepciones. Se me rompe el corazón al imaginarme a Alice de niña (y a Jessica, y a Diane) sufriendo en silencio ese tormento. No obstante, el deseo de que nuestras madres vean las cosas desde nuestro punto de vista y reconozcan el mundo en que vivimos tal como nosotras lo percibimos, es común a todas las mujeres, incluso a aquellas que, como yo, nunca fuimos atacadas físicamente.

Uno de los aspectos que más sorprende de esta historia es que Alice tenía casi cuarenta años cuando tuvo lugar, y casi sesenta cuando le saltaron las lágrimas al explicármela por correo. La relación que mantenemos con nuestras madres va mucho más allá del período de tiempo en que ellas viven, independientemente de la edad que tengamos cuando las perdemos.

Cuando ella ya no está

Una vez, hablando con dos hermanas sobre las distintas maneras en que su madre les había hecho daño, una de ellas dijo: «Será mejor que no hablemos así de ella. Nos oirá y se pondrá furiosa». «¡Pero, si está muerta!», exclamó la otra. Y la primera repuso: «¡Eso es lo que tú crees!».

Para muchas mujeres, la muerte de la madre es una pérdida de la cual nunca se recuperan. Fueron muchas las mujeres que me dijeron: «La echo de menos cada día de mi vida». Una mujer, al explicarme que su madre había fallecido diez años antes, me confesó: «Una parte de mí murió aquel día». Y otra comentó: «Lo más duro de mi divorcio fue que mi madre ya no estaba y no pude hablar con ella». Otra señaló que, desde el fallecimiento de su madre, siempre tiene la sensación de que el cielo está ligeramente nublado: para ella ya no existen los días totalmente soleados.

De forma semejante, para muchas mujeres, la presencia perdurable de sus madres después de la muerte es una gran fuente de consuelo. Una mujer describió a su madre como un ángel de la guarda que la protegía: «Por ejemplo, cuando pierdo algo, le pido a ella que me ayude a encontrarlo». Otra me dijo: «En los momentos más difíciles, imagino que mi madre está conmigo. Ella era quien siempre estaba cerca para ayudarme, quien se preocupaba realmente por mí, quien me protegía, me reñía y quien creía sinceramente que yo merecía algo mejor». Pero la manera más extravagante que he oído nunca de continuar teniendo a la madre cerca me la contó una vez un fotógrafo. Una mujer llenó un pequeño bote hermético, como los que sirven para guardar los carretes de fotos, con las cenizas de su madre y, durante años después de que su madre muriera y fuese incinerada, lo llevó con ella a todas partes cada vez que salía de viaje. El hecho de llevar consigo los restos de su madre en los viajes que hacía era algo valioso para ella porque le recordaba los viajes que hicieron juntas: momentos en que ambas habían disfrutado de una intimidad especial.

Para la mayoría de mujeres, sin embargo, tener a sus madres cerca es algo no tan literal, sino más espiritual. Donna Brazile, que dirigió la campaña electoral de Al Gore en el año 2000, fue entrevistada en 2004, poco después de la publicación de sus memorias *Cooking with Grease*. En esta autobiografía, Brazile cuenta cómo creció en el seno de una comunidad afroamericana pobre, y luego fue avanzando socialmente hasta situarse en los rangos más altos del Partido Demócrata estadounidense. El entrevistador le preguntó cómo afrontó el reto de dirigirse a una gran congregación de distinguidos periodistas, todos miembros del exclusivo Club Gridiron, en el igualmente exclusivo centro turístico de Greenbrier, en las afueras de Washington. Brazile contestó: «Siempre que estoy nerviosa, doy una ojeada alrededor de la habitación, y busco a mi madre». Y a continuación, añadió: «Mi madre falleció en 1988».

Sin embargo, también puede haber un lado negativo en el hecho de sentir la presencia de una madre. Una mujer australiana, Gayle, vivió lo que ella llama «visitaciones». Una vez muerta, su madre se le había aparecido en varias ocasiones. Por ejemplo, paseando por la playa, sintió que su madre caminaba junto a ella; estaba fuera de su campo de visión, pero no le cupo duda de que estaba allí. Cuando Gayle me relató esta experiencia, deduje que la presencia de su madre debía ser reconfortante. Sin embargo, ella me dijo que no lo había sido, en absoluto. La presencia de su madre era amenazadora, crítica y cargada de envidia. Las visitaciones alcanzaron su punto álgido un día en que Gayle, muy apresurada porque llegaba tarde al trabajo, se fijó en una papaya madura en lo alto de un árbol de su jardín. Pensando que sería mejor cogerla antes de que una comadreja se la zampara, rápidamente colocó una escalera contra el árbol, subió y cogió la fruta. Súbitamente, la escalera cedió bajo sus pies. Gayle se aferró con fuerza al tronco del árbol y fue deslizándose por él hasta llegar al suelo. Había logrado salvarse, pero la áspera corteza del árbol le había desgarrado la piel.

Gayle sabe que lo más razonable es asumir que, con las prisas, simplemente perdió el equilibrio; todos los días hay alguien que se cae de una escalera. Pero, en el fondo, tanto entonces como ahora, ella está convencida de que fue su madre quien empujó la escalera para hacerla caer. Furiosa, empezó a lanzar gritos contra la presencia de su madre: «¡Esto tiene que parar de una vez por todas! Debes marcharte y quedarte donde sea que estás ahora». Aquélla fue la última visitación de su madre. Independientemente de si su madre empujó o no la escalera, lo que es indiscutible es el significado que la experiencia tuvo para Gayle: el convencimiento de que la presencia de su madre era malévola, de que su madre no la quería bien y de que, efectivamente, lo que pretendía era socavar la base en que se apoyaba.

Gayle se sintió aliviada al comprobar que, finalmente, había conseguido desterrar al fantasma de su madre. En su biografía *The Mother Knot*, Kathryn Harrison expresa esta misma emoción, que no fue exclusivamente una sensación de alivio. Al tiempo que deseaba liberarse de la presencia maléfica de su madre, Harrison también quería mantenerse cerca de ella. Harrison escribe a menudo sobre su lucha por perdonar a una madre, muerta años atrás, que la abandonó y la dejó al cuidado de sus abuelos. Una madre que, además, la trataba con mucha crueldad cuando estaban juntas. (Incluso su terapeuta, violando el precepto de neutralidad requerido en su trabajo, exclamó: «¡Tu madre era una sádica!».)

Durante la época que Harrison describe en sus memorias, su hijo enfermó gravemente de asma, y aunque se recuperó, ella nunca pudo erradicar del todo la sospecha de que algo venenoso dentro de ella había provocado esa enfermedad. Con la ayuda de su terapeuta, Harrison identificó el origen de ese terrible sentimiento como la rabia que sentía contra su madre. «Han pasado años, muchos años desde que murió —escribe Harrison— y todo este tiempo la he abrazado. La he rehecho. En mi interior. No he querido dejarla ir.» A partir de esta confesión, se podría argumentar que Harrison ha «devorado» y digerido a su madre. «Muerta —escribe—, una ciudadana del mundo subterráneo, dotada de sus privilegios y de sus poderes, mi madre se había convertido en una presencia aún más vívida.»

Cuando Harrison finalmente encuentra la manera de librarse de esa presencia, de esa rabia, y de su anhelo por ganarse el amor de la madre, escribe: «Qué triste fue, pensé que no lo soportaría, dejar marchar a mi madre sin haberla tenido siquiera». Este comentario me trajo a la memoria una observación que me hizo una amiga al morir mi madre: «Perder a una madre es duro a cualquier edad. Lloras por la madre que tuviste y por haber perdido la esperanza de tener la madre que habrías deseado tener». En cierta medida, mientras la madre vive la hija aún puede esperar que su madre se convierta en la madre ideal. Mantenerla viva dentro de ti, cuando ella ya no está, es otra forma de mantener con vida esa esperanza.

Exponer el lado oscuro de la relación entre madres e hijas no significa demonizar a las madres ni a las hijas. Un psicólogo que conozco comentó una vez: «Todas las relaciones son ambivalentes». Los aspectos contradictorios de las relaciones humanas —la forma en que nos enriquecen, nos limitan, la lucha por preservar la conexión sin ceder el control o perdernos a nosotras mismas— se amplifican y multiplican en la relación madre-hija, la base sobre la cual se asentarán todas las relaciones que estableceremos en el futuro.

8. «PERDONA, MAMÁ... VE»
CÓMO EL CORREO ELECTRÓNICO
Y LOS MENSAJES INSTANTÁNEOS
ESTÁN TRANSFORMANDO NUESTRA MANERA
DE RELACIONARNOS

Mi padre nació en 1908 en Varsovia, Polonia. En 1920 emigró a Estados Unidos con su madre y su hermana. (Su padre había muerto cuando él contaba tan sólo cuatro años.) Tal como cuenta mi padre, cuando llegó la hora de partir, el abuelo, en cuya casa vivía la familia, le sentó en su regazo para decirle adiós. Las lágrimas corrían abundantemente por las mejillas y la larga barba blanca de aquel hombre mayor. Sabía que nunca más volvería a ver a su nieto. Incluso si el holocausto no hubiera sesgado la vida del abuelo, la familia no podía ni plantearse viajar de regreso a Polonia para hacerle una visita; la travesía costaba demasiado dinero y duraba demasiado tiempo. A partir de aquel momento, las cartas se convirtieron en la única vía de comunicación posible entre ellos; unas cartas que tendrían que realizar el mismo arduo viaje por tierra y por mar que mi padre estaba a punto de emprender —y que, con toda probabilidad, tardarían un mes o más en llegar—. Aunque existían los teléfonos, aún no era posible realizar llamadas transatlánticas. Se podían enviar telegramas si el mensaje era realmente urgente, pero eran crípticos y muy poco frecuentes.

En 1966 obtuve mi licenciatura en la universidad, ahorré todo el dinero que había ganado y viajé a Europa con un billete de ida. Acabé en Grecia, donde encontré trabajo como profesora de inglés. Durante ese tiempo me comuniqué con mis padres a través de ligeros aerogramas de color azul, que viajaban más rápido que las cartas que mi padre y mi abuelo se habían intercambiado, pero que aún podían tardar hasta una semana en llevar las noticias de un país a otro. Y, por supuesto, las cartas no eran la única forma de mantenerse en contacto. Si quería hablar con mis padres por teléfono, me iba al centro, a la oficina de correos más importante, cumplimentaba un formulario y esperaba a que alguien me llamara por mi nombre y me indicara en qué cabina se materializarían las voces de mis padres. A veces me tocaba esperar horas antes de que se pudiera establecer la conexión, lo cual convertía aquella tarde-noche, que yo había planificado para sostener una conversación con mis padres, en una durísima noche en vela. «Hazme un favor —me dijo una vez mi madre—. Si se hace más tarde de la medianoche, no llames.» (Me acuerdo porque me sorprendió y no me sentó demasiado bien; pensaba que mi madre estaría contenta de oír mi voz, sin importar la hora que fuera.)

En 1996 mi hermana se marchó a Israel por un año. Al cabo de pocas semanas, se suscribió al servicio Compuserve y aprendió a utilizar el correo electrónico. Mi otra hermana y sus hijas también empezaron a utilizar mensajes de correo electrónico para comunicarse. En un mes, ya nos estábamos comunicando diariamente mediante este nuevo sistema, que permitía un contacto mucho más frecuente que las llamadas telefónicas semanales o mensuales que nos hacíamos cuando mi hermana estaba en casa, en Estados Unidos. Mi madre nunca aprendió a utilizar el correo electrónico, pero mi padre sí lo hizo, en 1998, a la edad de noventa años. Gracias al correo por Internet pude decirle a mi padre lo mucho que le quería sin herir los sentimientos de mi madre, como ocurría cuando yo respondía las cartas que me escribía mi padre con cartas, dirigidas a él, que mi madre inevitablemente leía. También gracias al correo electrónico, ahora puedo comunicarme mucho más rápido con mis amigos en Grecia. Y, si quiero oír sus voces, simplemente les llamo por teléfono, bien a casa, o bien a sus teléfonos móviles.

Cuando mi padre era niño, en Varsovia, las familias tenían únicamente dos formas de comunicarse: la gente podía hablar con personas que estuvieran en la misma habitación o enviarse una carta o una nota. (En las tiendas había teléfonos, pero eran muy pocos los que podían permitirse tenerlos en casa.) Sin duda, la comunicación cara a cara era, con mucha diferencia, la más corriente y extendida. El entretenimiento del fin de semana consistía en visitar a los distintos parientes, quienes normalmente vivían tan sólo a unas manzanas. La gente también solía escribirse notas, según las ocasiones. Mi padre recuerda cómo uno de sus tíos le enviaba a él, entonces un niño de siete años, a que entregara notas a sus novias.

En el transcurso de la vida de mi padre, un gran número de nuevas tecnologías han transformado el modo en que nos comunicamos. Primero, el teléfono se añadió a las conversaciones en directo, como una nueva vía de comunicación oral. Mi amigo Pete Becker, que creció en los años treinta en un pequeño pueblo de Michigan, recuerda que su madre hablaba diariamente con su abuela por teléfono aunque vivieran a un par de calles de distancia. (De hecho, Pete me explicó en un mensaje de correo electrónico: «Y esto era antes de los teléfonos de disco, así que yo podía llamar a Mercedes, la operadora, y preguntarle dónde estaba mi madre. "Está en casa de tu abuela", me decía a menudo».) Hoy en día, todavía utilizamos las cartas y los teléfonos, pero además también disponemos de contestadores automáticos, correo de voz, teléfonos móviles, mensajes de correo electrónico, chats y mensajes de texto.

A veces, un nuevo medio de comunicación simplemente incorpora una nueva manera de realizar una función ya existente. Por ejemplo, las mujeres de mi edad solían recibir recortes de periódico de sus madres dándoles consejos, corroborando algo que habían mencionado en sus conversaciones, o sencillamente llamándoles la atención sobre algo que les parecía de interés. Actualmente, las madres continúan enviando recortes, pero también envían versiones electrónicas de artículos de periódico, o bien les mandan a sus hijas enlaces a páginas de Internet que cumplen la misma función, y las hijas adultas hacen lo mismo con sus madres. Con todo, cada nuevo medio amplía y transforma fundamentalmente la naturaleza misma de la comunicación, y la de las relaciones interpersonales.

Nuevos medios, nuevos riesgos

Incluso dos medios de comunicación aparentemente similares pueden tener capacidades y usos diferentes por completo, así como consecuencias totalmente distintas para las relaciones. Me centraré en el análisis de dos tipos de comunicación: el correo electrónico y el chat; puesto que éstos fueron los métodos más mencionados cuando en mis entrevistas pregunté a las mujeres cómo se comunicaban con sus madres e hijas. No obstante, también hubo muchas que señalaron otras vías de comunicación, como los teléfonos móviles y los mensajes de texto que aparecen en ordenadores de bolsillo tipo BlackBerry y Treos, o en las pantallas de los teléfonos móviles.

Un mensaje de correo electrónico es muy parecido a una carta convencional, sólo que mucho más veloz. Los mensajes de correo electrónico se escriben cuando el emisario tiene tiempo y ganas de hacerlo, como sucede con las cartas, y también suelen incluir fragmentos de otros documentos, que se «pegan» al mensaje original del mismo modo que los recortes de periódico se añaden al sobre que contiene una carta. A pesar de que un mensaje de correo electrónico llega a su destino casi de forma inmediata, la persona a quien va dirigido no tiene por qué leerlo necesariamente en el momento de recibirlo. Puede que el destinatario lo lea pasados tan sólo unos minutos, si resulta que está conectado al ordenador cuando le llega, o puede que el mensaje tenga que esperar días o semanas a que el destinatario lo «abra», como una carta. Y también, al igual que ocurre con las cartas, puede extraviarse, si se ha enviado a la dirección equivocada, o si resulta que ha caído en el agujero negro que a veces los devora. Pero lo más importante es que los mensajes de correo electrónico, como las cartas escritas y los mensajes de voz de los teléfonos móviles, constituyen un tipo de comunicación unidireccional. Es decir, que el emisario está solo cuando los escribe, tiene tiempo y está predispuesto a desarrollar sus ideas y líneas de pensamiento sin obtener respuesta del destinatario hasta que el mensaje está completamente terminado y enviado. Por todas estas razones, no es casual que el vocabulario mediante el cual nos referimos a los mensajes de correo electrónico se base metafóricamente en el lenguaje que usamos para las cartas de correo postal, empezando por el nombre mismo, «correo electrónico». Además, también «abrimos» y «cerramos» mensajes, y «cortamos» y «pegamos» fragmentos de mensajes, o de otros documentos, como si se tratara de retazos de papel. (Sucede exactamente lo mismo con los mensajes de voz de los teléfonos móviles, representados habitualmente mediante un pequeño sobre de carta, ya que también son una forma de comunicación unidireccional.)

A primera vista, los mensajes instantáneos de un chat parecen semejantes a los mensajes de correo electrónico: al igual que éstos, se escriben sobre una pantalla de ordenador y se envían electrónicamente. Sin embargo, se trata de una forma de comunicación fundamentalmente distinta porque es bidireccional. En este sentido, el chat comparte más similitudes con las conversaciones telefónicas o con las conversaciones mantenidas cara a cara que con las cartas postales. Los intercambios de mensajes instantáneos tienen lugar en tiempo real, cuando tanto emisor como receptor están conectados a sus respectivos ordenadores. Los mensajes aparecen en la pantalla del destinatario en el instante en que se escriben, por eso ambos obtienen la respuesta del otro antes de poder desarrollar con tranquilidad sus argumentos. El tipo de comunicación que se establece a través de los mensajes instantáneos es muy parecida a estar sentado en una habitación con alguien, cada uno ocupado en una actividad distinta, pero hablando intermitentemente. Si dos personas están conectadas a sus ordenadores y tienen la pantalla para chatear abierta, significa que se encuentran en un estado de comunicación potencial, aunque no estén intercambiándose mensajes todo el rato. La pantalla es como un espacio conversacional, listo para ser utilizado cada vez que uno u otro siente la necesidad de transmitir algo. La gente joven espera que sus amigos estén conectados al ordenador y disponibles en cualquier momento para la interacción a través de los mensajes instantáneos, a menos que éstos hayan dejado un mensaje de «ausente». Dicho de otra manera, en este caso, el valor por defecto es estar en un estado continuo de comunicación, a diferencia de lo que sucede con los mensajes de correo electrónico, que presuponen que el destinatario no está disponible. Es difícil poner demasiado énfasis en el cambio revolucionario que esto significa para las relaciones humanas: un número cada vez mayor de individuos solos en sus escritorios ya no están esencialmente solos, sino que, en un sentido existencial, están en contacto mediante mensajes instantáneos de chat «con» otros amigos.

A lo largo de este libro he ido mostrando cómo madres e hijas están constantemente intentando armonizar el deseo de sentirse conectadas con el deseo simultáneo de sentirse libres y ejerciendo un control pleno sobre sus vidas. La comunicación electrónica transforma el equilibrio entre conexión y control. Una llamada telefónica es una forma de establecer contacto, pero también supone una intrusión que desequilibra la balanza del control. La persona que llama inicia la comunicación; la persona que recibe la llamada puede responder o no, pero, en cualquier caso, su reacción es inmediata. Los mensajes de correo electrónico distribuyen el control de modo más equitativo: alguien envía un mensaje, pero eso no implica ninguna intrusión en la vida del destinatario hasta que éste decide leerlo. Incluso si su pantalla de ordenador le anuncia, de forma algo impertinente, que tiene un nuevo mensaje, es porque este destinatario así lo ha configurado, y puede eliminar esa función en el momento que desee; por tanto, la voluntad es lo que siempre rige a la hora de gestionar correo electrónico.

Al descubrir nuevas vías de comunicación no renunciamos a las que ya conocemos; entre todos los medios que tenemos al alcance, escogemos el más apropiado según el contexto y lo que queremos decir. Imaginemos a una hija que usa el teléfono móvil para llamar a su madre de camino al trabajo, y le deja un mensaje de voz; envía un mensaje de correo electrónico al llegar a la oficina y, por la noche, o bien habla con su madre por teléfono, o bien *chatea*. También podría ponerse a escribir una carta y enviarla luego por correo ordinario, pero lo más probable es que no lo haga. Una mujer joven, al explicar, a través de un mensaje de correo electrónico, por qué utiliza este sistema para comunicarse con su madre, acabó diciendo: «Supongo que estas cosas también se podrían haber hecho mediante el correo postal, pero ¡sería ridículo escribirle cartas de papel!». La lentitud que caracteriza al correo ordinario, en contraste con la inmediatez del correo electrónico, es lo que hace que a esta mujer le parezca ridículo utilizarlo actualmente para comunicarse con su madre. Madres e hijas pueden recurrir a todas estas tecnologías de la comunicación para crear y negociar la interacción entre conexión y control que constituye la esencia de su relación.

Veamos ahora ejemplos reales de cómo madres e hijas

llevan a cabo dicha negociación a través de los mensajes de correo electrónico y de los *chats*.

Te quiero – Enviar

Aunque muchas madres e hijas, cuya relación es excelente, se comunican exclusivamente mediante el teléfono, y otras usan el correo electrónico de forma muy ocasional, conocí a un gran número de hijas y madres que se enviaban mensajes de correo electrónico a diario, incluso varias veces al día, sólo para mantenerse en contacto, para contarse mutuamente lo que estaban haciendo. Para algunas, el correo electrónico supone otra manera de intercambiarse el mismo tipo de información que, de no existir este nuevo medio de comunicación, se intercambiarían en persona o por teléfono. Sin embargo, para otras se trata de una forma de comunicarse —y de sentirse cerca la una de la otra— que antes no existía.

Una mujer de unos cincuenta años, en respuesta a una pregunta que hice por correo electrónico, me respondió:

«La relación que mantengo con mi hija ha mejorado de un modo que yo nunca hubiera creído posible. Cuando iba al instituto, mi hija apenas me hablaba. Fue cuando llegó a la universidad que empezó a producirse el cambio. Entonces me llamaba al menos un par de veces al día. Y ahora me envía continuamente mensajes de correo electrónico para contarme cualquier nadería... y yo ya no la interrumpo cuando está durmiendo la siesta o cuando está ocupada».

La mejora en la comunicación con su hija comenzó cuando la chica se marchó a estudiar a la universidad, y la distancia física que se interpuso entre ambas hizo necesario crear una conexión que antes, al vivir las dos bajo el mismo techo, se daba por supuesta. Los nietos introducen nuevas posibilidades de conexión y cariño (aunque también de críticas), puesto que la hija y la madre, que es ahora la abuela, comparten amor y preocupación por ellos. Podríamos decir que los mensajes de correo electrónico se han convertido en un terreno muy fértil en el cual las semillas de este amor y de estas preocupaciones compartidas pueden crecer y florecer, ya que este nuevo medio de comunicación distribuye el control a partes iguales: la madre dispone de total libertad a la hora de enviar tantos mensajes como desee porque sabe que su hija los leerá cuando quiera, o cuando le vaya bien; y la hija también sabe que puede mandarle a su madre mensajes —y fotografías del bebé— en cualquier momento del día, puesto que su madre los leerá cuando más le convenga. (Sin duda, el hecho de que la madre y la hija no trabajen fuera de casa hace que puedan intercambiarse mensajes de correo electrónico con mucha mayor frecuencia.)

Julie Dougherty, una estudiante de la Universidad de Georgetown, me explicó cómo los mensajes de correo electrónico reforzaron el sentimiento de conexión entre ella y su madre. En respuesta a mi pregunta sobre el papel que juega la comunicación electrónica en la relación madre-hija, Julie escribió: «Mi madre me envía un correo electrónico cada día mientras estoy en la universidad, sólo para decirme "hola". Sabe que me encanta recibir mensajes, y recibir un mensaje suyo hace que al menos siempre tenga un mensaje de verdad en mi bandeja de entrada». Al decir «mensaje de verdad»,

Julie se refiere claramente a un mensaje que transmita información personal, no mensajes publicitarios, etc. Los mensajes que le envía su madre contribuyen a intensificar una proximidad que, de otro modo, disminuiría tras la marcha de la hija a otra ciudad, quizá muy lejana. La descripción de Julie nos muestra cómo el correo electrónico puede convertirse en una extensión electrónica de la intimidad que implica la pregunta «¿Qué tal te ha ido el día?», una intimidad que la mayoría de mujeres aprecian enormemente:

> «Mi madre y yo estamos muy unidas, y explicarle cómo me ha ido el día, y que ella me explique cómo le ha ido a ella, es fundamental para las dos. Si no hemos tenido tiempo de hablar mucho durante el día (que es lo que suele pasar cuando estoy en la universidad o en el trabajo), los mensajes de correo electrónico son fantásticos porque de esta manera puedo escribirle cualquier detalle, o cualquier acontecimiento insignificante que me haya ocurrido durante el día, antes de que se me olvide decírselo, y ella también puede hacer lo mismo. Así las dos nos hacemos una idea general de cómo nos van las cosas... Y a las dos nos encanta recibir mensajes cortos, chistes, y mil cosas que creemos que a la otra le gustaría saber».

Cualquier cosa que les recuerde que la otra se interesa por los detalles más irrelevantes de su vida hace que Julie y su madre sepan que no están solas durante sus jornadas respectivas, aunque se encuentren en dos ciudades diferentes y lleven vidas muy dispares.

Los mensajes de correo electrónico también pueden crear sensación de proximidad entre madres e hijas al poner de relieve los aspectos que ambas tienen en común, puesto que la semejanza es otro elemento que las mujeres mencionan a menudo al definir lo que para ellas significa estar cerca. Julie escribió: «El correo electrónico me hizo descubrir lo parecidas que somos mi madre y yo. Tenemos la misma forma de escribir y nuestro sentido del humor es idéntico. Cuando una de nosotras hace una broma, la otra la entiende a la primera, y enseguida me doy cuenta cuando algo de lo que me escribe no va en serio». El hecho de que a través del intercambio de mensajes de correo electrónico Julie haya descubierto que ella y su madre comparten un mismo sentido del humor, es especialmente elocuente, dada la naturaleza un tanto críptica de la comunicación por correo electrónico. Así pues, el metamensaje de intimidad y empatía que ambas se transmiten cuando se cuentan algún chiste, o se gastan alguna broma, se hace más intenso si utilizan el correo electrónico. Quizá por eso, además, un porcentaje tan elevado de los mensajes que la gente se envía son bromas. Varias mujeres con las que hablé me dijeron que se comunican con sus madres principalmente por teléfono, pero que usan el correo electrónico para mandarse mensajes graciosos.

Existe otra característica de los mensajes de correo electrónico que los hace particularmente apropiados para reforzar los lazos de conexión entre las madres y las hijas cuando éstas están estudiando fuera de casa, y es su naturaleza unidireccional. Las generaciones anteriores descubrieron esta ventaja al escribirse cartas. Una mujer recuerda que al ir a la universidad, la relación con su madre se hizo más cercana. Esto puede parecer extraño; ¿cómo es posible que alejarse físicamente pueda hacer que te sientas más cerca? La respuesta está en las cartas. Al intercambiarse cartas semanalmente, cada una de ellas pudo conocer a la otra en más profundidad, quizá de una manera que la comunicación cara a cara no les hubiese permitido. La naturaleza unidireccional de las cartas fue crucial. En una carta, cada una de ellas podía extenderse sobre aquello que pensaba, mientras que la otra tenía que «escuchar». ¿Cuántas madres, en sus ajetreadas vidas, dedican regularmente cierto tiempo sólo a sentarse y escuchar cómo sus hijas les cuentan, largo y tendido, lo que pasa en sus vidas? Escribir cartas posibilitó que madre e hija se mostraran tal como eran, y que vieran a la otra desde una nueva perspectiva. Actualmente, los mensajes de correo electrónico pueden cumplir esta misma función.

Otra ventaja del correo electrónico es que proporciona igual protagonismo a cada hijo de la familia, así como las mismas posibilidades de acceso, mientras que, en la comunicación cara a cara, los niños más extrovertidos tienden a ocupar todo el espacio conversacional antes de que los más callados e introvertidos tengan la oportunidad de decir nada. Los mensajes de correo electrónico también facilitan a muchas hijas, que quizás antes solían quedar en segundo plano a causa de la elocuencia de sus hermanos varones, el acceso a la conversación. (Una mujer me comentó que cuando su hijo se marchó a la universidad, descubrió que su hija podía hablar.)

Con los mensajes de correo electrónico, madres e hijas pueden continuar comunicándose con este mismo espíritu mucho después de que la hija haya terminado sus estudios en la universidad. Probablemente, el ejemplo más drástico que escuché a lo largo de todas las entrevistas realizadas para la elaboración de este libro, fue la experiencia de una chica sorda, Amanda, cuya madre tiene una audición normal. En la época en que Amanda nació y creció, los especialistas en educación de personas sordas creían que a los niños sordos se les podía —y se les debía— enseñar a hablar y a leer los labios. (Desde entonces se ha demostrado que son muy pocos los niños sordos que pueden hacerlo.) Estos expertos aconsejaban a los padres que no aprendieran el lenguaje de signos, lo cual les habría permitido comunicarse con sus hijos sordos, argumentando que, si lo hacían, impedirían que sus hijos aprendieran a hablar. La madre de Amanda siguió este consejo. Como consecuencia, Amanda fue incapaz de comunicarse con su madre durante toda su infancia. Sin embargo, al irse a la universidad, ella y su madre empezaron a escribirse cartas. Y fue a partir de entonces que Amanda llegó a conocer realmente a su madre, y a sentirse cerca de ella. Ahora, al igual que muchas otras madres e hijas, ambas prosiguen este intercambio a través del correo electrónico. Los mensajes de correo electrónico les proporcionan, literalmente, un lenguaje con el que comunicarse.

Una reunión familiar virtual

Cuando las hijas tienen hijos, la relación entre sus hijos y sus padres puede dar lugar a una gran familia, con una extensa red de vínculos afectivos. Una forma de compartir la alegría que aportan los hijos/nietos es explicarse las sorprendentes y divertidas hazañas que éstos realizan, sobre todo los más pequeños, así como sus ocurrencias más graciosas. (El idioma *yiddish* dispone de una palabra para estas monadas de los niños: *hokhmes*.) Mediante el uso del correo electrónico, las madres jóvenes no sólo pueden compartir con sus progenitores los más insignificantes episodios de la vida de sus hijos, sino que también pueden extenderse y explicar sus «aventuras» con todo lujo de detalles.

A continuación, expondré un ejemplo de correspondencia vía correo electrónico entre una madre joven, Eileen, y sus padres, a fin de mostrar cómo esta joven madre transformó las travesuras de su hija de dos años en una historia coherente y bien contada, que luego compararé con la respuesta que le dieron su madre y su padre:

«Finalmente le hemos levantado el confinamiento a Bobby. Hoy he metido a Bobby en la cama a las ocho. Emily [su hermana mayor] y yo estábamos sentadas en el sofá buscando fotografías de animales en el diccionario. Oí cómo vibraban las barras de la cuna desde su dormitorio, y enseguida intuí lo que estaba pasando. Efectivamente, unos segundos después, Bob apareció en el comedor, sin sus pañales y diciendo «Mami, mami... yo pipí cama». O sea que, por un lado se quita los pañales y, por otro, se escapa de la cuna. ¡Fantástico para mamá, doble revés! Le dejo sentarse con Emily y conmigo. Más tarde, cuando los acosté a los dos, Bob empezó a explicarme lo que había hecho: «Yo llorar, mami» (lo cual significa: «Antes estuve llorando en la cama»). Le pregunté por qué estaba llorando. «No quiero cama, mami» (es decir: «No quería irme a dormir»). Me dejó perpleja. Seguramente se quedará quieto en su cuna si Emily se va a la cama a la misma hora que él, pero eso no me parece muy justo para Emily. Entonces, ¿qué hago?».

El padre de Eileen le respondió: «No tengo ni idea de lo que puedes hacer, hija. Lo único que se me ocurre es: "Bien hecho, Bob... Yo nunca llegué tan lejos con mi cama de hierro"». A lo que la hija contestó: «Papá, estaba convencida de que te solidarizarías más con Bob que conmigo en esta batalla». Luego Eileen prosiguió demostrando que ella también compartía el punto de vista de su padre: «Aunque a veces me frustre un poco, reconozco que es una monada. Su entrada triunfal en el salón ayer por la noche fue enternecedora. ¡Se le veía tan orgulloso de sí mismo!». La madre de Eileen respondió así al mensaje de su hija: «¡Dios mío, vaya rompecabezas! ¿No puedes acostarlos a los dos a la misma hora? ¿Por qué no dejas que Bob se vaya a dormir un poco más tarde que hasta ahora? Me hago cargo de que debe de ser una lata para ti tomar una decisión, pero la historia es realmente simpática».

Tanto el padre como la madre responden de forma muy cariñosa; sus valoraciones son apropiadas y Eileen las aprecia enormemente. Sin embargo, los dos reaccionan de manera distinta. El padre, en clave de humor, mide sus fuerzas de antaño con las del pequeño Bob, y le adjudica a él la victoria. Se trata de un modo cómico de decir lo mismo que comentan las dos mujeres: que el niño ha logrado hacer algo impresionante al saltar de su cuna con tan sólo dos años. Pero la madre, además, también expresa su comprensión por la preocupación de Eileen («debe ser una lata para ti») y le hace una sugerencia («¿No puedes acostarlos a los dos a la misma hora?»). Cada uno de los padres expresó y desarrolló el tipo de respuesta que se le ocurrió de forma natural, ya que el correo electrónico facilita un espacio conversacional ininterrumpido, mientras que los derroteros que toman las conversaciones cara a cara o por teléfono suelen estar determinados por un interlocutor más que por otro.

Eileen y su madre mantienen una relación excepcional,

y en parte es gracias a su frecuente intercambio de mensajes de correo electrónico. (La relación de Eileen con su padre también es excelente.) Aunque habla por teléfono con su madre cada dos o tres semanas, Eileen puede usar el correo electrónico para contarle cualquier incidente relacionado con su hijo en el mismo momento que ocurre, o incluso puede entretenerse y relatarlo detalladamente. Y, también gracias al correo electrónico, Eileen puede «explicar» la historia a su madre y a su padre simultáneamente. Esto, aparte de ahorrarle tiempo, refuerza el sentido de unión familiar entre ella, sus padres y sus hijos; podríamos decir que contar la misma historia a ambos padres a la vez transmite un metamensaje de empatía familiar.

El hecho de poder enviar el mensaje de manera simultánea al padre y a la madre es especialmente valioso cuando la posibilidad de hablar con ambos al mismo tiempo no existe. Éste era el caso de Maggie, una mujer joven cuyos padres estaban divorciados, y cuyo padre hacía años que se había vuelto a casar y tenía un hijo de su segunda esposa. Maggie debía tomar una decisión importante en su vida. Tras terminar la carrera de derecho, y aprobar el examen con el cual se obtiene el título de abogado en Estados Unidos, se estaba planteando si realmente quería ejercer como abogada. Maggie estaba considerando la posibilidad de unirse a AmeriCorps.[11] Y así es cómo ella me describió, en un mensaje de correo electrónico, lo be-

11. AmeriCorps: en Estados Unidos, AmeriCorps es una organización por medio de la cual la gente puede participar en actividades de trabajo voluntario y recibir a su vez una pequeña mensualidad, seguro de salud y entrenamiento. *(N. de la T.)*

neficioso que le resultó el uso de este medio de comunicación:

> «La verdad es que tenía un gran dilema, no sabía qué decisión tomar. Y supongo que en estos casos es cuando más necesitas hablar con tus padres a la vez, después de haber invertido tanto tiempo, dinero y energía en obtener la licenciatura en derecho. Así que envié un mensaje de correo electrónico a mi madre y a mi padre, y les pregunté si se sentirían muy decepcionados si finalmente decidía convertirme «sólo» en una profesora de enseñanza general básica, en algún barrio deprimido del centro de la ciudad. Ambos (por separado) me escribieron un mensaje del estilo "Por supuesto que te querremos igual hagas lo que hagas, haz lo que te dicte tu corazón". Fue muy reconfortante para mí que respondieran del mismo modo al mismo mensaje. Y creo que aún valoré más sus mensajes porque no tengo ningún recuerdo consciente de la época en que estuvieron casados. Además, nunca antes en toda mi vida había sostenido una conversación exclusivamente con mis padres, sólo ellos y yo. Siempre había alguien más presente (mi hermana, mi hermanastra, la mujer de mi padre o alguna otra persona). Así que tuve la sensación de que, de alguna manera, el correo electrónico nos había permitido compartir esa conversación a nosotros tres solos, lo cual fue muy importante para mí porque estaba muy indecisa sobre mi futuro».

Maggie es afortunada al tener padres que la apoyan. Lo que ella define como un «mensaje del estilo "por supuesto que te querremos igual, hagas lo que hagas, haz lo que te dicte tu corazón"» sería muy valioso para cualquier hijo a cualquier edad. Sin embargo, aquel mensaje de correo electrónico consiguió algo que, dado el divorcio de sus padres, no hubiera podido producirse de otra manera: una conmovedora e íntima reunión familiar virtual.

Un lenguaje propio

Volvamos ahora a Julie Dougherty, la estudiante de Georgetown que intercambia mensajes de empatía con su madre por correo electrónico, contándole detalles cotidianos de su día a día. Al explicarme por qué su madre le envía mensajes con tanta frecuencia, Julie me comentó: «Creo que otra de las razones por las que me escribe con asiduidad es que hace relativamente poco que le he enseñado a utilizar el correo electrónico y los mensajes instantáneos, y le gusta practicar». Al aprender a usar el correo electrónico y a *chatear*, la madre de Julie ha aprendido el lenguaje de su hija, cosa que, en sí misma, ya implica un metamensaje de intimidad.

Durante los primeros tiempos del correo electrónico, muchos de los que empezábamos a usarlo lo considerábamos un medio privado e íntimo. En 1980, cuando yo comencé a enviar mensajes de correo electrónico mediante Bitnet, un precursor de Internet, esta nueva vía de comunicación todavía no estaba muy extendida. Me escribía mensajes con tres de mis amigos más próximos: la otra única persona de mi departamento que usaba el correo electrónico, y otras dos que enseñaban en universidades lejanas. A lo largo de los siguientes doce años, empezaron a utilizarlo unos cuantos colegas académicos más. En 1993, regresé a mi universidad tras un permiso para realizar un trabajo de investigación, y me horrorizó descubrir que lo que yo consideraba mi ámbito privado se había convertido en algo de dominio público. Todo el mundo en mi departamento estaba usando el correo electrónico para enviarse mensajes y, lo que era peor, para transmitirse información administrativa del departamento. Me sentí invadida, casi como si hubiesen atracado mi casa. Y creo que todavía no he superado completamente ese sentimiento de rabia e impotencia al recibir mensajes de trabajo a través de un medio de comunicación que yo consideraba estrictamente privado.

Incluso ahora, que los mensajes de correo electrónico son algo omnipresente, esta herramienta de comunicación aún puede funcionar como una vía de comunicación de ámbito muy personal, cuyos usuarios pueden estrechar sus vínculos afectivos a través de un lenguaje privado. Por ejemplo, una madre y una hija, ambas sordas, que se comunican frecuentemente mediante el correo electrónico tienen como forma principal de comunicación el lenguaje de signos. Como tantas otras parejas de madres e hijas, las dos aprecian mantenerse en contacto a través de este nuevo medio, pero para ellas el correo electrónico tiene una dimensión especial. Al haber sido creadas para representarse mediante gestos manuales, las palabras del lenguaje de signos no pueden escribirse como las de cualquier otro idioma. Por eso, cuando esta madre y esta hija se escriben mensajes de correo electrónico, utilizan palabras en lugar de signos, pero las insertan en frases del lenguaje de signos. Y como el orden de las palabras no es el mismo en el lenguaje de signos que en inglés, el resultado es una mezcla de los dos idiomas. Además de resultar más efectivo que escribirse mutuamente en inglés, el uso de este lenguaje propio refuerza sus sentimientos de unión y las hace conscientes de la idiosincrasia y especificidad de su forma de comunicarse.

Cualquier pareja de personas puede inventarse un lenguaje exclusivo, especialmente si comparten una gran intimidad; y, de hecho, son muchas las que lo hacen. (Éste es uno de los motivos por los cuales es tan doloroso que se acabe una relación amorosa: uno se queda con un repertorio de palabras y expresiones que no podrá volver a utilizar porque nadie más va a entenderlas.) Una de mis alumnas, Madeleine McGrane, también comparte un lenguaje privado y único con su madre. Para uno de sus trabajos de clase, Madeleine analizó una serie de conversaciones entre ella y su madre que muestran claramente cómo funciona el lenguaje que han creado. El análisis de Madeleine también nos descubre cómo madre e hija usan distintos modos de comunicación a fin de encontrar un equilibrio satisfactorio entre conexión y control.

Como introducción a su trabajo, Madeleine escribió que, ahora que ya tiene veintiún años, la relación con su madre ha evolucionado hasta transformarse en una amistad. No obstante, su madre aún «siente la necesidad de criarme», que Madeleine define de la siguiente manera: «Necesita decirme qué es lo que debo hacer, y qué es lo que hago mal» y «siempre intenta darme consejos». Madeleine comenta, irónicamente, que «esto, por supuesto, me vuelve loca». El lenguaje que ambas usan exclusivamente las ayuda a resolver esta paradoja. Madeleine explica que cuando su madre utiliza el lenguaje que comparten para decirle cosas que de lo contrario la enojarían, no puede hacer más que reírse. Se trata de un lenguaje ciertamente divertido porque se parece mucho al modo en que hablan los niños pequeños. Quizás al exagerar la dinámica madre-hijo, como si Madeleine todavía fuera un bebé, este lenguaje evidencia que ella y su madre reconocen lo absurdo que es tratar a una hija adulta casi como si aún tuviera tres años. Al mismo tiempo, el hecho de asumir estos roles pertenecientes al pasado, aunque sea en broma, les recuerda la intimidad de su relación.

Madeleine reprodujo una conversación concreta que pone de manifiesto cómo proximidad y autoridad se entremezclan en la comunicación con su madre. Un día, ella se encontraba mal y se dirigió a su madre buscando consuelo. Madeleine le envió a su madre un mensaje de correo electrónico escrito en el lenguaje particular de ambas: «Echo de menos casita. Hoy toy muu malita, pero tengo cole». Su madre le respondió con otro mensaje escrito en el mismo lenguaje: «Yo también echo de menos mi niña. Muu pronto tú otra vez con mami». Su madre luego añadió una reprimenda; la razón por la cual Madeleine debía ir a la universidad a pesar de estar enferma era que, hacía poco, había perdido algunas clases a causa de la resaca que tuvo tras una larga noche de juerga para celebrar su veintiún cumpleaños. Después de regañar a su hija en lenguaje normal, la madre concluyó su mensaje en el lenguaje de las dos: «Muá, muá, tu mami».

Más tarde, ese mismo día, la madre de Madeleine la llamó al teléfono móvil y le dejó un mensaje en el buzón de voz, preguntándole si se encontraba mejor, aunque también aprovechó la ocasión para reñirla de nuevo, esta vez porque la noche anterior, cuando hablaron por teléfono, Madeleine le había pegado cuatro gritos. El mensaje de voz comenzaba así: «Hola, niña mía, sólo llamaba para saber cómo estabas, y si todavía te encontrabas tan mal». Pero el mensaje también decía: «¿Ves? Esto es lo que les pasa a las niñas malas: se ponen malitas cuando chillan a sus mamis». Madeleine cuenta que, aunque lo último que quería oír, con lo enferma que estaba, era una bronca de su madre, ésta la hizo reír al utilizar el lenguaje infantil que comparten. Efectivamente, la madre de Madeleine sólo cambiaba de registro, y recurría al lenguaje privado de las dos, cuando quería decirle algo negativo a su hija y ejercer su derecho de madre a regañarla.

En la conversación analizada, Madeleine y su madre utilizan diferentes modos de comunicación para conseguir objetivos distintos. El correo electrónico fue el sistema que Madeleine usó, en un primer momento, a la hora de pedir y recibir el apoyo de su madre. La madre, sin embargo, se sirvió más adelante del teléfono para comunicarle a su hija que aún seguía preocupada por ella. Si Madeleine hubiese respondido al teléfono en ese momento, su madre habría podido escucharle la voz y calibrar mejor lo enferma que estaba. Al tener que dejarle un mensaje de voz, la madre aprovechó la oportunidad para reprender ligeramente a Madeleine por haberle contestado con brusquedad la noche anterior; lo cual probablemente resulte más fácil de hacer mediante un mensaje, puesto que entonces se trata de comunicación unidireccional y, por tanto, no hay respuesta inmediata. Al mismo tiempo, al usar el lenguaje infantil, la madre le estaba transmitiendo a Madeleine sus buenas intenciones, al igual que el saludo con que se iniciaba el mensaje: «Hola, niña mía». Durante el análisis de estos intercambios, Madeleine observó que, aunque al amonestarla su madre asumía el papel de figura autoritaria que le correspondía, al hacerlo a través de su lenguaje único y privado, esa autoridad quedaba bastante debilitada. Cuando hablan de esa forma tan curiosa, Madeleine siente que su madre se convierte en su igual.

A pesar de que la madre de Madeleine se dirigiera a ella con las sencillas palabras: «¡Hola, niña mía!», al saludarla en el mensaje de voz que le dejó grabado, muchas madres, al escribir mensajes de correo electrónico, utilizan términos de afecto y expresiones de amor explícitas mucho más elaboradas. Una estudiante de posgrado de Georgetown, Rachael Allbritten, me facilitó muy generosamente copias de mensajes de correo electrónico que ella y su madre, Wanda Carswell, se habían escrito. En su carta de presentación, Rachael mencionó que su madre usa más expresiones de cariño al redactar mensajes de correo electrónico que al hablar en persona. Me di perfecta cuenta cuando los leí. Los mensajes de Wanda empezaban con este repertorio de saludos: «¡Hola!», «¡Hola, cariño!», «¡Hola, señorita!», «¡Hola, flor!», «¡Hola, guapetona!», y «¿Qué tal, querida?». Y su forma de despedirse todavía era más chocante: «Te quiero». «Te quiero mucho», «¡Te quiero mogollón!», «¡Te quiero montonazos!!», «¡Recuerda que te quiero montones y montones y montones!!!» y «¡MUÁAAAAAA! <BESO ENORME DE MAMÁ>».

El hecho de que estas expresiones de afecto aparezcan al inicio y al final de los mensajes puede explicar que sean más abundantes por escrito que no al conversar por teléfono o al hablar en persona. Normalmente, en nuestras conversaciones cotidianas no hay cabida para expresiones de amor tan efusivas. Cuando charlamos cara a cara o por teléfono, los saludos y las despedidas responden en gran medida a la costumbre y, por ende, suelen ser más sobrios y discretos. Suenan más bien como las expresiones empleadas por Rachael para encabezar y concluir sus mensajes. Los mensajes de Rachael empezaban invariablemente con un «Hola, mamá» o con un «¿Qué tal, mamá?». Y terminaban de las siguiente manera: «Besos», «Besos, Rach», «¡Te quiero!», «Rachael», y «Un abrazo». Este contraste quizá se deba a que, para Rachael, el correo electrónico es un medio de comunicación mucho más rutinario que para su madre. O puede que, simplemente, refleje cuán profundamente aman muchas madres a sus hijos, los cuales, por otro lado, tienden a dar este amor por supuesto cuando son jóvenes (como yo, que creí que mi madre siempre estaría contenta de oír mi voz, aunque eso significara tener que despertarse de un sobresalto, a golpe de teléfono y en plena noche).

Amalgama de medios de comunicación

El modo en que Madeleine McGrane y su madre utilizaban alternativamente el teléfono y el correo electrónico es un ejemplo típico de cómo los miembros de una familia mezclan los nuevos medios de comunicación con los ya existentes, de forma que la comunicación se produce a través de una amalgama de medios.

Una mujer británica, Alison, que vive en Estados Unidos, emplea el correo electrónico, el teléfono y el *chat* para comunicarse con su madre, que reside en Londres. A continuación veremos un ejemplo de una de sus conversaciones, en la cual combinaron varios medios comunicativos a fin de negociar y resolver una disputa que surgió cuando Alison criticó algo que había hecho su madre.

Alison se había disgustado al enterarse de que su madre había participado en una marcha celebrada en Londres como protesta a una ley que prohibía la caza del zorro. Alison expresó su consternación por teléfono. Le recordó a su madre que ésta siempre se había opuesto a la crueldad contra los animales; y concluyó que, por tanto, su participación en una marcha de ese tipo debía de ser fruto de la mala influencia de su actual pareja. Luego, argumentó en general a favor de la prohibición y contra los movimientos de apoyo a deportes sangrientos. La madre de Alison no se defendió significativamente durante esta conversación telefónica, sino que lo hizo más adelante, mediante un mensaje de correo electrónico. En dicho mensaje, defendió su derecho a asistir a la marcha y le dijo a su hija que la había malentendido. Antes de responder a su madre, Alison realizó un poco de investigación por Internet, y luego —a través de un mensaje de correo electrónico—, le envió información que corroboraba su valoración negativa de la marcha, de sus objetivos y de la organización que la había financiado. Madre e hija, al final, arreglaron sus diferencias por teléfono: la madre de Alison admitió no haber tenido una idea clara de lo que significaba la marcha, pero, sin embargo, continuó defendiendo su derecho a participar en ella sin tener que estar sujeta a la censura de su hija, un derecho que Alison reconoció y aceptó.

A pesar de que Alison y su madre habrían podido discutir y solucionar esta desavenencia a través de un solo medio, el hecho de utilizar varios les permitió sacar el máximo provecho comunicativo de cada uno. Después de que Alison planteara su oposición por teléfono, su madre tuvo tiempo de ordenar ideas y pensamientos para poder defenderse coherentemente mediante un mensaje de correo electrónico. El paso siguiente fue que Alison recurrió a la red en busca de información que reforzara y diera mayor validez a sus argumentos, y luego envió todos esos datos a su madre mediante un mensaje de correo electrónico. Si Alison no hubiese tenido acceso a Internet, probablemente no habría sido capaz de llevar a cabo una investigación semejante y —aunque hubiera podido— enviar esa información a Inglaterra habría costado mucho más tiempo y esfuerzo. La naturaleza bidireccional de las conversaciones telefónicas resultó más adecuada para resolver finalmente el conflicto, ya que cada una pudo hacer concesiones y ambas pudieron asegurarse de que el asunto había quedado zanjado.

Alison y su madre no se enviaron ningún mensaje de texto en este caso, puesto que el tipo de información que se estaban transmitiendo era bastante extensa; los mensajes de texto, que se suelen escribir usando las pequeñas teclas de los teléfonos móviles, acostumbran a ser breves. La tecnología de los mensajes cortos es útil en contextos totalmente distintos. Por ejemplo, Alison y su madre se envían mensajes de texto cuando van de viaje, porque saben que a la otra le gusta estar al corriente de dónde está, qué hace y si está bien.

En otro de sus intercambios, a Alison le sorprendió que su madre utilizara el correo electrónico para transmitirle información importante, aunque, analizando la situación, es fácil entender por qué su madre prefirió este medio de comunicación. Alison pensaba que su madre, finalmente, había consentido a trasladarse parte del año a Estados Unidos, para poder pasar más tiempo con ella y su nuevo bebé; la pareja de su madre también estaba dispuesta a viajar con ella unos meses. Sin embargo, cuando Alison hubo encontrado un piso perfecto para alojar a su madre, y justo cuando se disponía a comprarlo, su madre le informó, vía correo electrónico, de que había cambiado de opinión. Según Alison, una noticia tan importante debería darse en persona, o al menos de viva voz, pero su madre le explicó —por teléfono— que le parecía «demasiado horrible» rechazar la generosa oferta de su hija por teléfono. Es muy duro defraudar a un ser querido. No obstante, cuando es inevitable hacerlo, la naturaleza unidireccional del correo electrónico puede resultar una bendición: uno no tiene que afrontar la decepción del otro directamente, ni percibir el disgusto en su voz. Y también puede resultar bueno ahorrarse, de momento, las objeciones y argumentos en contra de la otra persona.

Mi estudiante Kathryn Ann Harrison analizó un intercambio de mensajes de *chat* con su madre, que mostraba cómo ambas recurrían a este sistema comunicativo a fin de encontrar el equilibrio adecuado entre conexión y control. Kathryn se había levantado muy pronto para terminar un trabajo de final de curso para la universidad. Estando frente a su pantalla de ordenador, Kathryn vio que su madre se conectaba. Ésta, al darse cuenta de que su hija también estaba en línea y, por tanto, en un estado de comunicación abierto, la saludó: «¡Hola Kate! ¿Qué haces despierta a estas horas?». Kathryn le explicó que estaba dando los últimos retoques a un trabajo que debía entregar al día siguiente. En su respuesta aparecían observaciones del estilo: «Estoy cansada. Pero conseguiré terminarlo a tiempo». La palabra «cansada» actuó como una llamada a la acción para la protectora madre de Kathryn, que inmediatamente repuso: «Bueno, pues eso no suena demasiado bien... ¿Estás durmiendo lo suficiente estos días? ¿Por qué estás despierta? ¿Has estado trabajando toda la noche?... No quiero que te pongas enferma». A partir de entonces, Kathryn notó que el tono amistoso del saludo inicial había dado lugar a una actitud «maternal». En consecuencia, dejó de transmitirle información a su madre y pasó a tranquilizarla escuetamente: «No, mamá, no te preocupes, todo está bien». Su intención era «calmar» a su madre para que «no se pusiera pesada y empezara a hacerle preguntas», y también para demostrarle que no quería ser tratada como una niña, sino como una mujer adulta que sabe cuidar de sí misma.

El intercambio de mensajes instantáneos prosiguió, pero pasó a centrarse en otros temas. En un momento dado, la madre de Kathryn escribió: «¿Seguro que estás bien? Tengo la sensación de que estás un poco triste, si quieres te llamo». Aparentemente, la madre considera el teléfono un medio más apropiado a la hora de ofrecer consuelo, al igual que la madre de Madeleine, que la llamó para saber cómo estaba cuando se pudo enferma. Kathryn enseguida rechazó el ofrecimiento de su madre: «No, no, estoy perfectamente, mamá». Aunque no tardó en escribirle: «Claro que quiero hablar contigo, pero debo acabar este trabajo antes de que mi cerebro deje de funcionar». Lógicamente, la reacción de su madre no se hizo esperar: «¿Antes de que tu cerebro deje de funcionar...? Kathryn eso no me gusta nada. ¿Cuándo tienes que entregarlo? Acostúmbrate a hacer las cosas con más tiempo de antelación; este estrés no puede ser bueno». Kathryn entonces le contestó: «Perdona, mamá...VE». Acto seguido la madre preguntó: «¿Qué significa VE?». Y aquí tenemos otro aspecto de la comunicación electrónica a través de las distintas generaciones.

«Ve»: un puente para salvar la brecha generacional

Cuando las hijas que están en la universidad se comunican con sus madres mediante el correo electrónico y los mensajes instantáneos, ellas casi siempre se sienten más cómodas, y tienen mucha más pericia, al utilizar estos nuevos medios de comunicación que sus madres. De hecho, son las hijas quienes, cada vez con más frecuencia, enseñan a sus madres a usarlos, tal como hizo Julie Dougherty en el ejemplo que vimos anteriormente. Actualmente, la comunicación electrónica forma parte integral de la vida de la mayoría de jóvenes, y así ha sido casi desde que tienen memoria. Sus padres comenzaron a utilizarla —si es que la conocen— pasados los cuarenta años, cuando cuesta mucho más aprender cosas nuevas y cuando los hábitos a la hora de relacionarse ya hace mucho que están establecidos. Intercambiarse mensajes de correo electrónico y *chatear* es una manera de cruzar la línea divisoria que separa las dos generaciones, aunque la diferencia en el grado de familiaridad con los nuevos medios constituye un recordatorio de cuán distintos son sus puntos de vista y su experiencia de la vida.

De la misma manera que una madre debe enseñar a su hijo pequeño cómo responder correctamente al teléfono, los hijos jóvenes o adolescentes enseñan a sus padres las convenciones del sistema de mensajes instantáneos. Así pues, cuando Kathryn escribió el mensaje: «Perdona, mamá... VE», su madre tuvo que preguntarle qué significaban aquellas siglas. Nueve minutos más tarde (los mensajes instantáneos van precedidos de la hora exacta a la que son enviados), Kathryn escribió: «Hola, mamá, ya estoy aquí... ¿Ves? No he tardado ni diez minutos. VE = vuelvo enseguida».

Dado que la rapidez y la informalidad son las características definitorias de los mensajes instantáneos, la gente joven, que ha desarrollado con ellos un segundo idioma, ha inventado una serie de acrónimos que se han estandarizado. Algunos ejemplos son: «ktl» o «kte» en lugar de «¿Qué tal?» o «¿Qué tal estás?»; «salu2» por «saludos»; «xdon» por «perdón»; y «Bss» en lugar de «besos». (El novelista y profesor de escritura creativa Robert Bausch ha descrito este estilo de escritura como «frases matrícula». A él no le gusta.) El hecho de que Kathryn tenga que enseñarle a su madre estas convenciones equipara la balanza del poder entre ellas. Éste es un terreno en el que la edad de la madre y su mayor experiencia de la vida no le aportan más conocimientos en comparación con su hija.

Y no es sólo el nuevo lenguaje de los mensajes de texto, de los *chats* o del correo electrónico lo que separa a una generación de la otra. Las diferentes tecnologías representan mundos diferentes, caracterizados por sus propias convenciones. Y, en muchos casos, aunque se hayan comprendido estas convenciones, cada uno de los mundos tendrá concepciones distintas sobre lo que es más adecuado. Una mujer joven, Alexandra, fue víctima de un malentendido que surgió a raíz de tales divergencias.

Mucha gente concluye sus mensajes de correo electrónico con una especie de «firma» o cita que se añade automáticamente a todos los mensajes que envían. La madre de Alexandra se contrarió al leer la cita que su hija adjuntaba y que decía lo siguiente: «Cuando estás aquí duermo longitudinalmente, cuando no estás duermo en diagonal, ocupando toda la cama».[12] La madre no tardó en enviarle un mensaje diciéndole que cambiara la cita porque era indecorosa. Alexandra decidió emplear otro medio de comunicación para resolver el conflicto y preguntó en un *chat* cuál era el problema. Tras el intercambio de unos cuantos mensajes, quedó claro que la madre de Alexandra pensaba que aquellas líneas habían salido de la imaginación de su hija; y que, con ellas, además, estaba proclamando a los cuatro vientos detalles de una relación íntima. En realidad, se trata del estribillo —o mejor dicho, de las dos únicas frases— de una canción de la banda musical americana Phish; la canción consiste en la repetición de esas dos líneas una y otra vez. Alexandra las incluía en sus mensajes simplemente en alusión a una canción que a ella y a sus amigos les gusta mucho. La fuente de donde procedía la cita, y la razón por la que Alexandra la añadía a sus mensajes, era algo obvio para sus amigos pero completamente incomprensible para su madre. Alexandra creyó que, una vez aclarado el malentendido, no tendría por qué quitar la letra de la canción de sus mensajes. Sin embargo, aunque la madre se sintió aliviada al saber que Alexandra no había inventado esas líneas, continuaba considerándolas inapropiadas, puesto que otros podían cometer el mismo error que ella. Alexandra hizo caso de la advertencia de su madre y cambió la cita.

El pequeño conflicto entre Alexandra y su madre surgió y se solucionó a través de la comunicación electrónica. A veces, el correo electrónico puede ser un instrumento útil para

12. «*When you're there I sleep lengthwise, when you're gone I sleep diagonal across the bed.*» Letra de la canción «Lengthwise», perteneciente al album *Rift* del grupo musical americano PHISH. (*N. de la T.*)

arreglar desacuerdos, independientemente del medio comunicativo en que se hayan producido. Retomemos el ejemplo que aduje en el capítulo tercero de este libro, en el cual una mujer, Leah, le pedía repetidamente a su hija Erin que la ayudara, acompañando a su abuela de Florida a Milwaukee, donde iba a celebrarse una reunión familiar. A pesar de que Leah le había asegurado a su hija explícitamente: «No quiero hacerte sentir culpable; sólo te lo pregunto por si existe alguna posibilidad», Erin había protestado: «Pero ¿cómo quieres que no me sienta terriblemente mal si no paras de pedirme ese favor?». El correo electrónico jugó un papel importante en la resolución de este problema. Leah le mandó a Erin un mensaje de correo electrónico en el cual se disculpaba, y admitía haberse equivocado al pedirle tres veces el mismo favor (aunque también añadió, en su descargo, haber olvidado las veces que se lo había pedido, cosa que quizá se debía al hecho de que se estaba haciendo mayor, motivo por el cual, además, era tan reticente a volar entre Milwaukee y Florida cuatro veces en tres días). Como respuesta, Erin envió un mensaje de agradecimiento a su madre por haberse disculpado y no haberse puesto a la defensiva, y luego se lamentaba irónicamente de que «ahora ya no puedo regañarte». Leah, suficientemente castigada, repuso: «Adelante, puedes reñirme si quieres». Finalmente, el episodio terminó con una generosa respuesta por parte de Erin: «No, no quiero hacerlo».

Leah y Erin también podrían haberse reconciliado en persona o por teléfono, pero no parece del todo casual que el intercambio tuviera lugar vía correo electrónico. Supongo que a Leah le resultó más fácil pedir perdón, reconocer su error, e invitar a Erin a que le diera una buena reprimenda, sin tener que enfrentarse directamente a su hija u oír su voz en tiempo real por teléfono. Y además, mucha gente tiende a contestar bruscamente y a ponerse a la defensiva cuando se le hace una primera acusación. Es más probable que intenten ver el punto de vista de la otra parte una vez recuperados del impacto inicial, y de la indignación por sentirse injustamente atacados. Y a muchas personas también les cuesta horrores pedir perdón, porque, para ellos, admitir que estaban equivocados es como sufrir una humillación pública. El correo electrónico minimiza ese aspecto de la disculpa: uno siente que, solo ante la pantalla de su ordenador, la vergüenza de tener que disculparse no es tan pública. Asimismo, dado que la comunicación por correo electrónico es unidireccional, quien escribe el mensaje dispone de todo el tiempo necesario para organizar sus pensamientos, y presentarlos de forma que expresen plenamente su postura y contribuyan a justificarla.

En estos ejemplos, todas las mujeres usaron los nuevos medios electrónicos para comunicarse. No obstante, todavía son muchas las madres y las hijas que se comunican mayoritariamente, o de manera exclusiva, mediante una tecnología anterior: el teléfono. Algunas parejas de madres e hijas prefieren hablar por teléfono en lugar de, o además de, por Internet. Sin embargo, hay casos en que una o la otra (normalmente la madre) se siente más cómoda usando el teléfono o, sencillamente, cree que es la principal forma de comunicación o la única adecuada. La disparidad de hábitos en cuanto al uso de estas nuevas herramientas puede causar malentendidos transculturales (en el sentido de transgeneracionales).

A continuación veremos un ejemplo proporcionado por una estudiante, Laura Palmer, quien compara la comunicación con sus padres, que tiene lugar invariablemente por teléfono, con la que mantiene con su hermana a través del sistema de mensajes instantáneos AOL.

«Mis padres me llaman siempre los domingos a primera hora de la tarde, cuando vuelven a casa después de jugar cada uno sus respectivas partidas de golf. Como raras veces estoy despierta antes del mediodía, suelo escuchar los mensajes de voz que me han dejado y me hago una nota para llamarles cuando tenga tiempo. Por tanto, hasta el lunes por la tarde o por la noche, no les devuelvo la llamada. Por otro lado, mantengo un contacto muy estrecho con mis dos hermanas, Sara y Lindsay. Sara y yo estudiamos las dos en la Universidad de Georgetown, por eso lo normal es que habitualmente nos crucemos en el campus y hablemos un rato. Sin embargo, Lindsay vive aún en casa con mis padres en California, ¡y nunca hablamos por teléfono! Los mensajes instantáneos nos han permitido a mi hermana y a mí mantener el contacto, aunque, por regla general, sólo hablemos por teléfono cuando yo llamo a casa para hablar con mis padres y ella responde.»

La razón por la cual Laura puede comunicarse más a menudo con su hermana Lindsay que con sus padres es consecuencia de las diferencias en el uso de estas nuevas tecnologías:

«A mí me resulta mucho más fácil hablar con mi hermana por Internet que con mis padres por teléfono, ya que casi siempre estoy delante de mi ordenador escribiendo trabajos, o leyendo mis mensajes de correo electrónico. Además, como cuando hablo por teléfono con mis padres no puedo estar haciendo ninguna otra cosa, sólo les llamo cuando tengo tiempo libre».

Gracias al estado de comunicación abierto creado por el *chat*, Laura está disponible para conversar con su hermana mientras hace sus trabajos de clase o mientras revisa su correo electrónico. Es decir, no necesita despejar el escritorio y dejar lo que estaba haciendo, como sucede cuando debe hacer una llamada telefónica.

Pero, ¿qué deben de pensar los padres de Laura del hecho que ella se comunique más frecuentemente con su hermana que con ellos? Laura explica que, a menudo, tienen la impresión de que ella ignora sus llamadas, y prefiere no hablar con ellos: «Creen que si tengo tiempo de hablar con Lindsay a través del ordenador, entonces seguro que también tendría tiempo de hablar con ellos por teléfono». La conclusión de los padres de Laura es perfectamente lógica, si tenemos en cuenta que ellos utilizan la comunicación electrónica más o menos como todos aquellos que no crecieron con ella: tan sólo como una extensión de la forma en que usan el teléfono. Nos sentamos a comunicarnos electrónicamente de la misma manera en que nos sentamos a hablar por teléfono, por tanto, si tenemos tiempo para una cosa, también tenemos tiempo para la otra. No tenemos costumbre de mantener una pantalla abierta para *chatear* mientras estamos ocupados principalmente en otra tarea, como hace la gente joven. Y es en este sentido que la sospecha de los padres de Laura, de que ésta ignora las llamadas que le hacen, es un malentendido transcultural.

El ejemplo de Laura, y las conclusiones que ella sacó, me hicieron pensar que los padres que desearían mantener una comunicación más frecuente con sus hijos quizá deberían considerar sustituir el teléfono por la pantalla del ordenador, o simplemente añadir Internet a la amalgama de medios mediante los cuales se comunican: seguramente esto abriría nuevas líneas de comunicación entre ellos y sus hijos. El correo electrónico y los mensajes instantáneos pueden convertirse en un puente que salve la brecha entre ambas generaciones.

Hacia el futuro

Cada una de estas herramientas de comunicación ofrece posibilidades únicas de mejorar la relación entre personas, aunque también conlleva sus riesgos. Las nuevas tecnologías implican nuevas formas de mantenerse en contacto, de reforzar vínculos de proximidad y de resolver conflictos. Pero también comportan nuevas maneras de expresar rabia, de herir los sentimientos de otros y de exponerse a malentendidos. Los medios electrónicos de comunicación, tales como el correo electrónico y el *chat*, hacen que mantener una comunicación frecuente sea más sencillo y asequible, sin que eso signifique invadir el espacio vital de la otra persona con visitas inesperadas o llamadas inoportunas. El correo electrónico, además, proporciona un tiempo de margen extra (ventaja que madres e hijas pueden aprovechar o no) para recuperarse de la sorpresa inicial o de las emociones suscitadas por alguna observación, o por la petición de algún favor.

Con todo, la comunicación electrónica también tiene sus desventajas. En primer lugar, existe un mayor riesgo de que se produzcan malentendidos, puesto que, al igual que ocurre con cualquier otro medio de comunicación escrito, el sentido de los metamensajes que se transmiten no puede ser aclarado mediante el tono de voz, o la expresión de la cara. Para compensar este inconveniente, los usuarios del correo electrónico pueden añadir «emoticones» (o *smileys*) a sus mensajes. Éstos son representaciones de expresiones faciales creadas a partir de la combinación de signos de puntuación y paréntesis, como, por ejemplo, los dos puntos y el paréntesis de cerrar :), para representar una sonrisa, o los dos puntos y el paréntesis de abrir : (, para expresar disgusto. (Para ver claramente una expresión facial en estas combinaciones de signos, sólo hay que rotar la imagen mentalmente noventa grados, de modo que los dos puntos se convierten en unos ojos y los paréntesis en una boca.)[13] Los emoticones ayudan a especificar qué se ha querido decir con alguna afirmación, pero no pueden hacer más : (.

Asimismo, el correo electrónico también adolece de los problemas que comporta cualquier forma de comunicación unidireccional. Como sucede con las notas escritas, con las cartas y los mensajes de voz, a los emisarios les falta la respuesta inmediata del receptor, por tanto, no pueden saber si en algún momento sus palabras han sido tomadas a mal. Si sabes que algo que has dicho ha ofendido sin querer a la persona con quien estás hablando, puedes reaccionar rápidamente y corregir el malentendido. Es mucho más probable que detectes inmediatamente ese error de percepción si estás conversando cara a cara con tu interlocutor, o si estás escuchándole en tiempo real por teléfono. Sin esa respuesta, puede que cada vez te caves una fosa más honda, ajeno como estás al efecto de tus

13. Actualmente muchos teclados, simplemente marcando las teclas mencionadas, transforman directamente estos símbolos en pequeñas caras: J y L. *(N. de la T.)*

palabras. Otro riesgo de la comunicación unidireccional es que mucha gente tiene tendencia a reaccionar de manera más agresiva y grosera, utilizando expresiones de cólera u hostilidad que no usarían si el objeto de su enojo les estuviera mirando directamente a los ojos, o escuchándoles desde el otro extremo de la línea telefónica.

La velocidad y la facilidad a la hora de enviar mensajes, y de copiarlos y reenviarlos, es uno de los mayores atractivos de la comunicación electrónica, pero también supone uno de sus mayores riesgos. Por muy maravillosa que sea la rapidez, hay que admitir que también entraña numerosos peligros. Cuando has presionado ENVIAR, ya no puedes echar marchar atrás, como harías al decidir no enviar una carta por correo. Y la rapidez significa que, si no dispones de demasiado tiempo, quizás escribas un mensaje demasiado críptico y lo envíes de forma muy precipitada.

Y todavía más peligrosa es la facilidad con que se pueden copiar y reenviar los mensajes. Cada una de las afirmaciones que emitimos adquiere pleno significado no sólo a partir de las palabras que pronunciamos, sino también del contexto en que se enmarcan, así, si el contexto cambia, el significado también. Leer un mensaje que fue escrito para otra persona puede ser como oír casualmente una conversación a la cual no has sido invitado. Posiblemente la escucharás con interés, pero puede que también te sientas incómodo por un tono o por unas implicaciones que no habrían estado allí si el mensaje se hubiera escrito expresamente para ti. Desafortunadamente, los mensajes de correo electrónico suelen llegar arrastrando una larga retahíla de mensajes precedentes. Alguien que reenvía un mensaje, o que envía la copia de una respuesta a una tercera persona, puede olvidar lo que estaba escrito en los mensajes anteriores que acompañan a su mensaje actual, donde quizás aparece algún comentario u observación que puede resultar hiriente para quien lo recibe, el cual se convierte, por casualidad, en partícipe de un intercambio que no iba dirigido a él.

Las nuevas tecnologías de la comunicación se están incorporando a nuestras vidas a un ritmo cada vez más acelerado. Todavía es demasiado pronto para comprender en todo su alcance de qué manera el correo electrónico, los mensajes instantáneos, y otros medios de comunicación electrónica tales como los mensajes de texto, transformarán las relaciones entre madres e hijas. Lo que sí sabemos, porque lo hemos comprobado, es que indudablemente amplían las posibilidades de la conversación cara a cara: esa valiosa conexión que se produce al mantener un contacto asiduo y al intercambiarse pequeños detalles de la vida cotidiana, al tener la oportunidad de buscar y ofrecer consuelo, de expresar amor y afecto. Los nuevos medios de comunicación electrónica, no obstante, también hacen que aumenten las posibilidades de que se produzcan malentendidos y se hieran sentimientos, o surjan problemas entre las personas a causa del reenvío o la copia de mensajes a terceros. Los mensajes de correo electrónico ofrecen la oportunidad de volver a conversaciones conflictivas, de analizar cuál fue el origen de la disputa, de dar explicaciones y de presentar disculpas. De todos modos, puede que a veces lo más efectivo sea hacer una llamada telefónica y resolver el problema de viva voz, o incluso esperar a poder hacerlo cara a cara. Entender, y calibrar, los beneficios y los riesgos de las distintas tecnologías de la comunicación hace que sea más fácil aprovechar las ventajas y minimizar los inconvenientes que conlleva cada una de ellas.

9. CONCILIAR INTIMIDAD E INDEPENDENCIA: NUEVAS MANERAS DE COMUNICARSE

A medida que la salud de mi madre empeoraba progresivamente a causa de la enfermedad pulmonar que padecía, yo empecé a visitar a mis padres cada vez con más frecuencia. Cuanto más se iba debilitando, más tiempo pasaba yo ayudándola, y cuidando de ella. Una tarde, durante una de mis visitas, me tumbé en el sofá para hacer una breve siesta. Antes de caer profundamente dormida, sentí que algo me rozaba los pies. Inmediatamente abrí los ojos y vi a mi madre, con una mano apoyándose en el bastón, y con la otra cargando una pequeña manta que había traído de su cama. Sin dejar de sujetar el bastón, con la otra mano extendió la manta sobre mis pies. Soy incapaz de contar esta historia sin emocionarme. Es uno de los recuerdos más preciosos que tengo de los últimos años de vida de mi madre.

No obstante, es fácil imaginar a una chica adolescente (incluso a mí misma cuando lo era) reaccionando de forma muy distinta ante la misma situación. Una chica joven quizá le hubiera espetado a su madre: «¡Pero, por el amor de Dios, mamá, que ya no soy una niña! ¡Yo misma puedo taparme si tengo frío en la piernas!». Cualquier gesto u observación que en un contexto determinado puede resultar reconfortante, en otro quizá sea demasiado empalagoso, o incluso molesto. Y esto es especialmente cierto en el caso de que una madre haga o diga algo a fin de ayudar o proteger a sus hijos. Lo que a mí me pareció tan conmovedor del gesto de mi madre, al traerme una manta para cubrirme los pies mientras yo dormía, fue justamente que aún intentara cuidarme, protegerme. Sin embargo, el instinto protector es un arma de doble filo, cosa que explica por qué tan menudo los puntos de vista de madres e hijas divergen, y las llevan a interminables discusiones. Allí donde una madre ve protección y conexión, una hija puede ver un freno a su libertad y una invasión de su privacidad. A las hijas les cuesta entender cuán profundo es, y cuán arraigado está, el deseo de sus madres de protegerlas; y a las madres les cuesta entender que sus excesivas muestras de preocupación pueden minar la confianza que sus hijas tienen en sí mismas, además de ser interpretadas como críticas, más que como expresiones de afecto.

En este libro, he tratado de explicar por qué las conversaciones entre madres e hijas adultas pueden ser, a veces, las más gratificantes del mundo, y otras, las que nos lleguen a causar más dolor de todas. También he intentado demostrar por qué comprender los mecanismos que provocan este fenómeno, y analizar los diálogos desde la perspectiva de la otra, puede minimizar el dolor que se inflinge y hacer que la relación sea mucho más reconfortante para ambas. Y, a pesar de que lo que quizá funcione para una pareja de madre e hija pueda no ser válido para otra, existen unos principios básicos que les pueden servir de guía a todas. En este último capítulo, mostraré cómo muchas mujeres han descubierto que el hecho de buscar nuevas formas de comunicarse puede mejorar enormemente la relación que mantienen con sus madres y con sus hijas.

¿Cuál es el grado de conexión adecuado?

«Yo hablo con mi madre tres o cuatro veces al día», me dice una mujer a fin de ilustrar lo maravillosa que es la relación que mantiene con su madre. «Lo primero que hago por las mañanas es llamarla, si no, es ella quien me llama. Es muy raro que a las nueve todavía no nos hayamos llamado.»

Otra mujer me explica: «Mi madre no es de las que se pasa el día colgada al teléfono. Y además, es capaz de soltar comentarios del tipo "¿Pero, por qué se llama la gente cada día, qué es lo que tiene uno que decirse cada día de su vida? ¡Por favor!"».

Una mujer le estaba contando a su hermano una conversación que había mantenido con su madre. En un momento determinado, él preguntó: «¿Con cuánta frecuencia la llamas?». A lo que ella contestó: «¡*Cada día!*», en un tono que evidenciaba que para ella la respuesta era obvia. Y, acto seguido, la mujer preguntó: «¿Es que tú no?». «No —repuso él—. Yo la llamo una vez a la semana.» Al relatarme por correo electrónico esta conversación con su hermana, el hombre señaló: «Creo que los dos nos horrorizamos; yo pensé que tanto contacto era exagerado, y ella creyó que yo era demasiado negligente».

¿Cuál es, pues, el grado de conexión apropiado entre madres e hijas? ¿Con qué asiduidad deberían visitarse?

No hay una respuesta correcta: sea cual sea el grado de contacto que mantengan, unas lo considerarán una valiosa prueba de afecto, y otras una intrusión insoportable, ya que la conexión y el control se establecen y se expresan mediante las mismas palabras y los mismos gestos. Por un lado, las llamadas telefónicas expresan y refuerzan los sentimientos de proximidad entre madres e hijas; así es como lo manifestaron todas aquellas madres e hijas a quienes les gustaba llamarse con frecuencia. Por otro, una hija que decide llamar menos a su madre, o a quien le incomoda que su madre la telefonee a menudo, considera que esas llamadas están limitando su libertad e invadiendo su vida privada. Todas debemos afrontar esa doble implicación a diario. Es una parte esencial de la relación madre-hija.

¿Quién te necesita?

Junto al impulso de proteger a una hija, una madre siente el deseo de querer ayudarla y serle útil. La novela *Brown Girl, Brownstones* de Paule Marshall, que se ha convertido en todo un clásico sobre el tema de la mayoría de edad, retrata con gran elocuencia la intensidad con que una madre ansía sentirse necesitada. La historia está situada en el barrio neoyorquino de Brooklyn, y transcurre durante la década de 1940. La novela termina de manera muy optimista cuando la protagonista, Selina, cuyos padres nacieron en la isla de Barbados, ve cumplido su sueño de escapar de la comunidad inmigrante en la que se crió —y del insulso destino que le reportaría un matrimonio respetable, una opción que su hermana mayor ha elegido recientemente—. Sin embargo, la madre de Selina, Silla, cuando su hija anuncia públicamente que se dispone a partir de forma inminente, no considera en absoluto que esto sea ningún triunfo. En su dialecto de la isla de Barbados, exclama conmovedoramente: «Se marchan. Una dice que se casa y la otra se va. ¡Así de fácil! Ya no les hago ninguna falta, y se van». Que las personas a quienes más quieres te digan que se marchan es doloroso bajo cualquier circunstancia. Pero la decepción de Silla es aún más desgarradora: se trata del dolor de una madre que ve cómo sus hijas se van porque ya no la necesitan.

Selina necesita irse y su madre necesita sentirse necesitada. Satisfacer las necesidades de una frustra las expectativas de la otra, del mismo modo que satisfacer el deseo de una madre de ayudar puede chocar con el deseo de un hija de no necesitar ayuda. Este conflicto de intereses puede hacer que una mujer rechace la ayuda de su madre, incluso en ocasiones en que podría beneficiarse de ella. ¿Existe alguna solución a este dilema? Quizá la respuesta sería que las hijas intentaran buscar formas de involucrar a sus madres en sus vidas sin comprometer su independencia, y las madres encontraran otras maneras de sentirse útiles además de dar consejos y ofrecer protección. A continuación veremos cómo una hija, Pam, consiguió solucionar el problema y mejorar la relación con su madre.

La madre de Pam es una gran costurera que nunca ha trabajado fuera de casa. Cuando Pam y sus hermanos eran pequeños, el talento de su madre con la aguja se hacía especialmente evidente durante los carnavales: los sofisticados disfraces que les hacía cada año eran la envidia de todos sus compañeros de clase. Cuando Pam tuvo a su propia hija, ella no tenía ni el tiempo suficiente ni las aptitudes para elaborarle disfraces de carnaval, así que se los compraba hechos. Un año, la madre de Pam se ofreció a coserle un disfraz a su nieta. Pam rechazó el ofrecimiento porque para ella fue como una acusación: «No eres capaz de ser una madre como Dios manda, así que yo tendré que hacerlo por ti». Sin embargo, poco después, Pam decidió cambiar su modo de ver las cosas sobre este tema. Intentó resistir el impulso de interpretar el ofrecimiento de su madre como una crítica a su incompetencia y, en lugar de eso, lo aceptó gustosa. Al dejar que su madre le elaborara un disfraz a su hija, las dos salieron ganando: la niña vistió un disfraz espectacular, Pam quedó exenta de esa responsabilidad y su madre pudo sentirse útil e involucrarse en las vidas de su hija y de su nieta. La experiencia fue tan positiva que, al año siguiente, cuando la madre volvió a ofrecerse para hacer un nuevo disfraz, Pam no lo dudó ni un instante. Y cuando Pam se quedó embarazada de su segundo hijo, su madre le cosió todas las cortinas y todas las sábanas de la futura habitación del niño, incluso le hizo un faldón para la cama, a juego con todo lo demás. La madre se sintió inmensamente feliz al participar así de la alegría por la llegada del nuevo bebé, y Pam estuvo contentísima al ver cómo había mejorado la decoración del nuevo dormitorio.

El beneplácito de la madre

No todas las mujeres son expertas costureras, ni tienen el tiempo necesario para coser disfraces de carnaval o sábanas y cortinas. No obstante, hay regalos que no cuestan nada de tiempo, ni implican tener ninguna habilidad especial, como son, por ejemplo, su comprensión, su aceptación y su aprobación. Tener esto en cuenta puede evitar la frustración que provoca ver que la ayuda o los consejos que una madre ofrece, con toda la buena voluntad del mundo, son rechazados.

Bea Lewis escribe una columna titulada «*Day and Age*» que aparece semanalmente en la publicación *Palm Beach Post*. En una de sus columnas reprodujo una carta de una lectora frustrada cuya hija acababa de adquirir su primera vivienda. La madre le había dado una serie de consejos acerca de seguros, hipotecas y otros asuntos de interés para alguien que se convierte por primera vez en propietario inmobiliario. Su hija se ofendió, y le aseguró a su madre que ella sabía perfectamente lo que hacía. Sin embargo, poco después, la hija le comentó a su madre lo útiles que le habían resultado las recomendaciones de una amiga —que, en definitiva, eran las mismas que su madre le había hecho y que ella había rehusado—. La madre entonces señaló: «Habría podido esperar un comportamiento así de una chica de dieciséis años, pero ¿de una mujer de treinta? Estoy absolutamente perpleja».

Es fácil comprender la perplejidad de esta madre. Aunque también es cierto que, al fin y al cabo, su hija podía obtener información sobre hipotecas y seguros de cualquier otra fuente, como efectivamente hizo, cosa que podría servirle de consuelo. Aquello que tan sólo una madre puede proporcionarle a su hija es su aprobación y reconocimiento por haber alcanzado con éxito la madurez; y su convencimiento de que la hija será capaz de asumir las responsabilidades que conlleva convertirse en una persona adulta. Desde este punto de vista, a la madre debería resultarle reconfortante saber que su aprobación continúa siendo importante para su hija, no sólo a los treinta y cinco años, sino durante todo el tiempo que ambas vivan.

Otra mujer descubrió que gracias a esta reflexión la relación con sus dos hijas había mejorado considerablemente. En el pasado, cuando sus hijas le pedían consejo y ella les recomendaba algo que difería de lo que sus hijas ya habían dicho o hecho, solía obtener una devastadora respuesta del estilo: «¡Mamá, no te he llamado para que me critiques!». Finalmente, la madre cayó en la cuenta de que lo que de verdad querían sus hijas —aunque diera realmente la impresión de que le estaban pidiendo consejo— era que ella diera su visto bueno a la decisión que habían tomado, o a lo que habían hecho. Al adoptar esta nueva actitud, y abstenerse de dar su opinión cuando no coincidía con la de sus hijas (excepto, claro, en lo referente a asuntos graves, como la salud), la relación que mantenía con ellas dio un giro de 180 grados.

A veces puede resultar tentador añadir algún pequeño consejo al expresar aprobación. Una mujer, Toby, me contó que aprender a resistir esa tentación contribuyó mucho a mejorar el trato con su hija. Por ejemplo, si la hija le decía: «Fui a Weight Watchers el otro día y perdí un kilo y medio sólo durante la primera semana», Toby antes hubiera exclamado: «¡Qué maravilla!», y acto seguido habría intentado darle ánimos: «Ahora tienes que seguir así». Y, seguramente, se habría sorprendido al ver que su hija se lo tomaba a mal. Al final llegó a la conclusión de que la segunda parte de su respuesta anulaba los efectos positivos de la primera: en lugar de animar a su hija, lo único que conseguía era neutralizar el elogio que le había hecho previamente, como si le estuviera diciendo: «Lo que has logrado hasta el momento es insignificante».

Así pues, ahora, cuando su hija le comunica algo de este estilo, Toby le contesta: «¡Eso es fantástico!», y se detiene ahí.

Una mujer con quien hablé poco después del fallecimiento de su madre, me comentó: «Cuando mi padre murió, le escribí un panegírico, pero al morir mi madre no lo hice, porque ella ya no estaba allí para escucharlo, y para decirme luego: "Lo has hecho muy bien"». Este comentario refleja lo que muchas de nosotras buscamos en nuestras madres y lo que las madres buscan en sus hijas cuando éstas se hacen mayores: su beneplácito.

Quiero que me veas tal como soy

«Creo que mi madre nunca me vio realmente», me comentó una mujer. Me impresionó comprobar lo a menudo que las mujeres a quienes entrevistaba me hacían comentarios de este tipo. ¿Qué querrían decir con eso de que sus madres no las veían? Encontré una posible respuesta al leer un artículo de Anndee Hochman en el cual la autora relataba la experiencia de comunicar a la madre su lesbianismo. El texto de Hochman empieza con la siguiente frase: «Creo que mi madre nunca me vio realmente». Y a continuación Hochman prosigue: «Yo quería que ella me reconociera, y me viera tal como yo me veía a mí misma». Así, cuando una mujer me comentaba que su madre no la veía, lo que quería decir era que su madre no la veía de la misma manera que ella se veía a sí misma, que su madre no valoraba las cualidades que ella más apreciaba de su personalidad. ¿Y por qué esto era tan importante? ¿Por qué tantas mujeres expresaban ese sentimiento de frustración cuando yo les preguntaba acerca de sus madres? Pues porque, para muchas de nosotras, nuestra madre es la medida de todas las cosas; si ella no nos ve como nosotras nos vemos a nosotras mismas, inevitablemente nos preguntamos si hay algo que no está bien en nuestro carácter. Buscamos en nuestras madres una confirmación de la realidad.

El libro de memorias de Vivian Gornick, *Fierce Attachments,* ilustra a la perfección este aspecto. Una de las conversaciones que Gornick rememora pone en evidencia cuán descorazonador es para una hija que su madre parezca no «verla». El episodio que Gornick reproduce también sugiere que el afán de protección de la madre quizás explique, en parte, por qué a menudo parecen no ver a sus hijas. Gornick describe un incidente que tuvo lugar uno de esos gloriosos días en que la vida nos sonríe y todo parece posible: «Siento la brisa ligera, la luz del sol que inspiro lenta y suavemente. Estoy tranquila y emocionada, libre de cualquier influencia o amenaza. Nada puede hacerme daño. Estoy a salvo. Soy libre». Gornick se dispone a encontrarse con su madre con este exaltado ánimo. «Estoy volando —escribe—. ¡Volando! Quiero regalarle algo de este resplandor que estalla dentro de mí, transmitirle la inmensa felicidad que siento de estar viva.» Sin embargo, lo que realmente ocurre es todo lo contrario:

—¡Oh, mamá, qué día tan maravilloso he tenido! —le digo.

—Cuéntame, hija —me dice ella—. ¿Ya has pagado el alquiler de este mes?

—Mamá, escucha... —le contesto.

—Esa reseña que escribiste para el *Times* —continúa mi madre—, ¿estás segura de que te la van a pagar?

—Mamá, ¿quieres parar de una vez? Déjame que te explique cómo me siento —le digo.

—¿Por qué no te has puesto el abrigo? —me grita—. Estamos prácticamente en invierno.

Mi espacio interior empieza a tambalearse. Las paredes se desmoronan. Me falta el aliento. Traga despacio, me digo a mí misma, despacio. Y a mí madre le digo:

—Sin duda sabes qué es lo que debes decir en cada momento. Es asombroso, este don tuyo. Te aseguro que me quita el aliento.

Pero ella no lo capta. No se da cuenta de que estoy siendo irónica. Ni tampoco de que me está aniquilando. Ella no entiende que me tomo su ansiedad personalmente, que su depresión me destroza. Pero, ¿cómo puede saberlo? Si ni siquiera se da cuenta de que estoy ahí. Si yo le dijera que para mí es la muerte que ella no se dé cuenta de que estoy aquí, se me quedaría mirando confundida y desolada, esta jovencita de setenta y siete años, y exclamaría enojada:

—¡Tú no lo entiendes! ¡Nunca lo has entendido!

Hay tantos sentimientos condesados en este breve pasaje. La hija se toma personalmente la ansiedad de su madre, y se siente devastada por su depresión, porque la conexión que existe es tan profunda que hace que la hija absorba las emociones de su madre como un pararrayos. El exuberante estado de ánimo de Gornick se desvanece repentinamente porque su madre no es capaz de captarlo, no sabe reconocerlo y, por tanto, tampoco la reconoce a ella. Sin embargo, todas las cuestiones en las que se centró la madre eran formas de proteger a su hija. ¿Tiene problemas a nivel económico? ¿Seguro que nadie la está explotando? ¿Va suficientemente abrigada contra el frío? Irónicamente, Gornick se sentía totalmente «a salvo» en su exultación, y las preocupaciones de su madre por su seguridad y bienestar hicieron que ese sentimiento se disipara por completo. La única amenaza contra la cual la señora Gornick olvidó proteger a su hija fue la amenaza contra su sentido del bienestar, provocada justamente por el hecho de no ser vista por su madre.

Esta cita concluye con la desesperada convicción de Gornick de que, si intentara explicarle a su madre el desaliento que le causan sus palabras, ésta gritaría encolerizada: «¡Tú no lo entiendes! ¡Nunca lo has entendido!». Desde el punto de vista de una hija, esto demuestra lo poco consciente que una madre puede llegar a ser del efecto que sus palabras, o su actitud, tienen en su hija. Pero, desde la perspectiva de una madre, este párrafo transmite una verdad paralela: si las madres no ven a sus hijas, tampoco las hijas ven a sus madres. Realmente *no entendemos* a nuestras madres más de lo que ellas nos entienden a nosotras. Este fenómeno también aparece ilustrado en la novela de Paule Marshall *Brown Girl, Brownstones*.

El tema en torno al cual gira la novela es el rechazo de Selina a todo aquello que asocia con su madre: sus valores, su determinación de comprar la casa en la que viven y luego ganar dinero alquilando habitaciones y, sobre todo, la rabia que siente contra el padre por frustrar sus esfuerzos de comprar la casa. Un día, Selina le cuenta a su confidente, una mujer mayor, lo mucho que le desagrada y cómo desaprueba la vida que lleva su madre. Tras la confesión de Selina, la mujer le contesta: «Quizás algún día entenderás a tu madre, y entonces verás claro por qué hace todas estas cosas». A lo que Selina replica: «Yo no quiero entenderla nunca, señora Thompson». Selina parece intuir que comprender significa aceptar. Más adelante en la novela, la autora nos presenta esta misma ecuación desde la perspectiva de la madre. Después de escuchar casualmente a su madre hablando con sus amigas sobre por qué hay que subirles las tarifas a los inquilinos, Selina ve «los ojos de su madre fijos en los suyos, suplicándole en silencio su comprensión y tolerancia –no sólo por lo que acaba de decir sino por todo lo que haya podido hacer o decir en la vida». Las madres, al igual que las hijas, anhelan que se las comprenda y se las acepte. Desean, en definitiva, ser vistas.

Ella ve mi antiguo yo

Comprender a la otra, aceptarla, y verla tal como es, es más complicado de lo que puede parecer en un primer momento, ya que las personas no permanecemos inmutables ante el paso del tiempo. Este hecho supone un desafío especial para madres e hijas. Todas cambiamos y, al mismo tiempo, continuamos siendo las mismas. Así, alguien que nos ha conocido toda la vida posiblemente verá la persona que fuimos y no la persona en quien nos hemos convertido. A medida que vamos transformándonos, también cambia la relación con nuestras madres. Otro de los retos que nos plantea el paso de los años es decidir qué aspectos de la relación mantener y qué aspectos descartar. Y, a causa del doble significado de la conexión y el control, comentarios que antes nos resultaban reconfortantes puede que ahora nos disgusten.

Tina se enfurece cuando su madre empieza una frase del siguiente modo: «Sé que no te gusta...». Tina sabe que a continuación tendrá que escuchar una alusión a algo que no le gustaba en un momento concreto del pasado, pero que actualmente es muy probable que sí le guste. Por ejemplo, su madre puede decir: «No te gusta el *sushi*», porque Tina lo dijo hace diez años. Sin embargo, ahora el *sushi* es uno de sus platos predilectos. Lo irónico es que, a nivel superficial, la frase «sé que no te gusta...» pretende reivindicar la proximidad existente entre ambas al demostrar un conocimiento íntimo de los gustos de la hija. Y, ciertamente, conocer los gustos de una hija puede funcionar en este sentido, cuando, pongamos por caso, una madre le da la bienvenida a su hija preparándole su comida favorita, o asegurándose de no servir un plato que ésta aborrece. No obstante, en el caso de Tina, se produce el efecto contrario: a Tina le da la impresión de que su madre la considera algo fijo, inmutable; alguien que ella ya hace tiempo que ha dejado de ser.

Una de mis estudiantes, Heather, describió una frustración similar a la de Tina de la siguiente manera:

«Cuando yo era más joven, vivíamos en Connecticut, así que mi madre siempre me llevaba a Nueva York durante las épocas más bonitas del año, que también coincidían con las más frías. Recuerdo que tenía que andar como un pato por la Quinta Avenida con tres pares de calcetines, un abrigo acolchado y dos pares de guantes. Por tanto, en algún momento entre los cinco y los ocho años debí decirle a mi madre que no me gustaba ir a Nueva York. Ahora tengo veinte años. Y siempre estoy buscando la manera de viajar a Nueva York. Siempre intento ir durante el año acadé-mico, o incluso cuando estoy en casa, en Florida. Y mi madre, por supuesto, cada vez que quiero ir me dice, con toda la seriedad del mundo: "Pero si tú odias Nueva York"».

Para Heather, este comentario implica que su madre no la deja cambiar. O, aún peor, que parece haberla anclado en una época en la que ella todavía era una niña, limitada no sólo por su corta edad sino también por una engorrosa vestimenta invernal. En cualquier conversación, el contexto lo es todo. Me pregunto en qué contextos la madre de Heather dice: «Pero si tú odias Nueva York». ¿Y si resulta que lo dice para tratar de disuadir a su hija de que acorte su estancia en casa para irse a Nueva York, o de que se vaya a Nueva York en lugar de hacerles una visita a sus padres en Florida? Sea cual sea el motivo, a Heather el comentario le molesta porque hace que tenga la impresión de que su madre no la ve como la persona que ella es ahora.

Tanto madres como hijas pueden cometer el error de quedarse fijadas en una imagen de la otra formada muchos años atrás. Un gran número de madres sienten que sus hijas adultas las ven como ellas solían ser, no como son ahora. Por ejemplo, una hija puede pensar que su madre continuará cosiendo la ropa de sus nietos cuando ésta, de una edad ya avanzada, cada vez tiene más dificultades para trabajar con sus manos, y preferiría dedicar su tiempo a desarrollar nuevos intereses. Efectivamente, el hecho de que muchas de nosotras recordemos todas aquellas ocasiones en que nuestras madres nos fallaron cuando éramos pequeñas las fija en un pasado ya muy lejano: una época, además, en que ellas también eran jóvenes y luchaban por salir adelante en la crianza de sus hijos.

Una hija o una madre puede ayudar a la otra a verla bajo un nuevo prisma al cambiar la manera de comunicarse con ella. Por ejemplo, muchas madres e hijas interpretan siempre los mismos roles: la hija se dirige a su madre para que ésta le resuelva los problemas, como si se tratara de ofrendas al sagrado altar de la intimidad existente entre ambas. Durante un tiempo, esto fue satisfactorio para las dos: la madre se sentía útil y sabia, y la hija sentía que cuidaban de ella y que la escuchaban. Pero cuando la hija se convierte en una mujer adulta, puede que las conversaciones familiares dejen de ser tan satisfactorias. Los consejos de su madre le resultan irritantes, ya que parece que la madre ve más problemas de los que ella tiene en realidad. Por su parte, la madre siente que le han tendido una trampa: su hija busca su comprensión y sus consejos, pero cuando ella se los ofrece, ésta se enfada. Para darle la vuelta a la situación —sustituir las antiguas conversaciones por otras nuevas más acordes con la situación actual de su relación— ambas podrían intentar algo diferente. La hija podría optar por explicarle a su madre sus éxitos, y no tanto sus fracasos o sus problemas, y la madre podría recordarse a sí misma que ya no tiene por qué resolver todos los conflictos de su hija. En lugar de esto, podría darle su apoyo y transmitirle su convencimiento de que ella sola encontrará una solución.

Andar con pies de plomo

El deseo de las madres de proteger a sus hijas explica muchos de los patrones de conducta que se establecen cuando las hijas son jóvenes, y que las madres —para mayor incomodidad— continúan considerando válidos cuando éstas se hacen mayores. El sentimiento de frustración, por parte de las hijas, puede ser aún más intenso en el caso de que tengan hermanos, puesto que la diferencia a la hora de tratar a los varones pone especialmente de relieve su experiencia. De nuevo, la paradoja radica en el doble significado de la conexión y el control. Cuando son adolescentes, las hijas suelen tener una hora límite para volver a casa, por ejemplo, las once de la noche, en cambio, a ellos normalmente se les permite salir hasta altas horas de la madrugada. A las hijas se las obliga a llamar si, una noche cualquiera, todavía no han llegado a casa a las diez, mientras que a los hijos no. Esto simplemente responde a las circunstancias de la realidad; las chicas están expuestas a muchos más peligros que los chicos. Pero, independientemente de si la hija reconoce estos peligros o no, lo más probable es que no le haga ninguna gracia ver tan limitada su libertad, sobre todo en comparación con su hermano. Y este contraste, posiblemente, perdurará también cuando la hija alcance la madurez.

Frances tiene cuatro hijos mayores, dos hijos y dos hijas. Al criarlos, ella no era consciente de que trataba a los varones de forma distinta que a las hijas; sin embargo, sus hijas sí lo eran, y mucho. Ellas suelen recordárselo con frecuencia, ahora que ya son adultas. «A Danny y a Kevin les dabas mucha más libertad que a nosotras dos», la acusan, y su madre se ha dado cuenta de que tienen razón. Esta diferencia en el trato no sólo se limita a lo estricta que era durante la época en que todos sus hijos vivían en casa, sino que continúa vigente incluso ahora que su hijo más joven tiene treinta años. Por ejemplo, sus expectativas respecto a con cuánta frecuencia sus hijos deben mantenerse en contacto con ella. En tanto que madre soltera que trabajaba fuera de casa a jornada completa, Frances siempre necesitaba saber dónde estaban sus hijos, necesitaba saber que estaban bien. Ahora que ya son mayores, también quiere saber —incluso puede decirse que lo exige— dónde están sus hijas en cada momento; en cambio, de forma gradual, y sin ser demasiado consciente de ello, fue dejando de pedirles esa información a los varones. No se queja cuando pasan semanas sin que ninguno de sus dos hijos la llame, mientras que espera que sus hijas la telefoneen cada pocos días. El deseo de Frances de saber dónde están sus hijas responde al hecho de que aún sigue preocupándose por su seguridad y bienestar, y a que se ha acostumbrado a mantener un contacto más estrecho con ellas. A sus hijas, no obstante, esta diferencia a menudo les molesta, ya que implica un trato injusto respecto a sus hermanos, y unas exigencias que a veces las ofenden.

Ellen, que ya pasa de los treinta, suele trabajar hasta tarde; y por lo general se siente ligeramente nerviosa al marcharse de la oficina desierta, y dirigirse hacia su coche. Sin embargo, sabe que no es más que una sensación pasajera, como cuando subes al coche de un amigo y te inquietas porque no acabas de fiarte de su forma de conducir. Alejas de ti ese recelo, y continúas con tu vida. Por eso, Ellen se irrita mucho cuando su madre le sugiere —cosa que hace con frecuencia— que llame a los guardias de seguridad para que la acompañen al aparcamiento. La rabia de Ellen se centra en lo absurda que es la sugerencia de su madre: es obvio que Ellen no puede estar molestando a los guardias noche tras noche. Esto la haría sentir absolutamente ridícula, puesto que la oficina de Ellen no se encuentra en un barrio especialmente peligroso, y la zona de aparcamiento está bien iluminada. Además, el hecho de que su madre se lo sugiera cada dos por tres todavía la irrita más; así que, en lugar de tranquilizarla, la actitud de su madre le provoca ansiedad. Peor aún, la inquietud constante de su madre la hace sentir indefensa, incompetente, una niña pequeña a los ojos de su madre. Y eso alimenta una tenue voz en su interior que tampoco está plenamente convencida de su competencia; hace crecer, en definitiva, su propia inseguridad.

Ellen no es la única que interpreta la preocupación de su madre como una prueba de que ésta cree que su hija no puede cuidar de sí misma, de que no es capaz de tomar las decisiones adecuadas, o de que no puede hacer bien su trabajo. Y no hay nada que duela más —o que enfurezca más, dado que la rabia es el reverso del dolor— que sentir que la persona cuya opinión más nos importa no se fía de nuestro criterio. ¡Qué diferente es esto de la cualidad que tantas mujeres dijeron valorar en sus madres!: «Ella es quien siempre me dice, "Sé que lo conseguirás, sé que puedes hacerlo"». Recibir este tipo de apoyo te da ánimos y fuerza para lograr tus objetivos. Pero si tu propia madre no cree en ti, resulta mucho más duro creer en ti misma. Es posible que una madre esté muy lejos de darse cuenta de las consecuencias de su preocupación constante; ella considera que está tan sólo vigilando y procurando que a su hija no le pase nada malo. Pero las intenciones no siempre garantizan los resultados: el mensaje de protección puede llevar consigo un metamensaje de desconfianza. En situaciones como ésta, una madre haría mejor en decir menos, no más.

¡Alegra esa cara!: el buen humor ayuda

Muchas de las frustraciones que surgen entre madres e hijas tienen su origen en esta divergencia entre mensaje y metamensaje: algo que se dice de buena fe, con un simple afán de protección, puede transmitir, inintencionadamente, un hiriente metamensaje que implica que no estás a la altura de las circunstancias. Incluso la reiterada queja de tantas hijas de que sus madres critican determinados aspectos de su apariencia exterior es la otra cara de una preocupación que viene dada por la proximidad e intimidad que existe entre dos personas. Asimismo, los mismos temas susceptibles de ser criticados (o alabados, dependiendo de cuál sea el punto de vista) —la gran tríada: peinado, ropa, y peso— también pueden convertirse en los protagonistas de unas conversaciones de lo más agradables.

Valerie fue una de las muchas mujeres con quienes hablé que me comentó que tenía una relación mucho mejor con sus hijas que con su madre. Al explicarme por qué, Valerie mencionó que a su madre siempre le había preocupado exageradamente el aspecto físico de su hija. «Mi madre quería que yo apareciese impecable a los ojos del mundo —dijo Valerie—. Cuando yo tenía unos cuarenta años, me salieron unas pequeñas decoloraciones en la piel de la cara. Y ella quería que hiciera algo para eliminar esas manchas.» Más adelante, durante nuestra conversación, Valerie me describió la excelente relación que mantiene con su hija adulta. (Un tiempo después, hablé con la hija de Valerie, que me lo confirmó.) Valerie señaló que su hija siempre la anima a gastarse más dinero en ella misma. Por ejemplo: «Siempre me está hablando de esas cremas faciales que eliminan las arrugas del rostro, y que ella cree que yo debería comprarme».

Me pregunté por qué Valerie consideraba que la sugerencia de su hija de que eliminara sus arrugas era una prueba de su buena relación, mientras que interpretaba la sugerencia de su madre de que eliminara sus manchas como una prueba de lo contrario. Quizás era porque no sentía que la motivación de su hija al darle ese consejo era que «apareciese impecable a los ojos del mundo», como quería su madre. Fuese cual fuese el motivo, está claro que existe una diferencia importante en el contexto general en que se sitúan ambas relaciones. A continuación veremos el contexto en que Valerie me comentó el tema de las cremas:

«A las dos nos encanta charlar hasta por los codos de cosas como joyas, pintalabios, ropa..., sólo para divertirnos. El año pasado, cuando pronuncié la conferencia plenaria en un congreso, mi hija insistió en que me comprara un vestido caro. Quería que fuéramos juntas de compras para ayudarme a elegirlo, porque piensa que si ella no está ahí, no voy a gastarme el dinero... Al entrar en la tienda, le dijo a la vendedora: "Te advierto que cuesta mucho venderle algo a mi madre. Es un hueso muy duro de roer". Suele hacerlo, en broma. Y ahora siempre está insistiendo en que me haga con cremas antiarrugas. Es todo este mundo que tanto nos gusta. Simplemente nos lo pasamos bien».

Por tanto, una diferencia entre la sugerencia de su madre y la de su hija es el contexto —y el ánimo— en que se hicieron. Las actividades que Valerie y su hija realizan conjuntamente tienen un carácter lúdico. Con su madre, por el contrario, «nada era un juego. Todo tenía que hacerse o decirse muy en serio». Gracias en gran parte al humor y a las bromas, Valerie y su hija pueden disfrutar de la conexión que existe entre ellas sin que los peligros que entraña el control amenacen su relación.

No lo menciones

Aunque las bromas pueden proporcionar una gran diversión y alegría, al igual que ocurre en todas las formas de comunicación, deben tratarse con cuidado. Decir las cosas en broma puede ser peligroso cuando una hija (o una madre) no está demasiado segura de si su madre (o su hija) acepta plenamente las decisiones que ha tomado en la vida. Prácticamente cualquier comentario que una madre le hace a su hija (y, en algunos casos, también a la inversa) puede ser interpretado como una crítica si es sobre algo que la madre desaprueba. Y la desaprobación a menudo surge cuando madre e hija han elegido caminos distintos en la vida.

Jane es una ferviente defensora del derecho al aborto, mientras que su hija defiende con el mismo fervor todo lo contrario. En una ocasión en que iba a celebrarse una marcha proaborto en Washington, D.C. la ciudad donde vive la hija de Jane, Jane hizo planes para asistir a la manifestación con otras dos amigas. Llamó a su hija para decirle que iba a la ciudad, y para invitarla a cenar con ella y sus amigas por la noche. «Estás invitada a cenar —le dijo Jane a su hija—, no a unirte a la marcha, ja, ja.» La intención de Jane al hacerle esta pequeña broma era reconocer de forma irónica y desenfadada la diferencia de opinión que las dos sabían que existía entre ambas; y, al reírse de buena fe, Jane expresaba su aceptación de dicha diferencia. Sin embargo, esta broma provocó en su hija el efecto opuesto: la interpretó como una pulla malintencionada y se enfadó.

Pero, a fin de cuentas, ¿qué podía haber dicho Jane sobre la manifestación que no molestara a su hija? Nada. A veces, cuando algo escuece, es mejor dejarlo estar. No mencionarlo siquiera. Nada de bromas ni alusiones, nada de nada. (Decir «No voy a decir ni una palabra de...» no es no decir nada.) Ésta es una lección que Jane ha aprendido por sí misma. Me lo explicó cuando su hija le comunicó que estaba esperando a su cuarto hijo. «Esta vez ya no le pregunté: "¿Estás segura de que quieres otro bebé?"» Jane aprendió la lección tras hacerle la misma pregunta, cuando se enteró del embarazo número tres. Incluso el comentario en apariencia más inocente puede resultar poco aconsejable si el tema es una fuente de conflictos.

Otras veces es la hija la que saca a colación un tema delicado, desencadenando una conversación frustrante entre ambas que no lleva a ninguna parte. Parece que tenemos tendencia a volver siempre a los mismos puntos de fricción, como cuando no podemos evitar pasar la lengua por una llaga que nos ha salido en la boca, aunque nos escueza. Margaret, por ejemplo, no soporta que su madre le critique constantemente el peinado. Su madre le dice que lleva el cabello demasiado largo, demasiado despeinado y que su aspecto es demasiado salvaje. Así que, un día, Margaret escuchó con horror las palabras que salían de su propia boca nada más poner los pies en casa de sus padres. Después de saludar a su madre, le dijo: «Hoy me he levantado con el pelo especialmente alborotado; no he conseguido peinármelo de ninguna manera». Sin duda alguna, el motivo que la incitó a justificarse de ese modo era evitar que su madre aprovechara la ocasión para criticarla; si ella se adelantaba y se quejaba de que sus cabellos tenían un aspecto salvaje, su madre ya no podría hacerlo. Pero lo que Margaret logró con su táctica fue todo lo contrario; el comentario le dio pie a su madre a ofrecerse a llevarla a su propia peluquería, un ofrecimiento ante el cual Margaret reaccionó con una indignación previsible. Estaba furiosa con su madre por su obsesión con cambiarle el peinado, pero también consigo misma por haber provocado ese intercambio al mencionar el tema de su pelo.

Liz no podía creer que su hija Jodie le hubiera vuelto a contestar de mala manera. Ella tan sólo le había hecho una pregunta inocente: «¿Te gusta la verdura?». Sin embargo, de golpe y porrazo, su hija se había puesto como una moto, acusando a su madre de criticarla. Así es como sucedió. El Día de Acción de Gracias, Jodie y sus hijos estaban cenando en casa de los padres de Jodie, junto con su hermana y el nuevo novio de ésta. Los hijos de Jodie estaban intrigados al enterarse de que el novio de su tía era vegetariano, lo cual llevó a una amigable conversación que Liz me describió como sigue: «Así pues, estábamos todos charlando sobre qué tipo de verduras nos gustaban más y cuáles menos, qué solíamos comer más, etc. Y entonces, yo le pregunté a Jodie: "¿Y a ti qué verduras te gustan?". O quizá dije: "¿Te gusta la verdura?". Ella se enojó y me acusó de criticar su forma de alimentar a sus hijos. Me dijo que yo siempre le recrimino que no les cocina suficiente verdura. Y es cierto que *lo pienso*, pero no creo habérselo *dicho* nunca directamente. De todas maneras, yo sólo hice una pregunta. Me siento como si no pudiera abrir la boca sin que Jodie me acuse de criticarla».

Tuve la oportunidad de hablar también con Jodie, así

que le pregunté cómo interpretaba ella aquella conversación. Jodie me dio una versión prácticamente idéntica a la de su madre, excepto por una sola palabra, y una larga historia detrás. Al llegar a la parte en que su madre le hace la pregunta de la discordia, Jodie me dijo: «Y mi madre entonces me preguntó: "Jodie, ¿a ti realmente te gusta la verdura?"». El mero uso de ese adverbio cambió ligeramente el sentido del metamensaje; la palabra *realmente*, presuponía que a Jodie no le gustaba la verdura, y esa presunción hacía referencia a una larga historia de conversaciones previas: «Cada vez que mi madre viene de visita —me contó Jodie—, me repite unas diez veces que no doy suficiente verdura a mis hijos». Así pues, la mayor diferencia entre las respectivas perspectivas de Liz y Jodie era el recuerdo que cada una tenía de la frecuencia —o incluso de si había ocurrido o no— con que Liz había expresado su preocupación por el consumo de verdura en ocasiones anteriores.

No es de extrañar que Jodie recordara, incluso que exagerara, las veces que su madre le había comentado que debería cocinar más verdura para sus hijos. Al fin y al cabo, la madre de Jodie cree que, en este sentido, Jodie no está haciendo bien su trabajo más importante: el de ser madre. Y tampoco es de extrañar que Liz minimizara la frecuencia con que le había expresado a su hija ese convencimiento, o que se preguntara incluso si se lo había expresado alguna vez. Parece probable pensar que lo que Liz considera «comentarios» fueran en realidad indirectas, como en el caso de esta pregunta. Por eso Liz puede haber creído que ella nunca ha «dicho» nada, mientras que Jodie ha «oído» claramente lo que su madre pensaba. (Me resultó divertido comprobar lo a menudo que, al hablar con madres e hijas por separado, la madre me comentó que le desagradaba alguna característica de la personalidad de su hija, pero que nunca le había dicho nada; y, en cambio, la hija afirmó que su madre criticaba con frecuencia ese aspecto de su carácter o de su vida.)

Puede que los hijos de Jodie estuvieran más sanos si comieran más vegetales. O puede que no. La creencia de que las verduras son un alimento clave para la salud igual resulta ser una moda, y acaba finalmente siendo sustituida por otra. La opinión de los expertos cambia rápidamente; como prueba está que, en el transcurso de unos pocos años, el sambenito de «peor enemigo de la nutrición» pasó de la grasa a los carbohidratos. En cualquier caso, no importa: los hijos gozan de buena salud, son felices, se sienten queridos. Quizá la respuesta sea intentar distanciarse un poco, y pensar que, mientras los niños no sufran malos tratos ni se mueran de hambre, lo más probable es que se críen bien. (Tal como bromeaba una mujer con quien hablé, repitiéndome las palabras de ánimo que le dio a una madre primeriza: «Lo único que tienes que hacer es no matar al bebé».)

Cuando una hija no hace las cosas como su madre desearía, o una madre no puede aceptar las decisiones de su hija (incluida la persona que ha elegido como pareja), no hay otra solución más que ignorar ese tema, no mencionarlo. De lo contrario, la distancia entre madre e hija corre el peligro de hacerse aún mayor. Si la madre sigue insistiendo en el asunto, la hija preferirá pasar menos tiempo con ella. Así que la madre, aparte de tener menos ocasiones de disfrutar de la compañía de su hija, verá reducidas las oportunidades de influenciarla, si es que era eso lo que pretendía.

Cuando una conversación toma unos derroteros que no nos gustan, habitualmente tenemos tendencia a pensar que estamos reaccionando a una ofensa que la otra persona nos ha hecho. Raras veces nos paramos a reflexionar sobre si es la otra persona quien está respondiendo a algo que nosotros hemos dicho primero, o sobre las consecuencias ulteriores de nuestras palabras. Independientemente de quien haya iniciado la discusión, o de quien haya provocado que un diálogo agradable se convirtiera en un intercambio cargado de tensión, cualquiera de las dos personas puede evitar que se produzca una disputa que ya ha tenido lugar en ocasiones anteriores; la clave es reaccionar de forma distinta. También en este caso me remitiré a un ejemplo del libro de memorias de Vivian Gornick.

Gornick y su madre están dando un paseo juntas y la madre comenta: «Estoy leyendo esa biografía que me pasaste». Se refería a un libro acerca de Josephine Herbst: «Una escritora de los años treinta, una mujer obstinada y voluntariosa, extraordinaria, que se dedicó a la política y al amor y a la literatura, y que estuvo ahí, luchando, hasta el último momento». Gornick está encantada de oír que su madre se está leyendo el libro. Pero, cuando su madre empieza a hablar, Gornick se da cuenta de que acabarán teniendo una discusión:

—¡Oh! —exclamo yo con una gran sonrisa de satisfacción—. ¿Y qué te parece, te está gustando?

—Pues mira —empieza ella. La sonrisa se esfuma de mi cara y se me encoge el estómago. Ese «pues mira» significa que se dispone a criticar y a echar por tierra el libro que le presté. Dirá: «¿Qué? A ver, ¿qué pone aquí que yo no sepa ya? Todo esto yo ya lo he *vivido*. Lo conozco perfectamente. ¿Qué puede decirme esta escritora que yo no sepa? Nada. Para *ti* es interesante, claro, pero ¿para mí? ¿Cómo va a interesarme a mí esto?»

Gornick y su madre han sostenido tantas conversaciones a lo largo de los años que la predicción de Gornick sobre cómo va a reaccionar su madre resulta coincidir exactamente con la realidad. Incluso es capaz de anticipar sus propias palabras:

«—Pues mira —dice a continuación mi madre con un tono de condescendencia que ella cree conciliador—, puede que a ti esto te parezca interesante, pero a mí no. Yo todo esto lo viví. Lo sé todo. ¿Qué me puede aportar este libro? Nada. Para ti es interesante. Para mí no.

Invariablemente, cuando dice ese tipo de cosas, se me sube la sangre a la cabeza y, antes de que termine de pronunciar sus frases lapidarias, ya le estoy gritando: ¡Eres una analfabeta, tú no sabes nada de nada, sólo alguien que no sabe ni hacer la o con un canuto hablaría de esa manera! El hecho de haber vivido esa época, como tú dices, significa únicamente que el contexto te resulta familiar y, por tanto, aún puedes sacarle más provecho al libro, pero no significa, en absoluto, que podrías haberlo escrito tú. Gente infinitamente más culta que tú lo ha leído y ha aprendido cosas, ¿y *tú* dices que no te aporta nada?»

Es fácil comprender por qué Gornick reacciona de ese modo: lo que hace es reaccionar con la misma actitud, y emplear el mismo tono despectivo en que su madre le habló a ella. Y es completamente lógico que Gornick se enfurezca, puesto que, al despreciar el libro, su madre está rechazando el gesto de conexión de su hija —que le recomendó un libro que a ella le había gustado—, además de poner en entredicho su criterio.

Esta vez, sin embargo, la discusión no prospera porque Gornick decide actuar de forma distinta, tanto verbal como físicamente. En lugar de volver a atacar a su madre, recula y cambia el tono de la conversación. Y, además, también establece contacto físico con ella a fin de quitar hierro al asunto:

«Me giro hacia mi madre, rodeo su sólida espalda con mi brazo izquierdo, y con la mano derecha le cojo suavemente del brazo. Y entonces le digo:

—Mamá, si este libro no te ha parecido interesante, está bien, no pasa nada. Puedes decirlo tranquilamente.

Ella me mira tímidamente, con los ojos muy abiertos y la cabeza ladeada; *ahora* sí que está interesada. Y yo continúo:

—Pero no digas que no te aporta nada. Que no puede enseñarte nada. Eso es indigno de ti. Y al decir esas cosas me denigras a mí y al libro.»

Al reaccionar de modo diferente a como solía hacerlo, Gornick consigue que su madre le preste atención, y cambia el curso de la conversación. Tras un largo silencio, la madre hace un comentario totalmente distinto: «Esa Josephine Herbst —dice la señora Gornick—, realmente se salió con la suya, ¿verdad?». Su hija se siente «aliviada y feliz» ante la nueva apreciación de su madre. Le da un abrazo, y ésta prosigue: «Estoy celosa. Celosa porque ella vivió su vida, y yo no he vivido la mía».

Vivian Gornick logró que su madre le hablara de una manera distinta al cambiar ella la forma de dirigirse a su madre. Una diferencia fundamental en su nueva forma de reaccionar fue que Gornick, en lugar de responder agresivamente a las observaciones de su madre, prefirió centrar su atención en las dolorosas implicaciones que se ocultaban tras las resentidas palabras de su madre. En este sentido, Gornick actuó según lo que el antropólogo Gregory Bateson denominó «metacomunicación», es decir, hablar de la comunicación misma. La metacomunicación puede ser una manera especialmente efectiva de redirigir una conversación, ya que te obliga a dejar de interactuar y a observar la situación desde el exterior. Esta forma de proceder, en sí misma, ayuda a mantener la calma y a ver las cosas desde un nuevo punto de vista.

Gran parte del poder de la metacomunicación de Vivian Gornick residió en el hecho de analizar el efecto que tenían en ella las palabras de su madre. Es muy habitual —incluso podría decirse que se trata de una reacción automática— asumir que el efecto que provocan en nosotros las palabras del otro siempre refleja sus intenciones. No obstante, esa asunción no siempre es correcta. Comprobarlo es otra forma útil de metacomunicarse y de contemplar la situación desde fuera.

Otra mujer, al explicarme de qué manera consiguió mejorar la relación con su madre, señaló algo muy simple, pero que a muchas de nosotras ni siquiera se nos ocurre: cuando su madre hace algún comentario que a ella le sienta mal, o que hiere sus sentimientos, le pregunta directamente qué es lo que quería decir con eso:

«Hace una afirmación, y yo no sé qué ha querido decir, o a cuento de qué venía, y en lugar de empezar a especular y dejarlo ahí, lo que hago es preguntar: "¿Y qué quieres decir con eso?" o bien, "¿pretendes hacerme daño? ¿Cuál es tu intención al decir esas palabras? ¿Qué es lo que te propones?"».

Dicho de otro modo, la hija continuó: «Yo me lo tomaba de una manera, y quizás ésa era su intención, pero también puede que no lo fuera». Al pedirle a su madre que le aclarara cuáles eran sus intenciones, en vez de absorber en silencio lo que para ella era un metamensaje hiriente, esta mujer abrió la puerta a un diálogo que transformó la relación entre ambas. Y también le hizo saber a su madre el efecto que causaban en ella sus palabras, tanto si eso era lo que quería la madre como si no.

Cuando nos encontramos inmersas en una de esas conversaciones que tanto aborrecemos, y nos sentimos atrapadas en ella, sin ver ninguna salida posible, es muy útil recordar que si intentamos cambiar nuestra forma habitual de reaccionar, la otra persona también se verá obligada a responder de manera distinta. No puedo garantizar que el resultado sea siempre tan satisfactorio como lo fue en estos ejemplos, pero, en todo caso, nos hará recordar que siempre está en nuestra mano cambiar los derroteros que toman nuestras discusiones.

Haz algo

Una lingüista, Elena Petraki, inició una entrevista a dos mujeres diciendo: «Sois madre e hija». A lo que la hija repuso: «Así es, y podemos quedarnos simplemente aquí sentadas, y ponernos a hablar durante horas y horas y horas». Un aspecto enormemente valioso de la relación entre muchas madres e hijas constituye también un pilar básico de la amistad entre mujeres: el diálogo. Para la mayoría de las mujeres, conversar es una de las grandes alegrías que proporcionan la proximidad y la intimidad. Aunque resulta prácticamente inevitable mantener infinidad de charlas sin tocar, en algún momento, ciertos temas que quizás una o la otra preferirían evitar. Cuando se da el caso, algo que madres e hijas podrían intentar es, precisamente, *hacer* algo. Dicho de otra manera, en lugar de sentarse simplemente a hablar, podrían realizar juntas alguna actividad. En este sentido, las mujeres podríamos aprender de los hombres, para quienes la amistad se basa con más frecuencia en hacer cosas conjuntamente que en dialogar, del mismo modo en que ellos, al acostumbrarse a hablar más, pueden beneficiarse de una de las formas que tenemos las mujeres de estrechar nuestros vínculos afectivos.

Ruth y su hija estaban comprando en una cadena de grandes almacenes. Mientras caminaban por uno de los pasillos de los grandes almacenes, cogidas del brazo, riéndose juntas de esto y de lo otro, parándose a examinar los artículos en venta y haciendo comentarios, Ruth se percató de que su marido las estaba observando con una sonrisa. «Me encanta veros a las dos juntas», afirmó más tarde. A Ruth y a su madre les gusta mucho sentarse a charlar, pero ir juntas de compras les produce un placer especial, andar por las tiendas al mismo ritmo y centrar su atención en algo ajeno a ellas mismas.

Cuando les preguntaba a las mujeres qué era lo que más les divertía de la relación con sus madres o hijas, me sorprendió lo a menudo que mencionaron el hecho de ir juntas de compras. Una mujer, al contarme cómo ella y su madre disfrutaban mutuamente de la compañía de la otra, se expresó con estas palabras:

«Nos encanta salir juntas de tiendas... Y lo hacemos en plan guerrilla, comprando cuando empieza la temporada de Navidad y después, cuando hacen rebajas. Ya no nos hace falta ahorrar cada centavo, pero yo me entusiasmo tanto cuando consigo el papel de regalo a mitad de precio... y ella incluso consigue que le rebajen el 100 %... Lo querían otras treinta personas, pero tú te habrías arrastrado entre sus rodillas para hacerte con él...».

Me he preguntado muchas veces por qué a tantas parejas de madres e hijas les atrae tanto ir a comprar juntas. Y he llegado a la conclusión de que lo que les resulta tan especial es realizar una actividad concreta en común, además del tiempo que pasan juntas charlando.

Prácticamente cualquier actividad compartida puede ser una fuente de diversión y placer. Para más de una pareja de madres e hijas, fue asistir juntas a las sesiones de Weight Watchers. Para otras, que les hicieran la manicura. Gran parte de estas actividades ocurren, por así decirlo, entre bastidores; como si existiera un inmenso baño de señoras donde las mujeres se reunieran en privado. Quizás esta especie de privacidad, junto al conocimiento de que la actividad en sí está asociada a un grupo social concreto, las mujeres, le añade una dosis extra de placer. Sea cual sea la actividad que se lleve a cabo, hacer algo en común proporciona la oportunidad de pasar tiempo juntas, y transmite un metamensaje de empatía.

Si no tienes la posibilidad de salir a hacer cosas, o si sencillamente prefieres no hacerlo, puedes intentar iniciar nuevas conversaciones hablando de temas distintos a los que normalmente sueles tratar. Pregúntale a tu madre sobre el pasado, sobre vuestra historia familiar —un tema en el que seguramente es una experta—. O pregúntale a tu hija sobre su trabajo, si es que trabaja fuera de casa. Habla sobre películas, sobre programas de televisión o bien sobre libros que hayas leído. Incluso, si resulta que vivís en el mismo pueblo o ciudad, podrías sugerir que pusiérais en marcha un grupo de lectura madre-hija. Si habitualmente soléis evitar los asuntos personales, prueba a explicar lo que hiciste el día antes o lo que piensas hacer en los próximos días. Cantad juntas. Explicaros chistes. Tratad de recuperar, y de disfrutar de vuestro pasado en común, de vuestras referencias y vivencias compartidas y rehuid todos aquellos temas que os llevan a antiguas frustraciones.

Cambia el guión

Todas estas sugerencias son formas de mejorar el diálogo entre madres e hijas. Sin embargo, ser conscientes de los mecanismos que entran en juego cuando conversamos es todo lo que necesitamos para disfrutar más, e irritarnos menos, al hablar con nuestras madres o con nuestras hijas. Una mujer que me escribió después de leer mi análisis sobre el doble significado del afecto y las críticas, me explicó cómo funcionaba en su caso esta dinámica. En el pasado, me dijo, había llegado a tener pánico de las vacaciones porque sabía que su madre la criticaría, y ella no podría reprimir sus impulsos y acabaría explotando. Su madre parecía tratarla como si todavía tuviera trece años, en lugar de como a una mujer de mediana edad, hecha y derecha, con un título de posgrado y una carrera profesional de éxito. Tras leer el capítulo, nada cambió, excepto que ella empezó a interpretar las observaciones de su madre de otra manera. Y eso lo transformó todo. El mero hecho de reformular los comentarios de su madre e interpretarlos como expresiones de cariño, y no como críticas, era todo lo que necesitaba para experimentar de otra forma sus visitas a casa.

Por ejemplo, la mujer le mostró a su madre una nueva compra que acababa de hacer, y de la cual estaba muy satisfecha: dos pares de calcetines, unos negros y otros azul marino, hechos de una tela sumamente suave y que además abrigaba mucho. Al día siguiente, la mujer se puso uno de aquellos dos pares de calcetines, y le señaló a su madre lo bien que combinaban con la ropa que llevaba. A esto, su madre le respondió: «¿Estás segura de que no te has puesto uno de cada color?». La mujer me explicó con estas palabras cómo cambió su manera de reaccionar:

> «Lo que me vino a la cabeza inmediatamente fue, "¿Pero, tú qué crees? ¿Que ni siquiera puedo ponerme calcetines del mismo color? ¿Qué clase de incompetente piensas que soy?". Aquél era el tipo de incidente que me habría sacado de quicio en el pasado. Sin embargo, esta vez me paré a reflexionar un momento, y me di cuenta de que mi madre me quiere, y tan sólo deseaba que yo tuviera buen aspecto, y que no hiciera el ridículo con unos calcetines equivocados. Casi me enterneció que se preocupara por mí de un modo tan insignificante y, al mismo tiempo, tan conmovedor».

Preguntarte si estás segura de no haber confundido el azul marino por el negro (algo que, incidentalmente, todas hemos hecho en alguna que otra ocasión) es justo el tipo de cosa que sólo haría una madre: ¿a quién más podría importarle el color de tus calcetines? Y es que, de hecho, ¿a quién más le enseñarías los nuevos calcetines que acabas de comprarte? Apostaría a que, si le preguntáramos a esta madre si de verdad dudaba que su hija se hubiera puesto los calcetines del mismo color, nos aseguraría que no. Probablemente, su comentario era tan sólo una manera de demostrarle a su hija que se había fijado en los calcetines; o quizá se lo preguntó porque recordaba alguna ocasión en que ella misma había mezclado el azul marino con el negro, y estaba reaccionando según lo que creía que era su obligación de toda una vida: cuidar de su hija. De todos modos, no hay duda de que la situación era perfecta para que su hija se ofendiera, hasta que decidió considerar las intenciones de su madre bajo una nueva perspectiva.

Una de mis estudiantes, Jessie, también descubrió que replantearse la opinión que tenía de su madre, y de sus comentarios, hizo que cambiara la forma de comunicarse con ella, lo cual tuvo consecuencias positivas para ambas. A continuación expongo cómo Jessie describió en un trabajo de clase el tipo de dinámica que solía establecerse entre ella y su madre, y la forma en que ella empezó a cambiarla:

«Este último verano lo pasé en casa, con mis padres... Casualmente, cené con ellos todas las noches. Mi padre ha sido siempre quien ha dominado las relaciones en la familia, y este hecho se me hizo especialmente evidente durante estos últimos meses. Sobre todo, me llamó la atención la frecuencia con que se excluye y se deja de lado a mi madre en los debates familiares, ya que todos tendemos a aliarnos con mi padre. Una noche, estuvimos casi una hora entera discutiendo contra mi madre sobre algún tema, apenas sin dejar que abriera boca, y descartando cualquier cosa que pudiera opinar. En aquella ocasión, yo estaba realmente de acuerdo con mi padre, pero me fijé en que mi hermano y mi hermana se alían con él sistemáticamente, y por eso mi madre siempre queda fuera».

Jessie reevaluó la forma en que veía a su progenitora después de que el material de clase la inspirara a contemplar las conversaciones desde otro punto de vista; el de su madre. En clase habíamos hablado de cómo las hijas acostumbran a aliarse con su padre, marginando normalmente a la madre. A consecuencia de esta discusión, Jessie hizo un cambio:

> «Después de este verano me di cuenta de lo excluida que se siente mi madre. Para todos nosotros, mi padre ha sido siempre el "favorito", siempre hemos preferido hablar y pasar el tiempo con él antes que con mi madre, la cual está constantemente tratando de involucrarse en nuestras vidas, y por eso a mis hermanos y a mí nos parece una metomentodo y una pesada. Hice un esfuerzo consciente por pasar más tiempo con mi madre, y por aliarme con ella siempre que me fuera posible. Ella apreció sinceramente el interés que mostré por su vida, y gracias a eso ahora estamos mucho más unidas. Simplemente el hecho de ser consciente de determinadas acciones o hábitos puede transformar completamente las emociones y las dinámicas que se producen en el seno de una unidad familiar».

La experiencia de Jessie demuestra que enfocar una relación desde un nuevo punto de vista puede hacer que busquemos nuevas maneras de comunicarnos y de interactuar, y que, en consecuencia, nuestras relaciones mejoren notablemente.

Siempre me ha impresionado la capacidad que tienen las personas de encontrar formas de comunicarse mejor con sus seres queridos una vez han detectado, y comprendido, los mecanismos que les causan aflicción. A pesar de que todas las relaciones entre madres e hijas comparten un gran número de características, tal como descubrí a lo largo de mis investigaciones y tal como he mostrado en este libro, cada una de estas relaciones es única e irrepetible, así que no existen soluciones fáciles que funcionen en todos los casos. Cada pareja de madre e hija tendrá que llegar a un acuerdo acerca del grado de conexión que a ambas les convenga, sin invocar a los fantasmas de la intromisión y la reprobación. Quizás al principio parecerá desesperante que no haya una respuesta correcta a la pregunta: «¿Cuál es el grado de conexión adecuado?». Pero, en realidad, es bueno que esa respuesta no exista, así dependerá de cada familia encontrar el equilibrio que a ella le resulte apropiado.

El reto es aún mayor cuando lo que a una madre o hija le parece suficiente es insuficiente para la otra. Y aquí, una vez más, entender los mecanismos que actúan en cada pareja puede ser de gran ayuda. Lo explicaré mediante una analogía de un proceso no verbal descrito por Edward Hall, un antropólogo que analizó las diferencias transculturales en cuanto al uso del espacio. Cuando dos personas tienen concepciones distintas de lo cerca que deben estar la una de la otra a la hora de sostener una conversación, aquella que quiere estar más cerca se aproximará a fin de acortar la distancia entre ellas, mientras que la que prefiere estar más lejos retrocederá para crear la distancia que ella considera adecuada. A medida que una va avanzando, para sentirse cómoda, la otra va reculando por la misma razón. Juntas, se irán moviendo por la habitación hasta que una de ellas quede inmovilizada contra una pared, o casi a punto de caerse por las escaleras. El mismo fenómeno puede producirse en las relaciones entre madres e hijas. Si la madre busca estar un poco más cerca de lo que quiere la hija, ésta percibirá los avances de su madre como una invasión de su espacio íntimo y retrocederá, provocando que su progenitora intensifique sus esfuerzos por acercarse, y así indefinidamente, hasta que acaben al borde de un precipicio, si no cayendo por él.

De igual modo que nos aproximamos o reculamos para ajustar nuestro espacio interpersonal mientras hablamos, tenemos tendencia a insistir, y a hacer más de lo mismo cuando nos sentimos incómodos con una conversación, o con una relación. Pero parémonos a estudiar las consecuencias de este comportamiento: cada paso que nosotros damos para sentirnos cómodos hace que el otro tenga que alejarse, es decir, que se mueva en la dirección contraria que nosotros deseamos. En cambio, si adoptamos una actitud que, en principio, quizá parece ir en contra de la intuición, seguro que conseguiremos resultados bien diferentes. Si dejamos de acercarnos, la otra persona dejará de apartarse. Y, a la inversa, si dejamos de recular, el otro dejará de aproximarse. Puede que, en el proceso de ajustar distancias, se produzca algún momento de incomodidad, por ejemplo, cuando uno se queda quieto o incluso cuando da un paso en la dirección opuesta, pero siempre será preferible a estar moviéndose inútil e inexorablemente alrededor de una habitación o hacia un abismo. Y así es cómo las reflexiones que he ofrecido en este libro pretenden proporcionar pautas de conducta que ayuden a madres e hijas a distanciarse del borde del precipicio, y a situarse en el firme terreno de unas conversaciones madre-hija más satisfactorias y reconfortantes.

EPÍLOGO

De adolescente, yo fui una de esas hijas que consideran a su madre su enemiga. De hecho, fui muy precoz: recuerdo que ya desde la época en que asistía a la escuela primaria me quejaba amargamente de ella, y de sus opiniones. Cuando tenía veintitantos años, una de las cosas que más me molestaba era que mi madre deseara tanto mi compañía. Y me sorprendí enormemente cuando, la primera vez que empecé una carta para ella con las palabras «queridísima mamá», me respondió enseguida que había estado esperando toda la vida a oírme decir eso. Pensé que aquel sentimiento era característico de mi madre, y algo ciertamente peculiar, hasta que empecé a investigar y recopilar material para este libro. Rachael Allbritten me envió copias de mensajes de correo electrónico que había recibido de su madre, Wanda Carswell. En uno de esos mensajes, Wanda contestaba a una tarjeta del día de la madre que Rachael le había mandado (electrónicamente). En aquella tarjeta, Rachael le había escrito a su madre lo mucho que valoraba los sacrificios que había hecho por ella, lo mucho que había aprendido de ella y lo afortunada que se sentía de tenerla como madre. La contestación que su madre le envió, también por correo electrónico, fue asombrosamente similar a la que me escribió mi madre en respuesta a la carta en que me había dirigido a ella llamándola «queridísima»:

«¡¡Oh, Rachael!! ¡¡Fue tan MARAVILLOSO recibir tu carta!! Casi me puse a llorar. He esperado veinticinco años, tres meses y siete días a escuchar algo así...».

Cuando leí estas palabras, me di cuenta de que la reacción de mi madre no había sido ninguna excepción, y tampoco nada fuera de lo normal. Y, lo que es más importante, la respuesta de la madre de Rachael y la de la mía propia me hicieron reflexionar sobre lo profunda y apasionada que puede llegar a ser la conexión entre una madre y una hija.

Siendo tan sólo una muchacha que vivía en la ciudad de Nueva York, creía saberlo todo sobre Sigmund Freud. Y solía decir con frecuencia que yo tenía complejo de Electra, la versión femenina del complejo de Edipo. Lo decía a fin de reconocer, irónicamente, que yo idealizaba a mi padre y demonizaba a mi madre. Por eso, cuando leí cómo Phyllis Chesler reinterpretó el mito de Electra para definir la relación madre-hija, yo pensé en mi época tardo-adolescente:

«Contrariamente a lo que creen los seguidores de Freud, Electra no está simplemente compitiendo con su madre por el mismo hombre: su padre. Está compitiendo, además, con su padre/hermano/hermanas/amante de su madre, por la misma mujer: su madre».

Chesler tiene razón. La relación entre una madre y una hija es como una relación amorosa en el sentido de que ambas desean y disfrutan de la compañía de la otra.

Cuantos más años vivía mi madre, y me siento tremendamente afortunada de que fuera tan longeva, más me percataba de lo mucho que yo apreciaba y buscaba su amor. Antes nunca me lo había planteado porque lo daba totalmente por supuesto. Y llevaba la cuenta de las veces que me había decepcionado, que me había hecho enfadarme y que había herido mis sentimientos, ya que su amor y las muchas formas en que me lo demostraba eran parte del paisaje, por así decirlo, el telón de fondo sobre el cual destacaban sus ofensas. Cuando iba a casa de visita, nunca me pregunté si ella estaría contenta de verme, si le gustaría que me quedara tanto tiempo como quisiera, o si era correcto que estuviera disponible cada vez que mis compromisos me dejaban un día o una tarde libre para estar con ella.

A medida que mi madre fue envejeciendo, y su salud fue debilitándose, nuestros papeles empezaron a desdibujarse. Era yo quien la llamaba a diario, le mandaba cariñosos mensajes de correo electrónico y pequeños regalos, además de visitarla con mucha frecuencia, siempre ligeramente consciente de que la estaba tratando como a un amante. Solía cogerla de la mano cuando paseábamos, ralentizando mi paso para acompasarlo al suyo. Y por las noches, la ayudaba a prepararse para acostarse, iba a buscar su camisón y ella apoyaba su mano en mi hombro, para mantener el equilibrio, mientras yo sostenía sus bragas para la incontinencia y ella, poco a poco, metía primero el pie izquierdo, y luego el derecho, en los agujeros para las piernas. Cuanto más mayor se hacía mi madre, y cuanto más frágil se volvía su salud, tanto más incrementaba yo mis cuidados. Además, me fijé en que, cada vez más, yo le hablaba justamente como ella acostumbraba a hablarme a mí. Le preguntaba si había comido lo suficiente al mediodía, y si había dormido bien por la noche. Al agravarse su enfermedad pulmonar, aprendí a utilizar el nebulizador mediante el cual ella inhalaba su medicación, y le insistía mucho para que lo empleara según el horario que le había prescrito el médico. Cada vez que la hospitalizaban, cogía un avión y me quedaba a su lado, dándole de comer y empujando su silla de ruedas. Cuando volvía a casa, y decía que se encontraba demasiado cansada para salir de la cama e ir al baño a limpiarse, yo le sugería que lo hiciésemos bailando, y le tarareaba una canción, puesto que sabía que nunca dejaría pasar la oportunidad de bailar un rato.

Al cuidar así de mi madre, me di cuenta de lo mucho que la quería y de lo mucho que me había querido ella a mí. Por eso, las ocasiones en que ella era capaz de recuperar su antiguo papel de madre me resultaban tan conmovedoras. Por ejemplo, un día, hablando por teléfono, le dije que me dolía la garganta, y ella me contestó: «Cómo me gustaría estar ahí para hacerte una taza de té», y me sentí como si realmente me hubiera hecho esa taza de té.

Otro día, mientras escribía este libro, fui testigo de un episodio hermoso. Un par de cardenales habían construido su nido en un árbol que está justo detrás de la ventana por la cual miro mientras trabajo. Sentada en la mesa de mi despacho, día tras día, vi cómo los padres pájaro alimentaban a sus polluelos, acabados de salir del cascarón, y cómo éstos iban creciendo. Al principio eran tan pequeñitos que apenas podía verlos detrás del borde del nido, pero sus cabezas no tardaron en sobresalir por encima de las ramas. Digo «cabezas», pero a duras penas parecían cabezas, sino tan sólo gigantescos picos abiertos pidiendo comida. Los padres se turnaban para volar en busca de alimento para llenar esas bocas inmensas, que se hacían más y más grandes a medida que pasaban los días. Cada vez podía ver mejor a los polluelos cuando estiraban el cuello para recibir su comida. Entonces, un día, uno de los padres voló muy cerca del nido, pero no entró en él para alimentar a sus crías. En lugar de eso, cada vez que se aproximaban al nido, y los polluelos abrían sus bocas al máximo para recibir la comida, sus padres cambiaban de rumbo y se alejaban. Ése fue el día en que los pequeños cardenales abandonaron el nido: uno por uno, subieron al borde del entramado de ramas y saltaron fuera de él hasta posarse en una rama, ayudados en todo momento por su madre o por su padre, que continuaban volando en las inmediaciones del nido, ahora cerca, ahora lejos.

Lo que más me sorprendió, y agradó, fue que los padres nunca empujaron a sus crías fuera del nido. Ni tampoco dejaron de aparecer de golpe, de manera que los polluelos tuvieran que salir solos a buscar comida. Al volar alternativamente cerca y lejos de ellos, los padres engañaron a sus pequeños para que salieran del nido. Me pareció entender claramente que, al final, las crías abandonaron el nido con tal de reencontrarse con sus padres, a quienes podían ver volando a su alrededor.

Si me hubieran preguntado sobre mi madre hace tan sólo unos años, habría dicho que me he pasado la vida intentando escapar de ella. Si me lo preguntaran ahora, diría que me la he pasado intentando encontrarla. A pesar de que la perdí mientras escribía este libro, el hecho de escribirlo me ha ayudado a encontrarla. Espero que también ayude a otras lectoras a reencontrarse con sus madres y con sus hijas, bien sea en el recuerdo o a través de la conversación.

Acerca de la autora

Deborah Tannen es miembro del departamento de lingüística de la Universidad de Georgetown, más concretamente de la facultad de artes y ciencias, donde es una de las dos únicas personas que ostentan el distinguido rango de profesor universitario. Su libro *Tú no me entiendes. Por qué es tan difícil el diálogo hombre-mujer*, que ha vendido más de dos millones de copias y ha sido traducido a veintinueve idiomas, estuvo en la lista de los libros más vendidos del *New York Times* durante más de tres años, además de ocho meses como número uno. También encabezó las listas de *best sellers* en Brasil, Canadá, Inglaterra, Alemania, Holanda y Hong Kong. Este libro de Tannen fue el responsable de que las diferencias de género en cuanto a la forma de comunicarse pasaran a un primer plano de la actualidad. Entre sus otras obras, *La comunicación entre hombres y mujeres a la hora del trabajo* se convirtió en un éxito de ventas de la sección de negocios del *New York Times*; *La cultura de la polémica* ganó el premio Common Ground; y *Lo digo por tu bien* ganó un premio Books for a Better Life. *¿Piensas salir así vestida?* es su vigésimo libro.

Deborah Tannen es una invitada frecuente a numerosos programas de radio y televisión. *Nightline, The News Hour with Jim Lehrer, 20/20, The Oprah Winfrey Show, Today Show, Good Morning America, World News Tonight* de ABC, *The Diane Rehm Show, Fresh Air with Terry Gross,* y *All Things considered* son algunos de los programas en los que ha aparecido. Ha escrito artículos para los periódicos y revistas más prestigiosos del país, incluidos el *New York Times, The Washington Post, USA Today, Time, Newsweek* y *The Harvard Business Review.*

Tannen es una investigadora de renombre internacional que ha recibido becas y premios de la Fundación Rockefeller, la Fundación National Science, la National Endowment for the Humanities, el American Council of Learned Societies y la Fundación Alfred P. Sloan. Es doctora por la Universidad de California, Berkeley y además ha recibido cinco doctorados honoríficos. Ha sido conferenciante distinguida en la Universidad de Princeton, y formó parte del Center for Advanced Study in Behavioral Sciences (Centro de Estudios Avanzados para las Ciencias del Comportamiento) de Stanford, California; además de colaborar con el Instituto para estudios avanzados de Princeton, N.J.

Paralelamente a sus investigaciones y escritos en el campo de la lingüística, Deborah Tannen también ha publicado varios libros de poesía, cuentos y ensayos autobiográficos. Su primera obra de teatro, *An Act of Devotion*, está incluida en *The Best American Short Plays: 1993-1994.* Fue producida, junto a su otra obra *Sisters*, por la empresa Horizons Theater de Arlington, Virginia.

Su página web es www.deborahtannen.com.

NOTAS

1 «¿PODEMOS HABLAR?»:
CONVERSACIONES ENTRE MADRES E HIJAS

p. 28 La cita procede de Stephanie Staal, *The Love They Lost: Living with the Legacy of Divorce* (Nueva York: Delta, 2001), p. 124. Encontré la cita en un artículo escrito por Laura Wright para un seminario que impartí durante el otoño de 2004.

p. 42-43 Liv Ullmann hizo estos comentarios en el programa televisivo *The Diane Rehm Show* en 1985. Yo los escuché cuando una parte de esta entrevista fue reproducida de nuevo en *The Diane Rehm Show*, el 21 de septiembre de 2004.

2. MI MADRE Y MI ASPECTO:
ENTRE LA PREOCUPACIÓN Y LA CRÍTICA

p. 63 Eder, «Serious and Playful Disputes», pp. 70-71.

p. 66 El artículo acerca de Andrea Jung es «Calling Avon's Lady», por Ramin Setoodeh, *Newsweek,* 27 de diciembre de 2004/3 de enero de 2005, pp. 98-101. La cita aparece en la página 101.

p. 66 [...] *remarcó la antropóloga Mary Catherine Bateson* [...], recuerdo haber oído este comentario en esa época; luego confirmé su veracidad con la propia Bateson.

p. 66 [...] *la teoría de la «madre nevera»* [...]. Según la página web «Autism Watch» (www.autism-watch.org), el término «madre nevera» fue inicialmente acuñado por Leo Kanner durante la década de 1940, pero fue Bruno Bettelheim quien en los años cincuenta y sesenta le dio amplia popularidad. Este trágico y vergonzoso capítulo en la historia de la psicología y la medicina es descrito en una película documental, *Refrigerator Mothers*, realizada por David E. Simpson, J.J. Hanley y Gordon Quinn. El documental fue retransmitido por PBS en julio del año 2002.

p. 71 El artículo sobre Ry Russo-Young es «Growing up with Mom and Mom», escrito por Susan Dominus, *New York Times Magazine*, 24 de octubre de 2004, pp. 69-75, 84, 143, 144. La cita aparece en la página 71.

p. 84 Matisoff, *Blessings, Curses, Hopes, and Fears,* pp. 58-59. La forma más frecuente en que yo había oído usar esta frase era en comentarios del tipo: «Mira cómo come, *kunnajurra*», dicho con satisfacción ante el hecho de que un niño tenía buen apetito y comía bien. Siempre asumí que era una expresión de orgullo o satisfacción.

p. 85 Esmeralda Santiago, *The Turkish Lover* (Nueva York: Da Capo Press, 2004), p. 337. [*El amante turco*, Alfaguara, 2006]

p. 93 Fue Micah Perks, escritor y profesor en la Universidad de California, Santa Cruz, quien me recordó la historia de Hawthorne, y sugirió la idea de que quizá la tendencia de muchas madres a examinar a sus hijas y nietas refleje una necesidad similar de conseguir la perfección física.

p. 96 El mensaje de Joyce Poole fue enviado el 24 de junio de 2003.

p. 98 [...] *La vida social de las niñas y de las chicas se centra habitualmente en la existencia de una amiga íntima.* [...] Los trabajos de investigación sobre diferencias de género entre niños y niñas a la hora de jugar han sido recopiladas por Daniel Maltz y Ruth Borker en «A Cultural Approach to Male-Female Miscommunication», y por Campbell Leaper y Tara Smith en «A Meta-Analytic Review of Gender Variations in Children's Language Use». Actualmente muchos libros y artículos que examinan aspectos de género y lenguaje bien empiezan con resúmenes de las distintas investigaciones acerca del uso del lenguaje por parte de los niños, o bien los incluyen. Por ejemplo, *Language and Gender* de Penélope Eckert y Sally McConnell Ginet; *The Two Sexes: Growing Up Apart, Coming Together* de Eleanor Maccoby; y «Pickle Fights: Gendered Talk in Preschool Disputes» de Amy Sheldon.

p. 98 Gurian, cuyos muchos libros incluyen *The Wonder of Boys* (Nueva York: Putnam, 1996), me explicó en un mensaje de correo electrónico datado el 28 de marzo de 2005 que sacó esta conclusión basándose en las reacciones del público a sus conferencias, las cuales suele iniciar con la pregunta «Cuando le das una muñeca a una niña, ¿qué es lo que acostumbra a hacer con ella?» y «Cuando le das una muñeca a un niño, ¿qué es lo que acostumbra a hacer con ella?».

p. 99 [...] *los chicos suelen combinar la conversación con la acción física* [...] Entre aquellos que han hecho observaciones similares, están Amy Sheldon (por ejemplo, «Preschool Girls Discourse Competence» y «Pickle Fights») y Marjorie Harness Goodwin (por ejemplo, *He-Said-She-Said*).

p. 99 La tira cómica apareció en *The New Yorker* el 18 de octubre de 2004, p. 151.

p. 101 [...] *las madres tienden a hablar más con sus hijos* [...] Campbell, Leaper, Kristin J. Anderson, y Paul Sanders («Moderators of Gender Effects on Parents' Talk to Their Children») presentan estas conclusiones basándose en sus análisis de dieciocho estudios publicados que comprobaron las diferencias entre padres y madres en cuanto a la comunicación con los hijos (en total, 501 familias) y veinticinco estudios que analizaron las diferencias en la comunicación entre madres e hijas y entre madres e hijos (en total, 793 familias). Erika Hoff-Ginsberg («Influences of Mother and Child on Maternal Talkativeness») descubrió que la locuacidad de las madres estaba influenciada por su propio uso del lenguaje y por la respuesta de sus hijos a sus conversaciones. Así, posiblemente, uno de los motivos por los cuales las madres hablan más con sus hijas es que éstas les responden con más conversación. La experiencia tan positiva que se deriva de hablar unas con otras también explicaría por qué Eleanor Maccoby descubrió, en un estudio que realizó en colaboración con Carol Jacklin, que cuando les encargaban a madres, padres, hijas e hijos la tarea de describir una de cuatro fotografías ambiguas a otro miembro de la familia, quien tras la descripción debía ser capaz de identificarla entre un mismo conjunto, las madres solían hacerlo mejor que los padres, las hijas mejor que los hijos, y las parejas que mejor lo hacían eran las de madres e hijas. (Maccoby, *The Two Sexes*, p. 272).

p. 110 [...] *La mayor parte del tiempo que los padres dedican a sus hijos lo emplean jugando con ellos* [...] Phyllis Bronstein y Carolyn Pape Cowan analizan estudios que concluyen que los padres tienden a jugar con sus hijos durante el tiempo que pasan con ellos. Lauren Weid-

374

man me llamó la atención sobre el trabajo de Bronstein y Pape Cowan.

p. 110 Bob Shacochis, «Keeping It All in the Family». En *A Love Like No Other: Stories from Adoptive Parents*, ed. Pamela Kruger y Jill Smolowe (Nueva York: Riverhead, 2005), pp. 176-192; la cita aparece en la página 182.

p. 121 Haru Yamada, *Different Games, Different Rules* (Nueva York: Oxford University Press, 1997), p. 17 (para *haragei*) y p. 37 (para *sasshi*). El hecho de que los japoneses valoren más el estilo indirecto y el silencio que la conversación, que consideran sospechosa, es un aspecto crucial para Yamada en su comparación entre la comunicación japonesa y la americana. Mi forma de entender estos conceptos procede no sólo de sus libros sino también de un intercambio de mensajes de correo electrónico que mantuve con Yamada en junio de 2005.

p. 126 El libro de Blum-Kulka es *Dinner Talk*.

p. 126 Ochs y Taylor, «Family Narrative as Political Activity» y «The Father Knows Best Dynamic in Family Dinner Narratives».

p. 127 Jefferson, «On the Sequential Organisation of Troubles Talk in Ordinary Conversation».

4. «MI HIJA ES IGUALITA QUE YO»,
«MI HIJA Y YO NO NOS PARECEMOS EN NADA»:
«MAMÁ, ¿DÓNDE ACABAS TÚ Y EMPIEZO YO?»

p. 131 [...] *las madres tienden a mantener un contacto físico más directo* [...] Entre los estudios que concluyen que las madres de recién nacidos establecen un mayor «comportamiento táctil» (es decir, que la interacción con sus bebés implica un contacto piel con piel como, por ejemplo, darle palmaditas al niño, hacerle masajes, darle besos, to-

carlo con frecuencia) con sus hijas que con sus hijos be-
bés, se encuentran Carl-Philip Hwang, «Mother-Infant
Interaction»; Monique Robin, «Neonato-Mother Inte-
raction»; y Millot, Filiatre, y Montagner, «Maternal
Tactile Behavior Correlated with Mother and Newborn
Infant Characteristics».

p. 134 Este fragmento aparece en *Fierce Attachments*, pp. 80-
81.

p. 135 [...] *Mi padre le sonrió* [...] Gornick, *Fierce Attachments*, p. 12.

p. 138 [...] *un vídeo que grabé para un curso de formación en
una empresa* [...] El vídeo *Talking 9 to 5* está a la venta
a través de ChartHouse International Learning Corpo-
ration (www.charthouse.com).

p. 145 La cita de Erica Jong aparece en *Mother's Nature: Ti-
meles Wisdom for the Journey into Motherhood*, creado por Andrea Alban Gosline y Lisa Burnett Bossi junto a Ame Mahler Beanland (Berkeley: Connari Press,
1999), p. 46. Le estoy muy agradecida a Beth Jannery
por llamarme la atención sobre esta cita.

p. 151 Tesser, «Toward a Self-Evaluation Maintenance Model
of Social Behavior».

p. 153 [...] *Estoy ansiosa por* [...] Gornick, *Fierce Attachments*, pp. 146-147.

p. 154 [...] *letanía de las privaciones* [...] Gornick, *Fierce Attachments*, p. 17.

p. 157 Ryff, Schmutte, y Lee, «How Children Turn Out», p. 407.

p. 158 [...] *Mis frases se volvieron más largas* [...] Gornick,
Fierce Attachments, p. 108.

p. 160 Paul Preston, *Mother, Father Deaf* (Cambridge, Mass.:
Harvard University Press, 1994), p. 17.

p. 161 Sue Monk Kidd, *The Secret Life of Bees* (Nueva York:
Penguin, 2002), pp. 98-99. [*La vida secreta de las abejas*, Ediciones B, 2003]

5. «DÉJALO, NO QUIERO SEGUIR HABLANDO»

p. 175 Bateson, «Culture Contact and Schismogenesis». La cita que comienza «Es probable que la cismogénesis [...]» aparece en la página 68.

p. 183 El concepto de alianza proviene de Erving Goffman, *Forms of Talk.*

6. REQUISITOS PARA UN PUESTO DE TRABAJO: SER MADRE

p. 207 John Richardson fue entrevistado por Jennifer Ludden en el programa de la National Public Radio *Weekend All Things Considered,* a raíz de la publicación de su libro *My Father the Spy: An Investigative Memoir* (Nueva York: HarperCollins, 2005), el 13 de agosto de 2005.

p. 207 En Kathryn Chetkovich, *Friendly FIRE* (Iowa: University of Iowa Press, 1998), pp. 89-103. Las citas aparecen en las páginas 88 y 90.

p. 210 Hall y Langellier, «Storytelling Strategies in Mother-Daughter Communication», p. 113.

p. 212 Santiago, *The Turkish Lover* (Nueva York: Da Capo Press, 2004; edición española, *El amante turco, op. cit.*), páginas 8 y 16, respectivamente. Según Marlene Gottlieb, profesora de español en el Instituto Herbert H. Lehman, *nena* es un término de afecto usado por hispanohablantes de todo el mundo en lugar de «chica», y por los puertorriqueños especialmente.

p. 214 [...] *Salvaguardar mi virginidad* [...] Gornick, *Fierce Attachments*, p. 110. La siguiente cita es de la página 111.

p. 215 Hulbert, *Raising America*, p. 7.

p. 216 Tovares, «Power and Solidarity in Mother-Adolescent Daughter Dating Negotiation».

p. 217 [...] *como hizo la poeta Anne Sexton con su hija Linda*

[...] Linda Sexton, *Searching for Mercy Street* (Boston: Little, Brown, 1994).

p. 226 Polly York fue entrevistada en un programa de radio llamado *This American Life*. El fragmento, titulado «My Pen Pal» se retransmitió a través de la National Public Radio, el 12 de septiembre de 2003.

p. 232 Marie Lee, «Reaching the "Point of No Return' in Public», *Newsweek*, 3 de noviembre de 2003, p. 14.

p. 235 [...] *Juegos Olímpicos para mujeres* [...] La persona que realizó la llamada participó en el programa de la National Public Radio *The Diane Rehm Show* el 12 de febrero de 2004. El libro acerca del cual versaba la discusión era *The Mommy Myth* (Nueva York: Free Press, 2004), escrito por Susan Douglas y Meredith Michaels.

p. 236 Smith, *A Potent Spell,* p. 222.

p. 236 Rich, *Of Woman Born*, p. 223. [*Nacemos de mujer*, Cátedra, 1996]

p. 237 Mary Gordon, *Pearl* (Nueva York: Pantheon, 2005), pp. 38-39.

p. 239 Anna Quindlen, «Flown Away, Left Behind», *Newsweek*, 12 de enero de 2004, p. 64.

7. Amigas íntimas, enemigas acérrimas:
un paseo por el lado oscuro

p. 240 Laura Dern fue entrevistada en el programa de la National Public Radio *Fresh Air*, el 9 de septiembre de 2004.

p. 241 Diane Rehm, *Finding My Voice* (Nueva York: Knopf, 1999), p. 4.

p. 241 Tatar, *The Annotated Brothers Grimm*, p. 242.

p. 242 Keller, *Reflections on Gender and Science*, p. 60. [*Reflexiones sobre género y ciencia*, Institución Alfonso el Magnánimo, 1991.] Keller cita estas líneas en relación con su teoría de que los científicos ingleses del siglo XVII estaban convencidos de que la ciencia demostraba la existencia de las brujas; una postura que reflejaba su deseo de preservar la ciencia como un ámbito exclusivamente masculino.

p. 249 Chesler, *Woman's Inhumanity to Woman*, p. 284.

p. 250 Rich describe estos miedos e impulsos en *Of Woman Born*, p. 36 [edición española, *op. cit*]. La cita completa es de la página 21.

p. 251 La segunda cita es de Rich, *Of Woman Born [op. cit.]*, p. 22.

p. 252 Diane Wood Middlebrook, *Anne Sexton* (Nueva York: Vintage, 1992), p. 33. [*Anne Sexton: una biografía*, Circe, 1998]

p. 252 Maushart (*The Mask of Motherhood*, pp. 113-116) cita a Dix (*The New Mother Syndrome*, Sydney: Allen and Unwin, 1986).

p. 253 La letra de la canción «Different Tunes» se encuentra en *The Peggy Seeger Song-book* (Nueva York: Oak Publications, 1998), y la canción puede escucharse en varios de los CD que aparecen listados en la página web de Seeger (www.pegseeger.com).

p. 257 Khalil Gibran, «On Love», *The Prophet* (Nueva York: Knopf, 1923), p.11. [*El profeta*, Alba, 1996.]

p. 258 Smith, *A Potent Spell*, p. 30.

p. 259 Este pasaje procede de una novela que Lilika Nakou escribió primero en francés bajo el título de *Le Livre de Mon Pierrot*, y que más tarde ella misma tradujo a su griego nativo. La novela fue publicada en Atenas en 1932 con el título *I Xepartheni* (La desflorada), que ella ni eligió ni le gustaba. El pasaje citado aparece en la página 29 de una edición reimpresa por una editorial ateniense, Dorikos, en 1980. En un libro que escribí sobre la obra de Nakou (*Lilika Nakos* [Boston: G. K. Hall, 1983]) analizo este extracto con más detalle. Para dicho libro, utilicé el nombre de la autora adaptado al inglés, Nakos, dado que fue el nombre con que se publicó su obra en inglés. (En francés, se tradujo como Nacos.) En griego existen formas distintas del mismo apellido para las mujeres y para los hombres. El apellido del padre de la autora era Nakos, pero el suyo era Nakou, la versión femenina (desde un punto de vista cultural) o el posesivo (según la gramática) del nombre de su padre: literalmente, la Lilika que pertenece a Nakos.

p. 264 Chesler, *Woman's Inhumanity to Woman,* p. 283.

p. 265 Diane Wood Middlebrook, *Anne Sexton* (Nueva York: Vintage, 1992), pp. 20 y 21. [Edición española, *op. cit.*]

p. 269 Chesler, *Woman's Inhumanity to Woman,* p. 172.

p. 271 La observación de Marilynne Robinson aparece en «A Moralist of the Midwest», de Meghan O'Rourke, *New York Times Magazine,* 24 de octubre de 2004, pp. 63-67. La cita aparece en la página 66.

p. 271 Jill Ker Conway, *The Road from Coorain* (Nueva York: Knopf, 1989), pp. 145-146.

p. 272 Encontré información sobre el vendaje de pies en la página web de la BBC: www.bbc.co.uk/dna/h2g2/brunel/-A1155872.

p. 273 La información sobre la doctora Nour procede de una noticia que apareció en *The New York Times,* el 6 de junio de 2004, p. 6.

p. 275 Diane Rehm, *Finding My Voice* (Nueva York: Knopf, 1999), p. 152.

p. 280 Donna Brazile hizo estos comentarios en calidad de invitada al programa *The Kojo Nnamdi Show,* WAMU (una emisora de la National Public Radio, Washington, D. C.), el 19 de agosto de 2004.

p. 282 Las citas de Kathryn Harrison, *The Mother Knot* (Nueva York: Random House, 2004), aparecen en las pp. 28, 41, 42, y 66.

8. «PERDONA, MAMÁ... VE»:
CÓMO EL CORREO ELECTRÓNICO Y LOS MENSAJES INSTANTÁNEOS
ESTÁN TRANSFORMANDO NUESTRA MANERA DE RELACIONARNOS

p. 314 Bausch hizo este comentario en el programa *The Diane Rehm Show*, el 12 de diciembre de 2002.

9. CONCILIAR INTIMIDAD E INDEPENDENCIA:
NUEVAS MANERAS DE COMUNICARSE

p. 327 Paule Marshall, *Brown Girl, Brownstones* (1959; reimpresión, Nueva York: Feminist Press, 1981), p. 306.

p. 330 Bea Lewis, «This Day and Age», *Palm Beach Post,* 2 de julio de 2005, p. 2 D. Lewis me pidió que comentara la carta de esta lectora, y luego añadió mi análisis a su columna.

p. 332 Anndee Hochman, «Growing Pains: Beyond "One Big Happy Family"», en *Reading Life: A Writer's Reader,* ed. Inge Fink y Gabrielle Gautreaux (Boston: Thomson, 2005), pp. 131-137. La cita aparece en la página 135. El artículo ha sido extraído del libro de Hochman *Everyday Acts and Small Subversions* (Portland: The Eighth Mountain Press, 1994).

p. 333 Gornick, *Fierce Attachments*, pp. 103-104 .

p. 333-334 Las citas procedentes del libro *Brown Girl, Brownstones* aparecen en las páginas 215 y 226.

p. 350 Gornick, *Fierce Attachments*, pp. 73-74.

p. 354 Petraki, *Relationships and Identities as «Storied Orders»*, p. 359.

EPÍLOGO

p. 364 Chesler, *Woman's Inhumanity to Woman*, p. 198.

Bibliografía

Bateson, Gregory. 1993. *Una unidad sagrada: pasos ulteriores hacia una ecología de la mente*. Barcelona, Gedisa.

Blum-Kulka, Shoshana. 1997. *Dinner Talk: Cultural Patterns of Sociability and Socialization in Family Discourse*. Mahwah, N.J.: Erlbaum.

Bronstein, Phyllis, y Carolyn Pape Cowan. 1998. *Fatherhood Today: Men's Changing Role in the Family*. Nueva York: John Wiley & Sons.

Chesler, Phyllis. 2001. *Woman's Inhumanity to Woman*. Nueva York: Thunder's Mouth Press.

Eckert, Penelope, y Sally McConnell-Ginet. 2003. *Language and Gender*. Cambridge, Mass.: Cambridge University Press.

Eder, Donna. 1990. «Serious and Playful Disputes: Variation in Conflict Talk Among Female Adolescents.» En Allen Grimshaw, ed., *Conflict Talk*, 67-84. Cambridge: Cambridge University Press.

Furedi, Frank. 2002. *Paranoid Parenting: Why Ignoring the Experts May Be Best for Your Child*. Chicago: Chicago Review Press.

Goffman, Erving. 1981. *Forms of Talk*. Philadelphia: University of Pennsylvania Press.

Godwin, Marjorie Harness, 1990. *He-Said-She-Said: Talk as Social Organization Among Black Children*. Bloomington: Indiana University Press.

Gornick, Vivian. 1987. *Fierce Attachments: A Memoir*. Boston: Beacon Press.

Hall, Deana L., y Kristin M. Langellier. 1988. «Storytelling Strategies in Mother-Daughter Communication.» En Anita Taylor y Barbara Bate, eds., *Women Communicating: Studies of Women's Talk*, 107-126. Norwood, N.J.: Ablex.

Hall, Edward. 1989. *El lenguaje silencioso*. Madrid: Alianza.

Hoff-Ginsberg, Erika. 1994. «Influences of Mother and Child on Maternal Talkativeness.» *Discourse Processes* 18: 105-117.

Hulbert, Ann. 2003. *Raising America: Experts, Parents, and a Century of Advice About Children*. Nueva York: Knopf.

Hwang, Carl-Philip. 1978. «Mother-Infant Interaction: Effects of Sex of Infant on Feeding Behaviour.» *Early Human Development* 2 (4): 341-349.

Jefferson, Gail. 1988. «On the Sequential Organisation of Troubles Talk in Ordinary Conversation.» *Social Problems* 35 (4): 418-441.

Keller, Evelyn Fox. 1991. *Reflexiones sobre género y ciencia*. Valencia: Institución Alfonso el Magnánimo.

Leaper, Campbell, Kristin J. Anderson, y Paul Sanders. 1998. «Moderators of Gender Effects on Parents' Talk to Their Children: A Meta-Analysis.» *Development Psychology* 34 (1): 3-27.

Leaper, Campbell y Tara E. Smith. 2004. «A Meta-Analytic Review of Gender Variations in Children's Language Use: Talkativeness, Affiliative Speech, and Assertive Speech.» *Development Psychology* 40 (6): 993-1027.

Maccoby, Eleanor E. 1998. *The Two Sexes: Growing Up Apart, Coming Together*. Cambridge, Mass.: Harvard University Press.

Maltz, Daniel N., y Ruth A. Borker. 1982. «A Cultural Approach to Male-Female Miscommunication.» En John J. Gumperz, ed., *Language and Social Identity*, 196-216. Cambridge: Cambridge University Press.

Matisoff, James A. 2000 [1979]. *Blessings, Curses, Hopes, and Fears: Psycho-Ostensive Expressions in Yiddish.* Stanford: Stanford University Press.

Maushart, Susan. 1999. *The Mask of Motherhood.* Nueva York: Penguin.

McFadden, Jennifer. 2005. «Rituals of Family Identity: Prior Text and Prosodic Play in Mother-Daughter Conversation.» Estudio presentado en la conferencia de la Georgetown Linguistics Society «The Language and Identity Tapestry», Washington, D.C., 20 de febrero.

Millot, J. L., J. C. Filiatre, y H. Montagner. 1988. «Maternal Tactile Behaviour Correlated with Mother and Newborn Infant Characteristics.» *Early Human Development* 16: 119-129.

Ochs, Elinor, y Carolyn Taylor. 1992. «Family Narrative as Political Activity.» *Discourse & Society* 3 (3): 301-40.

—. 1996. «The Father Knows Best Dynamic in Family Dinner Narratives.» En Kira Hall y Mary Bucholtz, eds., *Gender Articulated*, 97-121. Nueva York y Londres: Routledge.

Ogilvie, Beverly, y Judith Daniluk. 1995. «Common Themes in the Experiences of Mother-Daughter Incest Survivors: Implications for Counseling.» *Journal of Counseling and Development* 73:598-602.

Petraki, Eleni. 2002. *Relationships and Identities as «Storied Orders»: A Study in Three Generations of Greek-Australian Women.* Ph. D. dissertation, University of Queensland, St. Lucia, Brisbane, Australia.

Rich, Adrienne. 1996. *Nacemos de mujer.* Madrid: Cátedra.

Robin, Monique. 1982. «Neonate-Mother Interaction: Tactile Contacts in the Days Following Birth.» *Early Child Development and Care* 9: 221-236.

Ryff, Carol D., Pamela S. Schmutte, y Young Hyun Lee. 1996. «How Children Turn Out: Implications for Parental Self-Evaluation.» En Carol D. Ryff y Marsha Mailick Seltzer, eds., *The Parental Experience in Midlife*, 383-422. Chicago: University of Chicago Press.

Sheldon, Amy. 1990. «Pickle Fights: Gendered Talk in Preschool Disputes.» *Discourse Processes* 13 (1): 5-31. Reimpreso en Deborah Tannen, ed., *Gender and Conversational Interaction*, 83-109. Nueva York y Oxford: Oxford University Press.

—. 1992. «Preschool Girl's Discourse Competence: Managing Conflict». En Kira Hall, Mary Bucholz, y Birch Moonwomon, eds., *Locating Power: Proceedings of the Second Berkeley Women and Language Conference*, vol. 2, 528-539. Berkeley: Berkeley Women and Language Group, University of California, Berkeley.

Smith, Jana Malamud. 2003. *A Potent Spell: Mother Love and the Power of Fear*. Boston: Houghton Mifflin.

Tatar, Maria. 2004. *The Annotated Brothers Grimm*. Nueva York: Norton.

Tesser, Abraham. 1988. «Toward a Self-Evaluation Maintenance Model of Social Behavior.» *Advances in Experimental Psychology* 21: 181-227.

Tovares, Alla Yeliseyeva. 2001. «Power and Solidarity in Mother-Adolescent Daughter Dating Negotiation.» Estudio presentado en la Georgetown University Round Table on Languages and Linguistics, Washington, D.C., el 9 de marzo.

Vuchinich, Samuel. 1987. «Starting and Stopping Spontaneous Family Conflicts.» *Journal of Marriage and the Family* 49 (3): 591-601.

AGRADECIMIENTOS

Este libro no existiría si no hubiese habido tantas mujeres dispuestas a hablarme de sus vidas, y a compartir conmigo recuerdos y reflexiones acerca de sus madres y de sus hijas. Tanto si utilicé ejemplos concretos de nuestras conversaciones o entrevistas como si no, todas las mujeres con quienes hablé me ayudaron a comprender con mayor profundidad la complejidad inherente a las relaciones entre madres e hijas. Me siento especialmente agradecida a Addie Macovski y Caleen Sinnette Jennings por haber organizado cenas y comidas en sus casas, con media docena de amigas invitadas, a fin de llevar a cabo una serie de discusiones de grupo. He respetado las preferencias de cada cual por lo que respecta a ser identificado con nombre y apellido en los ejemplos basados en su experiencia, o a permanecer en el anonimato. No obstante, a continuación incluyo una lista de todas aquellas personas cuyas reflexiones, pensamientos, o experiencias aparecen en el libro, pero que no quisieron ser identificadas, así como de aquellas que me dedicaron su tiempo y me permitieron entrevistarlas: Camille Ashley, Marti Baerg, A. L. Becker, Judith Becker, Margaret Becker, Jane Biba, Anne Marie

Blue, Barbara Newman Bonini, Katherine Bradley, Ronde Bradley, Faedra Carpenter, Larry Cole, Elizabeth Collins, Claire Convey, Darryle Craig, Gay Daly, Michael Eckenrode, Patricia Elam, Adrienne Erickson, Maura Flaherty, Ila Griffith Forster, Erica Frank, Thaisa Frank, Anne Glusker, Jennifer Goldstein, Cynthia Gordon, Sarah Hafer, Kristina Hamilton, Cindy Handler, Sara M. Colmes, Jane Houston, Dennie Hugues, Spencer Humphrey, Debra Iverson, Marielena Ivory, Beth Jannery, Barbara Kirsch, Linda B. (Sprechman) Jacobson, Barbara Johnstone, Susan Joseph, Molly Myerowitz Levine, Bea Lewis, Molly Loughney, Jodi Lyons, Alison Mackey, Dorothy Ester Madden, Devra Marcus, Robin Alva Marcus, Julia Marter, Jean Martin, Kay Martin, Gabe Marx, Josh Marx, Susan Mather, Larry McGrael, Dory McKenzie, Nell Minow, Janine Murphy-Neilson, Rachel Myerowitz, Azar Nafisi, Patricia O'Brien, Lisa Page, Meghan Pelley, Micah Perks, Rebekah Perks, Angela Perrone, Terri Pilkerton, Cynthia Read, Louis Reith, Amy Repp, Olivia Richardson, Jill Holmes Robinson, Suzanne Romaine, Regina Romero, Cynthia Roy, Kathleen Santora, Milena Santoro, Deborah Schiffrin, Denise Sheehan, Monica Sheehan, Susan Richards Shreve, Elinor DesVerney Sinnette, Esther Willa Stillwell, Kate Stoddard, Elizabeth Stone, Carole Suarez, Amy Tan, Miriam Tannen, Jane Turner, Marianne Walters, Suzanna Walters, Molly Wille, y Haru Yamada.

Me considero enormemente afortunada de enseñar en la Universidad de Georgetown, donde tantos colegas y estudiantes comparten mis intereses académicos. Durante el semestre de primavera del año 2004 impartí un curso de posgrado sobre las conversaciones entre madres e hijas.

Las estudiantes que participaron en el curso fueron altamente competentes, tanto a la hora de buscar artículos relevantes para el tema, como a la hora de tomar parte en los debates y discusiones que se llevaron a cabo durante el seminario. Sus valiosas aportaciones ampliaron muchísimo mis conocimientos y mi comprensión del tema. Sus nombres son: Shanna González, Jennifer MacFadden, Barbara Soukup, Ingrid Stockburger, Anna Marie Trester y Laura Wright. También quiero mostrar mi agradecimiento a los estudiantes que han participado en mi curso de comunicación transcultural. Muchas de las observaciones que hicieron sobre sus propias interacciones, descritas en trabajos escritos, aportaron ejemplos y contribuyeron a una mayor comprensión de éstas.

Estoy abrumada por la generosidad de todas aquellas personas que leyeron borradores iniciales del libro, y me ofrecieron comentarios incisivos, así como, en la mayoría de casos, sus propias experiencias, que se convirtieron en ejemplos en borradores posteriores. Por haberme regalado su tiempo y su saber, doy las gracias a Sally Arteseros, Pete Becker, Harriet Grant, Addie y Al Macovski, Susan Philips, Phyllis Richman, Naomi Tannen y David Wise.

Mi agente, Suzanne Gluck ha sido mi leal y apreciada consejera durante casi dos décadas. Ningún escritor podría desear una defensora más apasionada e inspiradora. David Robinson, quien me ha brindado su inestimable ayuda durante más de diez años, ha contribuido a aligerar la ardua tarea de recopilar una inmensa variedad de información en un tiempo absolutamente récord. El libro mejoró enormemente gracias a los lúcidos comentarios de mi editora, Carolina Sutton.

Y, finalmente, no tengo palabras para expresar mi gratitud a Michael Macovski, mi marido, mi corazón. En esto, como en todas las cosas, ha sido un compañero de vida en el más pleno sentido de la palabra. Por todo su apoyo, y por ser quien es, doy gracias cada día.